金坑渡

大地长天◎著

（下）

中国出版集团
现代出版社

第二十一章

开唱华乐大戏院　盛名威震青岛城

1

日本人在烟台深居简出，盖因中日双方在北京互换文本，日本驻军撤出青岛的条约生效所致。中央政府任命了接收委员，对青岛进行接收。随着对胶济铁路接管完毕，中国在名义上收回了山东主权，但由于北洋军阀政府的腐败无能，日本在山东仍保留了种种特权。中国人有了自由活动的空间，各种民族产业和生意，正迅速崛起。随着中国人在青岛的话语权增大，促使姜来远下定决心去那里开分行。有人建议，从当地找个熟悉情况的人，利于开展工作。来远不同意这个建议，认为还是自己的老员工靠得住。

有人问："为何黄县能从当地找，青岛不可以？"

对这个问题，来远早考虑了很久，他说："我和大家常说'将在外，君命有所不受'；但还有句话说得少，'将在外，很自在'。一个人天长日久在外面，可以说没啥约束，自然容易放松自个儿，青岛距离烟台那么远，若是完全的外地人，我们在烟台怕是难以及时了解当地的真实情况，日子长了，终究会有麻烦。黄县、掖县、招远、蓬莱这些地方不一样，好歹都是胶莱道下辖的地盘，谅他们自在也自在不了哪里去。可以从当地找两个熟悉情况的人做副经理，经过长期考察合适后，任以重用！青岛这种模式如果能行得通，将来到北京、上海等地，人员也都要这样才是。”

“新人不熟悉当地情况，咋办？”

“不熟悉当地情况可以尽快了解，只要熟悉久裕银行的情况，把握住‘真’‘诚’两个字，事情就不会太坏。但不熟悉我们银行的情况就麻烦了。”姜来远的话刚说完，赞叹声四起，众人心中暗暗憋了一股劲儿，在这里好好干，必定大有前途。

2

日本兵撤出山东，嘚瑟了几年的侯长贵，如同从水中逃命上来的落水狗，老实了一阵子，当听说来远已派人去青岛筹备分行时，顿时醋意大发，下令道：“咱也去。他在哪儿开，咱开他对面儿。”

“东家，听说姓姜那小子盘下了火车站东面大街上的门面，是栈桥往火车站的必经之路，咱若在他对面，就坐南朝北了。”盛管家说道。

“妈了个 × 的，那不行，咱不能去他对面，去找更好的地方，不要怕花钱。”侯长贵气急败坏道。

话说起来容易，做起来难。侯长贵骂也没用，去青岛开分行之事，其实哪有那么容易？来远也是反复考虑了好久，这银行在胶东各县基本已设立了机构，业务发展也顺利，但烟台就那么大，想再做大做强肯定很难，银行讲究的是规模，而青岛毕竟商旅繁华，工厂众多，能顺利把机构设在那里，其他地方也就不在话下了。他把提议与大家商谈后，众人皆赞同，来远便派人去选了那一处好门面。

银行开业筹备并不太复杂，一不要厂房，二不要大型机器设备，关键是领头人，因事关重大，只好派出了会计部王经理担任青岛分行经理。王经理到青岛招兵买马，三个月时间便一切筹备就绪，未等他回总部汇报，来远就亲自前来查看筹备的细节了。久裕银行的牌子还未挂，来远站在门前仔细听着王经理的介绍，说道：“客户积攒了不少，一定要抓住核心客户。”

“青岛最有特点的产品是纺织，几个大面粉厂、棉纺厂、船厂也都派人去接洽了，大都表现了较强的合作愿望，只是我们资金实力有限，不敢贸然答应他们。”王经理说着市场的情况和最近的结果。

“开业仪式如何举行？”姜来远问。

“打算明日试营业，下个月初六，也就是六月六是个吉日，那天开业，具体方案还需要您定。”

“时机不错，那时候新麦下来了，市面上生意好做一些。在青岛不比烟台，你看这遍街的钱庄、银号、当铺、银行，还有那些洋行，得弄出个大动静来，如不这样，咱的门面再好，也如同海滩上的沙子，无人关注。”来远说着自己的分析判断。

“一定一定，要少花钱，多办事。”王经理应着。

“不过，弄大动静不一定花钱，一切从简才是。”来远嘱咐着。

“那是，那是。东家，昨天跟您说的，有几个同行和商号的老板听说您来了，要一块儿见见，今晚能不能定下来？”

“可以。不过，要一切从简，不可奢侈。”

3

青岛大饭店是青岛最有特色的菜馆，包房内高朋满座，虽不是青岛最顶尖的富翁，却是王经理来青岛这几个月，能够互相聊得来、经营理念一致的人士。

酒过三巡，菜过五味，各人客套话说完了，就扯到何时开业，如何开业的事情上来。姜来远把具体开业日期说了，但没说如何举行仪式。茂昌商行孔掌柜说道：“姜东家，这青岛新商号开业讲究个头彩、开门红，一日清而百日冷，第一把先火起来才行。”

“我也在想这事，不过眼下民生疲敝，若是太铺张奢靡，就不合时宜了。”姜来远有些顾虑。

“听说最近北洋大戏院要举行公演，庆祝‘收回半岛权利，日本撤兵山东’，我们何不借一下势？”青岛最大纺纱厂王老板说。

“那公演的资金做何用处？”来远比较感兴趣这事，只是担心有人挂羊头卖狗头，借此敛财。

“这是青岛商会与山东红十字会合作筹划的，所有资金全部用于红十字会对孤寡老人及幼慈院的救济，专款专用，青岛商会派人监督。”王老板对此事比较上心，说道。

若能将此事与开业结合起来，该是两全其美之事。来远心里盘算着。

“其实并不一定花多少钱，到时候我们也有捐款，凡捐款的都能挂条幅，冠名权给出价高者。”王老板说道。

“什么时间定？”

“就在最近几天，‘喜连成’戏班的大戏已定了下来。”王老板说道。

4

“东家，一千块现大洋做这事儿，也忒贵了吧？有这些钱能在青岛大饭店摆三天流水席，够青岛名流吃一遍的了。”小牛听说东家花了一千大洋做了这看不见、摸不着的事之后，禁不住嘟囔道。

“按我本意，只想在青岛悄悄地开业。不过，朋友们说了，青岛是大商埠，有不少大清的遗老遗少和民国的下野高官在此居住，太沉闷了不行。本来咱赚了钱就该回馈社会一些，借这个方式，也是个好形式。”来远与几个人解释着。

“是，我们也做好其他方面的工作，虽说这一千块是捐款，咱要弄出个大动静来。”王经理对来远表着信心。

“是，好好做。明儿我就回烟台，等正式开业前再过来。”来远说。

“好。东家，咱东边三百来米有家门面在装修，听说是胶莱银行盘下的铺面。看来，那姓侯的不甘心呢！”王经理把最新的消息告诉了来远。

听了这话，来远心中微微一震，深吸了一口气，便平静下来说：“青岛这么大，还差多两家银行吗？他做他的，咱做咱的。井水不犯河水，谁也不碍谁！”

5

过了六月六，百姓喜心头。

老百姓的喜，新麦下来，青黄不接的日子也就过去了，最明显的是小麦价格下跌，面粉也就跟着跌下来。这白面馍、烙饼、包子的价钱也往下跌，平日里不舍得吃白面的也隔三岔五地吃顿白面饭食了；偶尔也能放开肚皮吃一顿。饭能吃饱了，街面上的生意自然好做。粮栈、面粉厂趁着粮食价格低，狠命地筹钱籴粮；手里有了余钱，走亲访友的人也多了，糕点生意也就旺了起来。一个月的试营期，让青岛分行的人忙得不可开交，王经理一边忙业务，一边忙开业仪式，日程自然是排得满满当当，难得闲暇。开业仪式倒也简单，只是简单讲了话，放了鞭炮，可接连三天的大戏，让久裕银行在青岛声名鹊起。

北洋大戏院门前，姜来远和王经理站在门口，与来看戏的各位宾客热情地打着招呼。这北洋大戏院就在火车站南，两者相隔也不过三百来米，南来北往的客商，有换等车的间隙，就来北洋大戏院看场戏，天南地北的名家，也少不了来北洋大戏院亮亮相。天尚未黑尽，街面上车水马龙，人声喧闹不止，坐在小汽车上的侯长贵很是有些不耐烦，盛管家看出东家心里不高兴，说道："这路上人多，要不下来走过去？走两个路口就到了。"

"好，下车。"侯长贵说着，那司机不得不停下来。两人打开车门下了车后，盛管家说道，把车停这路边，去戏院门口等我们。

两人随着人流往北洋大戏院走着，远远就看着五层大楼上挂满了条幅，如同万国旗一般的条幅在夏风中舞动着，四周的电灯已经亮起，光线虽不比白天，但隔着一条街，那字越来越清晰起来。慢慢地，侯长贵的脸色不好看起来，特别是当他看清北洋大戏院门口挂着"久裕银行热烈祝贺收回山东权益专项演出"时，那脸色由白转红、由红转紫，又由紫转绿，气喘得也不顺溜了。虽说如此，侯长贵并未停下脚步，心里想看看姜来远能有啥花招。但当他猛然看到姜来远正与每一位来宾握手，脚底下顿时如生根一般，半步也挪动不得，扭过头看了看盛管家。此时，盛管家也看到了姜来远，心中发紧之际，见东家看自个儿，知道这戏没法看了，便问："东家，咱去那边转转？"

两个人回头向西走了不远，站在树底下向大戏院望着，见人流慢慢少了，姜来远仍站在戏院门口迎接看戏的宾客。侯长贵不知是生谁的气，愤愤地骂道："奶奶的，回去。看谁的戏，也不看他这破戏。"

"东家，何必与他较真呢！这戏票的钱咱都出了。不看，可不是便宜了他？"盛管家知道侯长贵拉不下这面子，用话开导着侯长贵。

"若去看这戏，倒成了给他姓姜的捧场了。是可忍，孰不可忍。还差那张票钱？不看了，混账。"不知侯长贵是骂自个儿，还是骂别人，一边唠叨着，一边用眼瞟着远处的姜来远，如同红了眼的疯牛，无法用语言描述心中的气愤！今天来唱戏的，可是京城最负盛名的戏班“喜连成”，这戏在烟台很难看到，可姜来远在门口站着，如同门神一般，自己怎么也跨不过那个槛儿。

青岛的夏天虽然凉爽，可六月里，总有几天热如流火。侯长贵虽站着没有动，可搁不住吹来的热风，加上心中急躁，那汗早已湿透衣背，听戏院里锣鼓声响起来，侯长贵一跺脚，一拧头道：“不看了，回去。”

东家发了狠话，看来是真生气了。盛管家不敢多言，两人不好从戏院门口走，只好沿着来时的路，去寻刚才停下的车。

街上没有几辆车，老远，就见车停在那里。盛管家为调节下情绪，开玩笑道：“这个马司机，待在车里也不嫌热。”

“他不嫌热不打紧，别憋得车里满是臊气味就行。”侯长贵虽憋着气，但他不想在下人面前丢份，顺着盛管家的话说。

两人边走边说就来到车前，四门紧闭，透过玻璃看看，没人。

“可能去茅厕了。”盛管家说着。

过了好一会儿，没见司机回来。

“是不是去戏院门口等咱了？”盛管家心中发虚，小声说着。

“这个傻屌，不在这儿看着车，去戏院门口等啥？”侯长贵的话表明，他对今天的安排很不满意。

“我去看看是不是在戏院门口。”盛管家一边说，一边看着东家，见侯长贵没有不同意，撒丫子又往戏院跑去。也难为了这盛管家，两个街口跑过去，司机踪迹全无。盛管家不敢停留，又匆匆忙忙跑回来，上气不接下气地说道：“没在戏院门口，不过姓姜的也进去了，要不咱再看戏去？”

“看戏？看妈了个 ×，我这花美金买的小轿车，司机不见了，还看戏？这司机谁招的？”侯长贵破口大骂不算，质问的口气变得异常凶狠。

“该是青岛分行黄经理招的，回去我和他说说，让他管束管束。”盛管家说道。

侯长贵本想再发火，但见眼前只有盛管家一个人，发火也没啥用，只好按捺下火气。盛管家见东家确实生气了，可能也是离开烟台好几天了，该找点乐子消消火气，便建议道：“东家，天还早，不热，要不咱去那边乐呵乐呵？”说着指了指不远处挂着红灯笼的大门口。

嗯，知我者，盛管家也。自己这两天火气大，看来不仅仅是天热、事杂，而是身子里热！对，该去那边乐呵乐呵！盛管家也不容易，天天挨自个儿剋，该请请他才是。侯长贵说："好，去那边凉快凉快。"

两人兴致盎然地来到妓院门口，两侧灯笼上分别写着"怡""红"的字样，门口的龟公将两人迎进门口，老鸨口中喊着："姐妹们，老板来了。"

顿时，五六个如彩蝶般的女人从二楼上直奔下来。侯长贵并不作声，那盛管家虚张声势地张开手臂说道："慢慢来，别着急，让我们老板好好挑挑。"

侯长贵摇了摇头，问："上次那位呢？"看来，他以前早来过。

"您来晚一步。老板，秋红在接另一位老板，不过也快了。"老鸨一边说着，一边夸张地甩着胳膊指着楼上，那情形既惬意，又得意。

"我们老板眼光就是不一般，紧俏。"盛管家也不容易，就是在这地方，也不忘了抬高东家的身份。

"要不你先上去，我在这等等。"侯长贵动了恻隐之心，不想让盛管家在这里还伺候自己。

"这，这怎么成。"盛管家要感动得泪涕横流了。

"去吧！"侯长贵的话啥时候都是命令，就这事儿，也不例外。

盛管家只好假装不乐意，但心里满心欢喜地挑了一个自己可意的，叫柳绿。两人搀扶着上了楼梯，到了二楼，盛管家打开门闪了进去，随手把门关上。此时，盛管家的下身，比这青岛的六月天还热，三下五除二，便把仅有的汗衫衣裤脱掉，那柳绿也早已脱得赤溜溜在等着了。盛管家刚拉过她一条腿，外面吵吵嚷嚷声大了起来。此时的盛管家欲火焚身，啥都不想听，不想让杂音干扰了自个儿的好事。可当他听到"盛管家，下来"时，显然是侯长贵的声音。这声音比那柳绿更败火，盛管家顿时三魂丢了两个，六魄还剩一个，下身顿时蔫了下来。他翻身下床套上衣衫，打开门站到走廊扶着栏杆往下看。此时，侯长贵正怒气冲冲地望着自己，一男人在他身边低头站着。盛管家眯了眯眼，方才看清是司机小马，心里纳闷：这小马真不识抬举，怎么找到这来了？

"下来，你给我下来。"侯长贵的喊叫声，让盛管家顾不上那柳绿，飞也似的冲下楼去。

"小马，你怎么找这儿来了，我们等你不到，去哪儿了？"盛管家喘着粗气，埋怨着小马。

“你认为他怎么了？他比咱还会享受。”侯长贵瞪着眼，摇着头，非常生气地说。

“怎？怎么回事？”盛管家不明就里。

“回去再说。”侯长贵那脸都变了形，扭头就走出了门口。

盛管家只好付了钱，跟了出去。

车停在旅馆门前，侯长贵下了车就对盛管家说：“让这小马把车停门口，把钥匙要回来，辞了他。”

侯长贵的话虽出乎盛管家的预料，但他还是为小马辩解着：“东家，为啥辞他？他刚来不久，可能不懂规矩。”

“为啥？你问他自个儿去。”侯长贵说着，头也不回，向宾馆里走去。

一头雾水的盛管家把侯长贵送进房间，慌不迭又出来，司机小马已把车停在宾馆边的空地上。小马锁好车，满脸愧疚之色，盛管家说道：“拿过钥匙来。”

“为何？”小马惊问。

“为何？侯东家刚才说了，明儿你不用上班了。明早我和黄经理说。”盛管家命令道。

“我这才上了五天班，工资还没发，为啥辞退我？”小马有些气愤。

“为啥？你为啥惹老板生气？”盛管家才想起问这事儿。

“不就是我上了他喜欢的女人吗？这是妓院，又不是他家。你们去看戏，我一个人在路边如火烤，去找个女人咋了？”小马不认为做错了事，反而振振有词，盛管家听得是目瞪口呆。此时，他才明白东家为何这么生气，原来小马干这个去了。

“什么时候去那地方不行？今晚侯老板没看成戏，本来就生气。想回宾馆，又找不到你。我们在等着，你竟寻乐子去了。”盛管家气在心头，劈头盖脸说了司机一顿。

“他才来青岛几回？这个女人，我上得比他多。”小马的辩解，让人哭笑不得。

“不说女人的事儿，明儿起，你忙别的去吧！拿钥匙来。”盛管家的意思很清楚，这里不用你了。

没承想，小马的语气倒硬了起来：“就这么个小事就辞退我？门儿都没有。”

“你想怎样？”盛管家气冲脑门，厉声说道。

“盛管家，我谋这职位，可是花了几十块袁大头的。还没干满一年就想辞退我？想都甭想，门儿都没有。”小马刚才生硬的口气，是有缘由的。

“你，你怎么这样？”盛管家气急败坏，没想到一个小小的司机，竟然敢来这一招。

“这样？怎么了？要么退钱，要么我告发你。”小马凶相毕露，没有了平日里低眉顺眼的模样。

“好好，我退钱，抽空我把钱退了。”盛管家知道碰上硬茬，不好惹的了。

“就这么退钱？没这么简单的事。”小马说着，扭头就走了。

6

对盛管家而言，这一夜过得心惊肉跳，如同执行死刑的前夜，片刻难得安宁。他躺在床上辗转反侧，如烙大饼般翻来覆去睡不着，悔得肠子都青了。他痛恨自个儿见钱眼开，收了小马五十块大洋的好处；若是被他告发，自己这管家位子怕是不保，可就不是五十块大洋的事儿了。窗外微明，盛管家本想再眯一会儿，忽然听有轻轻的敲门声，他惊得汗毛都奓起来了，忙翻身起来，轻声问：“谁？”

“给送钥匙的。”门外有人应答。

盛管家忙把门打开，见门口立着的不是小马，是一位四十岁左右的清瘦人，便问道：“你是？”

“我是小马的朋友，他有事来不了，托我来送钥匙。”

“把钥匙给我就行。”

“在门口说话方便吗？”来人说道。

盛管家迟疑了一会儿，看来人穿着整洁，天已亮了，该没什么大事，便打开门说道：“进来吧！”此人也不客气，径直进来在椅子上坐下。

盛管家关上门，来到这人对面说道：“多谢前来送钥匙。”

“不用谢！小马还托了我个事儿。”中年男人一本正经地说。

盛管家没想到他能有啥事，说：“钥匙放这就行。”

“不是这事儿。”中年男人面无表情地说。

“钥匙的事儿简单，是另一个事儿。”

“请讲。”

“是这样的，我一个朋友要贷一笔款，贵银行要开业了，盛老板该能帮忙。”中年男子的话，如同六月的暴雨，把盛管家浇了个透心凉。

“这怎么可能？这边由黄经理负责，我仅仅是侯家一个管家，业务的事，我管不了。”盛管家的话语中，有些结巴。

“盛管家谦虚了。谁不知道您是侯公馆的二东家。想当年您与侯东家在丁家大院上下其手、配合默契，可是做了不少大事儿。贵行青岛分行黄经理能担此重任，盛管家没少出力吧，你放个话儿，他还不听？”这陌生中年男人的话如同猛烈的炮弹，一句句在他心口炸开，直惊得他头晕目眩，张口结舌说不出话来。

及至此时，盛管家方知，这世上有比他和侯长贵更不要脸之人。这小马躲了不见自个儿，摆明了是让自己连还钱的机会都没有。这把柄握在人家手里，对方敢这么做，势必把结果都考虑好了，真是光脚不怕穿鞋的。看眼下光景，自己若不服软，怕是很快就难看了。他想好了轻重，低声说道：“他想贷多少？”

“不多，一千就够了。”中年男子轻声说道。

这该死的龟孙子，一千还不多？胃口可真够大，但这时已容不得他计较，只好继续问：“有抵押吗？”

“有抵押，就不用大清早来麻烦您了。”

“谁担保？”

“若有银行认可的担保，早去别行贷了。”

“一没抵押、二没担保，一千块可也不是个小数目。”盛管家虽然不做业务，但听了这么多年也知道个七七八八，知道事情不好办。但他不想束手就范，挠了挠头，停顿了一下，又说，“他贷款干什么？我们行可代为支付货款，货物卖出后款项回我们行。”

“失敬、失敬呀！盛管家这不是很懂银行业务吗？只做个管家可真是亏了。若有像您说的那些条件，这大清早的就不用麻烦盛大管家了。我们买的是比银子还值钱的东西，都是夜里现钱交易。若贵行能出人手帮忙，弟兄们倒安全了，我们可是求之不得的。”中年男子的话语云淡风轻，像谈一笔很平常的买卖，虽没告诉盛管家他们是做啥买卖的，但实际上是说明白了的。

虽说是清晨，天还不热，但盛管家闻之却满脑门子大汗，只好嗫嚅地说道："尽力办、尽力办。"

7

昨夜，北洋大戏院散了戏，商会照例请戏班吃消夜，庆祝首场演出成功。当姜来远在大门外送完客人，谢过戏院老板，赶到青岛大饭店，那边的酒席刚开始，做东的是青岛商会的孙会长。孙会长见来远进来，忙介绍道："余老板，这是久裕银行的东家姜来远，这三天的戏就是挂他的字号。"

那余老板忙站起来施礼道："在下余绍芳，与姜老板见过。"

"见过余老板。"姜来远也忙拱手施礼，两人对目，就见那余绍芳紧盯着他，微皱着眉头，好像想着什么。见此情景，姜来远也颇感诧异，仿佛想起了什么。

两人正互相对视的空当，那孔老板笑道："怎么？二位还认识吗？"

"您、您，姜老板！宣统二年，您是不是到过北京？"余绍芳秀目一睁，一下子好像记起了什么。

"是，你是？"来远也在努力回忆着。

"您？您是否在阜成门外、白塔寺南，救了两个小孩子？"余绍芳满脸错愕，焦急地说道。

经对方一提醒，来远记起来了，眼前这位名震京津的小生，该是自己十多年前施舍的那两个小孩中的一个，仔细端详一下，眉眼口鼻还有原来的样子。他这正想着，就见那余绍芳扑通一声跪倒在地，"啷啷啷"磕着响头，嘴里喊着："恩公在上，受绍芳一拜！"

"起来、起来、起来，赶快起来，这哪能成！"姜来远忙跨前一步，俯下身子将其搀扶了起来。这时，那余绍芳早已泪水涟涟，哽咽不止，看来是真动了感情。姜来远忙将其拉到刚才的位子上坐，绍芳坚持不坐，来远只好说："今晚是请你，当这么多朋友的面，别乱了规矩。"

余绍芳听了这话，只好在主宾位置坐了，来远便挨在他身边坐了下来。见大家惊愕，余绍芳便把十三年前自己被姜东家搭救之事，言简意赅地说了一下，直听得众人唏嘘不已感慨万千。见人都到齐，孙会长忙举起杯道："今晚是三喜临门：一喜是日本撤出山东，二喜是余老板演出成功，三喜是余老板与多年前救命恩人见面。为此三喜，来，大家干一杯。”

喝过酒后，两人聊起姓郑的那个小伙子。“后来他回老家了，一直没有信儿。”就见余绍芳陷入沉思，眼圈发红，想必是想起以前的情谊和不舍。

来远点了点头，三言两语把自己近些年情况说了一下，那余绍芳道：“我这定了三场演出，也没什么报答恩人的，我再在这待一天，义务为恩人专演一场如何？”

“余老板，你们明天下午去上海的票不是都买好了？那边的演出可不能耽误。”边上的管家提醒道。

“嗯。若后天一早走，来得及吗？”余绍芳扭过头问管家。

“怕是来不及，再说，就是改票，不一定能改得成。已在青岛给久裕银行唱了三天了，过不久姜老板的济南分行开业，若有心，去济南专门唱，岂不是更好？”管家掐着指头，盘算着说。

“真的？需要哪一天，定个准日子，我提前和班主说好。咱班正在排一出新戏，尚未在外地演过，想必济南人会喜欢。”余绍芳一点也没含糊，直接干脆地说道。

没等别人搭话，一仪表堂堂的中年男子说：“余老板去济南，若在我园子里演出，那场地免费。”

听了这话，姜来远扭过头仔细看，只见说话之人四十来岁，中上个头，面堂发亮，西装革履，一表人才。孙会长忙笑着给大家介绍道：“这是济南大观园总经理靳云鹗，其兄长原为山东都督，曾两次出任民国总理。”

孙会长话还未说完，靳云鹗便摆了摆手，示意他不要再说。孙会长点了点头，笑着说：“靳老板为人低调，不说那事，不说那事，呵呵，呵呵呵呵！”

在座的不是做买卖的，就是当官的。余绍芳也是唱戏中的佼佼者，听孙会长那么介绍，便知道眼前坐着的是靳云鹏的兄弟，怪不得说话口气满不在乎的样子，敢情人家有靠山、底子厚。大家对济南颇有了解，都知道那地方是个戏窝子，大观园更有“曲山艺海”之称，久裕银行若在大观园唱三天专场，那在济南的名声，可如同那趵突泉一样，摁都摁不住了。

“大观园？那可是好地方，有‘南有大世界，北有大观园’之说，也有‘上海大世界，济南大观园’的说法，‘曲山艺海’之名盛矣，本想抽空去看看，若有机会在那儿演出，当属荣幸之至。”余绍芳的话语，看来对济南一点也不陌生。

“来，为余老板下一步去济南演出干杯。”孙会长提议得倒很及时。

事定下来了，酒继续喝着，来远盘算着如何利用好这场演出，虽说北洋大戏院的演出是冠名的，但毕竟商会卖了票，三场戏下来不过千人，看戏的也仅仅是记住个名字而已，并未与实际业务有关联。这大观园专场演出都不用花钱，该与业务结合起来才是，没等酒席结束，他便想好了对策。

8

“一群饭桶。”

侯长贵鼻子不是鼻子，眼不是眼地骂着，脸拉得比驴脸还长，吓得周围的人都不敢吱声。最惨的是盛管家，作为东家的跟班，闪不掉、躲不开，还要忍着被人讹诈之事。本来，他的心紧缩成一团，有人一说话，那心就紧一下子，这侯长贵的骂声，好像是冲着自个儿来的。何况，他清楚地知道，东家生气不是为别的，是为日本撤出青岛庆祝大会开得热热闹闹，在青岛尽人皆知，是那久裕银行承办的，好像这日本鬼子是那久裕银行给撵走的，又听说京城名角要给他在济南的大观园义演，这样下去那还了得。不，不能这样被动地等，得主动出击才是。他知道东家在想啥，便瞅了个机会和侯长贵商量道：“东家，那姓姜的在青岛嘚瑟得不行，听说很快就要到济南了，我们得主动出击，给他点颜色，让他知道我们也不是吃素的。要不，以后压不住他了。”

“嗯，你有啥主意？可别偷鸡不成蚀把米，济南不比烟台，水很深。”侯长贵心中还是有些顾虑。

“东家，这些天咱也见了几个从济南来青岛的同行，中兴银号的杜老板在济南是吃得开的人物，咱得早下手，不能等。”

“话好说，事难做。去济南，单凭咱自个儿不好做。那个杜老板走了吗？听说他在青岛要开分行，正选地儿呢！”侯长贵有些忧心地说道。

忽然，就听楼梯“噔、噔、噔”直响，有人跑上来报：“东家，您的信。”

侯长贵接过信打开一看，来信的是济南中兴银号的杜老板，朱副参议长介绍的朋友。信中说如果他去济南开分行，两家可以联手共同维护济南市场，抵制久裕银行的胡作非为。

侯长贵大喜过望，当即安排盛管家准备好礼品，去济南拜会杜老板，为在济南开分行做准备。

中兴银号的客厅内，四周墙上的名人字画，显示着主人颇有文人气息，陈设的中西家具显示着主人的富足，身着府绸衣裤的杜兴来看着盛管家带来的海参、鲍鱼，知是胶莱银行东家求自己办重要事儿了，要不，他出手怎会如此大方？嗯，谁不知道胶东人心眼多，得防着，不能上他的当。想到这，杜兴来说道："侯老板来济南大展宏图，杜某景仰之至，朱副参议长引荐的朋友，本该上门拜访您。您看看，还带着东西来干吗！失礼了，失礼了！"

"杜老板是济南银行、钱庄界的翘楚，我们东家身有微恙，不能前来，特派小的前来讨教，望杜老板不吝赐教才是。"这盛管家别看读书不多，跟侯长贵这么多年，说的也都是场面上的话。

"哪里、哪里。济南开埠近二十年，做钱庄生意的，不下几百家，翘楚可谈不上。只不过，对济南市面上的事情倒是知道一些。不过，最近胶东的几家银行杀进来，搅得济南市面上颇不安宁呢！"杜兴来说着，眨巴眨巴那狡黠的小眼睛，话语中意味深长。

"今个儿来拜访杜老板，就是先表明个态度。我们东家来济南也是迫不得已。敝人银行在烟台那边，日子过得也不错。可那久裕银行到济南开分行，我们若不来，会被人耻笑，会被人认为我们老板无能！说实话，侯东家内心里从来没有与济南同行一争高下之意。"盛管家早把见杜老板的话想好了，就想着一句一句，将这姓杜的引到自己的道儿上来。

"嗯，看来还是侯老板明事理、知轻重，不像姓姜那小子一来就挓挲舞脚的，拿济南当什么地儿了？不让他吃点苦头，他不知道济南有能人呢！"杜兴来气冲冲地说道。

"我们东家也是这么看，若有什么需要帮忙的，尽管说。"盛管家道。

y"帮忙？我姓杜的在济南什么门进不去，还需要帮忙？不过，你和那姓姜的在烟台一起十多年，应该互摸脾气了，咱倒可以合作一下。收拾一下那小子。"杜兴来为自己的主意暗自高兴，自己是坐地虎，这样一来，几个人还不都听他的。

"当真？"

“我姓杜的男子汉大丈夫，说的话怎不当真？你要找出那姓姜的弱点才是。”

“我们东家和这姓姜的在一块儿十五年了，这小子防范得很紧，几乎无从下手。杜老板在济南地头熟，得施以援手，费用我们来出，如何？”盛管家得了东家的指示，给杜老板开出了条件。

“一言为定！”杜老板爽快地答应了。

第二十二章

名角义唱大观园　卷入驴皮期货战

1

久裕银行济南分行的门面装修好时，已是立秋。火炉济南的热老虎蔫了，后面跟着就是中秋和重阳两个节日。来远了解济南的习俗，若是中秋前开业，买卖市面上都忙，有些急躁了，不太合适；若是重阳节后开业，天气开始转凉，就有些迟了，便征求了行长及周围人的意见，将济南分行的开业日期定在了八月十八。

定好了开业的日子，拟定了出席人员名单，让人通知了北京常顺戏班的余绍芳，给出席典礼人员的礼品、酒席，也都一一拟定了。好在有青岛开业的先例，来远对济南比较放心，只是隔三岔五地打电话，问询一下进展情况，知道这孙行长颇有章法，早已派出人将济南七十二家胶坊跑了个遍，芙蓉街的商家、棚榜街的饭店、十二马路的粮店、布店，都有专人一一接洽；那些规模较大的纺织厂、铁器厂，都是孙行长亲自出马洽谈，效果自然是不一样。

与家人一起过完中秋，第二天清晨，姜来远便坐车赶到了蓝村，坐火车到了济南。他在孙行长带领下查看了所有的装备、服务设施及注意事项。十七日下午亲自去火车站接了余绍芳，一起到了大观园戏园，下人们忙着摆放唱戏的家伙什。晚上，姜来远约了济南商界上的头面人物吃饭，前前后后一直忙到半夜，方得休息。

2

在久裕银行存款就能获取大观园戏票，这告示张贴到大门口不久，消息便一传十、十传百，很快传遍了整个济南城，全城的戏迷沸腾起来。

西门内大街路边上，行人在议论着："京城常顺戏班的余老板来了，演的是新排的'凤仪亭'，快去看啊！"

"在哪儿演？昨天我刚从上海回来，还真不知这回事儿。"一穿西装的人，在趵突泉门口问。

"大观园连演三天，戏不重样，去吧！人家在北京，都是给总统、总理演戏。"大明湖茶馆内，几个人在议论。

"听说这人牛。人家除了在北京、上海、天津演戏，别的地方很少去。"说这话的是一位六十多岁老者，也是闯荡过天下的老戏迷。

"真的？那快去买票，大观园的人本来就多，晚了就买不到了。"

"买票？去哪儿买？人家根本就不卖票，久裕银行的告示把西门内大街都贴满了：哪位存款十块钱，赠送门票一张。那戏票都卖一块钱一张，这便宜不赚白不赚。"这老戏迷对济南唱戏的地方门儿清。

"那我去存一百块，领十张。请朋友看戏。"一穿西装的中年人有些自觉聪明地说道。

"得了吧！人家每个户头最多两张。"看来，老戏迷挺知情。

"两张也行，先去开户存上二十块，领两张戏票，把上次欠的人情还上。"西装男人一脸兴奋。

久裕银行大门外人头攒动，伙计们在维持着秩序，员工按先来后到的顺序给客户发着号码；因控制了人数，大厅内客户自然不多，十几把椅子在墙边排成两排，不少客户在坐着等着，一扫原来客户来了要站着排队的习惯。给客户准备椅子，这可开创了济南银行、钱庄业之先例。在此之前，当铺、钱庄的柜台都比人的肩膀高，需要人仰着头和里面的人说话，哪还有伺候凳子的说法？

"看来，久裕银行还真不赖，真拿客户当衣食父母了。"在大厅里坐着的人说着。

正这时，一阵敲锣打鼓声由远而近，从外面传来，不少人站起来向外面望着。大街上喧哗起来，不少人踮脚向西看，就见一乐队从西门外过来。两边的人虽都翘首以望，围着看稀奇，但还是礼貌地给让开了路，那队伍走到久裕银行门口，便停了下来。姜来远正在营业大厅里招待客户，听到门外锣鼓喧天，忙放下手中活计迎了出来，见是余绍芳，惊异道："兄弟夜里演出，早上该休息才是。"

余绍芳微微一笑，道："单单一场演出，不足以报答兄之恩情。前些时日，托人做一架屏风、一幅牌匾，送与兄长留作纪念。"说完，他一招手，随从将担架上的红布掀开，几个人将一架四扇红木屏风竖起展开，四个扇面分别是"梅""兰""竹""菊"雕刻，屏高余六尺，扇宽过两尺，颇为雍容华贵，一看就是出自名家之手，甚是大气。那随从又掀开另一担架上的红布，从上面抬下来几块长木，在姜来远面前摆立开来，原来是一副刻在红木上的对联，上联：巍巍泰山雄姿立万代；下联：浩浩黄河九曲流千载；中间一位举着的是横批：久裕济南。

鼓掌声、叫好声四起。

"兄弟，您太费心了。"来远感谢着，将大家迎进厅里。

"兄之大恩大德，弟无以回报，现送对联一副，聊表寸心。话是兄弟自己憋的，本是拿不出手，只是怕别人之言难表兄弟之情；不过，这屏风和对联的字，却是以前给宫里做事的老师傅做的。"余绍芳一边搓着手，一边说着，好像还真有些不好意思。

听其介绍着屏风和牌匾的来历，来远又仔细端详了这对联，虽字面上说的是泰山、黄河，内涵里分明说的是浩然大气的山东人呢！特别是这横批"久裕济南"，面上说的是这南泰山北黄河，对于居中济南的作用，又巧妙地把"久裕"二字给嵌了进去，不费些心思，还真难以写得出。

看罢，姜来远回过头，向余绍芳颔首笑道："兄弟的心思非外人能懂，极好，极好！"

来远安排人把对联放置好，下人把屏风抬进客厅，置于显眼之处。

余绍芳相貌出众、举止文雅，一看就不像是生意人。有些眼尖见过世面的，早已认出是北京来的余老板，呼道："这就是京城常顺戏班的台柱子余老板，今晚的戏就是他演。”

“哟，真的吗！嗯，这人演吕布，可真带劲。”有客人说着。

人们议论着，疯传着京剧名家到访久裕银行，西门内大街人潮汹涌，不少人跑过来围观。那余绍芳便朝大家拱了拱手，算是施礼了。见围观之人越来越多，来远怕发生踩踏事故，便让人领着绍芳进入大厅参观了一圈，闪入院内，从偏门走了。

3

大观园名不虚传，是靳云鹏用重金仿上海大世界建成的，因地价低廉，加上靳家权势，故园子建得极大，占地面积比上海的“大世界”大得多，因而也就更敞亮。该地脚又是济南老城区通往新的商埠区、火车站的必经之路，南来北往的客商，但凡有空均来此看看，体会一下济南的风土人情；京津一代的曲艺名角也常来此献艺，故有“曲山艺海”之说。

从黎明到深更半夜，整个大观园都是热闹得停息不下来，吹拉弹唱、三教九流，应有尽有。月亮还老高，不少人便带着戏票早早来到大观园，钱少的就着咸菜吃馒头，不管怎么说，馒头也是白面的，很大一部分人也并不常吃；宽裕些的就吃大包子、油璇，添碗甜沫，也是上好的美味；若舍得花几角钱，东面二楼的天津狗不理包子、东南角的德州扒鸡、隔壁的蛤蟆吞蜜、驴肉火烧再来碗驴杂汤，吃了后看戏更是带劲；最有钱的自然是东北角一二层占着的“燕喜堂”，在整个济南，这里的鲁菜最正宗，“葱爆海参”“九转大肠”和别的地方的味道大不一样，就是省督军来了重要客人，也要从这里借厨师用。

“兄弟们，先少吃点。听完戏，还要陪余老板，现在吃饱了，到时候就下不去了。”那秦老板是德仁堂的东家，是济南阿胶行业数得着的人物。

“秦老板可不该心疼钱！你那锅熬的不是阿胶，简直是袁大头！别再提价了，再提价，我这铺子就开不下去了。”说这话的是在芙蓉街北头开阿胶铺子的孟祥坤。

“孟老板，可别这么说。今年驴皮涨了价、白糖涨了钱，真邪门，连这豆油也是涨得离谱。我阿胶再不涨点，那可只有掺假的份儿了。今儿个久裕银行来济南开业，把这阿胶行的老板全请到了，好大的面儿。”秦老板一边夸着别人，同时也说着自己的好处。

“哼，都请了不假。不过，看场戏、喝顿酒，能花多少钱？做些不痛不痒的表面文章，未必办真事。说别的都是假的，能给多贷点钱才是真的。快吃吧！别耽误了看戏。”孟祥坤与秦老板向来不睦，说什么话都要呛一下。

4

三天大戏下来，久裕银行在济南声名鹊起，再加上报纸的大肆宣传，在省内可谓众所周知，算是博了一个“满堂彩”。送走了余绍芳，姜来远和济南分行的主要管理人员一一谈过话，对大家关心的问题一一做了安排，方才坐火车回青岛，从青岛搭车回了烟台。

济南分行从筹备到开业仪式结束，历时四个月有余，早已把济南分行的孙行长累了个够呛。见业务态势不错，又有东家的嘱托，孙行长不敢放松，想着更上层楼。这天，孙行长接到德仁堂东家秦老板在清音阁聚会的请柬，便赶了过来。

当孙行长赶到清音阁，德仁堂的东家秦老板等人已经到齐，宾主寒暄之后，秦老板将孙行长让在面对窗户位置坐下，大明湖风景一览无余。这清音阁茶楼在大明湖北岸，房间内名家字画显得文雅至极，已是深秋的大明湖一片洁净，柳树的叶子多数已墨绿深沉，有的已变黄飘落，远处如黛的千佛山倒映在大明湖中，湖南岸的亭台楼阁如水墨图画般宁静，天空西南的太阳毫不吝啬地挥洒着耀眼的光芒，微风吹来，柳条轻舞，湖水泛起阵阵涟漪，山的倒影也动了起来，山与湖水融为一体，恍若梦境一般。

“王老板，最近驴皮价格涨疯了，照这么下去，做出来的东西怕是要亏本。”秦老板的话，把大家拉回了现实。他一边给孙行长倒茶，一边有些忧虑地说着。

“秦老板，你是知道的。今年夏天我那边又加了十口锅，比去年多存了三千多块钱的驴皮，其他的堂口也添了不少口锅，驴皮紧张是早已预料到的事。”王老板轻松地说着，显然没把这当一回事。

“按往年算，这个时节驴皮涨涨价，也正常的，但价格都翻了一倍，确属不太正常。”秦老板说出了忧虑的原因。

“今天上午，吴掌柜在我那儿说，德州的老周、邹平的老邵，快半个月没来送驴皮了。去信催了，来信儿说收不到货。我觉得不大可能，得抽个空去看看。”

王老板是生意场上的老手，很相信自己的直觉。

“听说杜兴来、孟祥坤他们，要建驴皮期货交易所，是不是与这个有关？”秦老板对新生事物很是疑虑，小心地探问。

“有这回事儿，听说交易所就设在西门外东流水街南头。我觉得驴皮就是驴皮，阿胶就是阿胶，一手交钱、一手交货，若是资金不足，可去银行贷款。若是成立期货交易所买空卖空，这些阿胶作坊还有心思做阿胶吗？孙行长觉得靠不靠谱？”王老板没回答秦老板的疑虑，侧过头来问孙行长。

“这么说，事儿就明了了。驴皮价格涨这么高，该是有人囤积货物，再通过期货赚钱。”孙行长点头，赞许王老板的说法。

“听说，中兴银号的杜兴来联手那孟祥坤，还有几个不正儿八经做阿胶的作坊，携手合作此事，大有此事不成誓不罢休的态势。不过，人该干啥的干啥，我是不参与此事。”秦老板被人撺掇过这事，他经过深思熟虑，觉得还是老老实实做实业，不能玩些买空卖空的花活。

“我们这做阿胶的，该如何应对？这驴皮价格上涨，对我们的冲击太大了。”秦老板问孙行长。

“期货我还是懂一些，其目的是好的，就是生产厂家对原材料价格锁定，对风险进行对冲。这个最怕的是有人做局。如果里面几个有实力的人联手兴风作浪，小的参与者最终会血本无归。这阿胶虽说是济南的特产，但毕竟产量有限，若有银行参与做局，很容易控制价格，最后出现大问题，让实际生产的阿胶作坊受损失。”孙行长一板一眼，详细地说着期货的运作原理和可能发生的后果。

“看来，孙行长是很不支持了。”王老板说道。

“在座的各位都是鲁商的代表，这阿胶是咱山东人的脸面，要做好这东西，凭的是老辈儿传下来的过硬技艺，始终如一的好原料，还有我们济南独一无二的水。既然是生意，大家控制好驴皮成本就好，生产要购进驴皮，就不该做空。如大家不计成本超出所需地买进驴皮，就会引起价格不正常地上涨，背离我们经营的初衷。不过，我会将此情况上报给董事长，共同探讨个方案，看如何应对。”孙行长不愧为银行家，对阿胶的生产、文化内涵讲得头头是道，令在坐的各位频频颔首称是。

5

酒楼内，杜兴来、胡经理、孟祥坤、侯长贵及几个阿胶作坊的老板在把酒言欢，孟祥坤眯着小眼儿，醉眼蒙眬地向各股东汇报着最近的战况："承蒙各位东家厚爱，咱那交易所五千块钱的本金已经翻本了，驴皮价格从五块钱一张也涨到了十块。杜老板、侯老板，您投入的本金，也翻了几个滚儿了吧？"

"嗯。还是这钱好挣，不用吸收存款，不用考察项目，让人报报数，钱就来了，看来，来济南开分行就对了。"

"杜老板、胡经理，建这交易所赚了钱，参与交易也赚得盆满钵满，只是那些客户交易的保证金存款，也有好几万，可真是拉屎扒地瓜，外加捕蚂蚱。"孟祥坤的话，引得在座的都哈哈大笑，杜兴来说道："孟老板是圣人之后，可不要吐脏话哦。"

"那是，那是。照这样发展，明年此时，杜老板、胡经理就是济南金融界的掌舵人物了。到那时，哪个不听从杜老板的号令，想必会死无葬身之地。"孟祥坤吹捧着。

"哪里哪里。承蒙侯老板抬爱，只我杜某，独木难支。"杜兴来笑意盈盈地应着，得意之情溢于言表。

"是杜老板给搭建了这个舞台，弟兄们一定把戏唱好。"侯长贵谦虚地吹捧着杜兴来。

6

"驴皮价格这么高，阿胶价格没涨多少。这么下去，怎么得了？"五槐堂的老板高效江被阿胶的行情闹得愁眉不展，带着礼品跑到孟祥坤家讨教。

"市场，这是市场，谁主导了市场，谁就有了话语权。"孟祥坤对高效江的话不以为然。

"可是，这么下去，大家都成了驴皮贩子，都不做阿胶了，客户都没了。"高效江想不明白，大家的初衷是参与驴皮炒作赚钱，也不是不做阿胶了。

"把驴皮价格炒高，让其他堂口没有驴皮，看他们如何熬胶。"孟祥坤信心满满之语，并没有回答高老板的疑问。

“孟老板您是站着说话不腰疼，我这还借着银行五千多块钱，账面上虽说赚了几千块，可那贷款利息那么高，再加上这作坊不赚钱。哪天驴皮价格下来，我可亏大了。”高效江说着，那头急得直摇晃。

“嘿嘿，我说高老板，亏您还是做这一行的。”孟祥坤的话透露着不屑、似乎是很瞧不起他的样子，听得出那话说了一半就止住了，但眼神飘来移去，似乎是想说什么，又不想说出来的样子。

“孟老板，您就别和我卖关子了，有啥门道？快跟我说道说道才是。”高效江有些急不可待了。

“高老板不拿我当外人，那我就不把发财的机会让与外人了。最近有朋友从北京上海收了些皮货，可作为驴皮的替代品，你想要不？”孟祥坤的话着实让高效江很是吃了一惊，他顿然醒悟了，怪不得自己的生意做得这么难，人家南山堂过得还那么滋润，但让自己用别的代替驴皮，还是有些不忍；但让自己放弃，更有些不甘，便问：“什么皮货？”

“以皮鞋为主，也有皮衣。不过，都是上好的皮货。想想看，上海、天津、北京有钱人是不是很多？穿皮鞋皮衣的有几个不是生在富贵人家？”孟祥坤的口才，开铺子都亏了，应该去大观园说书，那话从他嘴里说出来，仿佛这皮鞋皮衣做出来的阿胶，比那正宗驴皮做出来的质量更好、更正宗。

高效江惊得深吸了一口气，如同寒冬腊月冷水泼头般，浑身汗毛都奓了起来，不由自主地惊呼：“皮鞋？皮衣？”

“哎、哎、哎，怎么一惊一乍的。老兄若不想，兄弟我不强求，权当我没说这事。说实话，要这货的排着队，要不是看在期货合作默契的分上，他们还真不告诉我这消息。”孟祥坤一脸满不在乎的神情说着，觉得高效江有些大惊小怪了。

高效江知道孟祥坤说的是实话，用皮鞋做阿胶，是有些伤天害理，可眼下这驴皮，确实贵得没谱了，便问：“按你们的办法，我那账上的钱又取不出来，怎么买？”

“这个朋友们都给你考虑到了。你看这样行不行，你账上现在有五千块钱，压在库里的驴皮也值一万块了，胶莱银行的胡经理想借用一下，那些个皮货就打个折扣卖给你。”孟祥坤终于一步一步，将高效江引入了早已设计好的圈套。

“你们不是说为了维持市面繁荣，不赚钱不能出货吗？那资金在账上冻着，怎么借？那驴皮也在库房里，还抵押着六千块钱，怎么能挪得出？”高效江说着自己的疑问。

“你、你，我说，怎么你就这么不明白事？天底下哪有不拿钱就买的东西？你啥也不给人家押点，这皮货凭啥白用？至于如何借，老兄就不用管了，这交易所是什么人开的，你又不是不知道。在这济南市面上，还有人家杜老板、胡经理做不成的事儿？”孟祥坤又是一通吹牛，给高效江吃着定心丸。

“哥是年龄大了，真不太懂这些新鲜玩意儿。说清楚了，只要有钱赚，就可以。”高效江有些急躁，前几个月没管住下身，嫖得多了些，花了几百；禁不住狐朋狗友的撺掇，吸老海花了几百；关键是和那些个银行家赌得有些大，几千块不见了。本想着参与驴皮炒作赚钱快，没想到和这些人掺和久了，反而亏空得更厉害，怎么不着急？

“账，兄弟都给你算清楚了。这些皮货才花两千块钱，实际能顶五千块钱的驴皮用；用了它，就能白白多赚三千块。你把那期货账户上的钱押给胶莱银行，这些皮货就能先用着，还不用交利息。加把劲做了阿胶卖出去，你可是白赚了。”孟祥坤的话让高效江眼前一亮、豁然开朗，仿佛看见大堆的银圆浮现在眼前。

“那，那个什么胶莱银行靠谱吗？他们刚来济南，不熟。”高效江还是有一丝疑虑。

“看看你，一个大男人怎么婆婆妈妈的。你不做，我找别人去。”孟祥坤原本眯着的小眼睛顿时瞪得溜圆，显得异常生气，拔腿就要走的样子。

“别，别走。孟老板，做，咱做。”高效江怕丢了这几千大洋，连忙应了下来。

7

“做了半辈子阿胶，没遇到这么邪的行情，这驴皮是要吃人哟！”号称济南阿胶行业大拿的秦老板发出了无可奈何的喟叹！几个人在茶馆里商量着下一步的应对之法。

孙行长说：“到了夏至，这阿胶就不能做了。而这阿胶做下来一个周期要半个月，那最后一批驴皮就要到六月七号，从那到秋后，买驴皮的就少了。这些囤积驴皮、操纵驴皮价格的人肯定会提前出货，他们最少要拿出半个月的时间，也就是最晚五月二十二开始做空，这驴皮的高价格，怎么也超过不了这个日子。”

“我们可以做空吗？”秦老板问。

“可以做空，不过，账户由他们银行控制，若做空，怕他们到时候兑不了现钱。”孙行长电话中问过姜来远，详细分析过这驴皮价格的走势，也有了相应的应对方案。

“这倒也是。不过，既然姜老板分析得这么透彻，不做一把，着实可惜。”王老板一边嗑着瓜子，一边琢磨着两个人的对话，咂摸着其中的味道。

“若真想做，我倒有办法。不过要费些心思。”来远转了转眼珠，用鼻子深深吸了口气，又缓缓地呼了出来。

“如何做？姜老板。”秦老板迫不及待地问。

“可以找几个公司去他们那里开户，自己买入和卖出三个月后的仓单，无论涨跌，还是那些钱。若是涨了，把买入的单子平掉，下个月，你们把所有库存的驴皮推出去，我再联合几家银行抽出头寸，那驴皮怎么会不崩盘？”来远之言如夏日惊雷般，呼隆隆炸在会议室内，令近日里愁眉不展的各位频频点头，脸上露出了欣慰之色，如乌云散开雨转晴。

“万一那驴皮不跌，岂不是亏了？”秦老板仔细盘算过，他要的是万无一失。

“你想想看，你们卖的是现货，眼下交易的空单最长六个月，到期后正好是八月份，三伏天，也是驴皮最便宜的时候，为啥现在六月持仓很少？”直到来远问到这个问题时，大家方有所悟。

8

“东家，最近新开户的人不少，三月份的交易量猛然增大，这两天就是好几万的持仓，咱手续费就赚了好几百。”交易所内的经纪人，跑到在那边督战的孟祥坤眼前说道。

“嗯、嗯。数额还不小，查查看他们几成保证金。”孟祥坤问。

“查过了，新进入的空单有四千张驴皮，折合有四万块钱，他们都两成保证金。”经纪人回着。

“怎么样？胡经理，再拉两成，让那些空单崩盘？”孟祥坤扭过头来和在一旁坐着的胡经理说着，仿佛那八千块钱赚到手了。

那胡经理脸色变得非常难看，话里已没有恭顺的语气：“孟老板，现在多头持仓量已经有五万张驴皮，折合市值五十万。若再拉两成，整个盘面可要多少资金？怕是要十多万。使不得、使不得。”

“胡经理，怎么像小脚女人，你这开银行的，钱还是问题吗？就是不让他们崩盘，也要拉拉，让他们空头知难而退。”经孟祥坤一提醒，胡经理顿时明白。对啊！本来都计划好了的，还没到做空的时候，他们一下子冒出这么多单子，不打掉，岂不是坏了大局？

“去，先拉半成，特别是拉拉三个月的单子。能拉一成拉一成，不给他们点颜色看看，不知道马王爷有六只眼。”胡经理点了点头安排着，算是赞成了孟祥坤的意见，立刻回过身安排人去办理。

不多久，市场骚动了起来，继而人们奔跑呼喊着，整个大厅变得嘈杂异常，那交易员也颠来跑去。孟祥坤和胡经理不知发生何事，急忙站起来望着大厅，就见另一交易员慌慌张张跑上来，上气不接下气地说：“胡总，不好了，要崩盘。”

没等胡经理回话，那孟祥坤脸色大变，大声问：“崩盘？怎么会？”

“刚才外面传来消息，不知哪儿来那么多驴皮，一股脑涌向了市场。早上还是十块钱一张的驴皮，听说跌到八块了。”交易员的话如同寂静夏夜的炸雷，直震得孟祥坤一屁股跌在椅子上，心里想：完了，完了，这下完蛋了。

9

“孟祥坤你这个王八蛋，你还我驴皮、还我的钱。我说快出手，你说再等等，一万块的驴皮跌了七成，还押着七千块钱的贷款，钱没赚着，倒欠银行四千块；交易所五千块保证金分文不剩。你、你、你们合伙设套害我。”高效江带着两个体型彪悍的手下，气势汹汹地在孟祥坤阿胶铺子门口问罪。

“我说高老板。话虽那么说，事可不能这么办。这交易所是大家伙儿开的，我仅仅是个在里面说话还不算的小股东，那大股东是中兴银号、胶莱银行，要找找他们去。”孟祥坤毫不在乎地说着，一扫前几个月和气生财的谦恭模样。

“我去找中兴银号？杜兴来他姐夫是法院院长，谁敢找他？胶莱银行的胡经理也跑了，去哪儿找他？”高效江气急败坏地说着，心里这个恨就不提了，恨自己轻易听信别人的话，恨没能把持住自己。

“我说高老板，这就是你的不对了。敢情拿我当软柿子捏呢？你赔了钱来找我，我赔了好几千块，去找谁？事已至此，认倒霉吧。”孟祥坤心中的恨，并不比高效江差。他能不恨吗？那个胡经理卷走了好几万块，里面都有他的家当。

“你赔了钱？谁信？你们合伙穿一条裤子，用脚指头都想得出来。不还钱，等着吧！我要告你们，找记者写文章揭露事实，让你们在济南混不下去。”这高效江也不是善茬儿，露出了地头蛇的流氓本性。

“哼哼，先生记性可真差。从我朋友那边进的一千块钱的货做了那么多阿胶，可是赚了大钱的人，可不能赚了便宜卖乖。无论记者怎么写，我还是个卖阿胶的！我花两块钱雇人写一写，你那阿胶作坊可是要关门的。”孟祥坤说这话时，心不急、气不喘，语调平和，但更无赖透顶。

听了这话，高效江直翻白眼，好歹没背过气去，想着自己好歹也算是济南市面上有头有脸的人物，怎能让刚来济南不久的外地银行给耍了？没有你姓孟的家伙在中间撮合，我能吃这亏？想到这儿，高效江禁不住破口大骂：“姓孟的，你给那胶莱银行捎个信，开银行的敢给客户挖坑，小心把自己给埋了。”

10

“东家，济南的阿胶行业出大事了。”来远接到孙行长电话，心中也是暗自吃惊，自己一直担心的问题，终于发生了。

“情况到底如何？”来远问道。

“有人卷款跑了，交易崩盘，交易所倒闭了，不少参与者血本无归。”孙行长话语中还是有些急迫。

“咱们客户有无牵扯进去的？”来远急切地问。

“据原来清单排查是没有。不过，这次崩盘会引起济南市面上的资金紧张，或多或少会有些影响。”孙行长汇报着。

“详细排查，安顿好咱支持的客户。”来远松了一口气。

“交易所崩盘，对咱们的客户而言是个好事。大家都好好地做自己的阿胶生意，不要再想着不劳而获。不过，东家，您听说了吗？最近济南好像要打仗。”孙行长和来远详细汇报着济南分行的业务情况。

“怎么打仗？”来远吃惊地问。

“北京的军队已开到德州，怕是很快就要打到济南了。咱们的贷款客户，别遭殃就好。”孙行长的话，隐约透露着担心。

听了济南驴皮市场状况的报告，姜来远心里焦急万分，不顾年终岁末业务繁忙，腊月二十又赶到济南，与孙行长商量对策。

“济南七十二家胶坊有多少家参与期货交易？我行贷款客户有无参与的？”来远虽看过报告，但仍想亲口听孙行长汇报，了解其对客户的掌握情况。

“回东家，自从与您汇报交易所的事，得到您不支持客户参与的意见，我们对所有阿胶作坊及阿胶销售铺子做了排查，有一半的商家或多或少地参与了进去，我们三十家阿胶客户中有十多家参与进去了，有三家追加了房产抵押，其余的都已将贷款提前归还了。”孙行长详细地说着。

“提前还款进行得还顺利？”来远有些不解地问。

“还怪了，按说咱合同中未规定不准参与期货交易，这些阿胶作坊可以不提前还款，没想到没费多大口舌都提前还了，后经深入了解才知中兴银号、胶莱银行联手给这些客户贷款，并且对参与期货交易的客户贷款利率有优惠。这倒好，我们倒省心了。不过，那些没参与期货交易的阿胶作坊确实苦不堪言，这年底都难过得很，王老板、秦老板叫苦连天，说民国以来，从没碰上这个年景，都想再让给予资金支持，以渡过难关。”孙行长详细介绍道。

“行，晚上叫这些人一块儿坐坐，请他们吃个饭。”来远安排道。

11

说是酒局，可在座的各位哪有心思喝酒？纷纷说着经营困难，资金摆布的难题。姜来远劝慰着大伙：“驴皮价格涨了一倍多，各位厂里又没有多少存货，阿胶价格并没有涨多少，必然有人囤积居奇，利用价格上涨从期货上赚钱，这势必不会长久，一旦崩盘，参与者必会面临灭顶之灾。”

“可眼下资金确实紧张，这是一个大问题。”

“怎么样，孔老板，咱们一块支持支持？单靠兄弟一个人，还是有些势单力薄。”来远看了看一旁一直不作声的孔繁成。

“多谢姜经理的提醒，现把参与期货交易的客户贷款都已收回。还是该全心全意支持真心做阿胶的企业。前几天做了个预算，到腊月二十五我还有五千块钱的头寸，可全部用于在座的各位。”孔繁成满怀信心地说道。

“今天请大家来，一是提前给大家拜年，另一个是给予资金支持，我这也有一万块的资金头寸，赶明儿从烟台、青岛调来，全力支持一心一意做阿胶实业的作坊。为了长久的合作，来，大家干一杯。”来远无比真诚地招呼着大家。

来远来过济南多次，对当地的经商环境和文化也算了解。自从济南通了铁路，这往东去青岛，仅需半天时间，下了火车，就可上船去世界各国；往北是天津、北京，过了山海关就到东北了；往南直达浦口，换了车就能到上海。交通便利让济南人口急速膨胀起来，这济南的特产阿胶，也如同泉水一样聚集又散开，跟随着铁路、人流，四散到全国各地，甚至海外。作为银行，支持好维护好济南阿胶商家的利益，就能通过他们把久裕银行的业务带到北京，带到上海等地方，增强自身实力。

12

姜来远的银行生意上了正轨，社会局势的变化也是一日千里，张宗昌成了山东省都督、主席、总司令，原先的很多当权者成了落水狗，有的通缉犯反而成了座上宾；很多原先对的成了错的，很多错的又成了对的。世事纷扰之时，思潮杂乱无章，丁世聪竟然回到了烟台，大家见面，唏嘘世事无常，民生艰难。丁世聪详细讲述其不满现状，离开北洋政府到了上海，言语中似有什么要说，但欲言又止。

“在北京那么多年，为何要离开？”姜来远问丁世聪，对他的离开很是不解。

“民族要富强，国家就要统一。要形成统一政令的国家，就要有革命思想的指导。我们这一代人，不能小富即安，不能不问世事。现在革命形势如火如荼，国民党和共产党的合作正在轰轰烈烈地展开，你和我，作为新时代的年轻人，不能作壁上观，应该行动起来。”丁世聪一扫以前在总理府言行慎微，小心翼翼的作风。

“革命？主义？兄弟，十五年前我就是革命党，虽说没加入同盟会，但我是烟台第一批剪辫子的人，可革来革去，有人革了别人的大宅子自己住了进去，有人革了别人的钱庄成了自家的，袁世凯革了大清的命又革了革命党的命，还不是最后自己做了皇帝，可惜好梦做过了头；此后，你方唱罢我登场，半年六个月的总理下来，太太娶了几房、宅子有了几座，几年的时间孩子倒生了一堆。可百姓依旧贫穷，民生依旧疲惫，纷争无止无休。当年的徐镜心、邱丕振等人，被杀的被杀、流亡的流亡，怪我当时年轻、易激动，相信了主义、参与了革命。古人言：三十而立，我都三十有四的人了，不会再那么容易相信什么主义了。”来远不赞成丁世聪的说法，充满了悲愤的话，字字如血，想必是隐藏在心中许久，回想那一个个鲜活的生命先后而去，实在是让其痛心。

对姜来远冷漠的态度，丁世聪没感到不可接受，他依旧满腔激情地说：“一点也没错，上次的革命是令人失望，但失望不等于不该做。眼下的乱局是令人痛心，但这不是同盟会闹革命的错，盖其原因，是没有一个力量使整个国家团结起来。举目世界先进诸国，无一不是政党政治，共产党的宗旨就是团结一切可以团结的力量，消灭军阀，使国家统一。”

“你加入共产党了？”姜来远大为吃惊。

“还没有，我现在是国共合作的联络人之一，在对共产党深入研究。你还是考虑一下。”丁世聪不死心，劝着姜来远。

“己所不欲，勿施于人。”姜来远的话，令丁世聪有些不知所措。

第二十三章

夜访百里明灯店　巧捉笑面郎蠹鼠

姜来远刚把烟台的事情处理完，政府就有人送信，说下个月哪儿也不能去，要在烟台候着陪要紧客人。来远问陪什么人时，送信人三缄其口，不透露丝毫信息。其实，不是他们不和姜来远说，是他们压根啥也不知道而已。

一直等到八月初十，姜来远才被通知，是去掖县迎接张宗昌省长省亲。第二天一早，姜来远坐上了政府安排的汽车出了烟台城，同行的不下五六十人，基本是烟台商界的头面人物。姜来远因忙于自身事务，并未刻意对这张大省长关注太多，但见这么多人浩浩荡荡去陪客，心中疑窦丛生，低声对身边的徐子清说："省长省亲，与我等何干？"

徐经理听姜来远这么说，悄悄地回道："老兄开银行这么多年，难道对张大省长不甚了解？"

"略知一二，他干他的省长，我们干我们的生意，知他作甚？"来远有些故意地说道。

"按说没啥大关系，但这张大省长的另一面，老兄就有所不知了。这张省长人称'狗肉将军'，少年起便吃喝嫖赌无所不能，犯了人命官司跑到东北谋生，后又到俄国去混生活，没承想竟成了今天这个模样。其出身卑微，最痛恨瞧不起他的人，故发达后特别爱摆排场。传言明媒正娶的媳妇不下二十位；可这媳妇多了放在家里别人看不到，这回家省省亲、上上坟，却是摆排场的好时机。”徐经理这么一说，来远方知烟台方面出动了这么多人捧场的缘由。只烟台商界就去这么多，加上整个胶东半岛各县的人，那掖县城怎么能盛得了？恐怕赶明儿应是个人山人海、刀枪林立、戒备森严的场面，便说道：“张省长这排场，我们这样的人岂能靠得上边？”

那徐经理听来远这么说，哑然笑道：“老兄，你可要小心，和这个张督军还是离得远点的好，叫咱这些做买卖的去，怕不仅仅是吃酒那么简单。”

“还能有啥更要紧的事？兄弟要说与我听才是。”来远有些不解。

“怕的是伸手要银子。不瞒你说，我一远房亲戚现在济南跟着他干事儿，前些天捎信给我，说这张省长原来是带兵打仗，走到哪儿，抢到哪儿，所得用于打仗的开支，反正是没有个准儿，老百姓虽愤恨，却没任何办法。眼下这做了省长，算是有了自己的地盘，就没法再像以前那样直接明火执仗地抢了。可连年征战，城里乡下的百姓皆穷困不堪，收不上多少税。那么多军队加上政府的支出，岂不令他挠头？这到处转悠可不是白转悠，想着法子弄钱呢！”徐子清倒很摸得清这张大省长的脾性，详细地说与来远知道。

来远听了徐经理的话，还是有些不太相信。这么多年了，烟台什么人没来过？难道你张宗昌缺钱了，还要回老家抢不成？只要你不开枪放炮明抢豪夺，我们躲得远远的，你又能奈我何？想到这儿，来远便笑着对徐经理说：“到时候我们不说话、少喝酒，不往前凑，躲得他远远的，看他有何方法从我们这里拿钱！”

出了福山便是蓬莱地面，一路上是长起来的玉米、红薯，那葡萄已过主要的采摘期，两个人不断聊着，时间过得倒也快，中午便到了黄县地界。县政府早安排人在城门口迎着，领大家伙到饭店吃饭，午饭后稍作停歇，便径直赶往掖县县城。

当一行人赶到掖县时，县政府安排专人接待，并陪着吃了饭。陪客吃饭的人介绍，县长们陪烟台、胶东道的人去了潍县接张省长，希望大家多担待。晚饭略显简单，做东的人也拐弯抹角说了县长的建议，他们不能喝醉，以免耽误第二天的正事儿。话说到这里，大家都明白了，其实是暗示客人今晚不喝酒了。大家都是聪明人，酒就简单意思一下，晚饭很快就结束了。

见天色尚早，徐经理提出去街上逛逛，看看这掖县晚上的生活。姜来远想着若是早，就去自己那分号看看，但见天已黑下来，想必已打烊，现在去，恐怕也见不到人。若是赶明儿方便，过去看也不迟。想到此，便陪着徐经理来到街上。

掖县是古城。

掖县，夏为莱夷地，建国为都城；商为莱侯国，周属莱子国；自秦以后，皆为郡州县所在地。该地历史名人众多，文化积淀深厚，商业发达。这夜间的掖县城和白天时大不一样，为迎接省长回乡，地方上可是下了功夫，黄土垫街、净水洒道，主要道路两旁张灯结彩，挨着县政府的这几条街，更是买卖繁盛户户通明，一派欣欣向荣之景象，俨然似户户女儿出嫁、家家男儿娶亲般模样。不少人也刻意来到县城走亲访友，以便能见见省长、开开眼界，馆堂酒肆人来人往、生意兴隆，好不热闹。

他们顺着街道将一家家店铺看过来，粮店、米店、钱庄、银行自不待言，都是粉刷一新的门脸。当走到一胡同拐角，见一门脸两侧挂有灯笼，中间门匾上写的是“百里明”，看到这三个字，来远倒是有印象，掖县分行开业时，用的就是这个字号的灯笼。不少人夸那灯笼做得精细，今见到店铺了，便有了好奇之心，对徐经理说道：“兄弟，这可是上百年的老字号了，进去瞧瞧。”

说着，两个人抬腿进了店铺，但见店铺内空空荡荡，没啥东西可看。在昏暗的煤油灯下，一位六十多岁的老者没精打采地坐着，见两位进来，并未起身迎客，只是抬了抬眼皮，知道了进来人了一般，又好似他们不存在。见此情景，姜来远心中疑惑，掖县人做买卖，出了名的勤快，客人来了店家竟然不起身迎客，这做的啥买卖？便问：“请问，阁下可是店家？”

听到来远问话，这老头有些惊恐地站起身，嗫嚅地答道：“啊，阁下是？”

“路过的客商，特意过来看看。”来远有些不解地说着。

闻此言，那老汉方才有些紧张的脸色顿时放松了下来，讪讪地说道：“店都空了，没啥好看的了！”

“看着满街上挂的都是灯笼，想必这店不卖空都不行。看来，老人家的生意好得很呢！”来远有些开玩笑地和这老者说着。

“发财？发啥财？这里连棺材本都要赔进去了，连门都关不上，还发财呢！你们想干啥？难道又是来要钱？”老汉没好气地说着。

听这老汉这么说，来远不得其解，一头雾水地问：“老人家误会了，刚说过我们是路过的客商，怎么会无缘无故地要钱？”正说着，就听门口有人吆喝：“在、在！季老汉正在！”

姜来远扭头看时，只见门口摇晃着进来了几个身粗体壮之人，暗淡的灯光下，虽看不清楚来人模样，但见走路摇摆之样，却不似等闲之辈。那老汉张大嘴巴，有些惊恐地说道：“张少爷，您，您怎么来了？”

这时，那为首的已走近柜台，其余三位站在他身后。灯光照耀下，为首之人满脸的疙瘩肉，大眼、高鼻、厚嘴唇，脸色青黑，短头发支棱着，一副蛮横的模样。他斜着眼瞧了瞧姜来远两个，用手“啪、啪”地拍着柜台，大声吆喝道：“季老汉，怎么样？这灯笼卖完了，那账也都该结了吧？”

一听这话，来远方知这店主欠人家钱被债主催债来了，想罢转身要走，就听那店家颤巍巍地说道：“张少爷，你那哥哥从我这里拿了几百挂灯笼一文未付，我怎有钱给你？等你哥哥把钱给我，我立马把钱还你！”听到这，来远有些没听懂，心想着这到底是谁欠谁的钱？这两年自己那银行在这里干得不咋地，那经理老说买卖难干，今天正好有空，倒要听个明白，看看这掖县的商家如何做买卖。

“莫提他、莫提他，灯笼钱是你和他的事；他归他、我归我，这买卖上的事一码归一码，咱是亲兄弟明算账；我跟你要的是料钱，他欠你的是灯钱，这是两码事，说不着、说不着的事！”这张少爷话说得干净利落、一点也不打磕巴。

季老汉听后那脸如同吃了苦瓜，有些哀求地说道：“张少爷，你看当时你哥哥从这里拿灯笼的时候你也在场，说灯笼钱直接和你结料钱；再说，从你那里进料都是政府安排的，若没有政府安排俺就不从你那里进料了，大不了俺没灯笼可卖，你哥也不会欠我的钱，我也不会欠你的钱了。”

听季老汉这么说，这人不依了，那嗓音一下子提高了八度，嚷道：“别跟我来这一套。你那些歪理莫跟我讲，不管谁安排的，你从我那里领料是欠我的钱。若真是政府安排的，你去找王县长说去，难道你赊了我的料，我去找王县长要钱？还有，我哥哥说他把灯笼钱可划给我？我答应了吗？我签字了吗？我虽在场，可我没说一定这么做！你也是老买卖人了，空口无凭、立据为证。”这人倒教训起季老汉来了。

“你们，你们强买强卖，可不能这么不论理！”季老汉也有些着急，嗓音也高了起来。

"季老汉，怎么说话呢？现在可是天下大治，俺张家兄弟做事就凭理，你欠我钱是不？这账上都记着。欠债还钱是不？今晚上把钱还了，这就是论理；欠债不还钱，就是不论理。季老汉，是你不论理？还是我不论理？"来远一听，这小子的理还一套一套的很棒。

"要钱也要有，钱都变成灯笼让你哥给赊走了，没钱你说咋办？"看来季老汉是老买卖人了，就是咬着牙说没钱，任凭你吆喝。

"没钱还不做买卖了？这不打紧。我都给你考虑好了，这不是带宏利钱庄的伙计来了，你不是欠我八百块吗？让宏利钱庄把钱贷给你，你把钱还给我，以后咱两个就互不拖欠、两清了，省得我天天惦记着你。"

听来人这么一说，来远想这掖县人做买卖精明，敢情还有这么做买卖的。正疑惑间，季老汉哆哆嗦嗦地说道："那怎成？宏利钱庄的利息那么高，俺可承担不起。"

这姓张的早就料到季老汉来这么一手，笑着说道："高？五分利还嫌高？我这可是给你说了情的，要嫌高，我叫久裕银行的过来，他们的四分。不过，可要你这店铺抵押。怎么样？你选哪一个？"

当听到久裕银行几个字时，姜来远心中大凛。可真巧了，若不是来参加省长省亲大会，最近还真没打算来掖县看看，没承想，闲逛街倒逛出自家业务来了。姜来远知道，此时不方便作声，他看了看徐经理，徐经理也是一脸惊异神色，看着来远在瞧他，知其心中所想，便将身子靠在柜台边上听着。正想着，这季老汉在一旁哀求着说道："张少爷，事儿是那么个事儿，但话不能单挑一段说。这满大街上挂的灯笼都是为迎接督军来省亲，那督军又是你本家哥。为这，我满店铺的灯笼都赊出去了，店也空了，你哥又不还俺钱，以后俺如何进料做灯？如何开门纳客？你再逼我把房子抵押出去，还不让我活了不成？"

此时，姜来远方听明白，眼前这位是张宗昌本家兄弟，其张口省长、闭口督军，一会儿又是总司令，鬼知道八竿子能不能打得着，都在狐假虎威、狗仗人势，以兄弟之名借机敛财。谁知这人听了季老汉的说辞，那本来就不好看的脸也冷了下来，又皮笑肉不笑地说："督军是你说的吗？那可是俺家哥哥；若是拿别人压我还成，拿他压我可不是拿错了人？"说罢，回头看了看带来的那三个人，满脸得意的样子。

"都民国了，怎么着也要讲理吧？"这季老汉一着急，把民国给搬了出来。

听季老汉这么说，这张少爷倒笑了起来，竟然一板一眼地说："民国？你这糟老头子竟然也有资格说民国？眼下在这掖县，最有资格说民国的是俺张家。想当年大清时，你这灯笼店红火，日子过得也滋润；而这掖县容不下俺宗昌大哥，他离开这儿下了关东。怎么样？大清亡了吧？为什么大清丢了江山呢？就是因它容不下俺大哥那样的能人。大清丢了江山，那皇帝老儿都不行了，可这十多年来，你那灯笼店还很红火，老百姓不是说吗：吃甜棒、吃一段，不能从头吃到尾。都民国十五年了，你还做着和大清时一样的买卖，本身就不正常。大清在时，你过了好日子；民国了，你还过着好日子。好事都让你占了，本身就不正常，你还好意思说民国？今夜里大爷告诉你，眼下不用说在掖县，就是在烟台，在整个山东，最有资格评论民国的就是我们老张家，兄弟们，对不对？"这季老汉一句民国，竟惹得姓张的这小子张牙舞爪、唾沫乱飞，呛得这季老汉张口结舌、不敢接话。

见季老汉不作声，这姓张的有些不耐烦地说道："怎么办？想违抗吗？"

那季老汉也是买卖做了多年，见过的地痞流氓不少，知道碰上这样的人只好少说话，能躲就躲。姓张的见他不作声，回过头对那三个人说："拿出文书来，签字画押了事。"

只见一跟班的拿出一张早写好的文书，打开后放在柜台的灯下，姓张那小子冲季老汉说道："季老板，签字画押吧！这字一签，咱俩的事儿，算是一笔勾销了，再磨磨蹭蹭耽误我的事儿，你可担不起。"

别说季老汉没钱，就是有钱，哪能那么容易答应？但忍不住还是看了看文书，只听得他惊叫道："怎么？只欠你八百，怎么写着八百四十块？"

听季老汉这么一说，姓张那小子笑道："啧、啧、啧……我说季老板，亏你还是老买卖人，可别跟我装糊涂。八百块五分利一个月利钱就是四十，这叫砍头息。切莫大惊小怪，我这才砍你一个月，要不是看在省长哥哥的面子上，借半年可要砍半年的呢！"

"你、你这不是抢劫吗？"季老汉脸涨得发黑，大声叫道。

"我说季老头，说话可别那么难听。这光天化日之下、朗朗乾坤之中，这山东在俺哥哥的治理下太平无事，你怎么能说'抢劫'二字？若把你刚才说的那话告了官，那可是下大狱的罪过。"说着，朝后面的人招呼了一下，"去，让他签字画押。"

就见后面那两人根本不顾边上还站着其他人，如狼似虎般就往柜台里转。到这时，来远清楚了这几个人的目的，他本来不想惹事，但见这姓张的如此欺负这季老汉，又听闻刚才说到自己的银行，觉得事情不能就此拉倒，倒是要从姓张的小子嘴中听听自个儿那分行的水到底有多深、那郎行长在这掖县如何做生意，便说："莫急、莫急，买卖可不能这么做！"

本来这事快成了，这姓张的小子没承想有人打岔。他先是一愣，瞧了瞧这两位均是书生模样，也像是做买卖之人，便蛮横地说："这不关你的事情。你是什么人？敢在这里乱说话，难道你要替他付钱？"

"这事巧了，我欠这季老板五百块钱，正在商量给他现银还是票据。欠债还钱，天经地义！季老板也不容易，有事当容商量才是。说实话，我觉得这利钱是高了。刚才这位兄弟说能联系久裕银行四分利的钱不用，而逼店家用着五分利的钱，岂不是不讲道理了。"来远缓缓地说道。

来远这一说话，那季老汉一怔，有些不解地看着他。但见来远笑盈盈地看着他，那话不容置疑好像他们真就在商量还款一样了。这姓张的本不想搭理来远，听完有钱的话，倒转过脸来对季老板说："我说季老头，这就是你的不对了，明明有钱要到账，你可是只字不提，让我费这么多口舌。好了，我大人不记小人过，不和你计较这事。"说着，又转过头来对来远说："这位客官刚才也听着了，要用人家久裕银行的钱可要店铺抵押，还要找证人，麻烦得很。主要是这季老板不愿意；我可不想等了，今儿不把这事办完了，我睡不着觉。"

听他这么一说，来远差点没笑出来，心想这人还真够实在的，别人欠你的钱你睡不着觉，你哥哥欠别人的钱就能睡得着觉，有强买强卖的，还没见强逼着借高利贷的！想到这，便说："这位兄弟，有便宜钱季老板不敢用，恐怕不会那么简单。听说要从久裕银行借到钱，又是调查、做抵押又要红印的，他这一用就是八百块，哪会那么容易？"

"哎、哎、哎！我说你这是从东北还是从南洋来的？你不摸这掖县的行情，今儿俺不是吹，在掖县没有俺姓张的办不成的事，那久裕银行的郎行长，也是俺拜把子兄弟，别看他在街面上人五人六的，私下里，他在俺张宗声面前就是条狗，俺叫他咋办他就咋办。"说着，看了看随身带的人，说："是不是，弟兄们？"

"对、对、对，没有宗声大哥，那姓郎的小子在掖县哪能吃得开！哪能有钱赚！”边上一小子附和着。

来远越听越心惊，心想这一趟还真没白来，得激将激将他，看这姓张的小子说的是不是真的，那郎丹平到底是否和他们说的那样，便假装很关心又有些不相信的样子说道："呵呵、呵、呵、呵，这位兄弟可真逗，这大黑夜里银行又不办公，你叫他咋办就咋办？这牛吹得也忒大了吧！”

听来远这么说，这张宗声有些不依了，满脸的疙瘩肉又聚了一块，说道："这位客官可真不知这掖县的水有多深，刚才我还和郎行长在潇湘酒楼吃酒，说好了我办完这事就一块去百花楼消遣，听说从青岛过来了几个新妞俊得很，若是季老汉想用郎行长那边低息的钱，我立马就把他叫来签字画押办手续，快得很。”这张宗声可能是被钱迷了脑子，竟然连饭后要去百花楼找妓女的事都给抖搂了出来。

"咦！不对吧！我说这位张老板。在下在东北也做过几年买卖，也从银行使过钱。自民国来，在这掖县从银行使钱若用房契抵押可都是用红印，这夜半三更、黑灯瞎火的，县政府也没人上班，如何办理手续？”来远有些故意刨根问底说道。他心里清楚，自己行里的铁律之一是房产抵押必须有官府大印，这没有官府印章的契约手续可是严重违规的，难道这郎行长敢违背行里的规定私下行事不成？

这张宗声听了眼前这位的话倒是满不在乎，半解释、半吹嘘地说："这就不用季老板操心了，这掖县县政府，从县长到看大门的，哪个见了俺张家的人不像孙子一样点头哈腰地伺候着？不用说是个借款手续，就是牢里的死囚，俺都能把他从里面捞出来。这小小的借款手续算个啥？今晚办好这手续，钱贷两清，赶明儿一早去县政府把章补了就是，郎行长那边还能赚一天利钱，哪个不愿意？”

"还有这等好事？看来这干银行的人油水不少！”来远的话语中，装出一副赞叹的样子。

听这位话音儿里，丝毫不了解这掖县的行情，张宗声好像忘了今天是为干啥来的，又开始瞎白活："那一天利钱才多少，还不够吃顿酒的。虽说这姓郎的是俺张家的看门狗，可俺宗声也不亏待他，这八百块钱放下来四分利，他在银行里想入二分五还是三分，那是他的事了。若是弄得好，他这一笔就能回老家买二亩地。”

“哦，怎么可能？能挣那么多？”来远越听越吃惊，想着自己开银行十多年，自信内部的管理制度是铁打的严密，没承想，竟然有此天大漏洞。

“哼哼，不懂了吧！本不能告诉你，可不告诉你怕你睡不着觉，和你说说也无妨，好好跟着俺掖县人学学做生意的门道，也好让季老板放心贷款把俺的钱还了。实话实说，用那个方法入账叫阴阳合同，那个风险大、利润还低，容易被上面的人查着；还有就是直接不入账，是他们把吸收的资金自己放款，那样就全让他们挣了。你想想看，他不这么做，短短几年就能在这北关置了地盖了楼？买了老家的几百亩好地，那钱哪里来的？”张宗声越说越得意，来远听着越说越离谱。

听到这儿，来远算是彻底明白了。真的没想到，平日里低眉顺眼的郎丹平，竟然背着自己干了这么多龌龊事儿。此时不宜暴露，得让他自己无话可说才是，便不露声色地说道：“若是那久裕银行的郎行长今夜能把这事办了，说明季老板日子真难过，真的缺钱了，我赶明儿也得快筹钱把他的钱还了，做买卖都不容易。”

听姜来远如此说，张宗声倒感兴趣了，问：“此话当真？”

“当真。”来远说。

张宗声伸着脖子要看时，那边的季老汉忙吆喝：“不办、不办、我不办。我这店铺从道光年间开到现在，买卖可以不做了，这祖上留下来的基业我不能丢了。你这骗子，你们合伙害我。”说着，就哭了起来。

见季老汉哭了起来，来远知道他误会了自己，便从口袋里掏出几张银票，都是一百元一张的，晃了晃说道：“在下带的就是久裕银行的银票，季老板，莫着急，你欠张老板的钱，我欠你的钱，咱今夜里就两清了岂不省心？这二百块，你先收下。”说着，将银票递给季老汉。

那张宗声看到银票，也想伸过手来接，来远又把手收回来放入口袋说道：“莫着急，还是按张老板说的办才是。”那季老汉满眼不解的神色看着来远，嗫嚅地说道：“这、这、这，真能这么办？”

“当然能，张老板，把银行的人叫来吧！”来远毫不含糊地说。

看这人身上装着银票，张宗声知道人跑不了，忙示意手下道：“去潇湘酒楼把郎行长叫来办手续，告诉他：办完了，去百花楼的事儿算我的。”

那人应了一声，飞也似的跑了出去。

见送信的人走了，这张宗声又在一旁唠叨道：“季老板，今天遇到我姓张的算你有福气，抓紧把这手续办了，赶明儿这老板把你的账还了，你再去还贷款一样。”

俗话说：掖县的鬼子、黄县的嘴子、蓬莱的腿子。可能这送信的人是蓬莱人，不大会儿就咚咚咚地跑回来了，像打了胜仗一般，边喘着粗气边兴奋地大声说：“大哥，郎行长来了。”

来远也没回过头去看，把脸朝着里面，就感觉那人进了门口，有些气喘地说着：“兄弟的买卖谈得好快，本以为今天没事了。”

张宗声忙说：“郎行长，来来来，给这季老板做下手续，八百块，用这店铺抵押，若是四分砍一月头息，若是三分则砍半年头息，现在就办手续，赶明儿补政府印章。”说着，回过头来对那季老板说：“季老板，取房契来吧，我给做证人。”

他这边说着时，那郎行长已站在柜台灯下，将包打开取出文书，问道：“季老板，你是要三分利，还是四分利？我这就给您填合同。”

闻此言，那边的季老板哪还有啥主意，顿时慌乱了起来，大声嚷道：“我不办！我不办！你们不只强买强卖，还强借强贷，没王法了吗？”

那张宗声一听不乐意了，侧过脸去对郎行长说：“那就按三分利吧！差不了多少钱。”又回过头来对季老板笑笑说：“王法？现大清都没了，皇帝老儿都被赶出皇宫了，听说北京那王爷都拉洋车了，你还在挂念王法？现在是北洋政府，你懂？北洋政府！眼下可不是王爷说了算，是省长说了算！”说着，往来远这边跨了一步，皮笑肉不笑地说道：“这位客官，人我都叫来了，季老板不取房契可要您出面了，再晚了，那百花楼的好姑娘可都被人家选去了。”

来远用眼睛的余光看着，那郎丹平正在刷刷点点地填着合同，知道是该露真面的时候了。他回过身对张宗声说道：“张老板多虑了，既然久裕银行的人服务这么周到，季老板哪有不办的道理？是不是郎行长？”

那边的郎行长听有人跟他搭话，不自主地抬起头来往说话之人这边瞧，当看清站在柜台边的是老板姜来远时，顿时惊得瞪大了眼睛，就见他脖子一挺，一声凄惨的“啊”从喉咙里喷薄而出，嘴巴张得老大，呼吸都要停滞了，膝盖不自主地弯了下去，整个人好像没了骨头一样软软地跪了下来。

张宗声被郎行长见了鬼般的惨叫吓了一跳，又见他在地上不断地哆嗦着，心想这郎行长莫不是中邪了？那惊恐的脸上，如同见了鬼怪一样惊得没有血色。张宗声忙叫："怎么了？郎行长，你这是怎么了？"

就见郎丹平浑身筛糠般地在地上哆嗦起来，嘴里含混不清地嘟囔着："老板，是您？怎么会是您？来怎么也不先告诉一声？"那话语都说不成溜了。

来远见着郎行长如此模样，心中没好气道："今儿来是政府安排我来陪张省长省亲的，可不是为了看自家生意，没事陪朋友来这店铺转转，看来这掖县稀奇古怪的事情不少，今儿个可算开了眼了。"

这张宗声见郎丹平这番模样，倒是让他万万没有想到此人是如此软蛋，又听他口口声声老板，惊讶地说道："郎行长，你这是作甚？这位是？"说着又转过头去看了看来远，从外貌上看无啥特别之处，但看到郎行长见了他如同见了克星，都没有人模样了，心中很是纳闷。

那边的郎丹平可没有他那么淡定，"砰、砰、砰"如捣蒜般地磕着头，嘴里叫着："东家饶命、东家饶命！小的初犯，以后再也不敢了！"

来远见状，有些严厉地说："初犯？既然是初犯，又何必如此惊慌？刚才听张老板说了，你近两年在老家置了好几百亩地，还在县城北关盖了楼、纳了妾。看来，你这边的业绩上不去，不是这掖县的买卖不好做，而是咂摸着如何砍头息、找抽头、强借强贷、账外经营，整日里想着法子往自个儿家里划拉钱，业绩怎么能上得去？不过也不打紧，怎么吃了的，怎么让他吐出来。若不然，交给政府处理就是。"

听来远这么一说，这郎丹平心中可不是仅仅叫苦那么简单，心里想着自己怎么就这么倒霉，这烟台隔着掖县好几百里地，他来怎么就这么悄无声息？自个儿一丁点儿消息都没得到，那边的银子白花了？还有，原先来掖县都是先到柜上去看看，这次怎么没去？直接到这破灯店来了？他知道得怎么那么清楚？自己那事情做得很是秘密，没几人知道啊。事已至此，只能死不承认，看他又能耐我如何？想到这儿，郎丹平大声叫道："冤枉啊！冤枉！哪个该死的王八蛋在胡说八道？在下为了银行的事情夜不成寐，我可是赤胆忠心、上天可鉴哪！东家！"郎丹平口才不错，一口气说了一大串功劳，最后，说着说着，竟然哭了出来。

姜来远已说清楚，此事是张老板告诉他的，言外之意是人证都在，你也别狡赖。可郎丹平不知是有意还是无意，骂了一句该死的王八蛋，让张宗声脸色难看无比。这时，张宗声也算明白了事情的原委，忙问："难道你是久裕银行的大东家？"

"正是！"来远答道。

"你刚说明天来陪俺宗昌哥哥？"

"正是。我本不想来，不过看来还是来对了。若不是为这事来，还真不知道郎行长在掖县扑棱得这么大、更不知道掖县的天这么黑，灯笼店的灯都卖没了，老百姓还见不着点光亮，赶明儿见了张省长我可要和他说道说道！"来远半讽半刺地说道。

"啊呀呀！这可是大水冲了龙王庙、一家人不认一家人啊！先听我说，这论起来，咱们还是一家人呢，你叫我舅舅，可错不了！"这张宗声突然脸色大变，和颜悦色地说道。

"怎么？你们是一伙？"一边的季老板一听张宗声那么说，顿时惊得开口大叫。

"呵呵？一家人？"来远倒有些不解。这胶东一带亲戚连亲戚，自家里小门小户的，母亲那边没听过在掖县有什么瓜葛，怎么半路上冒出个什么舅舅？莫不是媳妇那边的什么亲戚？

姜来远正疑惑着，张宗声开口笑道："哈哈，我这不给论论，你还真不清楚。既然是久裕银行的老板，那可贵姓姜了？如没错，娶的可是黄县丁百万家的千金？"说到这里，张宗声顿了顿，那意思是看这位是否赞同他的话。

听到这儿，姜来远心中一惊，只是微微点了点头，也未吭声。

张宗声又继续白活："那丁家的二太太可是俺本家姐姐，可就是姜老板的岳家母了。这么论起来，俺可不就是你舅舅咋的？"

还有这么回事儿！姜来远知道，岳母娘家是掖县人，但知她家里条件不咋地，不是什么大户人家。若是大户人家，也不会去做鳏夫的后老婆了。自己和她有过节，又不是自己媳妇的亲娘，也就未曾刻意去深入了解这些。但见这位把自己打听得如此清楚，所言所述丝毫不差。不过，自己可未曾听说过二太太有这么厉害的本家兄弟，就算有，恐怕也是隔着八竿子。姜这正想着，那张宗声又说："二太太也来了，你见到她了吗？"

听张宗声这么一说，姜来远有些吃惊。别看姓张的自称舅舅，自己完全可以不理会这回事儿，但怎么说二太太是自个儿名正言顺的丈母娘，自己若是不知道倒没啥，现在有人已提起这事，若自个儿不闻不问，可就有些过分了。来远只好问：“哦！我还真不知道，什么时间来的？在哪里？”

这张宗声闻言笑道：“看看你这女婿当的，连这事儿也不知道。好多事恐怕你也不一定知道，想当年俺宗昌哥哥去大连连路费都没有，是俺那嫁到丁家的姐姐给了他一笔钱。谁想到俺宗昌哥哥发财了，眼下他最忘不了的就是俺姐姐，这次来省亲给县政府的王县长写信，就是谁也不见也要见俺姐姐。她早来三天了，在俺五大伯家住着，县上天天伺候着呢！”

来远听到这里，方明白前后的缘由。今年过年回黄县时倒隐隐约约听说过她有个什么亲戚发达了，敢情就是这位混世魔王张大省长，便说道：“你见过她吗？”

来远一问这个，大言不惭称舅舅的这位脸色一红，有些磕巴地说：“我、我肯定见过俺姐了，倒是一块吃、吃过饭。这不是为迎接俺宗昌大哥，又有这么多买卖要做，没得空、没得空老陪着。再说，她比俺爹年龄还大，都是俺爹那辈的陪、陪着呢。”看来，他们这些不要脸的舅子们都在抓紧利用这千载难逢的机会不择手段地敛财，脸都不要了。

来远知道，今晚上的事情难以收场，低头看了看地上的郎丹平，说：“起来吧！郎大经理，别在这边丢人现眼了。”

这张宗声却不那么想，见和这久裕银行的大老板都搭上关系了，认为那事更好办了，便不顾羞耻地说道：“我说外甥，有你在这儿事就更好办了，今儿个把这业务办了，一会儿百花楼我请客！”

姜来远一听，心想大骂，你张宗声什么狗东西，把我当成什么人了？但转念一想，这是在人家地面上，万一这帮愣头青不知深浅，说不定自个儿吃亏。想到这儿，来远觉得没必要太反驳他，便对郎丹平说道：“现在你已被停职了，待查清账务后再发落。”扭过头，他又对事情的始作俑者张宗声说，“我说，这买卖可不能这么做。赶明儿见了张省长若把这事说清楚，相信作为一省之长定是爱民如子，一定不会让你这么做的，是不？”

来远话语中带着严厉，这小子也知道轻重，左一声俺宗昌大哥、右一句省长哥哥，生怕别人不知道自己是和省长一姓的兄弟。其实，那都是给自己壮胆罢了，自己和那张省长虽说都排宗字辈，算起来都出了八九服了，深追究起来，只是乾隆年间的祖上一块摸过勺子；再一个就是两人的年龄相差二十多岁，张宗昌逃亡东北之时，这小子都还没出生，俩人压根都没见过面、更未曾说上话。若真能搭上话，也早去济南谋个一官半职了。本家是有人去了济南，可自己一不能带兵打仗、二不能提笔写字，去当那大头兵也没什么人摆他，恐怕也没啥子捞什，混不出啥光景，倒不如在这老家凭着自己这宗字辈的名字还有人买账，能快找些钱使。赶明儿若是这外甥狗子见了省长哥哥说点自己不好的话，岂不是断了自己的财路？若打着他的旗号做了过分的事，恐怕还真找不上张省长给自己兜底。便说道："今天的事就这样，见了宗昌哥哥，莫要对他说起此事才好。"

俗话说：好汉不吃眼前亏，要先把这事搪塞过去，等哥哥走了再办不迟。想到这，便回过头朝那季老汉道："季老板，今晚看在我外甥的面子上不和你计较，先宽限你几天，等接待完俺宗昌哥哥，再来跟你算账。"

来远见他服了软，便回过头看了看季老板，说道："张老板都这么说了，季老板先安下心来吧！我有事，先走了。"

张宗声也巴不得快离开，费了一晚上唾沫星子，啥也没捞着，对带来的人打招呼："走走走，赶明儿再说。"瞧也没瞧郎行长，径直往外走去。

那郎行长见此情景，心中愤愤不已，想着你这该死的呆霸王，把我叫过来给漏了汤，你这抬屁股走了，我可怎么办？姜来远看了看郎行长，说道："郎行长，一块儿去趟驿馆，我打几个电话。"说着，和徐子清一块儿出了这百里明灯店，径直回了驿馆。

到了驿馆，来远让郎行长在大厅等着，自己回房间取了本子，到了驿馆的电话间，给王行长打了电话，简单说了下掖县的情况。两人一致同意，让招远的杜经理明儿一早带个人来掖县，接任郎丹平的职务，并让总行来两个人负责清查盘点掖县分行的业务。

郎行长见大势已去，颓然立在一边，无甚言语。姜来远见天色已晚，对他说："明儿一早去分行交接，你也不要怕，是非自有公断，先回去休息吧！"郎行长见东家已经把接任的人都安排好了，自己再说啥恐怕也没用处了，只好悻悻地走了。

见郎丹平走远了，徐子清在一旁问："他不会跑了？"

姜来远淡淡地说："谅他也不敢。他在北关置的宅子、老家置的地一晚上也处理不了，能往哪里跑？还有，他若跑了就是畏罪潜逃，我们只能告官府通缉他，那事就大了；只要老老实实地配合，最多就是把吃了的吐出来，我们也不想把这事捅到政府去。弄大了，对我们银行的声誉也有很大影响，对以后开展业务非常不利。”

“怪不得他那么肆无忌惮呢！”徐经理很是吃惊，银行里的人这么想事情。

“不过，通过这件事看出，我们还有很多漏洞。要全面彻查所有机构业务，对所有人员进行摸底排查，杜绝此类事情的发生。”来远若有所思地说道。

第二十四章

迎督军掖县省亲　伴省长蓬莱观景

1

当来远吃过早饭赶到自家银行门口时，杜经理已带着几个人在门口迎候。郎行长已无昨日的威风，接替他的杜经理现年三十二岁，虽在招远做事，但老家是黄县人，读过新学，身材魁梧、精神抖擞，标准山东人的形象。

见东家过来，众人拥上来问候。

姜来远问候大家："让你们一早就赶过来，辛苦了。"

杜经理回道："还行，天放亮就走，这马跑得快，不到两个小时。"说着，又将带来的人向姜来远做了介绍。

一行人从侧门进了营业厅，其他员工也陆陆续续地到了，郎行长虽然知道了自己的下场，但是还未对员工公开，也就无奈地主持这晨会，他把这一行人介绍给员工后，为了安抚人心，姜来远并没有讲郎行长违规的事情，只是说因工作需要由杜行长来接任郎行长的工作，一切听从杜行长安排，并当场取出笔墨刷刷点点写了人员的任免证书。杜行长也做了讲话，根据昨晚来远的电话安排，把自己带过来的人接管了信贷的经理和会计总管的职位。

到了开门营业的时间，里面的事情也都安排完毕，剩下的由杜经理负责就可，姜来远便与大家告辞，急匆匆赶回县城驿馆。

2

当来远赶到县城驿馆的时候，那礼宾官已经着急得不行，急匆匆地和他说："姜老板，你可回来了，那省长姐姐非要见你不可。"

来远一想可不是，她可是自个儿名正言顺的丈母娘，老久见不着一回，这碰巧在一个县城该一早去打个招呼请安才是，忙问："她现在何处？我正要去见她！"

"她找不到你，已经由人陪着去城南门外迎候省长大人了，都去了、都去了，就差你了。"说着，便招呼了停在一边的洋车坐了上去，一起径直往南城门赶去。

几千年来，掖县城几经兴衰，到此时因商贸发达，所居人员越来越多，仅是县政府、税务局、警察局以及贾商巨富的宅子已将内城挤得满满当当，居于城外的居民已远远多于内城，而这老县城东西南北四城门中，南门属正门，虽说更多的人去北京天津济南往西走，但有重要人物进出掖县城，还是走南门而不走西门。当他们穿街过巷邻近南门时下了洋车，穿过高大的城门洞，紧接着就是搭的拱形彩棚，就见五彩的丝绸包裹了柱子，上面插满了五色的旗子，被风吹得飘飘荡荡缠缠绕绕，在太阳底下煞是好看。彩色拱棚南侧的东西两面是两片桌椅板凳，桌上摆的是各色水果，还有茶水，那凳子上黑压压坐满了人。当礼宾官领着自己走进时，就见几个人站起来向自己看着，来远仔细看时，才看清是二太太和小舅子世明。来远忙迎上去，还未来得及开口，就听那二太太笑盈盈地说道："来远也来了！今一大早听我宗声兄弟说，你也来了。来、来、来，快坐，世明，还不见过你姐夫！"

来远忙应道："昨夜里刚到，很晚才听说您来了，本想去看您的；今早上这边的分行又有要紧的事务，刚去处理了一下，来远给婶娘请安了。"姜来远一边说着，一边拱手施礼。

"哎呀呀！自家人客气啥！你这买卖做大了肯定忙，不打紧、不打紧。这世明也是昨天下午刚回来。忙完了这边儿，赶明儿就回黄县见你爹！"二太太说着，把来远让在世明的另一侧坐了下来。

“姐夫，我本不想来，可娘打电话发电报，非让我回来不可。还想着忙完了去烟台看你和姐姐呢！”

“一说这有两年没见了，怎么样？上海那边怎么样？”来远关切地问着，虽说他和丈母娘有些过节，但和世明倒没啥说不着的，这些年来一直走动得还真不少。

世明见周围人多不是很方便，只是说在上海读完大学不想再回来，一是习惯了那边的生活；二是那边新东西多，特别是自己写时政文章的，回来也没合适的工作干。两个人聊了一会儿，那二太太瞅了他们好几次，最后终于忍不住说：“来远，你劝劝你弟弟，上海有什么好的？趁着你宗昌舅舅这干了省长，回来去跟他干，又是本乡本土，还愁不升官发财光耀门楣？可他不听，真是愁死我了。今儿我把他叫回来，就是为了让他见见我那兄弟，最好给世明谋个一官半职的。”

听到这儿，姜来远方明白，二太太让世明舟车劳顿不辞辛苦地从上海赶来，原来是为升官之事。世明听母亲这么说，便小声嘟囔着：“姐夫，你看咱娘说的，这都什么时候了，还想着当官、当官，眼下乱成这样，哪个当官的不是借着枪杆子横征暴敛、鱼肉乡里？又有几个是为了黎民百姓的生计考虑？这样的官儿，不当也罢！”

“你，你这是说啥呢？世明，别的你看不着，就眼下你宗昌舅舅，没当省长之前，哪个不是躲的远远的？谁肯借钱给他？只有为娘我肯舍得资助他。眼下你舅舅当了省长，那七大姑八大姨八竿子拨拉不着的人都冒出来了。你知道，这一年间他们在这掖县地面上捞了多少钱？昨天我住你四舅老爷家，他是你宗昌舅舅都出了五服的叔叔，这一年间都置了个三进出的院子，你们若不抓紧机会，一旦错过了，后悔就来不及了。想想看，若不是当大官，这县上能搭彩棚欢迎他？能把我们接过来好吃好喝地伺候着？”虽说二太太是女流之辈，一辈子除了生孩子伺候自己的男人，也没做过啥买卖，可毕竟在大户人家待了三十多年，也历经了改朝换代、家境败落这些大事，跌宕起伏、大起大落的生活，令其参透了人间冷暖，那话听着不好听，确实句句实在，切中要害。

闻此言，姜来远心中有些悲凉。自己年轻时尚且对民主、自由心有向往，也曾不顾一切地参加革命，烟台那大大小小的事情，自个儿也经历过不少。而所谓的革命之后，那些革命中的同志，连自身都管不好，谋得大位后的所作所为，还真令人有所不齿。更何况那些雄伟宏大的目标，因无基础而万无实现之可能，自己已心灰意懒到极点。此后，他便下定决心一心一意做自己的买卖，再也不涉足政治，对当官也不再有任何兴趣。可如今，就连政治两个字都不会写的女人，竟然对当官迷恋到如此程度，想尽办法为儿子争个位置，以求光耀门楣。这样的人当了官，就是不助纣为虐，岂能不把升官发财购置房产放高利贷放在第一位？但姜来远不好接话，只好微微笑了笑，沉默不语。

世明非常沉稳，知道辩解也没啥用。他并未显得着急，只是淡淡地说："娘，我在上海做些出书的工作，对这官场之事一无所知。况且，官场的倾轧之事，并不适合我。再说，眼下政局不稳，你看这省长督军走马观灯地换，进去了恐怕后果难料。到时，连个囫囵尸首都找不到，可就麻烦了。"

不过，这女人认定的事情，比男人还能坚持。虽然世明说得很清楚，做娘的可不听这一套，她又不停地说："唉，世明，你这怎么说话呢？可别吓唬我。那南山上的土匪才几个人、几条枪？在那里都十多年了也没人动得了他们，听说你舅爷都几十万人马，有放不完的大炮，还有什么能飞的机器，谁能动得了他？"二太太听了世明和他说的那些话，迅速以相反的结论反驳着。

"娘，这话说了多少遍了，今个儿好不容易见了来远姐夫，让我们好好聊聊！"世明见他娘唠唠叨叨，只好用话题岔开。

来远见世明在说着自己，把刚才要走神的心收了回来，口中也说："是、是、是，我们也两年没见面了，上海那边怎么样？"

世明侧过身子靠近来远，说道："姐夫，眼下烟台怎么样？有啥新动向？"

"比前些年多了些新工厂，别的没看出啥来。"来远作为过来人，明白世明说的新动向是指啥意思，但他不愿讨论这些，只好打哈哈，应付着。

"没有什么新思潮？"世明不甘心，又继续问。

"还真没听说新思潮。上海那边呢？有啥新鲜事？"来远知其所言何事，但是他不想说破，倒想听一听这年轻人的想法，到底是什么东西让他们如此着迷。

世明用眼的余光扫了扫周围，将头靠近来远的边上，用低低的声音说道："听说过共产主义吗？在上海可很流行。在这边没听说过？"

"这怎没听说过？前几年，苏联在烟台设领事馆，我去参加过开馆仪式，听他们议论过。朋友捎来的报纸上，也有孙先生提议的国共合作。"经世明一提，来远倒又记起了多年前的往事。

"怎么样？你不想深入了解了解共产党的主张？这可是解放贫苦农民于水深

火热之中的政党。等完事，我们好好聊聊。”世明见来远对共产党这事不是一无所知，有些兴奋地说道。

没承想，姜来远态度很是冷淡，用冰冷的语气问：“什么主义？多年前的三民主义口号喊得何其响亮？难道差过这共产主义？是把大清推翻了，可眼下怎么样？只不过是衙门里换了个主人而已！就像今天我们来迎接这省长省亲，被迎接的人和负责迎接的人，多少是带人参加推翻清廷的积极分子，现在如何？”

听了姜来远不满的话，世明如同被一盆凉水浇在头顶。世明知道，姐夫参加过革命，深知革命的意义，但他又不是醉生梦死之人；正因为他参加过革命，反而对眼下有更深刻的认识，对目前的局面更不满，甚至是厌恶。对于新思潮革命，他们会保持着格外的警惕和小心，不想再走以前的老路，陷入恶性循环的怪圈。

大家谈论着无关紧要的话，人群骚动了起来，起先坐着的人们，纷纷站起来，齐刷刷伸着脖子扭向南边。司仪拿着纸，对照着名单念着，让各位来到外面站好。人群又是一阵骚动，有人过来把姜来远让到烟台过来的商界团里。刚安顿好不久，即见远处有人飞奔而来，气喘吁吁地吆喝着：“督军到了，请大家肃静，省长到了，大家肃静……！”

听到命令声，喧闹的人们慢慢静了下来，一个个直挺着脖子，向来车的方向看着，但见不远处飞扬起的尘土如风暴般滚滚而来，轰鸣声中一庞大的车队风尘仆仆地赶了过来，咔啦咔嚓地在离五彩拱形门两箭远的地方停了下来。这县城的人大都见过汽车，但没见过这么多汽车，好多人拥挤着往前看。卫兵用枪推搡着拥挤的人群，就见陆续从车上下来不少人，前呼后拥地来到彩虹门边，中间那一位身高九尺，膀大腰圆，笔挺的军服，挂满了各色勋章。看来，这位就是督军，是省长了。

不错，中间被簇拥着的这位就是张大省长，站在其左侧的是胶莱道长官孙道尹，右侧是由原胶莱道税务局局长新晋升的掖县吴县长。一行人登上礼台，吴县长跨前两步，看了看四周，大声宣布：“各位父老乡亲，今天，我们的张大省长回乡视察工作，我等心潮澎湃，感激涕零，现由胶莱道孙道尹讲话。”

吴县长话音刚落，掌声四起。

孙道尹在掌声中阔步登上礼台，环顾四周后咳了下嗓子，朗声道：“肃静、肃静，各位父老乡亲。今个儿张省长回家看望父老乡亲。众所周知，张省长自幼聪慧过人，少年饱读诗书、学富五车，后北征东北、俄国，威震北京、上海，是咱们掖县走出去的名人。多年来，张督军南征北战、东挡西杀，立下了赫赫战功，可谓功莫大焉，现如今贵为山东省督军、省长，可谓实至名归。时下，张省长之威名如晴天之皓日光耀寰宇，后必将如浩瀚之星空万古闪烁。张省长为山东人之父母官，必将为山东人之民谋利，张省长坐镇山东，可真是山东人民之福，此乃掖县人之荣、胶东人之幸，为中华民族之自豪也……”孙道尹这一通白活，直吹得飞沙走石，天崩地裂一般，令人不忍耳闻。

“停、停，停、停、停、停，你这说了些啥子啊！什么俺自幼聪慧过人学富五车，还六车呢！去别地方吹牛还行，在这掖县地面上，谁还不知道谁？想当年俺连个秀才也没考上，还什么光耀寰宇。别说了，该俺说两句了。”张省长打断了孙道尹的话，嫌他吹牛吹得过了火，让脸皮厚比牛皮从来不知害羞为何物的张省长都忍受不住，自己讲了起来。

张宗昌根本不在乎别人的想法，直接硬生生打断了这道尹的讲话，看了看四周，又说：“我说各位父老乡亲老少爷们，今儿个俺当了省长，本早想回来看看，可当省长不比在掖县城的时候，忙啊！想当年俺打了人去闯关东，是先去黄县俺本家姐姐家拿钱买的船票，今儿回来第一个要看俺姐姐。怎么？姐在哪儿呢？”这张宗昌话锋一转，向道尹问起了二太太的情况。

张宗昌的话问得突然，刚才的讲话被省长打断，道尹心里发怵，正走神呢！没承想又被问起他姐姐的事情，竟然一下子没有反应过来。张宗昌一看着急了，大声问：“想啥呢？俺姐姐来了吗？”至此，孙道尹才回过味儿来，他忙指了指下面，说：“省长您看，大姐来了，就在下面。”

张宗昌点了点头，瞧了瞧孙道尹，有些生气地质问道：“你刚才嘟噜嘟噜地说了些啥？别在我面前装斯文，想糊弄我不是？若是糊弄我，这叫不忠；问我姐姐的事也答不上来，俺姐姐就是你老姑、是你老祖辈的、知道不？就这么个屁事还支支吾吾、吞吞吐吐的，常日里肯定没照顾好，这叫不孝，对不？你这可是犯了不忠不孝之罪，这事都做不好，还能做好这道尹？我看，能做好掖县县长就不差了。副官，给他降降级，让他来掖县做县长，什么时候把大姐伺候好了，什么时间再重用。”

那副官闻言，忙凑过去低声说道：“大人，他若去掖县做县长，那原来的县长咋办？还有，谁来接替他的位置？”

“嗯哼！还真是忘了这事。那换了不就得了，让那掖县县长去做胶东道道尹。”这可真好，那掖县的县长平白无故连升两级，做了胶东道道尹。

这张省长本来是正式讲话，说说思念故乡体恤民情的话，谁知说着说着岔了话题，竟然安排起人事任命了，下面的人看得真切，想着还是当省长好，一句话就让县长、道尹换了个儿。这张宗昌安排完人事，又继续讲话，待到结束后已是满头大汗，走下台来径直向二太太走去。两个人见过面，一番问候，二太太也将儿子世明介绍给他，一行人在鞭炮声中进了城里，徒步向县驿馆走去。

3

欢迎省长省亲的宴会摆在莱国大酒楼，一溜十几桌宴席摆开之时，让当地见过世面的人也开了眼。桌上自然是天上飞的珍禽异鸟、水里游的海参鲍鱼应有尽有，来远看得直皱眉头。边上的徐子清说道：“怎么样？哥哥，开眼界了吧！今早上听这边的朋友说，县上为了迎接省长省亲，都收了三遍费，据说修路垫街加招待费花了不下十多万，不知又有多少人趁机浑水摸鱼，浮财装满了口袋；又有多少人如同那季老汉一样，遭了大殃？”

说归说，这酒还要喝，饭还要吃。那张省长虽说是个大老粗，喝酒的规矩却是丝毫不差，加上这山东人喝酒的规矩又多，张宗昌都一桌桌按照规矩敬酒过来，随行的官员在一旁不断地介绍着。张宗昌频频颔首对每个人都给予笑脸，倒一点也看不出其杀人如麻的内心。当他走到来远这一桌时，有人介绍：“这是久裕银行的大东家，是眼下烟台数得着的青年才俊。”大家本以为这张宗昌也就点点头过去了，没承想他上上下下看了看来远，道：“久裕银行？济南城里西大街北侧有家久裕银行，可是你的分号？”

听张省长这么说，周围的人可都是吃了一惊，就连来远本人也有些惊诧，心想这倒是怪了，张大省长再不务正业，那每天来来往往的人和事必定不少，想很有空闲是不大可能的，在偌大一个济南，那商号可是成千上万家，他竟然记得自己那并不太大的门脸，想必这张省长的记性也不错。但见张省长亲自说出自家字号的地方，来远便接话说道：“那正是在下的分行。”

“你这分行和张裕有啥关系？”张宗昌又继续问着。看来，他对自己这银行还很感兴趣，要不，不会继续深问的。

“回省长，久裕银行和‘张裕’没任何关系。俗话说‘九’为大，‘久’取其音，同时还有恒久、持久之意；‘裕’为‘丰’、又与‘余’‘鱼’同音，有年年有余、发达富裕之意；‘久裕’合起来为恒久发达、丰收富裕之意。”来远简短地解释着这久裕银行字号的来历。

来远说到这里，想着就这个场合，那张省长应该也就这么罢了。没想到他听着来远的解释，紧盯着他问道：“阁下贵姓？”

“在下姓姜名来远。”来远自报名号。

“是黄县人士？”没承想这张宗昌倒主动说起。

“正是！”来远疑惑地回着，心想，这张宗昌怎么问起这件事情。

“辛亥年烟台举事时，你可在胡瑛都督手下做事？”没想到，张宗昌竟然说起了胡瑛。

事情都过去十多年，来远虽没有忘记，但这么多年来，几乎无人提起此事，来远也刻意不去想它，在姜来远的生命历程里，仿佛那事根本没发生一样。今天这张宗昌问起此事，是何缘故？姜来远一边想着那遥远的血雨腥风，一边回答：“姜某是在胡瑛都督手下干过一段时间。”

“那就对了，怎么？忘掉我了？想当年，我带领一百多人从上海赶赴烟台，到烟台时已经是晚上，我那一百多个兄弟的吃饭住宿，都是你给安排的，怎么？忘了吗？”张宗昌突然大声兴奋地说着。别看张宗昌读书不多，竟对人有过目不忘之才，那事情已经过去了十四年了，竟然还能记得清清楚楚。看来，一个能当上省长之人，必然有其过人之处。

来远听张宗昌这么一说，多年以前的往事浮上眼前。没承想，那时仅仅带领一百来号人，百十杆枪的人，十年多的时间竟成了省长。不过，那时很多人不用真名，自己也忙着筹钱筹粮，事后并未太在意，现人家说起来，姜来远有些不好意思地说：“恕在下生性愚钝，请见谅。”

“哎，哪能那么说。我看你是谦虚了，能把烟台的银行开到济南可不简单哪。嗯，这干啥也离不开钱，没有钱这省长当起来也不滋润。这开银行可就有钱了。这样吧！这两天的活动哪儿也别去，跟好我。”他看了看边上的副官，安排道，“以后，让姜老板上主桌吃饭。”

张宗昌一句话姜来远上了主桌，至于让谁从主桌上下来，他可不管那个。

4

这午宴进行的时间并不太长，关键是下午这张大省长还要去扫墓，别看他这大老粗，在心里这事比吃饭还重要。待到饭后略作休息，相关人员便安排好车马，一块儿赶往张家的祖坟地。

张家的祖坟地就在县城北关外二里地。眼下正是盛夏时节，但有轻微的海风，天气并不太热，那杂草丛生的坟地早已有人进行了处理，四周也布好岗哨，就见那墓碑高大庄重，墓碑冠上龙凤呈祥的图案繁复芜杂，气势自然是不一般。参加拜祭的人一溜站好，正中间是张宗昌，两侧排着的是他的十二个姨太太，一个个面如桃花、身姿妖娆，煞是热闹。

主持人是掖县县长，第一项仪式是鸣炮。

震天的炮声响起，直惊得大家有些灵魂出窍，别人家祭祖鸣放的是鞭炮，这张大省长不一样，放的是真正的大炮，也算是千古以来第一份儿。大家不知道的是，掖县部队里只有四门火炮，这放炮又是装弹药、又是发射可不是那么容易的事，没法连续，在礼宾官要求下，前几天又从招远弄了四门、从黄县弄了四门，这样有了十二门炮就能连续响了，听起来也就像那么回事了。就见那边的号令旗一起，这司仪官口里喊着“石破天惊”，就听“咣当”一声，直震得人心里发慌；那司仪“山崩地裂”“鬼哭狼嚎”“阎王报道”“玉皇知道”……一句一句地念着，那大炮也一声一声地响着，当说到“雷公撒尿”时，不少人都捂着嘴窃笑起来。看来，这张省长走南闯北世面见大了，嫌放鞭炮不过瘾，拿真大炮顶替，每一声还都给起个名字，也是前所未闻的奇事一桩了。一开始还好，这越往后就越不着调了。

放完炮，司仪念罢祭文，张宗昌先跪倒哭了起来，嘴里嚷着：“爹啊！你在那边还好吗？那些年孩儿不争气，街坊都说我娶不上媳妇，这不，孩儿没让你丢脸，不但娶上媳妇了，娶了还不是一个，是一串呢！爹啊！你看看啊！我都把她们带来了。”说着，张宗昌看了看那些媳妇们，说道：“今天来了，要使劲地哭给俺爹听着，今儿个早说过，谁哭得厉害，有奖励。”有他的话，那坟前可热闹了，张宗昌的这些个姨太太来自四面八方，人又长得大都标致，有的哭将起来简直是莺歌燕语，那梨花带雨者，恐怕不是哭张宗昌的爹，哭的是这省长平日里银子给少了。

5

祭祖完毕后回到驿馆，不少人已经累得不行，但张宗昌毕竟是行伍出身，四十多岁正当壮年，精力旺盛，他也没有休息，又安排了故旧相识、亲朋好友单独谈了话。大意是打仗亲兄弟、上阵父子兵，既然做了省长，就不能便宜了外人，有钱的出钱、有力的出力，想干啥官的，尽管说。

一听这个，在座的各位兴奋异常，那脸色都如同关公一样，涨得通红，想的是那官帽子就要到手了，就听二太太说："兄弟，你这世明外甥在上海圣约翰大学毕业，眼下在上海办报，若回济南可安排啥官做？"张宗昌可不傻，眼睛转了转道："你问问他能干啥？只要大学毕业，我这照单全收，既然是圣约翰大学毕业的，会几门英语？跟我回济南当随从翻译秘书得了！"听张省长这话，周围的人都瞪大了眼睛，大部分人瞪大眼睛是想着还是当大官好，就他这一句话，那八竿子打不着的外甥就能进省政府做随从；只有少部分人瞪大眼睛，惊诧于张大省长问他外甥会几门英语。

既然省长发话了，也有人谋职成功，不少人纷纷借机提出自己的要求，这可忙坏了随从的秘书和副官，只好拿着个本子挨个登记。张宗昌对胶东道道尹说："其实，眼下省政府那不缺那些听话办事的人，哪个不听话我一句话就给他撸了。最难办的是那个参议院，里面那些所谓的议员大都是老秀才举人出身，仗着读过书、识些字，拿着道理当饭吃；更可气的是那些留洋回来的，竟然还有什么博士，仗着肚子里有洋墨水，一般人说不过他们，若有自己人在里面掺和掺和才好！"

那吴道尹是何等机灵的人物，没等张省长说完，就知其所说之意。既然当大伙面说出这问题，在其心中当是非常重要之事，吴道尹便说道："是、是，我也听说了那些个参议院不大听话，该从烟台这边多弄些个自己人去才是。"

"这个法子我也想过了，可烟台距离济南太远，他们又经常开会，没两把刷子的人还真犟不过他们。这满屋子竟然没有一个可用之人，可惜、可惜！"张宗昌看着这满屋子的人说道。

"省长大人，我有一人可担此重任，不知省长意下如何？"吴道尹说着。他这刚上任，知道若是自己推荐的人进了省政府，对自己也有好处。

"你有这样的人？在哪里？若能推荐，可重重有赏！"张宗昌急切地说着。

吴道尹抬起头看了看来远，微微笑了笑，卖了卖关子说道："省长大人，这人远在天边、近在眼前，是久裕银行的姜老板。他可是光绪三十一年黄县的头名秀才，若不是兴办新学科举停止，其必能高中进士为国之栋梁。其多年前也曾在政府干过事，还做过烟台铁路的筹办总管，随孙中山先生考察全国铁路，又加上干银行多年，对经济民情法律政治是极为熟悉，是不可多得的新式人才。只是，他眼下并不热心政治。"

"可是真的？"张宗昌看了看门外站立着的姜来远，说道，"让他进来说话。"

府尹连忙跑出去招呼来远说："姜老板，省长叫你问话。"

6

来远想眼前之事与己无关，正看着房间内纷纷扰扰的人群走神，猛然听道尹在叫他，便站起来走到道尹身边。道尹将嘴靠近他耳边，低声问："省长问啥实话实说，可别掺假。"

听了道尹这么说，来远心里嘀咕：掺假？我一不当官，二不当将，三不领政府的薪水，和他有啥假可掺？尚未来得及说话，那张省长倒先跟他说话了："上午没顾得上细说。你是黄县人，这么说，与徐镜心也熟识了？"

徐镜心？可是很久不曾有人提起了。看来，张省长与其应该熟悉。姜来远仿佛回到以前的峥嵘岁月，感慨道："熟悉。当年我为同盟会做事，参加辛亥起事，都是在其教导下进行的。可惜革命未成，命丧袁氏之手。"

"可惜，太可惜了。子鉴文韬武略，为人正直，可惜太直爽，不知道掩藏锋芒。唉，这也是山东人的缺点，太直了。"张宗昌对徐镜心赞不绝口。

"可惜其棺椁仍在香山，未能安葬回乡。愿有一天能回归乡梓，不再飘零。"姜来远唏嘘着。

"会，会的。不过，现在局势不行。丁百万可曾知道？"张宗昌不再说徐镜心之事，竟然说起了丁百万。

对此，姜来远更感惊异。从今天他回家祭祖的阵势来看，张省长多年不曾回乡了。丁百万在黄县很有名，在胶东也有一定的知名度，但那都是十多年前之事，现在已大不如昔。可张省长竟然还记着自己岳父的大名，看来，他这方面的记性确实好。想到这，姜来远便微微笑笑道："那是在下岳父大人。"

听姜来远之言，张宗昌更为诧异。就见他眼珠转了转，一拍大腿，指了指二太太问："那是你什么人？"

张宗昌刚说起丁百万，又指着二太太，想必他已想到自己和他们的关系。姜来远只是淡淡地说："那是在下岳母大人。"

"哈哈……哈哈哈哈……，世上竟然有如此凑巧之事。"张宗昌大笑着，朝二太太招了招手。其实，屋子里的人虽说大都在窃窃私语，但暗中都在关注着张宗昌的一举一动。当姜来远走近张宗昌并与之说话时，二太太早就上眼了。虽说她正和一老本家在聊天，但眼睛的余光始终没离开他们这边，见张宗昌和来远聊着聊着向自己招手，便忙走了过来。

未等二太太说话，张宗昌夸赞道："姐姐，你不说我还不知道，竟然还有这么出息的女婿！这样吧！别在烟台这小地方混了，跟着我去济南，也先做个省政府的参议员。"

本来，二太太只想先给自己儿子谋个差事；这姜来远毕竟是女婿，况且还不是亲女婿，甚至还有过节，那事儿虽过去那么多年了，但在心里，还是有些隔膜和介蒂；两个人的关系如同雨水迷了眼睛，感觉不是很舒服。再说，这女婿和自己并不交心，上午他都知道自己和省长的关系，并没有托付自己给说道说道的意思。但见这兄弟自个儿说出来了，自己也挡不住，何不做个顺水人情呢？想到这儿，二太太便装作很兴奋的样子道："可不是吗！我怕兄弟为难，才不好说起这事，若是他能帮助兄弟做事，姐可是感恩不尽呢！"二太太可是大户人家的当家人，比前些年可明事理多了，听张宗昌那么说，不管是真心还是假意，立刻把好话送上了。

姜来远心中却暗暗叫苦，但又不好不回话，便装疯卖傻地问："参议员是个啥角色？"

来远这么说，边上的道尹着急得想用头撞墙，想着姜来远啊姜来远！连参议员是啥都不知道，还能干好参议员的活吗？好不容易到这程度了，一句话，岂不是破了张省长对你的信任？不是在砸自己的金饭碗吗？他这正在胡思乱想之时，那边的张宗昌倒是一反常态地说："管他什么鸟玩意呢！新生事物嘛，不知道不要紧，开一次会就知道了！说好听点就是给政府提意见、互相之间辩论辩论；说不好听点就是做个招呼，政府不方便直接下命令的，通过参议员们投投票，走走过场。只要有学问，会说，就没问题，特别是你们黄县人出了名的会说话，最适合当参议员了。”

谁说张省长是大老粗？这参议院的功能在他心里敞亮着呢！只不过是他的一根棍子而已。来远见他说得那样清楚，便又故意问道：“给谁提意见？给省长？”

“当然了，给政府部门提意见就是给省长提意见。当然，你去，得想着法子维护我才是。”张宗昌说着。

“那对省长有好处的意见呢？”来远说。

“不是有句话叫‘从谏如流’吗！那好事更要提了，若是公开场合不方便，可私下提嘛！只要为了咱坐稳这山东的江山，有啥不能提的？”张宗昌心里不糊涂，无论做啥，还是要为自己这大省长的位置考虑才是。

“那，提了省长不会不高兴？现在有意见能不能提？”来远这话一出口，周围的人吃了一惊，看来这位把这私下聚会当参议会了，要提前过过这参议员的瘾头。

“别人提，可能会不高兴。这胶东人提怎么会？有啥意见现在即可以提，谁有意见谁是龟孙子。”张宗昌那野蛮劲头儿又上来了，话语中丝毫没有省长的味道。

“这这……”来远竟然一下子不知道如何回答是好。若是说不同意，岂不是违了他的面子，若是说同意，那省政府在济南，平时自个儿的买卖大都在烟台，根本顾不上，便又说：“多谢大人信任，可我那银行几百号人都在烟台，离不开。”

“不就是个银行吗？搬到济南去不就得了？”张宗昌说着。

“这……这可不是我一个人说了算，我们好几个股东，还有那么多人家都在烟台，这拖家带口的怕是不容易。”来远本意是推托，但说的句句在理。

“什么股东？什么管理人员？我给那边划房子，要不政府出点钱把那些股东的股都给退了，你一个人说了算，不就成了？”张宗昌轻描淡写地说着，仿佛那不是要搬一家银行，如同搬一块砖那么简单。

来远想留个活口，便说：“这……这，容我回去和他们商量商量。”

“对，张省长，这参议员的事情有个程序问题，需要参议长下命令才算事，万一他那边通不过可就不好看了。”边上的财政厅长接着来远的话，善意地提醒着张宗昌。

没承想张宗昌不改其流氓本性，脱口道：“商量？和谁商量？你自己就是老板，这事自己还说了不算？参议长？他算个什么狗屁东西，和他们商量个什么！他若不同意我撤了他。葛副官，从今儿起我这外甥女婿就是省参议员了，抽空给参议院发个电报，工资定得高高的，下个月开会时通知他。”

7

吃罢晚饭，见这张宗昌未有休息的意思。来远心生一计，进言道：“省长大人，作为参议员提个建议可否？”

“提建议，当然可行，你是参议员嘛！不知有何建议？”张宗昌想着，这位还行，还没上任就提建议了。

“省长来视察乃掖县多年未遇之盛事，白天见市面昌盛，相必这夜间更是繁华无比！能否前去视察一番，也好与民同乐。”来远说的倒是在情在理。

其实，这也本在张宗昌想法之内。来远一提出，正中其下怀，便说：“好建议、是个好建议。”一行人便出了馆驿，一路向夜间繁华闹市走去。他们边走边谈论着，张宗昌说着小时候县城的样子，看到满街的灯笼亮如白昼一般，满心欢喜，突然说：“可给大家作诗一首以助兴。”

随从当即吆喝道，省长，来一首、来一首。就见张宗昌说道：

“掖县城，冠胶东，

千年古城放光明；

古有始皇打此过，

今有宗昌夜穿行。”

好诗，周围人赞叹着，副官在一旁记录。

听到众人称赞，张宗昌兴致勃发，对身边的工部局长说：“怎么样？别看俺这掖县县城不大，夜里的风景却不比济南差，你看这灯，怎么样？”说着，又回过头来对着还没上任的吴道尹说：“吴县长，这么好的灯笼不弄点给送济南，装扮装扮省府前面的几条街？也省得我天天挂念这掖县的灯笼。嗯，这么多灯笼挂起来，想必那做灯笼的发财了吧？”

“那可不是，省长你来这一趟，就好比原来皇帝下来巡查呢！不少人为了一睹您的尊荣，都跑掖县来了，这做买卖走亲戚的也多了，都发财了、都发财了。”那吴道尹小心地应对着，生怕啥话又说错了。正说着，一行人便来到了百里明灯店前。来远见时机不容错过，便对张宗昌说：“省长大人，这满街的灯笼不少就是出自这百里明灯店，何不进去瞧瞧？也好对民情以明察。”

张宗昌一听，稍微皱了皱眉，像在想着什么事情，待了一会儿，他问吴道尹：“这百里明灯店的掌柜，可是西关那姓季的老小子？”

听省长一问，这吴道尹心中一急，自己堂堂一县长，怎么会知道一个做灯笼的姓啥？再说，省长问的恐怕是十几年前的事情，自个儿哪里知道？但又不好不作答，便支支吾吾地说：“应该是！应该是！”

8

“走，进去瞧瞧去。”说着，这张大省长便抬腿走了进去。其他人见了，也稀里呼隆地跟着拥了进去。

这么多人一下子拥进了店里，愁眉苦脸的季老板认为又有什么不好的事情，惊得站了起来，一看面前站着一位四十多岁，身材挺拔的男子，边上是昨夜里来自己店里的姜老板，后面跟着五六个人，神情中都是毕恭毕敬的样子。他正错愕中，就见前面的张宗昌哈哈大笑道：“季老头子，你还活着。”

张宗昌这一嗓子吓了季老头一大跳，想着自己并不认识他，但见他边上的姜老板微微点着头，便应着刚才的话说：“还好、还好，这位是？”

那一边吴道尹忙说：“这位是省长大人，下来体恤民情，但见这满街的灯笼，想必老板您是做这一行的，该发财了不是？”

“这……这……”季老板嗫嚅着说不出话。

姜来远见关键时候这季老汉要掉链子，便说：“季老板莫怕才是，张省长爱民如子，当实话实说才是。”

“有什么可怕的？众所周知，我张宗昌爱民如子。我可记得，想当年我还在掖县的时候，那百花楼前的两串大灯，就是你这百里明灯店做的，布罩子那个艳，里面的灯一亮，那可真撩人！”说着，那向往的神情，好像又回到了从前的样子。

我的妈呀！昨天张宗声口口声声说的那位省长哥哥，现就在自己眼前站着，仿佛做梦一般。这肯定是那姜老板想办法糊弄过来的，季老板知道时机不容错过，便一脸哭丧样地说：“发财？发啥财？我这灯店要钱没钱，要货没货，赶明儿要关门饭都吃不上了，还发财？”

如此煞风景的话从季老板嘴里说出来，店内的气氛顿时紧张起来，让刚才给引话的吴道尹懊恼不已。他有些气急地说：“不要胡说八道。张省长爱民如子，你这都卖没货了，还说吃不上饭了？不是给省长抹黑吗？”

此时，季老汉已从紧张中缓过神来，知道说出实情或许还有转机，不说出来怕是只有死路一条。他顿了顿，便说：“省长大人有个本家兄弟张宗宝，把我店里的灯笼全部取走，欠我一千二百多块钱，至今分文未给；他本家兄弟张宗声，逼我买了八百块钱的高价料。昨夜里来逼债，我哪有钱还啊！这不，还要逼我借高利贷。”季老板竹筒倒豆子般，把昨天之事，一五一十捅了个底朝天。

本来，张宗昌期望季老板说些好话，令他在别人面前有面子。没承想，该老头子尽说些他本家兄弟作恶之事，张宗昌恼羞成怒，脸色变成了红紫色，厉声喊道：“宗宝宗声哪是我兄弟？敢打着我的旗号乱来？”

“此事当真？可不要乱说。”吴道尹一旁打圆场。

“省长大人，青天大老爷，借我个胆也不敢撒谎。不信，您问问这位姜老板，昨夜他都见过了。”季老汉看自己招架不住，慌忙中把姜来远给供了出来。

听这位老汉这么说，张宗昌回头看着姜来远，问：“姜参议员，此事当真？”

“真有此事。”姜来远把昨天所见所闻，言简意赅地说了一遍。

张宗昌听完后破口大骂：“什么宗宝宗声，敢打着我的旗号招摇撞骗，二哥、二哥，查查这两个家伙是谁家的孩子，要是真的，让他们改了名姓别姓张了。若是假的，给我抓住毙了。”

9

一夜无话。

第二天一大早，张宗昌的车队按照原来计划离开了掖县，不过不是回济南，而是出了南门又拐向东北直奔蓬莱而去。不到两个小时，那车进入蓬莱县城，车队也没进县政府，也未巡查军事要塞，径直开到了蓬莱阁山前。

蓬莱阁坐落在蓬莱城北面的红色山崖之上，与黄鹤楼、岳阳楼、滕王阁并称全国四大名楼。蓬莱阁不是一个阁楼，是由弥陀寺、龙王宫、天后宫、蓬莱阁、三清殿、吕祖殿六部分组成的古建筑群。其亭台楼阁分布得宜，寺庙园林交相辉映，灰瓦青墙青山绿水因势布景，蓝天白云碧水帆船协调壮观。蓬莱阁下方有结构精美、造型奇特的仙人桥，那是神话中八仙过海之地；东侧有上清宫、吕祖殿、普照楼和观澜亭等；西厢为避风亭、天后宫（俗称娘娘殿）、戏楼和龙王宫。这些楼阁高低错落有致，与蓬莱阁浑然一体，统称“蓬莱阁”。

灵阁凌空。蓬莱阁高踞丹崖极顶，其下断崖峭壁，倒挂在碧波之上，偶有海雾飘来，层层叠叠，裹缠于山腰，画栋雕梁的飞檐，直欲乘风飞去。游人居身阁上，但觉脚下云烟浮动，有天无地，一派空灵。有一石碑，上写：“嵯峨丹阁倚丹崖，俯瞰瀛洲仙子家。万里夜看赐谷日，一帘晴卷海天霞。”看着此诗，张宗昌点了点头，赞道：“不错，算是写出了蓬莱阁的味道。”

跟在一旁的教育厅长见督军在赞叹别人的诗，知道省长大人的老毛病又犯了，便讨好地说：“督军大人，这诗是写得不错。不过，要分跟谁比，您要做一首，他那个就不见得说好了！”

一边的蓬莱张县长见好话让教育厅长都说了，有些着急，但此人也是机灵人物，忙更深入一步地说：“省长大人，自古以来，凡有大成就者来蓬莱阁，必留有墨宝或诗文以作纪念。省长之诗才众所周知，昨日里在掖县留有诗文，今日光临蓬莱阁，当留纪念才是！”

“嗯，不赖，昨夜里写的诗，你都知道了！既然这样，我还是按规矩来，来来，拿笔来！”张宗昌的话音刚落，几个人哗哗哗跑着抬来了八仙桌，笔墨纸砚摆了上来。就见张宗昌看了看四周，略一凝思，摇头晃脑一番，提起毛笔蘸了蘸墨汁，刷刷点点写下了：

瀛洲仙境好地方，
引来徐福秦始皇。
如今八仙都不见，
只因来了张宗昌。

后面的落款日期还未写完，如雷般的掌声便响了起来。蓬莱县县长不想再让别人把风头抢了去，连连夸奖：“好诗、好诗，真乃千古绝句也！李杜再世，莫过如此！”

这时，张宗昌放下毛笔，看了看四周，得意之情溢于言表。但他又装出谦虚的模样说："真好？在这写蓬莱阁的诗中，能排第几？"顿了顿又说道，"真可惜了，李白杜甫都没来过这里。"

"省长大人，自古以来就有'文无第一、武无第二'之说。写蓬莱阁的诗不少，但哪能跟您比呢！同样的诗，从不同人口中出来，韵味可大不一样。眼下这北洋政府，能带兵打仗的不少，做省长的也有几十个，国人会诗之人也大有人在，可既能带兵打仗、又能做省长、又能写诗的人，却没几个。现在就找最好的匠人将大人诗文刻在石碑之上，立于'蓬莱阁'内，其必将与灿烂之日月同辉、万古流芳不朽！"县长圣贤书还真没白读，也不愧为一县之长，吹捧上司的话遣词造句工整，言语周到贴心，语速如狂风骤雨飞沙走石一般，连个磕巴都没打。

好话谁听着都受用。张宗昌更是如此，但还免不了要谦虚一下，不知其是自谦还是自吹："张县长说的话我爱听，不过作为孔老夫子的父母官，咱这山东省的省长要比别省的省长更有文化才是。不会写诗的人，哪能配做山东的省长。"

周围人连连称是。

姜来远感觉心中好笑，想这张省长的诗不能把孔老夫子给气活过来，那周围吹捧之人的话也能把孟夫子给气活过来；孔孟两位圣人若在地下有知，岂敢再享受这些读书人的烟火。

这景色也看了，诗也作了，吹捧的话也都说了无数筐，吃午饭的时间也到了。在蓬莱，吃饭最好的地方不在大酒店，也不在县政府，而是在这蓬莱阁上面的偏殿。因正殿供奉的是道家三清，大家还是有所敬畏的。就在这偏殿的宴请，可不是谁有钱就能来摆桌子，那都是县上招待贵宾，需要县长同意才可，一般极少使用。张省长来了，自然是在这里用餐。

众人落座，上过茶水，众人重新寒暄过后，张宗昌便问："此次能回来一趟很不容易，不知还有什么急需办理的大事？"

在座的都知道，发达了的人都不会忘记回老家看看，办点人事儿。

听省长如此说，新上任的吴道尹倒很热心，把自己从掖县立刻摆到了胶莱道道尹的位置上，觉得是个好机会，他恳求道："大人，这烟台周边一十二县物产丰饶，眼下最重要的是要把铁路修建起来。三十年前，青岛也不过一小渔村，在通铁路之前，各方面都不能和烟台比拟，可自从修好胶济铁路，青岛发展势头之迅猛，大大盖过烟台。若烟台之铁路不修好，对烟台及周边各县的发展，确实极为不利。"

“铁路的事吗？是件大事，回去我好好琢磨琢磨，你们写个报告，让专人呈上去，我也好开会研究研究。尽快办理。”张宗昌丝毫没有含糊，一口给应了下来。

闻听此言，众人大都异常高兴，热烈赞叹之余，道尹笑着说：“铁路修好了，省长大人可以坐火车回家省亲了。”

张宗昌大言不惭地说道：“那我就常来蓬莱阁坐坐，和老乡故旧们吃吃酒。”言语中，好像那铁路已经修好了一样。

言语间，那各色名贵海鲜摆了上来。看到如此景色，张宗昌脱口出诗：

游蓬莱阁

好个蓬莱阁，他妈真不错。
神仙能到的，俺也坐一坐。
靠窗摆下酒，对海唱高歌。
来来猜几拳，舅子怕喝多！（注：传张宗昌原作）

张大省长一句“舅子怕喝多”的话一出口，这酒桌上立马热闹了起来。在胶东，小舅子可是骂人的话，那意思是谁不喝谁是小舅子之意。这登不上台面的话，出自堂堂的大司令、大督军、大省长之口，又是唯一重要的客人，很出乎大家的预料。看来，人家这么大的省长，也没拿自己当外人，其他人就不用都再假装斯文，也不用正襟危坐地端着，可劲地喝才是。

其实，这张宗昌虽是一粗人，但在这乱世之时，从一个亡命天涯之人成为一省之长，凭的是几十年来一刀一刀、一枪一枪杀出来的。多年来，他周围聚集了那么多为其卖命的弟兄，可不是凭裙带关系空头支票能成，是要有真东西。而他这满口粗话大口喝酒吃肉，一副满不在乎的样子，五成是本性，五成是刻意装出来的，为的就是与周围人打成一片聚拢人心而已。

大伙正喝得高兴之时，突然有人惊呼道：“看、看，显灵了！”

众人回头看时，但见远处海天一色，浩渺无际，如同有薄纱挂在眼前，琼楼玉宇绣于薄纱之上，且不断飘动。忽然，似有行人在走动，有奔马、有耕牛，硕大的灵芝隐约忽现，楼宇之内似有仙女飘出，在空中舞蹈，后又站立一飞奔的马车上，虚无缥缈，变幻莫测，情形多姿多彩，奇观叠出。

大家屏住呼吸，呆呆地看着，直到过了约一刻钟，那海市蜃楼方隐隐散去。

张县长扑通一声跪下，磕头如捣蒜一般，口中念念有词道：“大人通神也！省长大人下来体察民情，想必是感动了天庭，方才大海之中菩萨显灵，是为昭告天下：有张大人坐镇山东，齐鲁大地必将风调雨顺，人民安居乐业也！”

“嗯，我看就你这小子会说。不过，也别说得那么玄乎，这叫‘海市蜃楼’，为蓬莱所特有的景象，我也不是第一次见了，不过刚才看到这个，我倒来了诗兴，给大家来一首。”说着吟道：

海市蜃楼蓬莱阁，
遥望玉帝在请客。
影影绰绰啥都有，
可惜未曾见嫦娥。

“哈哈，怎么样？”

张宗昌话音未落，未等张县长再夸奖，教育厅长忙在一旁附和道：“省长的这首诗再归到集子里，那诗集就能付梓出版了。到秋日开学，可做学生教材之用。”

众人叫好声中，掌声雷动。

10

酒足饭饱之余，张宗昌过足了诗瘾，各下属也极尽吹捧之能，差点没把这张大督军吹到爪哇国去。看时间不早了，副官靠近张宗昌身边，低声道：“省长大人，时间差不多了，若再迟，这天都晚了。”

张宗昌看了看这海天一色的景色，道：“这次回来收获挺大，各位好好坚守自己的岗位，该干的事干好、该收的税收上来；还有，姜参议员，忙忙自己手中的事，抓紧上任；其他人若有什么好的想法，可以到济南找我，我的大门，永远为咱胶东人敞开着。各位这几天也受累了，我现在要回去了。”说罢，一行人便跟随张宗昌下了蓬莱阁，各人分别上了汽车，这车队便浩浩荡荡出了城南，一路斜着往西南奔去。

他们坐的这车质量不错，都是进口的美国货，可是这路并不好走，虽不说是坑坑洼洼，但不是济南市区的柏油马路，特别是来远的车在最后面，前面车跑过带起的尘土，使那司机根本看不清前面的路，只好远远地跟在后面。时间一久，人就容易困乏，过了北沟镇，进入掖县地面，绕过县城，往西南走三十里地，翻过南山山口，就出了掖县地界。正当大部分人闭目养神时，忽然间就听“啪、啪、啪”几声清脆的声音，接着是“轰、轰”的两声巨响。

“有刺客、有刺客……”惊呼声响起，车上的人顿时惊得睡意皆无。

第二十五章

坚辞不任省议员　托病住院毓璜顶

1

张宗昌的车队在隘口遭遇了枪击，引起一片混乱。

没多久，护卫人员的枪声便噼里啪啦如爆豆般响了起来。车也没减速，一直往前冲出好远，找到一片空旷之地，警卫安排好岗哨，随从人员才下来查看。这一行七辆车，第二辆车损坏严重，一名政府人员受伤，张宗昌坐在倒数第二辆车上，没损伤任何皮毛，秘书长只好留下人员把那坏车开到黄县县城，其他人能挤的都匀到其他车上，也没敢多做停留，直奔潍县火车站去了。

当一行人翻山过河风尘仆仆地赶到潍县火车站时，已是日落时分。随从布置好岗哨，张家人陆续下了车，那三姨太太直吓得花容失色，张宗昌笑得尴尬，但故作镇定道："就这么点小事情，吓成这样。"他这正在开玩笑间，听有人吆喝："坏了，太太小产了。"

众人一番忙乱，方知十五姨太受惊吓加上一路颠簸，小产了。张宗昌过去一看，顿时勃然大怒，吼道："妈拉个巴子，胶东道的道尹吃屎的吗？把他给我撤了。"

众人大惊，无所适从。

那副官闻言，便问：“昨省长说道尹刚要换到掖县去，还未上任。到底撤哪一个？”

张宗昌骂道：“那这往来的安全问题，是哪个王八蛋负责？该谁负责，撤谁的职。”

副官低声道：“他们还没交接，该是原来的道尹负责。”

“那就撤了他，不让他去掖县了。什么时候查清了谁干的，抓住后，再说。”张宗昌愤愤地说着，按以前的性子，估计他都会把这人拉出去给毙了。

“那谁去掖县做县长？”副官问。

是啊！那谁干掖县县长？张宗昌想了想，点了点头，本想大声说，觉得不妥，便低声和副官说：“那个不着急，让副县长先顶着，看谁出钱多，让谁干！”

真是伴君如伴虎。

可怜这胶州道的孙道尹，鞍前马后地伺候了好几天，一句话让省长听着不爽，自己从道尹变成了县长；这还没上任，不知哪儿来这枪声，又把他县长的位子也给打掉了。看来，这放枪的谋杀张省长不成，让姓孙的丢了前程。

本来，张宗昌想让十五姨太太在潍县治病，但这十五姨太太死活不答应，只好等来了医生一块儿上了专列往济南赶。看着拉着张大省长的火车突突突一直往西开，直到看不到火车影子，天色已黑下去了，路上也不好走，送行的人只好在潍县住了下来。

2

送走了张大省长，烟台来的这些人才算松了一口气。潍县的官员不这么想，这些人可都是张大省长的老乡故友，自然是当作贵宾看待，便把酒席安排在潍县最出名的十笏园。此园为明嘉靖年间的胡邦佐所建，清光绪年间重修。虽说是夜里，但院子里也扯上了电灯，树影婆娑，竹影斑斑，小桥假山、流水淙淙，显得非常别致，不是江南，胜似江南。从院子里到房间内的布置不像北方般粗犷，很有南方气息，怪不得号称“扬州八怪”之首的郑板桥，都把潍县当作小扬州。

一行人都进了客厅，见房间内布置典雅，挂有郑板桥的代表作《竹石》，那竹子图配着诗，自然是别有一番风味：

咬定青山不放松，
立根原在破岩中。
千磨万击还坚劲，
任尔东西南北风。

在大户人家，特别是官宦人家客厅中挂着《竹石》图的不少，据说这幅最正宗。大家赏画评诗之后，落座成了问题，这是很多年来，也是很多年后，困扰山东的大问题。潍县朱县长除了对孙道尹相熟，与其他人并不熟悉，无法安排各位客人的座次。他笑了笑，便让孙道尹安排如何坐。闻听此言，孙道尹脸一红，知道朱县长并不知晓自己被撤职。当下自己不合适坐主位，也不便安排其他人的座次，便谦让道："姜参议员坐主位，您是省里的大员了。"

姜来远哪里肯坐，便说："您是道尹，您不坐这儿，谁还敢坐。"说着，便找了偏位置坐了。已经不是道尹的孙道尹清楚，在这儿说太多，会让请客的为难，便不再推让，在大客位置上坐了下来。新上任的道尹坐在副客之位，其他人分座次落座。

酒席间，大家高谈阔论，极尽吹捧之能。无非是张省长在掖县省亲时亲情浓厚，不忘乡梓；在蓬莱视察所作的诗文之事，令人钦佩。张省长在济南，一般人也够不着，以后也没打交道机会，翻来覆去那几件破事儿。说多了，大家也就感觉索然无味了。说远的没用，大家就说近的，拐了几拐，就扯到姜来远这省参议员身上。大家恭维之余，潍县县长端起酒杯敬酒，恭敬地说："姜参议员，以后会经常到省里开会。若是路过潍县，一定来视察视察才是。"

见朱县长都这么说，烟台的这些官员似乎才明白过来。这张省长走了，眼前的大员就是姜来远一个人了。被免职的孙道尹也端起酒杯敬道："姜先生荣升省参议员，是咱们胶莱道的一件大事，可喜可贺啊！"

新上任的道尹也连忙举起酒杯说："回去好好给祝贺祝贺，以后到了济南，可给咱胶东说道说道。有啥好政策，尽量争取。"

酒过三巡，各位便将几天的劳累辛苦和不快抛在脑后，大吆小喝地喝起来。姜来远不想喝酒，便借上茅厕的由头出来透口气。他刚完事出茅厕，便见朱县长在茅厕外等候。姜来远没来得及说话，朱县长便说："姜参议员借过说话！"话音儿里满是恭敬。

姜来远以为东家怕客人找不到茅厕特意出来引导，想着这朱县长也太客气，太在乎礼节了，便只好跟随其进了隔壁一房间。见朱县长关上门，径直走到一立橱，打开门取出一个匣子，说："姜参议员，给掌掌眼。"

说着，朱县长将匣子放在长条桌上，打开匣子，取出一卷轴，解开系着卷轴的绳子，将卷轴缓慢打开，但见一块瘦石壁立，几竿挺拔修竹插于石中，还有那诗句。原来，该卷轴是郑板桥的画作，和大厅里所挂一模一样。见姜来远满脸错愕，眉眼中充满了疑惑，朱县长笑着问："姜参议员，此画如何？"

"我不懂画，这不是竹石图吗？出自扬州八怪的郑板桥之手。"姜来远的话刚落地，朱县长哈哈一笑："姜参议员说得对。不过，实话说，大厅的那幅是找人临摹的，这一幅才是郑板桥之真迹。潍县虽大，但上品不多。我在此三年有余，才寻得寥寥几张郑板桥亲笔。这一张算是上品，送予姜参议员，不成敬意，万望笑纳。"

闻听此言，姜来远大惊，猛然收回手，如同被蝎子蜇了一般，脱口说："不可，不可，万万不可！"

"不要客气。姜参议员。今日一见，乃前世的缘分，我等会常在济南见面。以后您路过潍县，一定告诉在下才是。"朱县长说得很清楚，以后姜参议员就是省里的人了，送上该礼品，以后见面好说话。

"朱县长，万不可如此。无功不受禄，在下也不是什么省参议员，什么事儿也办不成。怎可如此？"姜来远想着把话说到这里，那朱县长也应罢休了。

没承想这朱县长韧劲十足，认为省参议员好不容易来到自己地盘，特别是刚才私下打听，知其为张督军的什么亲戚，这省参议员也是张省长在烟台亲自许诺的，如与其建立良好的关系，以后定会大有裨益。人家推托不要这字画不过是碍于面子的客气话，自己在这里干了三年县长，还没有见过不收礼品的官员，自己可不能拿着客气当实在，便又满脸真诚地说："现在也不方便，待会儿我找人放到您行李包里。"

来远不想与之纠缠，当然也不好驳其面子，便用拖延之计，说："朱县长费心了，这么多人也不方便，下个月去济南时在此过夜，到时再说。可否？"

朱县长闻之大喜："兄弟此话当真？"

"当真。"来远回道。

"这就是了。兄弟万勿见外才是。如不来取，我叫人送烟台去。"朱县长的话，听出是个实在人。

不过，姜来远下定决心，这个参议员坚决不能当。

参议员不当也好。不当参议员，才知道哪些话是真话，哪些话是假话。特别是官场上的客气话，更是信不得。后来姜来远一直未接受省参议员的任命，那朱县长也不曾派人将字画送到烟台，好像没事一样。当然，姜来远也不希望他们去送画。

3

回到烟台，来远有些犯愁。他早就听过，省议会大楼被称为大鸟笼子。言外之意，里面装的都是只会吆喝，不会干事的鸟儿和王八蛋。自己怎么办？难道又要回归到那里面去？如是那样，十年前就可以混到里面去，何必等到今日。还有，舍弃掉自己这么一大摊子事去干那虚头八脑的参议员，也不现实。眼下怎么办？看来还是用千年不变的老办法……装病。

装病不仕，很多古人用过，不是姜来远的新计谋。几千年来，古人早把这事儿琢磨透了，远有司马懿装病麻痹了曹爽，近有袁世凯装病借机向朝廷漫天要价，只有你给的条件够了，那“病”才好。姜来远装病不是争天下，也不是装病保命，而是为了躲避骚扰和无尽的麻烦，住进了毓璜顶医院。

姜来远前脚住进医院，后脚就谣言蜂起，说他为了庆祝担任省参议员，喝酒喝出毛病来了；也有的说他给张大帅提意见，被揍了一顿；甚至有的说他是要条件，张大帅很恼怒；各种传言莫衷一是。黄博士给安排的是三楼上的靠北的病房，也是该医院位置最好的房间，打开窗户放眼望去，往北便是市区，市区北面便是大海。黄博士说道：“在这里好好修身养性吧！人家是为了当官不要命，你这是为了啥？还躲起来了！”

听了黄博士的话，姜来远只好说道：“人家是为了当官不要命，我这是为了要命不当官，可不是为了清高。民国初立，当官的机会很多，也做过财政、为了铁路也跑过别的地方，可终究一事无成。想当年徐镜心多威武，还是全国参议员呢？被人陷害了！这省参议员算啥？我也就干个银行，能把银行干好就不孬。啥子个参议员，天天放空炮，费粮食。”

“嘿嘿，这参议员可是能为民请命呢！”黄博士一半当真，一半开玩笑。

“参议员为民请命？博士大哥就别笑话我了。不是兄弟怕死不愿意承担责任，若是按正儿八经程序来，也未尝不可，我也不是那么小气的人。你看，我这参议员就是张宗昌那一句话，他也当人面说了，为了给他立威，若是这样，哪一天他也会一句话把我免了。所以说，这当选的程序本身就不合法，这样的参议员去干吗！还不怕人笑话呢。”来远苦笑着说。

“嗯，真佩服你，倒把这规矩看得比我们做手术还严。也好，抽空咱练练棋艺，你若不装病，还真没这么多空闲。”黄博士非常认可姜来远以退为进的策略。

4

第二天一早，来远吃过早饭站在窗户前，看着外面来来往往的人群，忽听门口有人敲门，来远忙躺了下来，吆喝了一声：“请进。”

随着那门轻轻打开，李圣经的身影闪了进来，伴随着的是一股洋声洋气质问：“我说老兄弟，你啥时候不病，可巧这时候病了！”

来远一见是李圣经，手里还提着一篮子水果，便坐起来问：“圣经兄，你怎么有空了？”

李圣经把水果放一边，拉了把椅子便在来远的床边坐了下来，说道：“昨下午这烟台又新成立了铁路筹建办，我做总工程师，你做副主任，道尹亲自做主任。从这次的架势看，这铁路非修成不可了。昨天夜里听说你病了，太晚了也没打扰你，今一大早过来，把这好消息告诉你。”李圣经兴奋地说着，看样子不像是探望病人，而是报喜来了。

“好消息？这也算好消息？十多年前，咱还为铁路之事都跑过北京好几次，现在不仅连影儿都看不见，连提都好像没人提了。坐，自己拉凳子坐。”来远听李圣经兴高采烈地说起铁路之事，兜头便给泼了一盆冷水。

听来远这么说，李圣经倒不灰心，说道：“来远，莫要那么悲观，听说张省长在掖县考察时许诺了，一定把铁路修起来。这不，新的道尹一上任就把委员会成立了，还亲自兼任主任，省里有张大省长、烟台有道尹亲自出马，加上你这抓钱的高手，还有我这满腔的铁路热情，怎么修不成铁路？你想想看，这次铁路想修不成都难。”

“别、别别别，抓钱高手，我什么抓钱高手。都两回了，好像都很有把握的事，竟然连个影儿都没有。说实话，这八字没一撇的事，不乐观。你若真想修铁路，何必在这烟台耗着，倒不如去铁路总公司谋个差事，也好发挥你的所长。”姜来远还是坚持自己的看法。

“哎，兄弟哪里话。我这在烟台又不是没事干，我若是去别地方干事，烟台这铁路一旦修建，我怎么会抽出身来？这家门口的铁路不参与，可真是莫大的遗憾。”李圣经不认可姜来远的话。

“看来，你对铁路这事不是特别感兴趣，若真感兴趣，何必在烟台耗费着？十年了，估计所学的东西差不多都忘了吧！”姜来远不太明白这李圣经是怎么想的。

“这个不会忘，这些年来，我把烟台到潍坊几条可能的铁路路线详细分析过多次，每一条路的特点、每一个车站的位置，我都牢记在心里。我们活着的时候，烟台的铁路也就修这一次，若是把这家门口上铁路总工的位置让给别人，我可真不甘心哪！”李圣经强调着，算是说清楚了在此耗了十多年的理由。

话说到这里已经明白，李圣经不愿意离开烟台的原因，是怕锦衣夜行呢！姜来远笑笑说：“詹天佑的铜像在京张铁路的青龙桥车站，是很有纪念意义。不过，几十年来，烟台最难办的事儿，就是这修铁路。什么时候烟台铁路走在其他方面的前面，烟台就好了。”姜来远一语成谶，从他开始参与修建烟台铁路之事算起，一直到很多年以后，烟台铁路修建的迟缓拖了当地经济发展的后腿，成了困扰烟台历任领导的大事。

李圣经好歹中过秀才，毕业于美国名校，听了姜来远貌似无厘头的话，顿时脸有些发红，嗫嚅地说道：“兄弟真会开玩笑，我可没那么想过。这是你被聘任副督办的聘书。”又聊了一会儿话，便有些怏怏地走了。

5

吃过早饭，来远在窗前抻胳膊压腿，黄博士进来见其在锻炼身体，开玩笑：“看你这健壮的体格，哪像生病的样子，小心被那张省长知道了，找你的麻烦。”

“我可没把自个儿看得那么重，那张大省长日理万机，怎么会看得上我一个干银行的，恐怕他只不过是一时兴起，过段时间就忘记这事了。”来远说着，小牛急匆匆跑进来，低声说道：“东家，道尹带着几个人来了，应是来看你的。”

来远一听，忙躺在床上把脸拉了下来，一副病怏怏的模样，小牛把床单给他盖在身上，听门口脚步声杂乱起来，黄博士也不好出去，只好站在一边当作听诊的样子。他们这边刚摆弄好，就听那门“吱呀”一声被推开了，道尹走在最前面，后面跟着几个随从，一个提着一篮子水果，一个捧着一束鲜花，道尹边走边笑道：“这两天刚忙着交接了，没来得及看你，今日方来探望，还望海涵、望包涵。”说着，便走到了来远的床边，低下头、侧着身子，脸对着来远脸，问：“都查清楚了？什么病？”

来远还未作答，边上的黄博士接过话茬道：“受了惊吓，加上忽冷忽热，引发了病毒性感冒。”

道尹一听“病毒性”三个字，心中有些不快。他算是见多识广的人物，知道感冒不是大毛病，但这病毒性该是很可怕，便问：“有没有传染性？”

黄博士听道尹很关注是不是传染，想必其心里最怕的该是这个，还是快把他打发走了了事，便说：“病毒性的肯定有传染性，不能与之接触太久。”

本来，道尹的心中一直犯疑影。新上任没几天，就到医院看病人，心里觉得晦气，不吉利。又听说有传染性，就更不想在这儿多待了，便赶忙说：“有人传言姜参议员是被枪声吓的。这些人，真是没见过世面。当年辛亥起事，姜参议员身先士卒，一马当先，带人率先夺取大清户部银行的金库，为烟台辛亥首义，那是何其勇猛！想想看，掉脑袋的事情都不怕，还怕这鸟枪声？”

道尹言之凿凿，但话中有话。不知其是有意，还是无意，也不知是赞扬还是怀疑，更不知是来探视还是试探，总之是有些阴阳怪气的感觉。来远心想，幸亏黄博士刚才说了传染病，看来若仅仅说是枪声给吓的，怕根本没人相信，便有些怏怏地回道：“来远身体乏力，就不下来迎接了。”

“哪里，哪里。这个，不成敬意，小意思、小意思。”道尹说着，将一信封塞往姜来远手中。来远推辞不要，道尹将信封塞到枕头底下，嘴里说：“自家兄弟，怎么如此客气。”

姜来远见拗不过，只好说：“这病，我还能负担得起。”

“这不是花钱多少的事，是同人们的一点小意思。这是他们刚从院子里摘的水果和鲜花，多吃点水果，消消火。”道尹一招手，下人把东西放到来远床头边的桌子上。

他们正谈论着话，门一下子被打开了，几个人拥了进了，为首的是一五十来岁、身体微胖的男人，正方的脸上戴着眼镜，边走便说道："道尹大人，您来了，有失远迎，失敬、失敬！"

"李院长，我来看一下参议员，一会儿就走了。"道尹面无表情地说着，他认识李院长，也知这些医生都是知识分子，不太好说话，又不是自己手下的官员，也就没想着跟他们打招呼。

"多谢道尹大人。"李院长见道尹面沉似水，都不知道说什么好。

见李院长前来探望，道尹没了客气，用有些责备的语气说："这么重要的病号来了，李院长不知道？这可是咱烟台大名鼎鼎的久裕银行的董事长，张省长亲自点名的参议员。"

李院长一怔，忙赔礼致歉："失敬、失敬，刚回烟台不久，见谅、见谅！"李院长解释着。其实，来远和他认识。李院长是从上海医院回来的，只是没来得及正面接触而已。

李院长见道尹这么问，觉得不好下台，看了看边上的黄博士，便问："黄主任，这病号是你的？这么重要的人，记得以后可要通知我才是。"

黄博士有口难辩，现场气氛极为尴尬，姜来远打圆场："李院长，我和黄博士是县学同学，需要的是静养，还是简单些的好。"

李院长听黄博士和姜董事长是同学，那脸色便更和悦起来，嘴里忙说："那就好，那就好。"

病房里的人越来越多，道尹也不愿意多待，看了看周围的人说道："我还受张省长委托，给姜参议员说个事情。"

众人听道尹要和姜参议员单独谈话，便知趣地离开病房。道尹见他们把病房门带上了，便说："姜参议员，还有两个事情需要当面单独谈一下：一个是你这参议员上任之事，可要慎重考虑，听小道消息说，你若不去上任，怕是有人在争这个位置；另一件事情是这铁路办重新进行了任命，你被聘任为副督办，主管资金方面的事务，这个李圣经都告诉你了。"

姜来远点了点头，也没再含糊，直接推辞道："昨日里李圣经过来告诉我了，不过在下才疏学浅，恐难以胜任。"

"怎么可能？在烟台这方圆几百里的地面上，谁不知道姜参议员的能耐？若说别人担任此职务还有争议。对你的任命，上上下下无任何争议。民国初年你都为这事操过心，对这事也是熟门熟路。这么多年来，烟台铁路之事久拖不下，主要是原来政局不稳、朝纲不振，加上上面没贴实人支持咱烟台，单凭咱烟台一己之力做此大事，确实力有不逮。这次可不比以往，张省长可是咱正儿八经的胶东人，当着众父老乡亲的面亲自点头全力支持铁路。前日里，他亲自打来电话询问此事的进展情况，还推荐了一姓方的做副督办，协调烟台与省政府的关系，说只要这人一上任，就立刻拨付启动资金。有了这个保障，咱烟台人的铁路梦岂不是要实现了？”道尹把这最新的进展告诉了来远。

听了这个消息，来远既没有惊喜，也没表现得无动于衷。说实话，这么多年来，他算是对烟台这铁路很是灰心。本身不在其位、不谋其政，但见道尹满腔热情，无论怎么说，这是本土的大事，做之也属分内之事，应当尽力，便又说道：“具体如何分工？若无政府方面全力支持，此事怕是极为不易；就是省政府拨付来启动资金，怕也是杯水车薪，无济于事。”

听了来远的话，道尹知道来远没法推托，便顺着说道：“就凭你这句话，想必是已经做了详尽考虑。都知道，你不是政府的人，不领政府的薪水，单纯为政府出力。也都知道姜参议员开着银行，不缺钱花。让你来筹钱也都放心了；特别是你在烟台市面上的影响力，你一出面，组织个银团贷款该是不难。”那话说到这里，来远也就听明白了自己的用处，敢情不是为了别的，怕是用自己当作筹款的喇叭，便说：“若真能为家乡做点实事，当属人之本分。不过，若要真干，可要分工明确，万不可权责不明、账目混乱。若那样，恕来远难以胜任。”

“这个你放心，那方主管这两天就来上任，到时候让你们见见。”道尹见时间已久，便告辞了。

6

来远在医院里装病不出来，可急坏了这烟台铁路总办李圣经，只好把济南来的方副督办领到医院里来看他。来远见此人长得大高个，四肢修长，五官端正，仪表堂堂，头发梳得溜光水滑，还带着一副金丝眼镜，像是刚从欧洲留学回来，相貌倒是一表人才；但见目光游移，不能用贼眉鼠目来形容，用油头粉面来说，倒更合适。整体来看，还是说得过去，虽说爱打扮，但毕竟是省城来的嘛！李圣经把两人互相介绍认识寒暄之后，方副督办谦恭地说：“初来宝地，人生地不熟，以后还望各位弟兄多多关照。”

听说这个，姜来远笑道：“大家是为共同的事情聚一起来的。当属如此、当属如此。”

那李圣经也忙说：“以后咱们按照分工、通力合作，抓紧行动，争取赶紧运作起来。”

“线路二十年前就已勘探好，开工的条件已经具备。眼下最重要之事，是把股东重新确认一下，股本金到位，有了启动资金，立刻就能施工了。”来远把最重要的，也是最核心的事情说了一遍。

“两位所言极是。现应抓紧把报告打到省政府，姐夫也好把启动资金拨下来，靠着烟台军政府伺候，嘴里都淡出鸟来了。”这方督办一开口，姜来远知道：完了。敢情这方督办心里想的不是修铁路，是来吃铁路来了。但这位方督办开口就是让他姐夫把款拨下来，想必是极为显赫的人物。他这正在犹豫中，李圣经忙打圆场道：“来远，关起门来是一家人，论起来你和方督办还是亲戚。”

“啊，是亲戚？如何说起？”来远很是吃了一惊，那方副督办也是一怔。

李圣经淡淡一笑：“论将起来，姜来远可是张省长的外甥女婿，而张省长又是方督办的姐夫，岂不是一家子？来远，这方督办还是你的长辈呢！不过，在这里就不这么论了，都是弟兄们、弟兄们！”

话说到这里，来远才明白了这方副督办的身份，原来是张宗昌的小舅子。不过，听说张宗昌十几个姨太太，到底出自哪一家？算了，不去操那份闲心了。但见李圣经又说道：“眼下抓紧找好股东、拟定章程，尽快把报告打给省政府、争取拨付的资金到位，无论如何天冷前动工，要不，一个冬天又过去了。”

听了这话，来远不置可否，只好说：“我这也出不去，你们按修铁路的规矩办就是。”

7

来远还想再在医院里待一段时间，济南分行的孙行长登门探望来了。

“最近你忙坏了吧！”来远和他寒暄着。

“没什么，做了这么多年了。”孙行长有些淡淡地说。

看他脸色和平时有些不一样，想必有什么心事或者为难之事，来远便问：“最近有什么为难事？”

孙行长一听来远这么说，把心一横，说道："哥，这两天去办了个事，不知怎么和哥哥说起。"

孙行长平日里爽快至极，闷头这么一句话，让来远很是纳闷，便问："什么事？兄弟的事，哥有啥不愿意的？"

"哥，你看这局势是不是已经定下来了？"

"什么局势？皇帝轮流做，眼下虽说皇帝没有了，还有总统、总理、督军、省长，无论谁做，老百姓还是要过日子。"来远不知道其所说之意，只好这么应付。

"是这样的。前些日子，朋友给我找了关系，弄了个民政厅副厅长的位置，是实职。你说我去任职好，还是不去的好？"孙行长好像是在征求他的意见。

来远一听这个，心中震动无比，一下子摸不清这孙行长怎么想的，但他找人都疏通关系了，怕是钱都花了不少，想必内心里已经定下来去了，那问是去任职好，不去任职好，更多的怕是客气话而已，便问："怎么回事？不打算干银行了吗？"

"不瞒哥您说，这十多年来，能跟哥干是幸运的，也学到了不少东西，钱也赚了。可这整日里忙忙碌碌、担惊受怕，心里也累了。这么多年看下来，无论政府谁当头儿，还是政府里的人安逸。你那小舅子世明也干财政厅副厅长了，你知道不？"孙行长问来远。

"他的事，我还真没听说。不过，先别说他，先说你自己的事。"来远急切地想知道孙行长的真实打算。

"这世上的钱是赚不完的。按照咱章程上规定的，算下来兄弟也有七八万的身价了，这辈子也够花的了，'人生七十古来稀'，兄弟也活了一半了，天天伺候别人的日子也过够了；还有，那几个孩子也都想到济南读书，有弄个一官半职的机会，我不想放弃，也算能对得起父母、列祖列宗了。"孙行长说着，眼光四处游移，好像做了亏心事似的，不敢正视姜来远。

"是你自己的想法，还是被人劝的？"来远问。

"哥，是我自己的想法，跟了哥这么多年，我学到最多的就是人要有自己的想法，不能被别人牵着鼻子走。"孙行长看了看来远说道。

"若是你自己想的、自己定的，哥我不会勉强尔；不过，我还真不明白你为何去那里？虽说干银行是劳心费神，可曾知官场之险恶？"来远虽这么说，但也知道其内心已定，再说其他的也没啥意义，便说了自己心里最担心的事情。

“我知道哥是好心。可有钱没权，还是让人瞧不起。平日里，一个小小的税务人员，就可到我们这里颐指气使，我们要好茶好水好伺候；前日里张省长回来，不用说陪着下来的厅长，就是那些小跟班，礼金、礼品每人都收了一大包，估计能花半年了。我若真去做了副厅长，也差不多顶个巡抚了吧！‘巡抚出朝、地动山摇’，若能有此职务，不能说光宗耀祖，却也不冤枉活一回。”看来，孙行长仕途官梦由来已久，翻过来、覆过去，都是这当官的好处。

“这位置花了多少钱？”来远问。

“花了一万块，加上打点关系，差不多有一万五。不怕哥笑话，本来，是照着财政厅副厅长的位置去活动的，后来那位置涨到了两万块，再加上一万块的打点费用，差不多就要三万块了，太贵了。不过，若是有钱，还是财政厅合算，据说两年就能捞回来。这民政厅虽便宜，却也要三年多。”

来远心中暗暗叫苦：这让老百姓怎么活啊！

可那孙行长继续说：“哥莫说了。这不是兄弟道力不够吗！若是有你妻舅世明那样的关系，一分钱不用花就能去财政厅，哪个不愿意？”

“世明的事咱说不着。兄弟可知这宦场险恶，虽说民政厅不是最凶险之地，但政局变化如此快，目前的局面能维持多久？兄弟可想好了？”来远不想把话说得太细，只是旁敲侧击地劝说他。

“这个我已经考虑好了，哥不必担心才是。”孙行长说道。

见孙行长去意已决，姜来远知再说其他也无甚益处，便说：“这股权的事，看怎么弄？”

“这个咱有章程，你开个价吧！”孙行长爽快地答应。

“这上个月的账刚结完，也别打八折、七折了，按账面退给你得了。你这刚到济南去，免不了要置房子买地花些钱，尽可支取就是。不过，若是暂时花不着的，可先放在这里，给你个最高利率，怎么样？”来远这样的方案，大大出乎孙行长的意料。当时他们开办银行时就规定，若是有原始股东坚持退出，另一方可按照账面八折接收，若是老股东不接收，才能转让给他人。来远给了全价，差价就是一万块，够买这副厅长的支出了，孙行长自然是心存感激，激动之余，有些语无伦次地说：“来远哥，我这一走就把你闪在了一边，真有些对不住。你这按原价，我……我……”

“兄弟，都这么多年了，还客气啥？以后我们又不是不见面了。哎，你熟悉的人中有没有适合这位置的，推荐一个？”来远的话让孙行长感到惭愧，自己走，不但没引起他的责怪和埋怨，还让自己推荐人才。想了一下子，便说：“我一个同学，从英国留学回来，是正儿八经的商科毕业，在上海汇丰银行干了几年，为人精明强干、通晓国外业务，刚把家搬回来，在济南的汇丰银行任职，要不，我问问他？”

“也好，说实话，找个你这样的人还真不容易，新的经理到任前，你再顶几天。”来远不太愿意让人暂时代理，想着一步到位。

“好，我这就快联系。”孙行长说完，刚要告辞，突然马长水跑进来说：“东家，不好了，铁路督办那边，打起来了。”

第二十六章
漫漫夜不见天日　全力护热血青年

1

来远忽地一下子从床上坐了起来，问道：“为何？”

马长水一五一十地介绍着：“听说为这铁路入股的事。官府说的是官家与商家合办，官股占大股；而商家愿意商办，如官家占大股，他们就不参与了。双方争持不下，在议事厅吵了起来，最后动了手。”

来远吃惊于他们动手之事，但这入股该是自愿的，怎么会打起来？便问：“动手了？怎么会这样？”

“是这样的。本来是想募集十万股本，省政府给拨付一万块钱的启动资金，那方副督办说这资金是他争取的，他要代表省政府入股，股份落在他的名下；胶莱道也打算以地入股方式，按五万块钱占五成股份。那些商家见如此情形，都撤架子不想入股了。这账上没钱，下一步怕是连借钱的地方都没有，最后协商的办法是只要现钱，谁出现钱、谁占股份。这样，省政府拨来的资金，就无法落到方副督办名下。谁知那方副督办不乐意，竟嚷嚷着说让人把省政府的钱给要回去。有人气不过，也不知深浅，说要回去就要回去，仨核桃俩枣的还天天穷嘚瑟。方副督办什么人？人家是张宗昌十三姨太的兄弟，哪能受这气，两人话不投机便动手了。”马长水一五一十地说着动手打架的原因，到底是真是假，里面多少真的成分，多少假的成分，恐怕当事人自己也不清楚。

“就这样，还修铁路？莫要管他！”来远不置可否地摇了摇头。

“东家，听说胶莱银行的侯长贵使了钱弄了个省参议员，聘书都下了。”马长水见东家对打架的事不感兴趣，便将听到的小道消息说与来远听。

“省参议员？侯长贵？”来远一听，骨碌一下子从床上爬起，有些吃惊地瞪大了眼睛问，“真的？哪来的消息？”

“我员工说，他一个同学在胶莱银行跑街，昨天晚上他们一块吃饭时听说的。侯家昨夜都喝庆功酒了，好像是今天晚上胶莱道的人请他吃饭庆贺。”马长水的话有根有据，详细到这个程度，看来不是空穴来风。

姜来远闻之，舒了一口气，像是完成了一件任务，缓缓地说道：“看来，我该出院了。”

那马长水一怔，顿时明白了东家这么说的含义，道：“他们稀罕那参议员，东家倒解脱了。”

来远看了看马长水，会心地笑道：“你也这么想，看来那姓侯的去抢也很正常。好吧，收拾一下，咱现在就出院。铁路的事虽然难成，死马当作活马医，尽力做一把试试！”

黄博士听说来远要出院的事，笑着说：“在这二十多天，也没得清闲，我跟着你，棋艺倒长进了不少，这也差不多了，是该出院了。参议员那事就真那样了？”

“侯长贵去争取参议员的位子，银子肯定没少花，张大省长又拿着参议员的帽子送人情了，估摸那参议员的事和我没关系了。他们铁路筹备开会打起来了，咱那老同学捎话让我去参加会议，若再不出院，就要来医院开会了。”来远认为自己推掉了参议员，心情大为放松。

“能得这二十天时间休养休养倒也不错，最起码脸色比原来好看了。出院也好，什么时候需要什么时候再来，虽说这不是什么好地方。”黄博士开玩笑道。

“但愿不是生病的时候来。还有一件事，我这参议员虽然没上任，顶着这顶帽子倒收了不少礼钱，道尹就是一千元，我这不做参议员的事确定下来，估计他都恨不得把钱要回去。你看看代为处理一下，捐给慈幼院、红十字，马长水去办理不一定合适，还是你代劳吧。”说着，看了看马长水，道，“把收的礼钱清一清，交给黄博士，让他处理吧！”

姜来远回到家不久，孙行长找的接班人前来面试。行家张张口，便知有没有。听得出该人对银行业务极为熟悉，尤其值得称道的是，该人对西方的银行知识极为通晓，对股票、期货也有独到的认识，颇有上海银行人的风格，这是在烟台地面上大多数人所不具备的条件，如其加入进来，倒是中西合璧、土洋结合，更有利于走出去扩张。来远便让两人做好交接，那孙行长也带足了银子，到政府上任去了。

2

烟台铁路总办给姜来远留了单独的办公室，里面也做了精心安排和布置。他这刚来没多久，前来探视的人如同搬家的蚂蚁般，来来往往络绎不绝。不多久，姜来远就把事情的前因后果来龙去脉了解得清清楚楚，让人把李圣经和方副督办叫一起，商量这铁路之事如何推进。

李圣经和方副督大眼瞪小眼，都不作声。

看来，吵架可以，真正说出自己的意见的时候，都不作声了。姜来远点了点头，毫不避讳地说：“修建铁路之事，不比经营一般工厂。若全是官家的股份，就会失去监督，难以融来资金将铁路修成；若全是商家股份，这铁路也怕是难以修成。不说别的，单就征地一项，若无政府支持，商家纵有万千资本，怕也是难以推动。”

方副督办听来远这么说，倒是很符合自己心意，便说道：“看来，姜督办还是赞成政府来做了。”

“这倒不是，我个人是主张商家来出资做，这样能够节省资金、加快建设速度。若都是官老爷衙门作风来干，怕是五年十年也修不成这几百里铁路，不把大伙拖死才怪。”

“这么说，你是赞成商家了？到底是商家还是官家，你快说个准谱，我们拟订个可行的方案，好跟道尹汇报。”李圣经着急地说着，好像他不是督办。

“此事重大，非咱三个能商定。应请道尹决断才是。”姜来远的一句话，点醒了梦中人。李圣经一拍大腿，惊道：“对啊！这事儿我们商量得再好，道尹不同意，都白搭。”

大家莫衷一是，只能如此。

会客厅内，道尹听了李圣经介绍的两个方案，并没立刻表态，向方副督办问：“方副督办意下如何？

听道尹问自己，方副督办略一迟疑，说：“我没啥意见，只是盼着这铁路快开工，修好了铁路，也了却姐夫的一个心愿。”

方督办之言，很出乎大家伙的预料。其实，就在上一次开会与李圣经吵架后，他就打电话问了济南的朋友，他们支招不要争取那些虚妄的东西，只要铁路能动工，数百万的花项经经手，好歹落点，就够花个三辈子五辈子的。

方副督办搬出他姐夫，令大家无话可说。沉默无语之际，道尹这老狐狸竟把皮球踢给了姜来远，他问：“姜董事长，你怎么看？”

姜来远见躲不过，便把自己的顾虑和盘托出：“这修铁路不是运营铁路。若没有政府全力支持，是万不可行的。若商家来做就可以，这路二十年前就该能修起来了，没修成的主要原因是时局动荡，这个不再细说。眼下，既然政府已经做出立刻修建铁路的决策，那就抓紧定一个发起人。若是官家出钱，那就由官家发布募股公告；若是商家出钱，就由商家发布募股公告。若是不出钱，只动嘴吆喝吆喝，怕是不行的。”

听了来远的话，道尹知此事不能再拖。虽说侯长贵成了省参议员，但也没说姜来远不是，他和张省长的亲戚关系是侯长贵所不具备的。还有，这个方副督办，千里迢迢跑来烟台做这事，那可是一只脚在烟台，另一只脚在张省长家，快按照他们的意见把铁路之事启动起来，要不然张省长怪罪下来，自个儿怕是承担不起，也不好解释。想到这儿，道尹说：“听说你们在会上打起来？为何不叫上姜董事长一块参加？不事前先请教一下姜董事长？如此简单之事久拖不决，还来问我？今天我给你们明确答复，政府一分钱也没有，哪个商家出钱多，哪个负责募股。不过，这股份里不能有一分钱的洋股，若有人代洋人持股，也不算数。济南拨来的那一万块钱，具体怎么用由方副督办签字，用于支付勘探技术购买材料费用，就不算在股份里了，方副督办，你认为如何？”

“我完全赞成道尹的意见。”方副督办连连点头。

“不过，姜董事长，这募股未必很难，恐怕难在向银行借款上面，姜董事长可要全力以赴啊！在此，王某拜托了。”道尹有些谦恭地说出了问题的真实所在。

来远知道这道尹三番五次地和自己说这个的原因，也早已考虑好了应对之策，笑了笑道：“道尹刚把大方向定了，剩下的那些自然有大股东来想办法，商家自有商家的法子。若前边都准备好了，不愁银行不给贷款。”

那道尹是何等聪明之人，一听就明白了这是来远推托之言，但仍不死心道：“有李总工这铁路技术大拿，方督办济南的关系，姜董事长的资金号召能力，这烟台通铁路之事，指日可待了。”

3

烟台众商家见这次政府下了死力气真心要修铁路，很快便募集了十万股本金，成立了公司，推举了董事长、总经理，李圣经被聘为总工程师，方督办、姜来远被聘为董事。这铁路按照一百万的总预算，对烟台来说可真不是个小数目。来远当场承诺贷款十万元，但要求股东本金到齐，股东本金花完后才能动用银行资金，并开设专户，成立款项支付委员会，严格审核每笔资金支出，同时人工费直接与工人结算，原材料要招标、货比三家，原材料到场后三个月支付材料款。看了这些规定，方副督办勃然大怒，和姜来远说了一声去催款，气冲冲回了济南。虽说方副督办回了济南催款，这边股本金正在到位中，姜来远便忙着自己银行的事情。没想到，事儿可没那么简单，烟台街面上的名人顾顺成找上门来了。

姜来远对顾顺成熟悉，烟台地面上谁不知道顾头领的大名呢？这烟台靠海，是山东半岛与京津、辽东半岛沟通的海上必经之地，它的兴起就是因为拥有这深水良港。这靠山吃山、靠水吃水，那货物从轮船上卸货、运到四面八方，就少不了搬运工、运输队，烟台赫赫有名的小车帮头，就是这顾老板。

双方寒暄之后，顾顺成笑道：“来远老弟，最近在铁路上，费劲可不少呢？”

姜来远见这姓顾的一不聊码头上的事、二不聊囤积大豆的事，倒对铁路的事感兴趣了，便回道：“受政府委托，也难以推辞。”

“想来也是。前些时日我还和码头的弟兄们说，以来远兄弟的聪明，该不会主动蹚这浑水。”顾老板话里有话。

姜来远不明对方来意，便问：“具体最后怎么样也不好说，但烟台这铁路必须要修，只不过是谁来修、如何修的问题。不知顾老板有何见解？”

此话正中顾老板下怀。他点点头，缓缓道：“实不相瞒，我这是受烟台港口、码头的弟兄们委托来告知兄弟，不要给铁路贷款，把这铁路项目给停下来。”当他说到这里，姜来远心中“咣当”一下子，如同响起了一个炸雷，脱口问：“为何？”

“咱明人不说暗话，我这行的弟兄们都算了账。若是烟台铁路修好了，这陆路上的小车帮、马队会大量失业，这是其一；现在烟台货物去济南可用船走黄县、羊角沟，顺西小清河到济南，运费比目前的小车队便宜很多；若是铁路修通，那烟台到济南必然会有大量的货物走铁路，那到时候我这弟兄们还有啥活路？”顾老板一条条分析着铁路修好后，对他们这些人的不利之处。

来远也没打断顾老板的话，只是默默地听着，心中想着：这哪儿跟哪儿的话？修铁路的一百个好处，都抵不过受损失人的半个不好，对方正在兴头，也不好立刻反驳。见顾老板说完，姜来远沉思了良久，缓缓说道：“顾老板所言，有一定的道理，这铁路的用处不会仅仅是运输货物，其利也不仅仅是那么一点好处。如烟台这铁路修通：一来其能够按时准点、风雨无阻，不像轮船那样，一旦遇风雨就会断行；二来安全，极少发生事故；三来可用于运兵，遇战乱则能速达，为现在国家之重器，非单独用商业利益来衡量。”

姜来远那话话语条理清晰、头头是道，超出顾顺成的预料。他沉思了一会儿，笑了笑说：“姜董事长所言，有一定道理。看来是不肯帮忙了？”

来远笑了笑说道：“不知这忙如何帮？”

“姜老弟给铁路放款也有一定的好处，这个兄弟都能理解，在商言商嘛！不过，姜老弟若是不给他们贷款，他们的资金会无着落，那铁路自然是修不成；若这样，你就会丢失掉这块利益。其实，弟兄们都已考虑到这一层，现在凑了几十两，足以补偿你对铁路放款的收益，请笑纳。”说着，便将带来的箱子放到了桌上。就见这红木箱子散发着幽幽的光泽，单这个箱子就价值不菲，上面挂着一把金色小锁，顾老板左手中指轻轻支起小锁，右手从口袋掏出一把小钥匙，将钥匙插到小孔里轻轻一转，就听“咔吧”一声清脆的响声，那小锁弹开。顾老板将锁取下，轻轻一掀盖子，那盒盖子立马弹了起来。露出了里面的红布，顾老板又将红布轻轻一掀，就见箱子里黄澄澄的一片：金条。

顾老板歪过头，朝来远看了看，笑道：“兄弟，请笑纳。”

来远见是这样，知道对方是要下血本了，怕的也不是仅仅对自己用这个办法，但想不管别人怎么做，自己不能违背自己的内心去做这事，便说道：“顾兄想多了。我做此事还真不是为钱，恕兄弟万难接受。”

见姜来远如此坚持，顾顺成又说：“我也不能为难兄弟，这样行不？若能不给这铁路贷款，我行业与您的久裕银行开展全面合作，把资金都存在贵行如何？”

来远见顾老板把话说到这个份上，只好笑道：“顾兄，这是两码事儿，对铁路放款，不是为了我这久裕银行。还有，这修铁路的事是大势所趋，无法阻止。我不干，自有他人来干。”

“那，我们就另想办法了。”顾顺成也没再坚持，平静地回话后走了。

4

别看这顾顺成仅是个混码头的，但在他的地盘上，可以说是振臂一呼应者云集，同时调动上万人一致行动，确是实实在在的，能量不容小觑。他见从姜来远这里得不到阻止修铁路的法子，便动用了更大的关系来达到自个儿的目的。不多久，这顾顺成便胳膊接胳膊、腿接腿，打听到方副督办是张大省长的十三姨太的兄弟，便趁着十三姨太过生日时，凑了一百两黄金，让烟台最好的首饰匠人打造了一只金鸡和一条金龙作为生日贺礼。

当张宗昌看到礼物后大为不悦：“金龙？那么小？怎能行风布雨？”

见这收礼的不高兴，顾顺成急中生智回道：“督军大人，这做金龙的匠人没见过大世面，无缘见到真龙，也就只能这么做了，若是有实物照着，一定做个和真的一般大小的。”

“嗯，我知道这是打我马虎眼。那说好了，年底九姨太太的生日，她属牛的，你们比照着最小的牛犊做就行。”

“这鸡呢？和龙不搭配呢！”

“金鸡就是人世间的凤凰，这叫真人不露相。”顾老板混码头的，撒谎的话来得非常快。

听这话，张宗昌也不恼怒，径直问：“所托何事？”

没想到省长这么爽快，顾顺成便红嘴白牙地满嘴跑火车：“张大人、张青天，您可要为烟台人做主啊！您要为烟台修铁路的事感动上天，今年风调雨顺、五谷丰登，老百姓都念叨您的好呢！不过，很多人听说这铁路从青岛往烟台修，觉得这铁路从潍县经掖县、黄县，从蓬莱到烟台，更有利于烟台黎民百姓，还望督军明察。”

这顾顺成能在码头上混成这样，有其独到之处，短短几句话，撩得张宗昌心窝子如同又娶了一房新姨太太一样激动。激动之余，张宗昌突然睁大双眼，满脸怒气地开了骂：“妈了个逼，烟台修铁路从青岛拐个弯，是哪个兔崽子的主意？到青岛作甚？我不喜欢青岛。告诉他们，这铁路走蓬莱、龙口，经掖县接潍县。谁若不听话，给我把他毙了！”

“大人圣明！”顾顺成知道目的达到，心满意足吹捧着。这铁路不是别的，走黄县掖县不是不对，但多修二百里，可要上百万大洋，不是说成就成的事儿。特别是这重新勘探铁路，怕是又要费几年工夫，到时候姓张的还不知在不在呢！当务之急是能拖一天算一天。

5

当听说铁路线路走向做了改变时，姜来远一头雾水，不明白为何突然发生如此变故？路线走青岛是费时间，可这样新修建的线路短，毕竟少花钱呢！但当影影绰绰明了其原因经过时，姜来远顿然大悟，对李圣经说：“敢情这些说了算的，心思都不是在修铁路了，都是在装着修铁路呢！”

“若不修铁路，那十三姨太的兄弟岂不是没事情干了？不用管他是真修铁路还是假修铁路，只要我们有事干就可以。”李圣经听明白了姜来远的话，但他倒是很想得开。

“怪不得这几天人越来越少，原来有人如此抽后腿。若如此，我这督办还督什么呢？那方副督办来做什么呢？”姜来远为自己的满腔热情，遇到这些耍嘴皮子的，感到特别悲凉。

“听说他去上海了。他念叨了好几次，说上海新进口了一批新款小轿车，估计去上海买轿车去了。”李圣经也没闲着，对方副督行踪非常关注，说着他可能的去处。

闻听此言，姜来远心中怒气直冲脑门，厉声道：“用此等方法修铁路，一百年也不成。我这督办督的是什么？成了挂羊头卖狗肉的东西。辞职算了！”

事情说起来容易，办起来可不那么容易。烟台道尹说你姜来远这督办是张宗昌亲自任命的，想要辞职要张宗昌批复才可以。姜来远的犟脾气也上来了，刷刷点点写了一封信，直言目前条件不足，在没有充足财力、技术准备的前提下，此机构无存在的必要。封了火漆，发往济南。

张宗昌交代过，别地方的信件可以过夜，老家的信件不能等。都督府内莺歌燕舞灯火通明，副官跑过来送上信件让张宗昌过目。看完信件，张宗昌微微笑："我这老家，还有这等人物。"

十三姨太问："老爷，哪里来信？"

"烟台铁路的事，你看看。"张宗昌说着，把那信递给了十三姨太。

十三姨太看完信件，心中一紧，忙说道："老爷，这烟台的铁路督办建设起来不容易，可不能撤销哪！"

"那是，你放心好了，撤了烟台铁路督办，你那兄弟干吗？还有，我这外甥女婿，书生气可真浓，不借这个机会多敛活点钱，倒真惦记起修铁路来了，辞职？都辞了职，款拨给谁？"张宗昌的话令人哭笑不得。

十三姨太听张宗昌已无撤销烟台铁路督办之意，自然是欣喜若狂，觉得督军心里有自个儿，便又给他戴起高帽："就是，老爷，这修路架桥，可是泽被乡里的善事，怎么说撤销就能撤销呢？"

"心肝儿宝贝，知道我的良苦用心了吧！前几天烟台那些人来祝寿，为一只金老鼠，你要我把修铁路的事停下来，还哭哭囔囔的，现在明白过来了吧？只要铁路督办的牌子还在，我就可以省政府之名义收税，给他们拨款，兄弟就可以从那里边支钱，比和那些商家打交道挣钱容易吧？还有，听说他去上海买小轿车？最好不要开到烟台去。"

"是，老爷，还是您想得周全。"十三姨太太温柔地说着，一边用迷人的眼光看着张宗昌，一边给他解着上衣扣子。

"只是这个姜来远，有些不识抬举。在毓璜顶医院住院，八成是学司马懿了吧？哼，小子，玩那些花花心眼子，我可不是曹爽。你不出来，我还不用你了呢！"张宗昌又惦记起了那个外甥女婿。

"老爷，怎么说，他也是自家亲戚，还是放他一马；要不，可没法和姐姐交代呢！还有，那个给侯长贵任命参议员的事儿，差不多了吧！"十三姨太装出为张宗昌考虑的样子，也不断吹枕边风，每句话里都掺杂着私货。

"这个你放心，他不愿占便宜，那想占便宜的还排着队呢！哼！赶明儿我就安排人，把那姓侯的事儿给办了。”说着，张宗昌色眯眯地看了一下十三姨太，两个人便滚到了一起。

6

侯长贵运作担任山东省参议员的事，还是颇费周折。

本来，侯长贵从没想过担任参议员的事儿。但听说姜来远要干参议员，连道尹对他都恭敬起来，心里更是不平，也觉得这参议员没啥难的，不就是省长一句话吗？凭啥呢？你姜来远这参议员，不过就是借着你老丈人小老婆的光罢了。既然这样，我侯长贵也不是没有路子。还有，儿子希玉也大了，该给他铺铺路子。

说起儿子侯希玉，侯长贵按捺不住兴奋，儿子生的一表人才，不了解实情的，是人见人夸。门里出身，自会三分。侯希玉那脾性和他爹一样，指山卖磨说谎不脸红。有人说，真可惜这孩子，一副好坯进了窑渣炉，不过那破窑口，还真烧出了琉璃瓦。甚至连百花楼里的那些女人都夸希玉，都有人想从良嫁过来，做小都可以。这还不打紧，侯希玉还出过国，懂洋文，会说洋话，日本人称赞他的日本话，说得比中国话还好，是经天纬地之才。有人夸奖儿子超过了老子，不知是褒奖他，还是拿话损他，说侯长贵：内事不决问老婆，外事不决问希玉。当地甚至有人夸赞：天不生希玉，烟台是黑夜。侯长贵听这话时虽摆手，表示说的有点大了，但内心还是很受用的。思来想去，觉得花盆长不了大树，碟子里养不了大鱼，烟台的地面还是小了，便将其送到济南，用以结交济南权贵名流，为以后的大发展打好基础。去济南干啥呢？当想到自个儿去济南看到沿街面两溜银行钱庄当铺时，便拉拢几个名流，牵头成立了一家叫“济昌”的银行，为了助威壮胆扩大声势，拉拢了张宗昌的瓜蔓子亲戚入股，接着把股本原封不动送回；邀请了在地方颇有势力的杜金来等人入股。让张宗昌三姨太的兄弟，做了挂名董事长，侯希玉做董事兼任总经理。济昌银行开业时，侯长贵带不少人到济南助威，邀请了不少在济南生活的烟台名人，一时间，侯家父子在济南也颇有名声。经过几番活动，让侯长贵做省参议员的提议，报到了张宗昌的案头。

更令侯长贵想不到的是，儿子竟然担任了济南银行协会的副会长，自己也担任了烟台银行协会的会长，一时间，父子俩在烟台风头无两。为此，侯希玉回烟台探家时，侯长贵大摆宴席，以彰其名。觥筹交错之后，善阿谀者送上对联：

一家两会长，

美名天下扬。

会场内掌声雷动。有好事者借着酒劲起哄：“少会长，有什么发财的机会，说一说！”

“少东家，给大家讲一讲济南形势。”

起哄之声此起彼伏。

侯希玉假装盛情难却，站在大厅内环顾四周，举起盛有张裕葡萄酒的高脚酒杯睥睨四周，等大家安静下来，他朗声说：“承蒙各位前来参加酒会。实在话，济南的机会还是很多，也有很多项目。本来，不想在这公共场合说起此事，但今天参加酒会的不是长辈就是朋友，说说也无妨。在此，我先感谢大家，干杯！”

“干杯！”酒杯碰撞的声音此起彼伏。

“有好消息快讲，少东家。”

“讲嘛！发财要带大家，侯会长。”

大家迫切发财的呼声高涨。

侯希玉把空酒杯递给下人，挥舞着手势，讲了起来：“现在张省长坐镇山东，兵马数十万，战将几百员，在国内声名显赫，连北京政府都要听从他的意见。还有，现在张省长在国际上也颇有影响力，日本的《朝日新闻》，经常报道督军的信息。”侯希玉说到这里，在场的很多人热烈地鼓掌，为张大省长的盛名，感到无比的荣耀。

“张省长给拨款吗？”有人在吆喝。

侯希玉点点头，继续说：“刚才有人问张省长是不是拨款，我问在座的各位亲朋好友，如果张省长拨款，大家要吗？孟子曰‘不食嗟来之食’，我们山东人，特别是胶东人，要靠我们的努力，张省长是我们老乡，不能让他老人家为难才是。不过，张省长也没有忘了大家，我回之前，张省长让我给大家带来几个好消息。”

侯希玉一口一个张省长，那份亲切，那份自然，那份真情流露，好像张省长是住他家里那样的多年老友。说到关键处，他有意地停了下来，吊住了大家胃口。大家伙急不可耐，有人急切地问：“张省长带来什么好消息？”

“快说，别卖关子。”有人嚷起来。

侯希玉等大家安静下来，缓缓地说道：“大家知道，当省长也不容易，修铁路要钱，修飞机场也要花钱。不过，这些项目都是关系国家兴亡，都是能赚钱的项目。如果大家积极参与，会是个发财的好机会。”

“怎么发财，快说，别黏糊！”有人是真等不及了。

“现在我们每个人手里都这么多钱，但是放心安全的项目少，还要支付利息。大家将钱投入这些工程，想不发财都难。”侯希玉憋了好几次的所谓好项目的话音刚落，下面发布了“咦……嘘……”的声音，应该是大失所望。

“这项目投进去，可不会打水漂？张省长如何担保？”有人问。

“张省长说了，几百万贷款，用盐税抵押。”

有人提出疑问：“盐税？那盐场在哪里？咱怎么知道？”

侯希玉莞尔一笑：“这个大伙不用担心，一个人要想发达，需要遇上明主才是，远者如胡雪岩，不就是遇到了左宗棠才发达起来的？近者如谈荔孙，遇到了冯国璋，他的大陆银行才风生水起。俗话说‘千里马常有，伯乐不常有’。张省长这样的人可不是我们天天都能遇到的，眼下可是千古难寻的机遇，机不可失，时不再来啊！”

他的话音刚落，下面窃窃私语：“款放出去，收不回来咋办？”

“这个就不用担心了，不就是一百万么？张省长还差那点钱？”侯希玉有些不屑地说。

“侯会长，若是张省长不差那一百万小钱，还贷什么款？”

见有人说到点子上，侯希玉坐不住了，只好拿出撒手锏道：“其实，这不过是张省长给大家升官发财的机会罢了。想想看，这整个山东省的山川河流，那海滩上的沙子、水里的鱼、地里的蝼蛄、山里的金矿，就连泰山顶上的奶奶庙，哪个不是张省长的？哪个不是他说了算？”

侯希玉这一通白活，还真把周围的人给镇住了。是啊！连地里的蝼蛄都姓张了，各人似乎也找不出反对的理由。不过，蝼蛄不认人，今天姓张，赶明儿可能就姓王了。没人开口说给钱的事儿，很令侯长贵纳闷，心想今天这是怎么了？平时一说赚钱的买卖各人的眼珠子都是红的，恨不能呲崴出来，今天怎么都有些躲着的意思？可不能冷场啊！便看了看边上的盛管家，朝他使了使眼色。

盛管家会意东家眼色，应该是让大家伙儿热起来，便问：“侯会长，刚才你说升官发财，这放贷款可能发财，和升官没啥干系吧？”

侯希玉看了看四周，压低声音悄悄地说：“在座的没有外人，侯某不才，从张省长那里讨了几个位子，每给贷款五万元者，可兼职副县长，早来早得。晚了，可就没了。”

这话一出来，在座的各位面面相觑，有人立马围上道：“此话当真？”

“听说，前段时间花两万块钱才能买个副厅长，现这贷款五万块，就能给副县长，有了副县长，那办事就方便多了。这么说，不贵，真不贵。”

“在烟台？还是到其他地方？”

“其他地方？山沟沟里那些个穷县，租子都收不上来，当个破副县长干吗？”

众人议论纷纷，莫衷一是。

侯长贵从包中掏出一沓纸道：“这还有假，委任状都在这里了，谁先交钱，谁选好地方。”

一堆人呼啦啦拥了过来，众星捧月般将侯希玉围在中间，七嘴八舌地问着。有的人当场表示给予贷款，有的还在商量是否值得。就在大家争得面红耳赤之际，“啪、啪”两声清脆的声音，引得不少人向外面张望，正在此时，就听“啪”的一声，门被撞得大开，两个人狂奔而入，一个人踉跄了几下，一头栽倒在地下，另一个人如飓风般袭过来，疯狂穿过大厅，跳上窗户又两手搭上了墙头，翻墙而去。众人错愕之际，有人吓得大叫：“死人了，死人了！”门外闯进几个警察，其中两个警察向扑倒在地上的青年人扑过去，一个警察一只手端着枪，另一只手指着大家：“刚才进来了两个人，另一个去哪里了？”

“翻窗户跑了。”有人说着，指着窗户外面的墙。

另一个警察过去看了看，瞅了瞅墙，厉声道：“刚才跑了的是共产党，一定抓住他们。把这个给押回去。赶快散了，有包庇共产党者，格杀勿论！追，给我追！”

7

陪完客人的姜来远推开门，两只脚刚跨进门槛，忽听“噔、噔、噔……”由远及近急促的脚步声响起，有人疾跑闯进门来，把没有防备的姜来远撞了个趔趄。来远稳住心神回头看时，只见这高大男人反手把门关上，急喊：“对不起，姜叔叔，救我！”

姜来远大吃一惊，院子里不亮，虽看不清楚此人相貌，但见其高大身材，听声音年龄不大，应该是刚才跑的时间不短了，上气不接下气的样子，能知道自己姓姜，该是熟人，但又没有认出是何人，便问："您是？"

"我是益文学校的徐约之，和您家民国熟悉，有人追杀我，叔父帮我。"说完就瘫倒在地上。门外咣咣咣敲门声响得厉害，伴随着有人吆喝："开门，检查。"

"没受伤吧？快到后院躲避。"姜来远安排下人领着徐约之到后院，那里柴房地下有个地窖，做得隐蔽，是躲避搜查的地方。

估摸着人都安顿好了，姜来远打开院门，就见几个军人站在门口，一个领头的有些蛮横地说："跑了共匪，如有发现立刻报官，如有窝藏者，与之同罪。我等奉命搜查，不得阻挡。"

姜来远忙赔笑脸："不敢、不敢。我家未曾有外人来往，如有发现，我等即刻报官。"

"我等奉命搜查，望姜老板配合。"

这样的事情来远见多了，二十多年前，其面对比这还凶险的局面，可不是一两次，自己柴房的地窖安全，如果有特殊情况，还能从下面转移到外面，所以更不惧怕他们，反问道："奉谁的命令？军部？警察署？还是？"

"这，这个吗？"几个兵互相看了看，大家迟疑时，一个当兵的用胳膊捅了捅其他警察，使了个脸色，低声说："原来是姜参议员，那就别搜了。"

"这是通缉犯图像，如有发现，即刻汇报！"一个当兵的递过几张纸。几个人别别扭扭走了。街上，敲门声、喊骂声此起彼伏，断断续续的狗叫声，在夜里显得格外明显。

姜来远差人将门关了个严严实实，顶上门闩，安排了两个人值班，让他们今晚不要睡觉，关注四周动静。他又差人做了面汤，几个荷包蛋，带人送到后院柴草房下的地窖中。其他人退出后，徐约之将荷包蛋吃完，面汤喝净，便将情况一五一十告诉了姜来远。

原来，这徐约之在益文学校教书，有一个叫许端云的同事和姜民国是志先中学校友，因此就熟悉了。姜来远掏出那几张纸，看了看，其中一张图像正是眼前的这位，姜来远担心儿子，虽然他已经不在烟台，便问："我知道现在有共产党在烟台活动，民国他陷得深不深？"

姜来远的话给徐约之出了一个天大的难题，如回答民国情况，则证明了姜来远的猜测；如回答不知道，这还在人家地窖里呢！跑也跑不掉，毕竟人家刚救了自己。徐约之沉思了一会儿，未等他开口，姜来远笑了一下，说："徐壮士莫为难，不方便回答不说就是。在此好好休息，外面风声过后再出去。"

没想到，徐约之突然站起来，一拱手："姜叔父，感谢今夜救命之恩。还有一事相求，最近有几个同志被抓进去了，还望叔父出手相助。"

没想到对方提这样的要求。其实，徐约之自己都没想到会这样，最起码刚才吃荷包蛋之时尚未做如此打算。只是刚才被眼前的救命恩人一问，答和不答都不合适时，便觉得不如干脆说了，反正也跑不掉。况且，去年见过姜民国，正直、义气，有什么儿子，就有什么爹，相信眼前这位不会出卖自己。

话说到这里，其实什么都清楚了。做还是不做？姜来远心里犯了嘀咕，最近传言很多，上海那边清党，听说尸横遍野、血流漂橹；而武汉那边反对清党，令下面无所适从。又听说烟台军政府头一天传达了南京的清党令，第二天又收到了武汉方面发出的不能清党的主席令。刘珍年本来就不是他们的人，便装作命令冲突无法执行，拖延时间。不过，在反对共产党上，刘珍年确实真心，也很卖力。他下令从志先中学、益文学校、海军学校抓了十几个活跃分子，一边审查，一边根据线索抓人。一时间，烟台市面上风声鹤唳、人人自危。看来，眼前这位应是被抓的对象。见其如此，姜来远仿佛看到二十年前自己为理想、为天下苍生而奔忙的样子。民国都成立这么多年了，这样有想法、有活力，正派的年轻人，怎能被抓被杀呢？外面风声那么紧，刘珍年也不是成大气候的人，救之于己无益，不救于心不忍。姜来远沉思中，徐约之又说："今日本人对我大中华虎视眈眈，中华民族危在旦夕，救中国者，唯有共产党。"

徐约之的话说得情真意切，但并不新鲜，几年前听丁世聪提起过类似的话。姜来远听得虽认真，但过往的思绪干扰着他，有的听进去了，有的没有听心里去。但救中国者唯有共产党的话，让他心脏如同被针刺了一下，内心颇受震动。

姜来远看了看徐约之，问："救中国者唯有共产党？说的是不是有些大？目前中国之情形，还有救吗？"

徐约之打量了一下这个地窖，用炯炯有神的眼睛看着姜来远，信心十足地说："没记错的话，姜叔是参加过辛亥革命之义士，大清官府管理之严苛无以复加，尚且被推翻。目前之乱局难以为继，怎能不会被终止？当然，这个看要谁来终止。放眼世界，无一不是政党统领。而泱泱华夏军阀林立，有几个党派为四万万同胞着想？试想今日之中国，如同一盘散沙，如果一个政党没有方向、没有目标，无论武装多强大的军阀，也会如同没有舵的船在大海里空打转。眼下之中国，无论哪个政党，谁有目标和方向，谁就能带领为中华民族独立而奋斗的人取得成功。”

“那共产党的目标是什么？”姜来远内心的热血沸腾起来。多少年了，他似乎没有再如此有激情地讨论救国救民的天下大事了，不是不想讨论，是自己经历过，太令人失望了。

“共产党是为天下劳苦大众翻身解放的党，是反压迫、反封建、反帝国主义，谋求中华民族独立的政党。这需要我们每一个人长时间的努力才能做到。”徐约之直视着姜来远，那瞪大的眼睛里仿佛冒火一般，充满着无限的生机和力量。

姜来远坚硬的内心，被徐约之的热情融化了，他急迫地问：“你说的几个人在哪里？如何救？”

“前几个月，无论是南京还是北洋军阀都在清党，虽然国民党左派也有损失，但我党在济南、青岛损失惨重。这几天，有几个朋友来烟台，他们联系黄博士，你可以去找黄博士。”徐约之说着微笑地看着姜来远。

“黄博士？从上海回来的那位？”姜来远诧异地问。

“对，找他就可以。我知道你们认识。”徐约之话说到这里，证明他对情况知道得比较清楚。

姜来远禁不住内心暗暗地想：“真厉害，此人竟然对我摸得如此清楚。”

一夜无话。

此事托不得别人。姜来远推掉其他事情，装作催款的样子，第二天一早便去毓璜顶医院找到黄博士，黄博士给了他几个地址，姜来远按图索骥一个个跑下来，分头说了徐约之的情况，告诉他们在原来的地址很危险，需要抓紧更换住的地方，以后联络地址就放在朝阳街的三马茶馆。

朝阳街车水马龙，热闹异常，人多眼杂。三马茶馆在朝阳街北头路西，三间的门脸，二楼有阳台，与两边人家连接，进出方便，是姜来远朋友们专门用来小范围聚会的场所。在这里，许端云和外地来的延伯真、胡世星、赵横之见过面后，姜来远又分别将他们带到家中，商谈搭救十几个被抓的同志。

午饭后，几个人正在商量下一步如何做，胡世星跑过来，急切地说：“姜老板，我们一个同志被杀了。”

众人皆惊，立刻站了起来。

第二十七章

碧血紫薇映日月　四海通达耀九州

1

恐怖气氛如大雾般弥漫在中华大地上，烟台的大街小巷一片肃杀。

大家都知道，现在官府的眼线遍布旮旮旯旯儿，无人敢给共产党收尸，一般由“慈安堂”出面处理。姜来远问好了安葬地点，通知那边的几个共产党人晚上去安葬点集合。他等着下人叫了慈安堂的人，用车拉着草席和几件衣服，跟随送信之人赶到烟台山西侧。几个人站在远处看着，山脚的树下躺着一具尸体。姜来远他们走近躺着的遗体，见身体和头部估计中了十几枪，脑袋上已经血色模糊，衣服破烂成布条，几乎衣不遮体，裸露的胳膊和腿几乎没有好的皮肤，青一块、紫一块，令人触目惊心，看来，其在狱中遭受了非同寻常的折磨。姜来远将几个人招呼过来，用衣服将其头包上，将草席铺在地上，用席子将尸首裹了，抬到车上，用铁锨铲了周边的土，把血迹盖了，慈安堂的人拉着车离开。

姜来远看着眼前的一切，有些恍惚。

残阳正往海面坠落，夏露初起，花枝和叶子已经覆盖了一层水雾，蔷薇花显得更为灵动，而那被诗人称颂艳丽的桃李，早已不见踪影。这满山烂漫的蔷薇花丛，会这从初夏延续至秋风起时，风吹不坏，雨打不烂，毒辣的太阳晒不坏。这盛开的蔷薇花，不知人世间的丑恶与忧愁，也不知烈士的鲜血浇灌了它的根，滋润着它的叶，供养着它的花。

姜来远跟着车向西出了城，天已经黑下来，确认无人跟踪，他们便转了方向往南走，绕过城，赶到塔山脚下上山小路的路口，那几个同志已在那里等候。借着微弱而惨淡的月光，他们将席子抬起，顺着曲曲折折的小路往山上走，到了一个平地，打开席子，给他又套上衣服，用湿毛巾将脸擦干净，用白布裹了几层，捆好。一个身强力壮的同志将其背在身上，七八个人前后跟随，默默地上了山。

山路曲折难行，背着遗体的人很快就累得上气不接下气，其他人便轮换着背一段。到了半山腰，大家歇息的空当，姜来远要求背一段，其他同志不让，说："姜老板已经帮了这么大的忙，不用你背。"

"天这么黑，夜这么沉。这么年轻的小伙子被杀，他为劳苦大众宁可丢掉性命，他的死，如同这黑夜的星星，给这无边的暗夜一丝光亮；他的死，相信会唤醒很多沉睡的人。我背他一段，应该。"姜来远在黑暗中说完，便弯腰将其背在身上，一步一步往山上走去。

估计已经过了三更，窸窸窣窣挖土的声音响起来，墓穴在一棵高大的紫薇花树下，已经基本挖好，是在距离山顶不远的一处朝北的缓坡，四周是稀疏的紫薇花树和各种杂类灌木。月亮已经沉下去，夜空的繁星格外明亮，山下的点点灯光稀稀疏疏，那是烟台城里人家的灯火，星光与灯火之间的那一片黑色，是大海。在这无风无雨的夜里，想必那海面是平静的，而平静的海面下，也应是暗流涌动；如同这昏沉的黑夜，有人被夺去生命，是为了他人、为了理想；也有人在弹冠相庆，甚或有人领了赏钱在纵酒高歌，抑或赶明儿购置华屋豪宅海边别墅呢！姜来远静静地看着四周，心潮澎湃、思绪起伏。

墓穴已整理好，有人把捆绑遗体的绳子解开，徐约之在念叨着："杨小全，在志先中学读书时你常来这里，说好等革命成功后就云游四方，等老了再回这里。可这反动派太凶狠，革命尚未成功，你竟然去了。"

"说好的国共合作，没想到，这些人竟然翻脸比翻书还快。"

"你说等几年革命成功了，再娶亲，可，可是……？"

几个人念叨着这位革命志士的好处，言语中满是爱惜怀念之情，有人呜咽抽泣起来，那声音不能仅仅用痛苦来形容，是无奈，是惋惜，还有不舍。此时，姜来远才知道，眼前即将被葬之人叫杨小全，是栖霞人，是被叛徒指认遭到杀害的。

过了好一会儿，徐约之说：“同志们，杨小全同志的鲜血不能白流，我们要擦干眼泪，继续奋斗。为杨小全报仇。”

“继续奋斗，为杨小全报仇……”

“为杨小全报仇……”

低沉的呼喊从大家心底迸发，那声音扎进地里，埋进土里，像是积蓄着力量，等待来日的爆发。

大家默默地将杨小全的遗体放入坑里，填好土，堆起了坟包，将石碑立好。东方启明星升起，四周依旧黑暗。大家沉默了一会儿，东方天色发亮，碑文上“杨小全之墓”几个字清晰可辨，墓后面那棵高大的紫薇花树开枝散叶如同伞盖，那红艳艳的紫薇花一簇一簇，如刚出壳的小鸡，在风中摇摆，似乎是在惊讶地观察，这莫名的世界。

“各位朋友，不要伤心，有机会再来看望杨小全同志。感谢姜来远先生的帮助。”徐约之说完，向姜来远深深鞠躬，姜来远还礼，众人洒泪，分头下山。

大家下得山来，太阳已经升起。回头看时，就见阳光下漫山的紫薇花海蓬勃迸发，整座山都灵动起来。这有灵气的山里，不应有冤屈的灵魂，但令人遗憾的是，这阳光普照下的芳华世界，又有多少阳光照射不到的地方。

姜来远怀着沉重的心情回到家里，按照徐约之的托付开始行动。他通过关系，将几十两黄金送给了刘珍年的老婆。可惜刘珍年不听老婆的话，钱收了，人没放出来。不过，这金条还是起了些作用，刘珍年不再天天说把那些人给杀掉的话，也可能是留着活口，为了榨取更多的金条。看来，刘珍年是行伍出身，又不是本地人，几乎没人找得动他。姜来远一筹莫展，营救人的事情陷入了僵局。怎么办呢？看自己男人闷上愁肠，丁佳怡知道原因后，建议他去济南找张宗昌。

找张宗昌倒是个出路。但怎么找？颇令姜来远犯愁。去年自己对张宗昌的参议员充耳不闻，现如今怎么能去济南求其办事？况且，这事如没有特别密切的关系，都无法开口，自己去找他是公对公，可能性微乎其微。怎么做？找二太太？不行。这些年，自己虽和她的关系有所缓和，但从来没求她办过什么事，现在拉下脸来求她办这事，是不是合适？让姜来远颇为踌躇。特别是一个女人家，卷入这样的事情，说不定会引来杀身之祸，终究是不太好。但别人托付自己的事情办不好，监狱里的年轻人就有生命危险。罢、罢、罢，该求人时当求人。

姜来远想毕，带上厚重礼品，去黄县找二太太。

2

此时的二太太可不得了，升天了。

说二太太升天，不是说她得道，而是发达了。二太太发达，不是她做对了什么，而是无心之为。想当年张宗昌，也就是现在的省长、督军张大帅在掖县杀了人，那可真是走投无路。这山东不是东北，掖县也没什么深山老林，不是平原，就是那丘陵小山包，藏不住人。这张宗昌连躲的地方都没有，被逼无奈之际，剩下的一个办法就是：跑。往哪儿跑？当然是东北，那边山多林密，能藏住人，也能吃饱饭。但是，跑也不是随便就能跑的，跑的路上要有钱吃饭、有钱买船票才能跑得快、跑得远。这张宗昌叫天天不应唤地地不灵，被逼无奈走投无路之际，只好跑到黄县找自己那本家姐姐——丁百万的二太太，二太太这时候手头宽松，怕他纠缠自己沾惹上麻烦，就给了他十两银子将其打发了事。虽不是大钱，但对陷入绝境的张宗昌来说，如同干涸的大地遇到了甘霖，千恩万谢后，拿着钱一溜烟跑到烟台，买了船票就到了大连。至于后来辗转去了海参崴淘金、西伯利亚伐木，其间经历的血雨腥风非常人所能承受。不过，他一直惦记着这本家姐姐的好，因居无定所加之自己有命案在身，也不好联系她。后来民国了，虽说那些事都过去了，可他在外地四处奔波，居无定所，也顾不上这些事儿。现如今，二太太自己娘家弟兄做了总司令、省长，邀请自己出席这省亲大会，自然是风光无限，说话口气粗了，腰杆子也顿时硬了起来。想着当年十两银子换来如此大好处，若早知如此，给他一百两都不多。二太太在买卖人家里混了几十年，那小算盘在心里打得噼里啪啦，怎可错过这天赐机会，借机把儿子送到督军身边，在济南做了副厅长。自从自个儿男人没了，这福盛堂在丁家大家族的位置也降了，可儿子做了副厅长，是比县长还大的官儿，福盛堂在整个家族的位置又提升了。二太太虽没有了年轻时的盛气，却也不用担心儿子不成器被族人瞧不起了。

见姜来远来找自己，二太太特别意外。若是二十年前他来找自个儿，肯定虚与委蛇不予理会。但现如今，姜来远成气候了。说个良心话，他对自个儿还是毕恭毕敬，井水不犯河水，过年过节还是奉上孝银，礼节一个也不少；那二太太也是极其精明之人，那次栽了个大跟头使她明白了一个大道理：不要和聪明人耍心眼儿。姜来远这小子看似憨厚，可毕竟头脑灵活，和这样的人斗，赚不着便宜。特别是看他仅用几年的时间，就在革命队伍中混出了名气，特别是大清亡时自家破了大财，而他没受啥损失，还在烟台军政府担任了职务。眼下，他孩子也有好几个了，又开了银行，十多年下来，竟然在烟台那人精成群的地方成了气候，反而压过丁家好多。不过，当二太太听明白姜来远要从刘珍年手底下救人时，心里咯噔一下子，禁不住问："我们救了共产党，以后姓刘的反悔，可怎么办？"

女人想事情真细致，一个事情会想到以后的以后的以后。听二太太说出这个疑虑，姜来远觉得不吓唬住她，这事没门。只好说："共产党也厉害，谁知以后谁说了算？我们救了他们，以后他们说了算，会念我们的好。当年，岳父大人辛亥年间散家资助革命党，才得以保全我们丁家。那些不予理睬的遭受灭顶之灾大有人在，前车之鉴。"

姜来远的话是实实在在的例子，惊得二太太张大了嘴巴，好一会儿才缓过神来，把乡间的传闻和心中的疑虑问他："听说共产党是红头发、绿眼睛？"

姜来远扑哧一笑，说："哪有的事，就是平常人。所谓的信共产党、国民党，如同信佛和信道一样；既不是共产党也不是国民党的，如同既不信佛也不信道的一样。大清的时候，我很多朋友都是革命人士，都是平常人。"姜来远苦口婆心地给二太太解释着，好歹让她应了下来，几个人先坐马车、后换火车，赶往济南。

3

张宗昌听说恩人来了，派出汽车将二太太接到自己家里，几个姨太太问过安之后退出，张宗昌对她嘘寒问暖，问有啥要求，住哪里，吃什么。二太太客气过之后，说："来济南看看兄弟，照顾得家里都很好。来看看孩子们家里怎么样。"

张宗昌哈哈大笑："姐姐，你来，就好了。咱打下江山，不就是为了家里人过得好，谁要是欺负咱，咱灭了他。外甥们的事你放心好了，他想干啥，咱就让他干啥。不过，带兵打仗的事不能让孩子们干，太危险了。"张宗昌看似大大咧咧满不在乎的样子，可是对家里人，对老乡的照顾没的说，豪爽大方又心细如发，是一个非常对立的矛盾存在。对人热情、豪爽，是山东人的一个优点，但也是缺点，做大事需要统揽全局时，考虑得不细致，做起事来容易粗枝大叶；还有一个就是太照顾身边人，导致对外围的人照顾不够，难以接受外面人的新观点。这样，就导致容易忽略事情进程中存在的问题，做到一半容易出岔子，难以持续下去。

二太太端起茶杯喝了一口茶，顿了顿，说："我说兄弟，有一件事想求你，不知当讲不当讲？"

"但讲无妨！不用说一件事，就是十件、一百件事儿，只要兄弟我能做的，都没问题。"张宗昌想着，一个女人家还有啥事？不是给孩子安排工作，就是买房子置地的事儿罢了。

"那先要谢谢兄弟了。丁家有几个小孩子不懂事，被刘珍年的人抓了，你看能不能说说把他们放了？"二太太的话一出口，张宗昌就有些叫苦不迭。原来是这样，刘珍年抓的什么人？应该不是杀人放火，如果是杀人放火，这大姐也不会来求自个儿啊！抓的莫非是共产党？想到这，张宗昌问："姐，那些被抓的娃娃莫非是共产党？"

"共产党？没听说什么共产党？如果是共产党，岂不早被杀了？"二太太故意装糊涂。

"也是。那是为什么？"张宗昌自言自语，回过头来和管家说："给我接刘珍年电话。"

二太太和张宗昌闲唠嗑不久，管家说电话接通了。张宗昌过去接过电话大声问："听说你手底下抓了几个，说是共产党嫌疑分子？"

"不是几个，是十几个。长官。"刘珍年倒是记得很清楚。

"如果没有确凿的证据就放了吧！北京有人打电话了。"瞪着眼睛说瞎话，是张宗昌很擅长的事情。

"好好好，不过，长官，是不是给我个招呼？"刘珍年怕以后有人反悔，暗示着张宗昌。

"妈了个巴子，你真细心。好，我找人给你送过去。"张宗昌安排好，放下了电话，转过头对二太太说，"姐，安排好了。"说完，转身去桌子边写了封信，用信封装了，交给了二太太。

张宗昌写了条子，让二太太带回去，刘珍年放人。

姜来远带了张宗昌的批示，带了十根金条亲自找到刘珍年。刘珍年想着做事不能太绝，把人杀了对自己没啥好处，这些人也威胁不到自己什么，便做了顺水人情，将那十二个人给放了。

4

没想到，世道变得比六月天还快。

“不好了，张督军把部队开到潍县了，要打烟台。”

“净胡扯。张督军是省长，烟台受省长管，哪有省长带兵打自己地盘的理儿。”

“你没见界面上胡作非为的兵痞少了，部队开潍县了，要打大仗。”

街面上的流言传得比鸟儿还快，张宗昌与刘珍年闹翻了要动武的消息很快就传遍了烟台的大街小巷角角落落，引起了烟台地面上很多人的恐慌与不适。

“坏了，爹，张刘交恶，我们可别受牵连。”侯希玉在济南给父亲打电话，说着目前的局势，商量着以后的对策。

“怎么会弄成这样？如真打起来，你这还是参议员，会不会成为人质？”侯长贵担忧儿子的安全。

“扑哧”一下子，侯希玉笑了起来，“爹，你想多了，人质倒不会，我们又不是金枝玉叶。现在这帮人虽然斗狠斗勇，但都知道自己干不长，都会留有后手，不会牵扯我们这样的人，毕竟我们没给他们造成什么损害。”侯希玉给父亲详细分析着眼下的局势，这也是他在济南经常与高官富商们交流的事情，让他不用太担心。

“如真这样倒好，我也睡个安稳觉。”侯长贵叹了口气。

“爹。虽说我们无大麻烦，但也要再加加码，早下手，跑一下刘师长那边。”侯希玉虽嘴上说不碍事，但还是觉得自己在济南弄的动静虽然不大，但在烟台人面前，便显得自己与督军走得密切，现在局势不明朗，非常有必要与姓刘的多走一下，两边下注才算差不多。

“也是。多少钱合适？少了他看不上，多了还有个头儿？”侯长贵有些犯愁。说实话，不到迫不得已，谁愿意给别人白白送钱呢！

没想到侯希玉竟然在电话中笑了起来，直笑得侯长贵莫名其妙，笑了几声后，侯希玉说：“爹，钱只是个引子，不能只送钱，得给刘师长说个他感兴趣的事儿。我听人说姓姜的前些时日从督军这里讨了要求刘师长放人的手令，听说放的那些个人里有共产党，我们何不利用这事儿做个引子，就说他与济南交往甚密。还有，他有同情共产党的嫌疑，刘师长说不定怀疑他是共产党呢！”

真是青出于蓝而胜于蓝。侯希玉这一箭双雕之计够毒够狠够辣，直听得他爹侯长贵一愣一愣的，脑子有些转不过弯来。过了好一会儿，侯长贵才说：“儿啊！我们先保护好自个儿，说他是共产党无真凭实据，一查将起来没有证据，我们岂不是会惹上麻烦？还有，这姓姜的在烟台这么多年，和政府部队里很多人有勾连，我们别扳不倒他反受其害，就得不偿失了。”老年人做事讲究个底线，年轻人愣头青不知深浅只知道往前冲，侯长贵虽然赞同儿子的计谋，但不赞同儿子冲得太猛。

“爹，这事儿还用我们亲自出面吗？先叫人按刚才意思写几封信揭发他。你再去刘师长那儿走动走动。如果他问你，可以顺便说一下。”侯希玉虽然年轻，要阴谋诡计的手段已经超过他爹。

5

对于张刘交恶之事，姜来远不是没有考虑过，但觉得无甚大碍。再说，这事儿防也无法防，总之不能跑路吧！这日里，姜来远正与财务经理在办公室分析账务，忽然从外面闯进一队士兵将其带走，直骇得财务经理面色苍白，姜来远只留下一句“看好管好”的话，就被带走了。

姜来远很纳闷的是没有被投入监狱，只是被囚禁在军营的房屋内，也没受皮肉之苦。他在纳闷被抓的原因时，一高个军官进来，上上下下打量了他一下，说：“姜来远，就是你？”

“正是！”

“知道为何把你抓来吗？”

“不知。”

“前些时日，你带了张宗昌的条子来放人，你和他到底什么关系？有人举报你通共，有没有通共，你自个儿心中有数。”

“我没有通共。”姜来远知道自己不能多说话，现在在人家手上，说多了会吃亏。

“通共没通共，可不能由你自己说。没有证据不能诬赖你。这事暂且放一边，你带的张宗昌的字条，可是实实在在的，无法抵赖。”这军官终于扯到了和张宗昌的关系上。

“长官，我只是个传话的，放不放人是师长的事儿。”姜来远不得不辩解。

“嗯，读书人就是不一样。没理都能说成有理。好好想一想咋办。证据摆在这儿，依不得你嘴硬。等几天刘师长回来，亲自审问你。”这军官嘟囔了几句就走了。话音儿里听得出刘珍年没有在烟台，也就是说自己在这里一会儿半会儿出不去，家里人会多着急啊！

是啊！家里人能不着急吗？姜来远被带走的消息传到家里，丁佳怡顿时有些急火攻心，忙差人打听原因。烟台地面上没有秘密，很快传回信儿来，是刘师长的人把东家给带走了。姜家上上下下陷入慌乱之际，丁佳怡反而冷静下来，男人不在家自己再乱了，那家里岂不是没了主心骨？一个家庭没有主心骨那岂不是乱了章法？丁佳怡立刻顶起了一家之主的名分，召集全家上下开了一个会，叮嘱各人各负其责，少出门，看护好家院，派出几个信息灵通的出去打听消息；从银行抽了两个人到家里帮忙，又去银行里召集主要人员开了个会，非要紧业务不要新发放贷款，筹集资金防止挤兑，人员不要调整，大事要等东家回来再办。

用了一天的时间安顿好家里和外面的事，全家上上下下里里外外秩序井然，早上托的人打听说姜来远安然无恙；托人打听刘师长行踪的，回话说他领着人要打仗，又说他第二天早上去港口接人。丁佳怡打听好了行情，让人取了一百两黄金装盒子里包好；丁佳怡等着挨着靠着，一夜未曾合眼。第二天一早，关于刘珍年的消息传回来，丁佳怡盘算着自己的计划。午饭刚过，她便差人备了马车，携了包着黄金盒子的包袱赶往码头。

一路上人声嘈杂，三三两两的士兵散哨站在街道两旁，离码头还有不到一里路光景，马车便被赶到南侧胡同，不再让往前走。丁佳怡下了马车，和两个下人结伴赶往码头。

“闪开、闪开。”

“让开、让开。”

“刘师长车队，大家闪开。”

凄厉的呼叫声从后面传过来。

丁佳怡他们赶紧跟随人流站在路边，只听得急促的马蹄声传来，一队车马从东边直奔过来。前面几个人骑着马开道，中间是一辆大军车，后面十几个骑马的护卫。队伍呼隆隆过去后，丁佳怡他们急忙往前赶。等他们赶到码头，大门已经封闭，一般人不能随便进出。听人说，要等刘师长把客人接走后，其他人才能自由行动。

轮船进港的汽笛声浑厚而又响亮，那特有的声调直沁人心底，如泣如诉般，有风萧萧兮易水寒悲伤离别之感。“靠岸了，船靠岸了。”有人高喊，人群骚动着。

“妈了个巴子。都是接人，凭啥他们先接。”

“这些个官老爷，接个人都这么威风。”

四周的人议论纷纷，丁佳怡顾不上听这个，心中暗暗叫苦。这么多人，连和那个刘师长说话的机会都没有，看来到这儿并不合适，还不如去他府上找他。想到这儿，丁佳怡真动了要走的念头。正犹豫中，就见几个人从码头的大厅里走出来。

咦！怎们那人那么熟悉？那不是世聪吗？不应该。怎么会是他？不可能吧？仔细看，确实是自己的世聪。虽然好几年没见了，错不了。世聪和那几个人上了车，那车发动起来，丁佳怡拼命往前挤，大声喊叫着：“世聪、世聪！”

身边人躲避着丁佳怡的撕挠，“扑通”一下子，她摔出人群倒在地上，前面一匹马猛然一尥蹶子，差点把马背上的士兵给掀下来。那士兵紧紧抱住马脖子，勒紧了缰绳，马的嘶鸣引起了人群的骚动，“嘎嘎”一声，那启动了的汽车又停了下来。一士兵朝着丁佳怡嚷嚷：“找死吗？快躲开。”

丁佳怡顾不上太多，爬起来拼命向军车招手，军车车门忽然打开，丁世聪下了车赶紧跑了过来，兄妹两人紧紧抱在一起，世聪急切地问：“佳怡，你怎么在这儿，摔坏了没有？”

“没事没事。你怎么来了？回来怎么没说一声？怎么不让家里人接你？怎么坐他们的车？”丁佳怡一连串的问话。世聪没有回答妹妹的问话，反而问：“你怎么来这里？接人吗？”

“找刘师长。”

“找他干吗？”

“来远被他的人抓走了。”

“怎……怎么回事？”

“夜长梦多，要尽快见刘师长。”

“那，那一块儿上车。让其他人快走，这人太多，我们在这里碍事。”丁世聪看码头上人山人海，让妹妹上军车走。丁佳怡回头和下人说让他们自己走，便跟着哥哥上了军车。世聪介绍过后，刘师长有些意外，但今天接的是自己的贵宾，也不好说什么，便殷勤而又豪爽地与丁佳怡打着招呼。车马队离开码头，刘珍年万万没想到，丁世聪竟然带着自己的妹妹一起来到师部。会客室没有其他人时，刘珍年才知眼前这女子是跟自己要男人来了。

听说姜来远是丁世聪的妹夫，刘珍年满脸的恭维和笑容跑了个干干净净。他挠了挠头皮，额头的疙瘩肉扭曲得变了形，眼神飘忽，变得不可捉摸，用有些得意而又无奈的口气说：“武汉政府说我清党不利，局座受国民政府之命前来督办，你说这事儿怎么处理好？”

别看刘珍年是个武夫，可是正规军校毕业，花花肠子弯弯绕可真不少。他把这额头的疙瘩肉变成了疙瘩事，扔给了丁世聪。丁世聪可不吃这一套，他从北洋政府混到国民政府，参与国共两党合作，上上下下生生死死之事，见得可不要太多。这次，毕竟自己也是代表中央政府下来督办要事，结果是好是坏，还不是他一句话？居高临下的优越感，使他说话一点也不客气：“我妹夫怎么可能是共产党？”

“专员可别吓我，我可没说姜老板是共产党呢！不过，据说姜老板和共产党过从甚密，烟台地面上很多人都知道，你说怎么办？”狡黠的刘珍年又把皮球踢给了丁世聪。在他心里，什么共产党、国民党？只要不对自己的地盘形成威胁，什么党也无所谓。他心里甚至还暗暗叫好，看来这人抓对了，有姓姜的在手里，这丁专员还不任由自个儿摆布？

丁世聪是何等聪明之人，早就想到这刘珍年会趁机赚便宜还要卖乖，什么国民政府的大政方针，眼下先把自己的妹夫救出来最要紧，其他事儿再说。既然他问自个儿怎么办，自己就给他办了：“刘师长，先把人放了，有事好商量。”

刘珍年思忖着讨价还价的余地，想着这把人放了，会有大便宜。借坡下驴道：“听你的，你是钦差大臣。”

“刘师长，可不是听我的，关键是没有证据。清党可是有原则的，不能有人漏网，也不能滥杀无辜扩大化嘛！这个人不放，其他的怎么谈？”丁世聪的话滴水不漏，也给刘珍年画出了红线，不放人，啥事儿也不能办。

话都说到这个份上，丁专员亮出了底线，别无他法，刘珍年便让人把姜来远放了出来。丁世聪与姜来远打了个照面，便让妹妹陪着他回家，自己与刘珍年商谈党国大事。见丁专员的家人走了，刘珍年便不再客气，狮子大开口般，列出了要军火、军费、地盘的清单，还要清党模范称号。丁世聪刚欠了人家天大的人情，无法拒绝，但他也做不得主，只能好好好、是是是地尽量应承着，说回去好好汇报尽量争取。刘珍年也不怕丁专员反悔，想着你家人都在自己地盘上，今天能放了他们，明天就能再抓他们进来。不过，刘珍年也知道自己的处境，自个儿毕竟出自北洋政府的部队，和南方国民政府嫡系部队不是一回事儿，人家都防着自个儿，怎么可能给多少钱呢？还有，国民政府自个儿还穷得叮当响，连军费都靠国外贷款、财团捐献，甚至于摊派所谓的国债。这姓丁的顶着所谓国民政府特派员的身份前来督查清党是幌子，虚张声势宣扬一下党国实力，让自己不要有疑心听从其指挥才是根本。刘珍年的疑虑一点也没错，直到多年后他被调离烟台，丁世聪承诺的军费也没着落。

6

世聪的到来让丁佳怡顿感释然，好像失足落水的人抱住了一根木头，得到了实实在在的救助和莫大的慰藉。世聪讲了自己在上海、广州一带的活动经历，他媳妇和两男一女三个孩子都在上海生活，现在成了汪主席身边的高级参谋，这次来烟台名为督查清党，实则为拉拢刘珍年到国民政府这边，分化他和张宗昌的关系；北伐军已经定好了攻打济南的计划，下一步就是攻打京津。

“北伐军真的有这么厉害？东北王在京津一带经营多年，东北大本营土地肥沃物产丰饶，物资供应充足，怎会那么容易被打败？”姜来远对丁世聪的话将信将疑，难以完全认可。

“武王伐纣，唐起太原，汉高祖起于亭长，朱元璋发于行伍。几千年来都是得民心者得天下。东北王虽盘踞京津日久，但日本窥伺东北已久，其东北老巢并不稳固。国民政府北伐军纪律严明，士兵训练有素，国民政府自北伐以来势如破竹，打下济南后京津无险可守，东北王自然龟缩东北。江浙是蒋总司令的大本营，广东是汪主席的老家，京津是大清遗老遗少的老窝，现在汪主席行营所在地武汉，上通巴蜀、下达沪宁、南通广州、北上京津，这也是国民政府下一步经营的主要方略，至于东北，天寒地冻，无甚可惜，怕是难以投入太多精力。”关于家国大事，世聪说了个大概，有的话也比较含糊，估计当局者也未必考虑得太清楚，毕竟济南还在张宗昌手里呢！更不用说北京天津了。仅仅在烟台待了两天，世聪就由刘珍年派车送回黄县上坟去了。本来丁佳怡想和他一块儿回去，世聪没答应，说忙完就从黄县坐轮船去济南。

姜来远反复琢磨着丁世聪的话，觉得应该顺应大的变化，抓紧收缩东北的业务，将资金转移至京津区域。为此，姜来远召集手下王杨曲张赵五个主要助手开会，商讨下一步对策。是否去北京开分行的事情讨论过不是一次，特别是济南分行开业之后，汇兑收入增加得特别快，但北京天津的业务要通过别的银行转汇，白白损失一块利润，确实令人感到惋惜。但前几年政局一直不稳定，特别是青岛济南开业不久，确实需要夯实基础，加上张省长来回折腾的几件事，牵扯了太多精力，难以腾出手抓那边的业务。这次，各位见东家行长认真地讨论此事，大家也便认真对待起来，曲经理说："东家，北京那边是有钱的多，但那边的银行也多。况且，北京那些银行的来头都大，随便一个银行的股东不是前总理就是现部长，最不济的也是些省长、督军，上海那边或许还好些。若咱一定去北京，可真的要好好合计合计。"

来远赞成曲经理的说法，点了点头，说："你说得很对，去那边是不容易。不过，这烟台、青岛、济南咱都开了。山东就这么大，若咱一直待在这小地方不出去，怕也就是这两百万的规模到天了，很难做大。北京的水是深，不过水深有水深的好处，深水中才有大鱼。"

大家的意见很多，从各个方面谈了去北京的好处和坏处，但总的看法是去那边做是好事，关键是人选。姜来远见大家意见比较一致，便安顿好相关事务，带着王杨二位乘船转车，奔向北京。

姜来远三人住在胶莱驿馆，驿馆西侧是一条南北朝向的大街，宽不过三丈，长不过一里，在北京众多街道中貌似平常，但实则名气大得很。这名气大不是因为这里住过很多名人，而是因为街上开了很多银行。凡是有名的交通、中国、金城等银行，无不在这条街上开有门面，那些小银行、钱庄、典当行更是拼命往这里扎，乌泱乌泱地挤在各大银行中间，仿佛把铺面开在这里，就是实力的象征。三个人从宾馆出来转了个来回，王经理感叹："都传言北京的银行钱庄多过米铺，这街面上几十家银行，还没看到米铺。"

"确实，厕急了怎么办？"三个人说笑着拐弯到了粮油路。

姜来远深知，此二人做人做事都精明至极，都是独当一面的大将。和聪明人不用说太多，应能猜测到带他们来考察的原因，既是考察地儿，也是考察人。若真在北京开分行，他们中二选一是必然之事。来远既然不挑明原因，他们两个自然也不说破，说破就很尴尬了。

残阳坠山，雾气升腾。姜来远三人兜兜转转一大圈后，便进了东来顺涮羊肉。伴随着调好的芝麻韭花酱，几盘羊肉凉菜下肚后，各人谈着所闻所识，慢慢就听出区别来了。王经理看到的是这几条街上有六十四家粮店，听口音和模样，一半山东人；还有二十四家有名册绸布店，无名无牌的则更多。这些店铺，特别是粮店，进进出出的人多，想必一年的流水巨大，能在这京城开店面的绸布店那都是树大根深的百年老店，实力不容小觑，也是极佳的银行客户，此地段与同业交流方便，也是极适合开银行的，银行在此扎堆自有他的道理。

杨经理似乎对此并不太上心，而对东北局势颇有心得，说和东北客户那几万块钱的往来，得抓紧收回。前段时间，一本家叔叔带领全家十多口人回到山东，把历尽千辛万苦开荒的几百亩地和十几间房子都低价卖了，说是东北涌入了太多的朝鲜人、日本人，把在东北辛苦打拼了二十年的家底贱价卖了，想必是下了很大的决心。“风起青萍之末”。这事儿看起来虽小，但自日俄战争以来，日本人一直对东北虎视眈眈，很早就流传着“欲占领中国，必先占领东北；欲先占领东北，必先占领朝鲜”的说法。朝鲜被日本占领已近三十年，在东北占有铁路、驻有军队，不断地往那边移民。若不对那地方有啥想法，不会下那么大的气力，其狼子野心，路人皆知。是疖子早晚要破。若不早做准备，怕一旦有变，就来不及了。

听着两人的谈论，姜来远心中释然。出来考察这一趟，确认了以前的判断；王经理长袖善舞、众谋善断，在开拓市场方面独具一格，给他一捆柳枝，其能很快造一片树林，是在京津之地开疆拓土的合适人选。杨经理心思缜密，做事周全，能够看到事情的以后的以后的以后，在具体执行某件事情，特别是处理棘手烂账方面独树一帜，是多年来工作形成的习惯，也不能不说是性格使然。在北京考察，也就是选择人手的时候，他的心思还在东北那边的业务上，看来正是处理东北业务的合适人选。

当晚，姜来远就定下两人下一步的工作重点，由王经理负责筹备北京分行，杨经理负责东北片区的业务收缩，两个人各得其所，欣然领命。

7

买卖开张不易，关张也难。

杨经理领了新任务后，连夜拟定终止东北片区业务的准则：与日本人有生意往来的只收不贷；在京津有业务的客户，可以将贷款转到久裕银行北京分行来做。应采取内紧外松之策略，制造总部缺钱的假象，所有能抽出的人员派往东北盯紧客户催收贷款。最后这一招让姜来远有些于心不忍，有些违背商家诚信的根本原则，但杨经理铁了心这么做，他说如果无缘无故停贷，客户可能会耍赖，要麻痹他们，不能让他们有所警觉，方有可能减少损失。

事情准备得还算周密，但还是波澜不断，盛烟牡垦公司的吴老板接到要停止贷款的通知，第二天一早便气冲冲地赶过来兴师问罪，见了面便质问来远："我说姜董事长，无缘无故地中止贷款合同，可不仗义，哪能见风是雨？如此办事，可不是山东人来头！"

姜来远知道来者不善，吴老板出了名的脾气大、说话冲。确实，业务合同都签好了，现在一下子终止贷款，换谁都难以接受。既然他找到自己，想必杨经理已安抚不下。姜来远热情地拉着吴老板的手，将其让到沙发上，亲自倒上茶，先没聊具体业务，而详细问起东北的情况。吴老板是山东海阳人，博闻强记，在东北经商近二十年，交游甚广，对所问问题对答如流，但见其东拉西扯就是不谈自己贷款的事，最后确实按捺不住，有些着急地问："姜老板，我那设备定金都支付了一千美金，你这一下子把合同停了，我那房子、地，怎么处置？"

是啊！为了建工厂，人家地都买了，房子都盖起来了，不能上楼抽梯，把人家晾上面不管了。姜来远笑了笑，真诚地说道："兄弟，这经商做买卖，你比我懂。银行也是买卖，所有买卖讲究的是一个势。杨经理应该都给你解释过了，现在日本人、朝鲜人大量涌入东北，当地局势特别不明朗。但你放心，我们两方是一条绳上的蚂蚱，都搁不住折腾，你的买卖停下来，利大于弊。"

没想到，吴老板端起茶杯一饮而尽，把茶杯狠狠拍在桌子上，差点把茶杯蹾碎的样子。他抬起眼皮看了看，闷声闷气地说："姜老板，也太小心了吧。可别听风就是雨。我吴某一家三代去东北经商，那边的大豆便宜。这些年来，我把这大豆从东北运到烟台，再把豆油运往济南天津北京，挣的钱都让给轮船公司和小车帮了。榨油厂如果早几年建起来，早就发达了。很多人算过，这榨油厂建起来，两年回本。你知道我下了多大的决心，费了多大的劲，这地也买了、仓库也建好了，关键是设备定金都交了，钱都花差不多了，你让我停下来，死了我都不甘心。”说罢，那眼泪从吴老板的眼角流下，流经那结实黝黑的脸颊，滑落到地上。确实，那是他们全家历尽千辛万苦渡海求生，几十年的辛勤劳作因此而灰飞烟灭，想必是万分不舍和难过。

为避免刺激吴老板，姜来远没有再说太多，只是从另一个侧面解释：“吴老板，你的心情我理解。说实话，如果不是眼下的危局，这榨油厂是个好项目，如果我们不认可，也不会给你贷款。可长期来看，局势确实危险。其他人算账考虑问题，和银行角度不一样。卖地盖房子的、供应设备的、卖大豆的，油贩子，都是从你这里赚钱。只要你的榨油厂建起来，他们就赚到钱，至于以后好不好，与他们没有干系。银行和他们不一样，贷款给你，如果你的厂子不赚钱或发生变故，是收不回贷款的。”不得不承认，姜来远说到了事情的本源，这话如果传到市面上去，会被其他商家骂个半死。

姜来远把话说到这个份上，吴老板还是摇头，此时，他一心挂念着自己的榨油厂，想着自己辛辛苦苦十几年，如果按照计划建起榨油厂，就能雇用几十个伙计，自个儿在东北就有了物业和名声，上一辈交给自己的家产变多，对祖上，对族人，也有一个交代，也不冤枉闯了几十年江湖。这贷款无端被叫停，理由竟然是看不见、听不着的局势，真的死了都不甘心。吴老板用倔强的眼神看了看天，倔强地说：“姜老板，只要有人，就要吃油、吃肉。中国这么多人，还容不下我这个油坊？”

听了吴老板执拗的话语，姜来远强忍着没笑出声来，只好解释：“想想看，一旦那边真的乱将起来，你那边投入的钱会颗粒无收，怕到时候连去看看的机会都没有；若现在收手，趁着不少人还对此报以侥幸，你置的那房子、地，还能糊弄个买主，美国设备交了一千美金的定金，我这边配套的一千美金我也认了，咱合同中有约定：合同执行过程中，发生不可控制事件，双方均有提前终止合同的权利。就这一条，就该把这合同停下来，是不？”姜来远的话，既充分表达了诚意，又竭力坚持了自己的要求。

“合同中是约定发生不可或控制事件，这不是还没发生不可控制的事儿，就要求中止合同，可是明显违规了的。”吴老板倒倔上了牛劲，从字眼里说事，看来，他对银行合同也研究得很细致。

“吴老板。我这也不是单纯为我们久裕银行自己考虑，想想看，你我都不是东北人，有句话叫‘鞭长莫及’，那么多东北人没地方可去，那房子、地，对他们而言，或许更值钱；对我们而言，一旦出问题，怕是覆水难收，你承担不起那个后果，若真执行合同，到时候最难受的怕是你了。还有，我们不做这事这辈子就没得做了吗？留得青山在，不怕没柴烧。日子还长着呢！”姜来远把话说到这个份上，吴老板虽心里气，倒也无话可说了。

8

冬去春来，万物复苏。

经过半年多紧锣密鼓的行动，久裕银行在北京开业形势大好，把山东特别是胶东在北京做买卖的基本都拉了过来，济南、青岛的业务量也上来了，效益增长明显。而东北片区四万元放款已经有三万能落实收回，或者转到北京、山东客户头上，其余的一万元预计能有一半的损失，让很多人感到可惜，就连内部不知情的人都认为银行里是不是出了问题，更不用说烟台同行了。

这半年，侯长贵过得非常惬意，儿子侯希玉在济南干得风生水起，自个儿又和刘珍年挂拉上了关系，特别是拉了几个日本大客户，照这发展，自己说不定也成为大银行了。最近和日本三井银行也建立了联系，正在紧锣密鼓地对接具体业务，他问下人：“最近三井银行怎么样？”

“听说三井银行的人很生气，那个姜来远说和哪个国家的银行都合作，就是不和日本人合作的规矩不能破。”下人说着。

侯长贵闻之一怔，过了一会儿，紧皱的眉头舒展开来，说：“有钱不赚王八蛋、缺心眼。”

突然有人跑进来上气不接下气地喊“老……老爷，不、不好了，济……济南，打打打打，打起来了。”

第二十八章

午夜被绑昆崙山　闭门不出戒大烟

1

济南西门内大街人潮澎湃，吵吵嚷嚷拥挤在济昌银行外，银行内外乱作一团，门上贴着暂停营业的布告被人撕下来扔在地上，不少人拉着铁栅栏门咣当咣当地晃着，吆喝着："开门、开门，快开门！还我们的钱！"

"关门、关门，关上门！暂停营业，暂停营业！"侯希玉在大厅门口歇斯底里地叫着，听呐喊叫声都没人声了，豆大的汗珠子滴落下来，空气中弥漫的紧张气息，仿佛要爆炸。

"不能关门、不能关门，张宗昌跑了，我们要提钱……"银行外，人们的喊叫声如同海啸般汹涌而来，冲击着人们的耳膜，令人眩晕。

"啪、啪、啪……"有人敲打着柜台，眼看就要发生踩踏事故。

侯希玉趁机溜回了金库，指挥几个下人紧张地往箱子里装金条、银圆。侯希玉掏出手枪指着大家，声嘶力竭地吆喝："快，主要是金条、银圆，纸票子就算了。哪个带回去，抽一成。"各人抓紧忙活着，侯希玉顾不上弄脏了西装，背起装了金条的口袋就往楼顶跑，爬到楼顶进了另一个有通道的房间，把门一关，溜之大吉。

“张宗昌跑了，济南要换天下了，钱……”

“别跑了，别拿我们的血汗钱跑了。”

随着此起彼伏震天的呼喊声，呼隆一声，那铁栅栏门被人们用撬杠打开。里面的木门哪经得住这样冲击，几脚就被人踹倒。人们像潮水般涌了进来，见东西就抢，每个人手里都不空着，就是抓几张废纸，也觉得好。

局势如此混乱的根源，是济南出现了暂时的权力真空。前些时日，北伐革命军和张宗昌的军队激战于济南南郊的柳埠，可怜张宗昌平日里耀武扬威的军队，烟枪比火枪玩得溜，没经住北伐军的几个冲击便溃败下来。张宗昌见大势已去，带领护卫队出城向北逃走。本来，济南城内早就人心惶惶，听说张宗昌跑了，不少银行发生了挤兑。个别灵通的人员知道济昌银行有张宗昌的股份，更是拼了命来提款，真应了“树倒猢狲散”那句话，一家树大根深蒸蒸日上的银行，顷刻间冰消瓦解。可怜的是那些存款的储户，叫天天不应，一无所有了。

2

侯希玉慌慌张张灰溜溜回到烟台，而烟台的地面上并不比济南好。那张宗昌逃离了济南，那烟台自然而然也就拱手送给了别人。刘珍年不久便被委员长任命为军长，负责烟台的军政大事，成为胶东地面上一言九鼎的当家人。可令烟台人失望的是，盼、盼、盼，盼走了军阀张宗昌，都认为日子要好过些了，其实一点也没有；没有了对手，刘珍年更是变本加厉、肆无忌惮，给烟台带来的不是安定的政局和良好的经商氛围，而是给广大商人带来意想不到的伤害。张宗昌被赶走，留下的是个一无所有的烂摊子，税都收到民国五十七年了，也就是说收了四十年的过头税。刘珍年的部队缺钱到了疯狂的程度，军需官向其报告：需要钱继续拨款购置粮食，若是再没有粮食，就要断顿了；弹药也要补充。管人的也说，再发不出军饷，怕是会引起哗变。刘珍年看着要发军饷的报告，气得大喊：“钱？我哪里来钱？我也变不出钱来。”

副官见主子如此发愁，便凑上去耳语了一阵，就见刘珍年眉开眼笑道：“好法子、是个好法子。本不想这么干，但眼下情形危机，既然上海都这么干，咱为啥不这么干。”便分头布置了下去。

这当家人的名号听着好听，看着也好看，可这家不好当，这乱世的家更不好当。新的当家人上来最犯愁的事就是钱，没有钱就没有粮食，没有粮食就人心不稳，就是天王老子也不好办。但好歹他有枪，有了枪就说了算；只要说了算，周围有的是给出主意的人；有了办法剩下的就是去执行，不管是孬办法还是好办法。

新政府组织的茶话会设在天仙茶园，到会的均是烟台地面上数得着的人物，银行行长、钱庄老板、大企业家、大财主、学校校长等足足有一百多位。这刘珍年军长出身行伍，性格豪放，做事粗犷，说话从不客气。等别人讲完话后，他做最后发言：“各位父老乡亲，以后烟台就属于真正的中华民国了，北洋军阀那一套不再好使了。这张宗昌跑也跑了，留下这么一个烂摊子，怎么办？建设好烟台眼下最需要的是人和钱，今天是第一次开会，我也是破例出席，经和南京争取，给大家一个好政策，也是一个出人头地的机会，争取了一百个入党的名额，大家可要知道，这党可不是一般人能入的，很细的我就不用说了，由党务部和军需部给大家解释。”

大家听了这话都面面相觑，刘珍年见大家迟疑，又补充道：“党员名额不够，还有元勋市民等荣誉称号，具体的也由党务部和军需部负责解释。”

3

看到爹愁眉苦脸地从外面进来，侯希玉问：“爹，是不是银行里有啥大事了？”

“银行里没啥事。这帮王八蛋，要钱就要钱吧！还要说什么给争取的入党名额，这是什么破政府，拿党国当菜市场不是？张宗昌也没这么干。”侯长贵把前前后后的事情一说，这侯希玉才听明白了，原来是军政府要各人捐献家产作为入党的条件。

侯长贵坐在椅子上生闷气，侯希玉一边倒着茶水、一边眨巴着眼“扑哧”一声笑了出来。看儿子在无缘无故地笑，侯长贵不解地问：“笑啥，济南那边幸亏你跑得快，虽说咱没亏钱，可白白折耗了一家银行；眼下又赶上这档子事，我都愁成这样了，你还有心笑。”

“爹，古人云‘祸兮福之所倚，福兮祸之所伏’。大动荡必然带来大洗牌，这新政府来了缺钱少粮，弄点吃喝是必然之事，这个愁也没用；我们只能顺应、不能对抗，争取留个好印象，以后有啥麻烦事儿，咱也能躲得过；他们最近发出布告要禁烟，小孩都知道，让这烟禁住，不大可能。这里面大有文章可做。”侯希玉虽年轻，但是脑子灵活，爱琢磨事儿，说出的话，还真值得侯长贵琢磨。

“我这天天让那些杂物事就缠住了，你觉得怎么好？说说看。”侯长贵问着儿子。

“这花钱弄个党员，弄个荣誉市民，是好事啊！爹！相信别人也不会出很多钱，花个千儿八百的就能办。别忘了，爹原来可给张省长做过参议员，人家若拿着这事说事儿，我们可就麻烦了。从这里说起，单单弄个党员还不够，得想办法接触上刘军长。若走通了刘军长的路子，就没人敢找咱麻烦了。”儿子的话让侯长贵感到脖子上冷飕飕，如同一把钢刀架在上面一样。

“那可要抓紧办，把从济南带回来的金条用上。”侯长贵的话都有些磕巴起来了。

4

见来远闷闷不乐地回来，佳怡接下他的外套，让下人准备开饭。来远洗漱后挨着母亲坐了下来，见孩子们都在，他仿佛换了个人，边吃边聊道：“民国，你若真喜欢燕京大学，那就去报考吧。爹原来觉得青岛离家近，想着让你读山大。现在想明白了，还是依你自个儿吧。”

“真的？爹，您同意了？”大儿子民国听父亲这么说，那英俊的脸庞顿时变得神采飞扬，放下碗筷继续说道，“爹，你放心，若能到了那边，我一定会好好学，现在有轮船、火车，我抽空也一定常回来。”

“还有两个月就考试了吧？好好学，争取考上。”来远见儿子主意如此坚决，对前段时间给他的建议，颇有些后悔。

“报考还有十天就截止，明天我就去报上名。”民国说着，加快了吃饭的速度。

挨着民国坐的二儿子民生倒开腔了：“爸，依了我大哥的燕京大学。那我呢？我不想再在烟台读书，我要和同学们去济南一中。”

“你才多大，就想跑这么远？”没等来远作声，边上的佳怡便制止了民生的话。

"你爹十六出来谋生活，那是为了找个活路，你们在烟台过得好好的，跑那么远图啥？"坐在正位子上的来远娘，平日里吃饭很少说话，听孙子们都要争着到外地去读书，便忍不住开了腔。

没想到，平日里从不当面反驳娘说话的来远，急急地唱起了反调道："娘，现在不比以前，现在烟台的事越来越不靠谱，孩子们若自个儿愿意，趁着年轻，出去闯闯倒好。"

"娘说得对。趁年轻？才多大？民国还好说，出去读大学，民生才十四，济南一中比烟台的中学能好到哪里去？"佳怡的话明面上是支持老人，实际上她是不愿意儿子跑那么远。

"娘，我们语文老师就说，他几个最好的同学都在济南一中，里面也有从上海来的老师，我若去那里，作文、诗，会写得更好。还有，我两个舅舅都在济南，你们担心啥？"别看民生年龄不大，心可野，说理也是连环套。

"要去也是明年，去读高中，这上学可不能稀里糊涂。"来远的话，算是应了儿子的要求。

"好爸爸，同意我去济南上学了！"民生欢呼着。

"吃饭的时候小声点，咋咋呼呼的像啥话。"佳怡忙制止着儿子们的欢闹。

5

本来，刘珍年对捐款的数额都不满意，见军需官报上来的名单中，侯长贵捐款一千块位居中下游，但想着收了人家好几斤金条也值几千块，久裕银行的捐款额竟然为零，是可忍孰不可忍。这不是钱的事，明摆了没把我姓刘的放在眼里，去查税还给了抗辩说明，说要告税务局，还反了他了？他问了问管这事儿的副官："名单上这一百多人家底都摸清楚了？当时说了每人捐家产的一成，这最多的才捐了三千块，难道烟台最富的才三万块钱的身家？我看这街两边的银行、当铺、粮油栈、布匹行密密麻麻。还有，那轮船码头都来来往往，如此热闹，仅有三万块？看来各人是没拿我当盘菜，把这捐款最少的十个人，好好给我拾掇拾掇！"

听了长官的话，副官并未出去传令，俯身低头耳语道："长官息怒，这事不能操之过急，能抓来钱为首要，若那么做可能会有不利影响。"

刘珍年蹙起眉，问道："那你说咋办？"

“那些不捐款的，给他们记在账上，可让税务局去查一查，表现好的就算了。听说上海那边在发行债券，咱也设计个债券发一发。这个法子比直接捐款来钱更快，更师出有名。”张副官胆大心细路子宽，考虑事儿非常周全。

“嗯，你小子行啊！想得周到。好，这事儿你看着办。还有那个姓侯的，有人告他做过张宗昌的参议员，但上面有人给他说话了，也认捐了首义党员，暂且放他一马。上海那边过来了批烟土，你看看怎么能出手，不过要做得好看些，这刚颁布了禁烟令，别让人说闲话。”刘珍年吩咐着。

“军长，你放心好了，这事保证能办理利落了。”副官愉快地领命而去。

6

来远在办公室内生闷气，王行长劝他：“东家，这次来查税虽说没查出什么问题，但给了我们一万块钱的罚款无根无据，我们若是不快交上去，怕他们不会这么善罢甘休。”

“东家，好汉不吃眼前亏，我们认了吧。”

“那税应该是税务局来查，这次税务局仅仅是带队，那检查的人是军队军需处的，看来是真不要脸了。”来远为前段时间的检查很是恼火，但他知道恼火也没用，应该是上次自己没有拿钱买党票，有人盯上自己了。

“东家，上次的会上我提议过，花一千块钱把元勋党员的名号买了，这钱打到成本里，不用您自个儿出。事到如今，可真有些麻烦了，给他们写的检查反馈中，不承认错误，不接受这一万块钱罚款，看来很难。”王行长说着。

“王行长，你还是在外国银行里干过的，他们的银行能这么处理账务？”来远反问道。

“这……这，东家，我是为您考虑。”王行长有些嗫嚅。

“不要为我考虑，若要花钱买党票，那钱我自己出得起。眼下怎么有理有据地把税务局的罚款给他解释清楚，撤销掉。”来远说着。

“东家，您消消气。俗话说‘民不与官斗、小不忍则乱大谋’，在人家地盘上，咱该低头时要低头才是，您还要为咱久裕银行这么多兄弟们考虑不是？若不行，我自个儿拿钱去把手续给办了。”王行长都有些哀求来远了。

“抢钱也不能这个抢法，我不要首义党员也不要元勋市民，我就是一普通老百姓，一做买卖的。”来远气愤地说着。

“东家，您同学李圣经来了。”下人进来，低声说道。

李圣经来做什么？好久没见他，是不是又有什么新情况？姜来远本不想见，但是人家登门前来，不见不合适，便站起来说：“欢迎。”

姜来远刚走出屋门口，李圣经翩然而入，一边走，一边说：“姜老板可是威名大振哪！”

“威名？何来威名！”姜来远一边打着哈哈，一边将其让进客厅，下人上茶后退出。

两个人闲扯了几句，姜来远问：“时局如此混乱，不知烟台会被折腾成什么样子。”

“我说姜老板，时局一直这样，我们还不活了？没办法，还要顺应才是。有件事情我很纳闷，为何你不加入国民党？”李圣经貌似无意的话，透露了前来的目的。

“入党？二十年前，我周围都是辛亥元勋，如我想入党，应该第一批就能入。可现在的国民党，已不是原先的国民党。本人才疏学浅，怕不能对党国有所贡献。特别是多年来，我对政治一无所知，也无任何兴趣。”姜来远语气中没有悲愤，反而显得很平淡，好像在说别人的事情。

“姜老板，识时务者为俊杰。听说那侯长贵花了一千大洋，改为了首义党员，开国元勋。姓侯的都入党了，你怎么不加入？”李圣经说着市面上的最新消息。

来远鼻子里哼了一声，说：“姓侯的都加入了，我入干吗？我参加辛亥义举时，不是为党做事，是为立宪做事。国民党成立后，我并未为党国做过什么。”

“机会这不是来了吗。有了国民党做护身符，做事儿会更方便。”

“不需要。我一不偷、二不抢，不做亏心事，安心做生意就好，花钱买的党，入之何益？”

任凭李圣经如何劝说，都改变不了姜来远的想法。

7

当侯长贵得知胶莱银行作为新政府重点支持保护对象时，更是对儿子的办事能力刮目相看。上次让他给刘珍年送金条时，顺便也给了刘副官几根。看来，刘副官肯定给说话了。看来，还是年轻人敢想敢干又心思缜密，该放权了。嗯，以后没特别情况，不用自个儿出面了，让儿子出面与副官接洽就好。

“侯大公子，令尊可好？”副官见侯长贵只是派儿子来办理此事，心中好生不乐意。但他看在金条的分上，也没太过责备，只是隐藏着内心的不甘，仍和颜悦色地打着招呼。

“家父身体欠安，怕影响长官您，特派在下侍奉长官。在下自小在烟台长大，长官要知道烟台地面上的事，侯某定给打听得明明白白。”侯希玉这小子毕竟在张宗昌手下混了几年，应付个副官没什么打怵的。

“具体事也说了，眼下最要紧的是从烟台这些大户这里弄出钱来。你看这名单，哪些有钱人不出血、不愿给新政府效力？”说着，副官把名单递给了侯希玉。

接过名单一看，侯希玉心中直乐，看来这金条没白送，这些烟台大户的生死大权，今儿个可算落到侯某人的手里了。想到这，便说：“是有些人不识抬举，多少大鱼漏网了。长官，您打算什么手段？文的还是武的？”

“当然是文的，若是武的就不用麻烦你了。事要做得圆滑些，最重要的是杀一儆百，不要让他们觉得军政府好欺负。”副官说的倒是实话。

说到这里，侯希玉明白了这些人的想法，就是想收拾人还不想自己出面。他们不想出面，自个儿更不想出面，但这是一个千载难逢的好机会，心中快速盘算了一下，说了一个计谋，那副官连连点头、紧蹙的眉头也渐渐舒展开，最后笑道：“少东家还真有一套，这样姓姜的那家伙还不要大吐血？我看，你比刘军长手下的参谋强多了。”

“为长官效劳，应该的。”侯希玉得到副官的首肯，心中稍稍安顿下来。

“扫清这些障碍，让烟台地面上平静下来，也好做生意。唉，你看眼下烟台啥生意好做？”看来，王副官更关心的是想自己做点什么。

听了王副官的话，侯希玉知道他拿自己没当外人，机会来了不能错过，要那样可对不起那金条呀，便急切地说道：“若有长官支持，在烟台地面上想不发财都难。”

“哦？还有这么有把握的事？本钱大不大？说说看。”王副官对侯希玉的话更感兴趣了。

“长官，这事还真不用你投钱；只要您能疏通关系，买卖上的事根本不用您出面，到时候静等分钱就是了。”

侯希玉说得如此肯定，还不用投本钱就赚钱，王副官迫不及待地问：“什么好买卖？快快说来。”

“长官可知道，新政府第一个命令就是禁了烟土，民众对此反响强烈，这公开的买卖禁止了，但私下里越来越火，这不是眼睁睁看着银子溜走吗？若把这块统起来做，抽税，可是政府来钱的一大门路。听说济南等地方开始这么做了。”侯希玉这么一说，那王副官顿时瞪起眼睛来道：“兄弟真是耳通八方，有人议论过，刘军长一直未首肯，我先把话垫上，若开了口子，我们联手。”

“真的？我回去就和家父说，准备好方案。”

“好好，两件事儿一块办理。”王副官贪婪地说道。

8

入夜，喧闹了一天的市面上渐渐静了下来，淡淡的月色使得周围的景物朦朦胧胧不甚清楚，偶尔的路灯也照不了多远。来远会完朋友，坐车往家走着，快到家门口时，见前面一辆军车慢慢行驶，司机小胡本想超过去，没想到这车“嘎”的一声停了下来，吓得司机小胡狠踩刹车将车停了下来，来远看时，但见前面车上稀里哗啦下来了五六个人，向他们这车围了过来，有几个明显都端着枪。

“遇到劫匪了？”来远说话间，这些人已将小车团团围住。其中，一人用枪管将玻璃敲得震天响，大有要将玻璃敲碎的态势，嘴里吆喝着：“开门、抓紧开门。”

小胡扭过头来，看东家什么打算，姜来远见逃脱不过，便和跟班马长水说：“看清几号车号，脱身后报警，我下去看看。”说着就要打开车门。

“东家，你不要下去。”马长水刚说到这儿，就见那车窗玻璃“哗”的一下子给敲碎了。那带刺的长枪直戳了进来，有人吆喝：“别作声，姓姜的，出来。”

“好好，我下去。”马长水连忙起身往下走。

没想到外面持枪之人厉声喝道：“你？你姓姜吗？后面这位。”看来，这些人早已盯住了姜来远，今天之事，怕是蓄谋已久。

见事已至此，姜来远只好打开车门，下得车来。他双脚刚一落地，人还没站稳，边上两个人一左一右抓住他的胳膊，架起来便往前走。其他人持枪指着司机小胡和马长水，倒退着撤到军车上。

待见军车走远了，惊呆了的小胡和马长水互相看了看，马长水大声吆喝道："看啥看，快回家报告东家夫人。"小胡忙发动汽车，往来远家里跑。到了门前车位停稳，马长水便打开车门往院子跑，嘴里吆喝着："夫人、夫人，大事不好了！"

见马长水如此慌张地跑了回来，院子里的下人都放下手中的伙计，聚拢了过来。丁佳怡从屋里出来问："长水啥事，这么慌张？"

"夫人、不……不……不好了，东家刚才被人抢走了。"马长水那话都说不利落了。

听到这话，"嗡"的一下子，下人乱动了起来。丁佳怡惊得差点没一头栽倒在地，她定了定心神，问："被什么人抢走？被绑架了？"

"当兵的、一车当兵的，开着车、穿着军装，都端着长枪。"马长水重复着刚才的场景。

这时，那司机小胡停好车，从外面气喘吁吁地进来，见夫人和下人都知道了，禁不住哭了起来："夫人，东家该是被绑架了，临下车时东家说要抓紧报警，可那车无牌号，怎么报警。"

"静一静，别吵！别让后院的老太太听到，她知道后会更担心。"佳怡的话音刚落地，就听有人说，老太太来了。

众人回望时，一苍老的声音响起："有什么大事要瞒着我？来远怎么了？"就见来远娘一手拄着拐棍，另一只胳膊由下人扶着，颤颤巍巍地走了过来。

丁佳怡忙收起刚才的急躁，擦了擦眼泪，说道："娘，您歇着就行，没大事。"

"我刚才听见了，来远是让人绑架了。生意上的其他事我不想知道，可来远的生死之事，我不能不知道。你是来远媳妇，是四个孩子的娘，这事怎么做好，你做主。"来远娘说着，被搀扶进客厅，在太师椅上坐了下来。

其他人也往边上一闪，围绕着老太太站立着，佳怡说道："娘，来远给他们留话说要报警，那现在就打电话报警；娘也别太担心，那些人穿着军装，不会有大事的。若真要怎么着，马长水他们也回不来。"

姜母和周围的人都点点头，认可佳怡的说法。马长水说道："那银行的事怎么弄？"

佳怡道：“马长水，这报警的事情你负责，免不了要多跑警察局；下人去把王行长叫来，安顿好银行的事，千万不要发生挤兑；其他各位把孩子看管好，按分工接送，不要有啥差池。”

9

佳怡他们在家里急得如热锅上的蚂蚁，上了军车的来远更不好受。

姜来远远刚被架上军车，头上就被套上了黑布套，被左右之人夹在中间动弹不得。这些人是干吗的呢？去军法处？那不对，自己又不是军人，军法处管不着呢。去监狱？怕也不可能，自己犯啥法，没有审理就去监狱？再说，逮捕人也不是这个逮捕法。那剩下的就是绑票了，看样子也不对，若是图钱，该绑孩子才是，一家之主若被绑了，谁做主给他们筹钱？况且，这些人是从军车上下来的，穿的也都是军装，一般土匪哪有这装备？他还没理出头绪，那车却加快了速度，颠簸得也更厉害了，看样子是出城了。车不停地拐弯、上下颠簸，不知走了多久，车慢慢停了下来。来远被从车上扯了下来，上了另一辆车。不过，从上下晃的感觉和“嘚、嘚、嘚”的声音来听，是马车。有人用绳子给他捆了手脚，听一嘶哑的声音说：“老大真厉害，这次都不用去城里做，就有人把人送出来了，漂亮。”

“别乱说。老大说了，这事只准做，不准说。”边上的人说着。

“是，二头领。”那沙哑的嗓子应完，便再也没人作声，只是那马车轱辘的吱吱声和马蹄的嘚嘚声，显得这夜格外的寂静。一直走到来远的两腿发麻，那车才停了下来，两个人把他架下车，来远一下子站立不稳差点摔倒，晃了好几下，才立得住。

“看他那腿麻得厉害，解开绳子，歇会儿再走。这山高林密，可不是烟台，谅他也不敢跑。”听声音是二头领的话，是遭到了山匪。其他几个人也跺了跺脚，不多久，那二头领说道：“走吧，小心山路，摔坏了还要背着走。”

来远由两个人架着下了沟，又上了坡，如拌蒜般，深一脚浅一脚磕磕绊绊往前走着，好几次差点摔倒，那架着他的两个人也都累得上气不接下气。见此状，那二头领说：“把他头套摘下来。胳膊上拴根绳子，没得事儿，在咱这地盘儿上，就是给他安个风火轮，他都不知道往哪儿飞。”

边上的人应答着，给来远胳膊上系了绳子，那头套也被摘了下来。虽是夜里，没了头套的姜来远顿觉眼前一亮，这深山老林里并不是漆黑一片，透过浓密的树叶看到月亮已经很往西了，也能看到稀疏的星星，路虽看不太清，但走起来没问题。姜来远注意到前后之人装束各异，已然不是汽车上的那几位，从方才“二爷”“大爷”的称呼中，显然这帮人是土匪。那前一帮呢？究竟是土匪勾结的军人？还是土匪打扮成了军人？来远更是有些想不明白。这沟壑纵横的深山密林，定然是这些人的老窝。跑，断然不可能。不可鲁莽行事，要顺从一些，要活下来，只好见机行事了，来远边走边思忖着自己的处境。

又东拐西拐，上坡多、下坡少，走走停停过了大约一个时辰，依稀见前面有几处灯火，前面的人回过头说：“快到了，给他戴上头套。”

后面的人应着，姜来远眼前又黑了起来，又由他们架着高抬腿、轻落步，一步一步往前挪。几次踉踉跄跄之后，来远被拉摁着立定之后，头上的黑套子被摘了下来。顿时，来远感到一阵眩晕，差点没有栽倒在地，抬头看时，只见几顶煤油灯悬挂于大堂之上，正面一高大座椅垫着豹子皮，空着；座椅后的墙上悬挂的是高山流水图，巍峨雄壮的高山突起，悬崖峭壁巨石耸立，高大的松树挺拔屹立。看来，这土匪的生活还挺雅致。来远环顾，但见右侧椅子上坐着一位四十来岁的中年人，鹰钩鼻、深眼窝、面皮发黑，精瘦。只听他开口问：“久闻姜老板大名，今日幸得一见。不过，看你这身行头，不咋地啊！”听那沙哑的声音就知道，这说话之人就是把自己弄上山的二头领……二爷。

姜来远虽无话可说，但事已至此，只能迎头而上、见机行事，顿了顿便说道：“姜某只是个生意人，不知是哪条道儿上的朋友？若有得罪之处，请多多包涵。”

“得，得罪可谈不上，若是得罪了我们大爷，怕是都不用来这山上。不瞒你说，弟兄们是受人之托才将姜爷请到山上，若有照顾不周之处，还望见谅。”这二爷说话倒文绉绉的，还客气起来。

听对方口气无甚恶意，来远很是不解地问：“受何人之托？所托何事？”

“今个儿大爷有事下山了，走时委托我当家，师爷没法耽误，素闻姜爷胆大心细、做事周全，人能之事均能为之、人不能之事亦能为之，今儿个想见识一下，姜爷是否赏脸？”这二头领的话，明显是话里有话，让来远更是摸不着头脑，只好应付道：“愿闻其详。”

“费了一晚上的劲儿，好不容易将姜爷请上这昆嵛山，鞋子都差点磨破了。此事让大爷都如此费心，看来，姜老板得罪的可不是一般人哪！有个事，若成了，够兄弟们安心吃半年饭。若不成，兄弟们可有些麻烦，还望姜老板赏光。三爷，若是你，你帮不帮这忙？”这二头领和对面的三头领在唱双簧。

来远用眼瞟了瞟左侧之人，见其不到三十来岁，面皮白净，一副书生模样，端坐在那里，用清爽的声音笑着，点头应道：“二爷所言极是。若不应下来，可不是缺心眼了。”

这话虽说得难听，来远顾不上想太多，只好应道：“什么事？请当面讲。”

“有人给我们大爷下了赌约：有件事说若我们能做，姜爷也便能做得，那人便给弟兄们二十条枪、两千现大洋；我们做得来，姜爷做不来，便请姜爷在山上待三年。三年哪！都入伙了。若是姜爷做得，我们做不得，就让我们三个月不下山。呵呵呵，三个月不下山，弟兄们嘴巴受得了，鸟蛋可受不了！”说着，周围的人都哈哈笑起来，连站在门口拿着明晃晃钢刀的守门人，都笑得把刀拿歪了。

难道是如林冲上梁山那样杀人？投名状？二十条枪的赌约，那赌头不小。一般地主老财，哪来二十条枪？我一无人命在身，二无仇家，何须杀人？便问：“什么赌约？莫非是杀人放火、荼毒他人之事？无损他人之事，二爷做得，姜某便能做得。”

“君子一言。”那二头领说着，这本是场面上的话，不过道上也时兴了。

“驷马难追。”来远也懂，连忙应了。

话音刚落，下人端一个托盘过来，放到桌子上。来远仔细看时，认识，原来是两杆烟枪。来远平生最忌毒赌，而这国民政府来了的第一件事，是给自己下毒、玩赌约，心中愤恨无以言表。但想着自己一家老小十多口，手下几百人要靠自己吃饭，自己生命、荣誉事小，家人安危、员工饭碗事大。既已深陷囹圄，看来这赌约是逃不掉了。不过，既然是赌吸食大烟，知道这东西就是铁打的人吸了，也废了。但事已至此，别无他法，若做了，可有活路；若不做，他们把自己给废了，也是一句话的事。但见他们用这个法子，还是没有想把自己置于死地。

那二爷看其神色有异，便说道：“姜老板，边上坐，您先选。”

来远一看，知道对方怕自己疑心呢，随便拿了一根，挨着这二头领坐了下来。二头领拿起另一根烟枪，边上人打着火镰，吸了起来。看到这，姜来远心一横，也把烟枪放在嘴上，边上喽啰给点着火，一口下去，顿时一阵恶心袭来，头也晕晕乎乎，喉咙火辣辣地难受，禁不住咳嗽起来。那二头领倒受用地说："姜爷，没得事、没得事，一会儿就好了。"

吸完烟土，二爷让人摆上消夜。还别说，饭菜做得很精巧，几个人围在一块大吃起来，那二头领说道："姜老板，弟兄们为下山请你都辛苦了，吃点消夜，你不来点？"

此时此刻，来远五脏六腑虽没有翻江倒海，却也是心乱如麻，突突突乱跳，气都喘不匀，只好强坐在那里硬挺着。这二爷还真不愧为二爷，酒足饭饱之后，又坐在那凳子上喝茶，一点也没有困的意思，那肯定的，吸了这烟土，哪能困？那茶水喝够了，一招呼，又上来两杆烟枪，有人给二爷用洋火点了，几口过后，那二爷伸胳膊伸腿，通泰得很。来远无奈，只好拿起另一根，吸了。

一番折腾，外面天色亮了起来，整个大厅一夜没有消停。二爷道："姜老板，是个爷们儿。"早饭时，来远那肚子不再恶心，饿劲也上来了，便稍稍吃了一些。

10

一直折腾到晚上，那来远差不多已吸了七八次，浑身的通泰也压抑不住内心如同刀绞般的难受。天黑不久，他和那二头领依然在那坐着耗，突然有人进来报："二爷，大爷回来了。"就听外面稀里哗啦人群的脚步声。来远禁不住扭头往外瞧着，就见大门口进来一人，三十来岁的年纪，高大身材挺拔直立，五官倒还俊俏，走路虎虎有风，一看就是练过的。

这人用眼瞧着来远，边点头边往中间的座椅上走去，边上人接过他脱下来的外套，他顺手把枪放在椅子边的小方桌上，开口道："在座的，可是姜老板了。"

"正是。"姜来远回着，并未起身。什么叫任人宰割？这就叫任人宰割。他知道，到了这个份儿上，任何动作都是多余的。

看来这山大王也没在乎这个，继续说道："久闻姜老板大名，可惜你居繁华闹市、俺住山林小寨，一直无缘相见；姜老板白天正大光明地做生意，兄弟们只能夜里找饭吃，本来是井水不犯河水的事；今日能相遇，算是前生有缘，合着我邱某要更上层楼了。"不知这人说的话是真是假，从话音里听，是姓邱了。

来远心里清楚，这次掉到土匪窝子里，处境极为不利。眼下也不是赌气、逞能之时，不拿钱是走不脱了，便说道："姜某仅是一个生意人，不知能帮上多少？"

"没想到，真的没想到姜老板如此爽快，这下子倒令我很为难了。钱吗，没人不喜欢，可你能给多少呢？几十万？你肯定拿不出？几万，还是几千？"这人说着，用犀利的眼神盯着他。

"人都是为了吃口饭，都不容易，您开个数，看姜某能否做到！"姜来远平静地说着，不像是被绑架勒索，倒像是在谈论一桩生意。

这人忽然站起来走下台阶，围着来远看了看，喃喃道："人都是为了吃口饭，都不容易；人都是为了吃口饭，都不容易……"好像在回想着什么，"在哪里听过呢？北京？"

来远见其怪异的神色和话语，也禁不住端详起此人。眼前之人，似曾在哪里见过？可能这两天没睡好，加上吸了些烟土，一时间竟想不起此人是谁，这使姜来远更为诧异。就在此时，这人高声问："二十年前，姜老板是不是去过北京？"

听他这么一说，来远脑子里飞快地闪着，回想着自己去北京的几个片段，顿时也想了起来，便说道："你？你是？你是那个吃包子的？"

此人闻听此言，忙从座椅上站了起，疾步来到来远面前，单膝跪倒，用手摁着来远的大腿道："您，您就是当年的恩人？"

此时，来远便确认了眼前的这位山寨大爷，原来是自己第一次去北京时，碰到那两个流浪的小孩子，一个就是眼前这位邱姓头领，新泰人，当年家里发大水无处谋生便去了北京唱戏，可受不了那个约束便约了同伴逃出了戏班子，饥一顿、饱一顿流落街头。能在此相遇，当属人生奇迹，姜来远皱着眉头问："你，你怎么会来这里？"

"一言难尽哪！自从别了恩人，徒步回到家后，已是秋天了，可家里谋生依旧艰难，后来便靠打短工度日，因在北京待过，算是见过世面，更是不堪官绅压迫，失手打了人便进入山林。"他说着，喝了口茶，看了看四周，有些得意地继续说道，"嘿嘿，民国十二年发生的'临城大劫案'，恩人可曾记得？"这人说着，便站了起来，在来远身边坐了下来，那二头领早闪到一边去了。

"当然记得，那个大案举世震惊，如何不记得！"姜来远很纳闷，不知对方如何说起这档子事儿。

“实不相瞒，邱某参与了那个劫案。后来事件平息后，弟兄们被编入正规军。可我不相信官府，便带了枪领着两个伙计提前打了退堂鼓，隐姓埋名来到胶东。可怜那些相信招安、贪图荣华富贵的兄弟们，最后都身首异处。到现在，我知道的只有我们几个弟兄逃了出来。不瞒您说，这昆嵛山可是个好地方，四不靠、三不管：往南可以去青岛、乳山，往北过海就是大连，往东过海就是朝鲜日本，安全得很。这几年来，倒是过得滋润。恩人得罪了什么人？让对方下这么大的赌注？”

来远苦笑道：“我还真不知道。想必你肯定是知道的了。”

“到底为啥？我还真不知道。俗话说：兔子不吃窝边草。这些年来，我不曾打劫过附近的大户，做一单买卖要跑出一百多里地，好不容易攒了几十条枪、几百发子弹。政府那边人虽换得快，但井水不犯河水，一直以来相安无事儿。最近，可不是又换了人吗？有人出面让我办政府不愿出面办的事儿，好处就是二十条枪、两百发子弹，还有两千现大洋。”这邱头领说着，也陷入沉思。

此时，来远的烟瘾劲儿上来了，加上两天一夜未曾合眼，禁不住地打着哈欠。那边的二头领早已不见人影，估计是又去享受去了。邱头领见来远打着哈欠，知是烟瘾上来了，便回头吩咐：“小的们，给恩人上烟。”

姜来远摆摆手，皱着眉头道：“不能再吸了，若是再吸就废了。”

邱头领倒满不在乎，爽快地说：“恩人，没得事，这个吸吸没事。以后不用你花钱，由我供应。”

“说不吸了就不吸了。此时打不住，永无宁日。”来远内心很是坚决，一口应道。

“我没在山上，对不住恩人了，若是我在就不会发生这样的事了。下一步，恩人打算怎么办？”邱头领问着。

“我这不见人影，家里怕是担心坏了，我要先回家再说；再者，打听一下，谁在背后下的黑手，我可不能饶了他。”来远紧咬着牙说道。

“今晚吗？明早再走？”姓邱的小心地问着。

“不行，现在就走，赶明儿到家。”来远坚持着。

“那就遵从恩人了，小的们，带好家伙，和下面的赶脚说好，准备最好的车马将恩人送回家。”邱头领吩咐着。

11

天刚放亮，四周寂静无声，来远家大门虚掩着，门内的下人杜晓三像在等待着什么，当见到一辆支着席棚的马车停在门前时，下人忙跑出来看个究竟。那赶马车的跳将下来，问：“此处可是久裕银行的姜老板家？”

杜晓三忙应道：“正是，您是？”

“我们送姜老板回来了。他在车上睡觉呢！”赶车人应着，轻轻挑起门帘。

杜晓三看清是东家在车上，回头扯了一嗓子：“东家回来了！”便连忙上车搀扶姜来远。众家人闻听东家回来了，呼啦啦跑出来围着马车，几个人搀扶着姜来远下了车，进了院子。下人给了赶马车的十块大洋，那车夫千恩万谢地离去。

姜来远被架到床上，见其虚弱至极，丁佳怡遣散众人，亲自用热水将毛巾烫了给他擦脸，擦胳膊，擦脚。休息了一会儿，又让人把熬好的小米粥端上，吹得不烫了，一口口给来远喂下去。待来远睡过一觉，说了这几天的经过，丁佳怡才宽下心来，轻声说：“以后出门，一定带好护卫。”

姜来远苦笑道：“我在明处，他们在暗处，难以防范。”

“防范总比不防范好。”丁佳怡爱惜地看着自己的男人，心里渐渐沉重，突然，发现来远的脸色越来越难看，额头上渗出汗珠，在抑制着痛苦的样子。她忙问：“怎么回事？肚子不舒服吗？”

来远强忍着痛苦，说：“在山里被逼着吸了大烟。”

闻听此言，佳怡异常惊讶。自个儿男人最痛恨抽大烟，怎么会这样呢？想必是被逼无奈，遭此毒手，抑或有人通过此方法，让其不得安宁，对手心机可够毒辣。她用凉水将毛巾浸泡了，拧干后给来远把脸擦了。她拉着男人的手，好让其好受一些。

夜间，有人送来物品包裹信件，信件写着务必来远先生亲启包裹。佳怡让下人当着来远的面打开包裹，原来是上好的烟膏。东西是昆嵛山的邱头领送过来的，他怕恩人受不了戒大烟的痛苦，送上这些物品供其使用。

佳怡皱着眉头，不知所措。

姜来远大骂：“扔出去，混账东西。”

姜来远吃不下东西，夜不成寐，在床上辗转反侧，汗水湿透了床单。

丁佳怡跟着一夜无眠。

第二天，烟瘾袭来，来远痛不欲生，内心如猫挠一般，依旧水米未进，夜间迷迷糊糊睡了不多。第三天，姜来远五脏六腑如翻江倒海般难受，但已没有了折腾的力气，但见他眼窝塌陷，颧骨突出，脸色蜡黄，整个人都脱了相。随着他慢慢安静下来，丁佳怡给他喂水已不再呕吐，随着小米粥进入肠胃，最难的时候，算是过去了。

一连三日，佳怡未曾合眼，人眼见就瘦了下去。

12

有人进来送上昆嵛山的来信。

姜来远打开信看了一遍，原来邱头领已查明，绑架他是胶莱银行受军政府委托，若需要复仇，只需要回告一声就可。姜来远沉思良久，回信道："民不与官斗。冤家宜解不宜结，毕竟咱是开银行的，此事暂且到此为止。"

"那不行。舅，不能让他欺负到家。若这次饶过，他们会蹬鼻子上脸，难道咱们怕了他不成？"外甥赵大成气得用拳头直捶自己的脑袋。

"那怎么办？"来远不想让家人卷入这无休止的纠纷。

可赵大成年方二十岁，血气方刚，在这烟台也干了四五年了，从小并未受过啥苦楚，想事简单，做事直接猛冲，说道："舅，忍得了一时，忍不了一世。可以三管齐下。"

"如何三管齐下？"姜来远皱紧眉头问。

赵大成详细说着自己的计划，姜来远点点头，道："看来，你想了不是一天两天。不过，现在别招惹他，等重阳节我回来后咱再办。点到为止即可，让他们知难而退，别再招惹咱就行。"

姜来远在家里戒大烟瘾，银行之事自然有所放松，个别下属有些心不在焉，业务出现了停滞，会计部王副经理汇报："东家，最近时局动荡，商家无妄遭受勒索，经营日渐困难，咱们的买卖不好做。不过，胶莱银行倒开展了新业务，听说很不错。"

"新业务？什么新业务？不是说有新业务要立刻研究推广，怎么等开大会这会儿才提起来。"言语中，来远透露着不满。

"是这样，胶莱银行推出了'禁烟贷款'。"还没等外甥把话说完，来远笑道：

"姓侯的这小子还开始干人事了。快说说，他是怎么放的'禁烟贷款'。"

"新的军政府成立了'禁烟局'，烟馆持证经营，吸食人员缴纳注册费便为合法，一般人员十二元每月，富裕人家三十元每月，临时吸食三毛一次。侯长贵使出浑身解数，以侄子之名成立了烟馆，对有注册证的人员认定贷款资格，对其发放的贷款叫'禁烟贷款'。谁要吸大烟没钱，可以押上房子贷款，不过贷款不给个人，而是发放到烟馆在银行开的户头，给记账，利钱还不高，那当然不高，贷款也不能一下子吸完，那钱还在银行里存着；烟民也不傻，不能把钱躺在银行账户上白白涨利息，便拼了命地快吸。此贷款品种一出，烟馆的销量大增，加上价格也高，获利极为丰厚，形成了银行、烟馆、贩烟土者三赢的局面，烟鬼成了胶莱银行明星客户。通过贩卖烟土，侯长贵还与上海的杜老板搭上关系了。"会计部王副经理，一五一十，绘声绘色地说着最近的见闻。

本来，来远对此不感兴趣，想打断会计部王副经理的话，但还是耐着性子听完。见其不再言语，来远便说："就这样？"

王副经理觉得事情太为怪异，但见东家面无表情，丝毫没被打动，便有些诧异地回道："就这样！"

"这是哪门子'禁烟贷款'？实际上是'吸烟贷款'吧！做这些害人的玩意儿。哼，什么人玩什么鸟。这伤天害理的钱，咱不挣；祸国殃民的业务，咱不插手。躲得越远越好。"来远坚定地说着，"那烟土的危害大家都知道，近百年来，中国的积贫积弱，就是从这烟土开始的。前些时日，姜某被人中了烟毒，更是体会到了烟土的危害。在下郑重承诺，和以前一样，谁若吸食烟土，自动立刻离开久裕银行。这事儿，不容商量。"

13

侯家参与的烟馆生意好了起来，那银圆像夏日里丰盈的胶莱河水一样，哗哗哗往家里流。这么多年来，爷俩儿没这样高兴过，侯长贵对儿子说："照这么下去，咱三个月就能把那赌约窟窿给堵上。几年后，咱就能成烟台的首富了。"

"嗯，不过听说姓姜的那小子竟然把毒瘾给戒除了，这小子还行。"侯希玉翻了翻白眼，看着他爹说。

"可尽量别再惹这人了，你可不知道他的道行有多深，和他斗，赚不着便宜。”侯长贵小心地嘱咐着儿子。

“爹，时候不一样了。俗话说：三十年河东，三十年河西。过去的事儿你说过多次，可眼下在烟台，那刘副官等人和咱密切，他能奈咱何？”侯希玉露出了年轻人的闯劲儿。

“听我的，不能做得太过分。刘副官对咱很不满意，咱这白白费了几千块钱，他还嫌事情办得不麻利，以后少和他掰扯事儿。他哪一天跟部队走了，留下我们和姓姜的作对，咱可没啥便宜可赚。留心把自己的生意做好才行，弄他，也弄不出啥钱来。”侯长贵叮嘱着儿子，便忙别的去了。

这次算是大获全胜，侯希玉的心立刻膨胀起来，顿时觉得自己在烟台是一等一的顶尖人物了。虽爹不让自己把心思放在这上面，但树欲静而风不止，还有人不想让他这么收手。谁呢？盛管家。盛管家拉拢少东家折腾事儿，是侯长贵做梦也想不到的。可侯长贵没有在盛管家的位置上，体会不到人家的心情。侯长贵都这把年纪了，少东家日渐成熟，开始独当一面，将来家里柜上的大事小情，肯定是侯希玉说了算，看大门儿跑堂的都已看得清清楚楚明明白白，更不用说盛管家。故得了空，盛管家便借着各种名目和少东家接触。

“少东家，最近事情顺利，那边的苟副行长捎信说，想见见您。”盛管家悄悄对侯希玉说着。

“有什么紧要事？还要非当面说。”侯希玉问盛管家。

“有个重要的事儿，要当面跟您说。若是别人传话，怕传走了样儿。”盛管家解释着。

“那好，晚上去怡和园澡堂子里，别太早了。”侯希玉安排着。

14

当侯希玉由盛管家陪着到了怡和园包间时，泡在池子里的两位忙从水里站了起来，一边抹着脸一边朝他打着招呼：“少东家！”

原来是郎丹平和久裕银行的三当家苟副行长，两位和侯希玉互相都认识。“慢慢洗、慢慢洗，洗完说话。”侯希玉回着他们，在远处的藤椅上坐了下来。

侯希玉看着水池子中的两位，心里觉得好笑。姜来远啊姜来远，你那边还在做梦，怕是做梦都想不到，我把你的两员大将都招至麾下了。有了他们，你那边就是放个屁，我都知道啥响声，你和我爹要的那些手段，都过时了。确实，姜来远哪里想得出，自己的苟副行长和这开除了的郎丹平与侯希玉搅和在一块儿了。

几年前，郎丹平被姜来远逐出银行的大门，其在掖县已无立足之地，便跑来烟台谋生。毕竟发生了那档子事，名声已臭了，银行、钱庄、当铺，都是容不得人品有瑕疵的行业，哪个敢要他？他便在一家东北人开的油店做了账房先生，过去的好友故旧，联系自然生疏，甚至好多都不再见面。但郎丹平和苟副行长是老乡，从小熟悉，两个人都在烟台，不久就打得火热。那苟副行长碍于身份，自然是不敢明目张胆地与之交往，私下里两个人见了面，苟副行长自然是顺着郎丹平的话，偶尔也对久裕银行抱怨，天长日久，苟副行长也慢慢认为银行亏待了自己，也就产生了异心。一来二去，两个人比在一块儿共事时，关系更好了。这郎丹平不愿与久裕银行的人见面，但毕竟干过银行，说话办事还是很场面，与原来对手胶莱银行的人，自然而然就相熟起来，并且认识了其少东家侯希玉。那时，侯希玉还是济南、烟台两地跑，知道了郎丹平的底细，对其嘘寒问暖，私下里给些礼品钱物。郎丹平知恩图报，便有意将这苟副行长引荐给了侯希玉。对侯希玉而言，苟副行长比郎丹平可有用多了，便加大了投入，一来二往，几个人就无话不谈，也算莫逆了。不过，他们心怀鬼胎，知道这样的交往摆不到台面上，见面也都选择这澡堂子、妓院之类的地方，久裕银行不准自己的员工到齷齪之地，故他们的行踪颇为安全。

“好了，这就好了。”那郎丹平应着，两个人从水池里出来，用宽大白厚的毛巾擦拭着身子，围着侯希玉坐了下来。

“东家，咱先说正事，听说有个好机会，这次一定把事办扎实。”郎丹平一口一个东家，叫得那个亲近，好像自己就是胶莱银行的人，那口气又显得办事扎实、信心十足。

没想到，侯希玉轻微地摇了摇头，有些底气不足地说：“丹平兄，上次小瞧了这姓姜的，他竟然自个儿返了阳。家父已警告我不要对其下手。”他的话一说，很出乎大伙儿的意料，特别是郎丹平，这一番苦心若是白忙活了，岂不是白费心机，也出不了自己几年前的那口恶气。同时，他也知道这侯希玉年轻、好斗，不挑起他的欲望，怕是不好说服他，想到这，便说道：“他原先只不过运气好罢了，他白手起家，底子哪能和东家比？不过，他能自己戒大烟，确实很为人称道。”

“不是我不想办，是下面无得力之人，怕把事办砸了。”侯希玉这话一半是推托掩饰、一半倒是实话，手底下那人还真没几个上自己眼的。

“东家，在下有个计谋，保准让姓姜的这小子死无葬身之地，死得静悄悄，神不知、鬼不觉，你看如何？”郎丹平说得情真意切，姓苟的在一旁添油加醋，令人很难不感兴趣。

侯希玉那灰冷的心又活泛起来，他眼珠转了转，问：“什么方案，说说看。”

“看来，借刀杀人之计不好用。这姓姜的是运气好，要想彻底扳倒他，非得来个釜底抽薪连环计不可。不给他点厉害的，怕降伏不住他。”郎丹平卖着关子说道。

“在这烟台地面上可不行，虽说他与现在的军政府关系一般，但他毕竟是辛亥起事的老人，听说南京政府都来了新命令，要军政府对他们这些首义人员加强照顾，他若在烟台地面上生出什么事来，怕是不好收场，若查到我这里来可就不值当了。还有，听说他小舅子成了什么主席侍从官，得势得很；最近他随从身上也配枪了，可不能大意。若弄，得找个完全之策才是。”侯希玉小心地说着。

“不会，肯定不会在烟台地面上下手，最近他要离开烟台，具体行程苟副行长最清楚。”郎丹平把计划一五一十地一讲，直听得侯希玉慢慢舒展开眉头，仰起头来瞧了瞧苟副行长，道：“没想到，你小子还有如此缜密的心思。不过，这样做保证能成？”

“大少爷，只要少爷放手让小的去做，包成，若不成，小的拿人头来见。”苟副行长信誓旦旦地说。

“那不用，有一颗忠心就行了，不过，把他给用上，是不是代价大了点？”侯希玉又有些迟疑地说。

“大少爷，俗话说‘舍不得孩子套不住狼’，要想扳倒他姓姜的，把他给用上，值。”苟副行长觉得机会难得，不再矜持。

“好，盛管家，明日开一千块经费，让他们好好干。若成了，你们想要啥有啥。”侯希玉觉得这次胜券在握，满意地点点头。

第二十九章

月晕之夜被抛海　大风阻隔滞长岛

1

中秋节后去东北拜访客户，是姜来远多年来的习惯。

他将银行内部事务安排妥帖，已是八月二十，别过了家人、伙计和一帮好友，八月二十一傍晚，来远带着伙计马长水，上了烟台到大连的轮船。

烟台到大连的轮船分夏冬航班，早晚对开。这时节天气暖和，执行的是上午九点、傍晚六点发船。而傍晚六点出发的这一班，第二天一早天亮就能到大连，客人省了白天的时间，还节省了一晚的住店钱。晚上虽看不见什么景致，这傍晚坐船的，反而比上午九点的人更多一些。

落日的余晖将烟台港照得金碧辉煌，满载着乘客和货物的轮船伴随着震耳的汽笛声，缓缓出了码头，绕过烟台山，向东、向北远去。天色暗下来，岸边的灯火越发稀疏，只有烟台山上的灯塔忽明忽灭，仿佛在与这轮船做最后的告别。

四周除了黑沉沉的大海，别无他物。他们虽然定的是一等舱，也不过就是两张小床，两人每人一张，逼仄的空间内，轮船发动机呼隆隆的声音显得更为嘈杂。轮船推开水的声音也隐隐传了进来，外面走廊上踢踏踢踏的脚步声，想必是已安顿好床铺的人，上甲板看风景去了。

没心没肺的马长水已经进梦乡，一脸的孩子气、不知忧愁似的。并不习惯太早睡觉的来远在这小床上躺着，空气也不好，书也没法看，还是上去透透气去。来远想着，轻轻翻身坐起来，蹑手蹑脚地披好外套，穿好鞋子，往外走。虽说动静很小，倒把马长水给惊醒了，他睁开惺忪的眼，问："东家，您出去？"

"我去趟厕所，就回来。"来远见他睡得起劲，不想打扰他。

"要不，我陪你去。"马长水说着，挣扎着就要往上起。

"不用，这又不是七老八十了。"来远示意他躺着。

"上半年的事情可别忘了，夫人嘱咐我一定照看好您。"马长水说着自己的担心。

"也别杯弓蛇影，你快睡吧！我一会儿就回来。"姜来远说着，带上门，穿过走廊的尽头，上了转梯，不一会儿便来到甲板上。

甲板还算宽阔，三三两两的人在溜达着观看大海的夜景，有的人已在打着招呼往回走了。船尾远处，微弱的灯光是烟台港的灯火，烟台山灯塔的亮光有规律地闪动，如天空中的星星一般。船尾叶轮高速旋转翻动着水浪，发出"哗、哗、哗"的声响；风还是暖的，温和又湿润，海腥气并不浓烈，似乎没有秋天的味道。按以往，八月十五都过了，北风该是凉的了。来远想着，已站在船的右侧，就见远处无比幽暗的海天混沌一片，只是稀疏的星光显示着那是天空。忽然，一点光亮从天边闪来，隐隐约约的，如同浮在水中光亮的树叶，时隐时现。嗯，是月亮，海边的人都见过月亮从海上升起的样子，但来远第一次在轮船上看圆月升起。不久，黄白色光亮越来越大，从涌动的波涛中挣扎着跳跃着，海面上顿时有了生气，从天边到轮船处，闪烁着一条明亮的光带，晃荡着，如同一片片破碎的镜子，往两边荡漾着；东边的天空也明亮了很多。猛然间，那月亮挣脱了海面，升上了天。

"海上生明月，天涯共此时"的诗句，该是这么来的，来远思忖着。

天气如此晴好，姜来远的大脑仿佛是空的，远处的月亮已经升到一丈多高了，天空似乎有了边界，大海也像有了轮廓，只是船尾处，已不见烟台港的灯火，就连那烟台上灯塔的光亮，也不见了。而月亮四周的圆圈却越来越明显，是月晕，"日晕三更雨，月晕午时风"，幸亏早一天走了，若是明日里起大风，这船说不定就不开了。来远正想着，就听后面有脚步声，待到回过头来时，就听有人喊："是姜来远先生吗？"

来远一怔时，两个人影已闪到身边，一人用手把来远扶栏杆的手掰开，另一个人猛地一蹲，抱住来远的小腿往上就抬，霎时间来远身体就腾空了，嘴里禁不住"啊"地大喊了一声，声音尚未传远，整个身子顿时被两人抬起来，眨眼间被抛出船舷，两人迅速转身离去。

来远被抛入空中时，还没太反应过来。但他熟悉水性，深知平着落入水中对身体伤害会很大，下意识地拼命吸了一大口气，落入水中的一刹那反而清醒了，迅速调整了落水的姿势，尽量以手先落水，就在手落水后便开始分水，以避免脑袋直接撞击水面而受伤。

那船舷离水面很高，等来远沉入水中又浮上来时，用手擦了擦脸，踩着水吆喝了两声，但那船的轰鸣、船尾的水声压过了自己的喊叫。姜来远定了定神，迅速想着自救的法子，但游泳去追赶船，是不现实的。四顾之下，也不见有其他船只，长期在水里干等也不是办法。往能落脚的地方去才是，这茫茫大海哪里能落脚？海岛？也没有看到，恐怕也不靠谱，最现实的办法还是往回游。来远想，这月亮刚升出海面不久，船离开烟台恐怕有四个小时了，这儿离烟台海岸，直线距离怕是得有百十里远。在海军学校时详细研究过烟台周边的地图，这烟台往东是威海、往西是蓬莱，烟台在这弧形海岸线的底部，现在的方位，要往正南稍微偏西才离海岸最近，若是往东会离海岸线更远，何时能到岸边就两说了。

这个时节，水若凉，身子骨就受不了。幸亏今年天气暖和，海水并不凉。此时此地，来远并没太慌张，知道不可用力太猛，首要的是要保持体力，能挨到天亮，才有被搭救的可能。人在水里，那些衣服就成了累赘，来远便脱掉了其他的，只留着一个裤衩，身上就轻松多了。他在水里抬头看了看月亮、星光，定好了方向，调整好姿势开始划水。这时，他不由记起了谢葆璋当时和他说要把游泳练好的话，那一年多的工夫看来没白费，加上这些年没停下来，只要天气合适，有了空闲，他便去海里游上一个小时，耐力和技术并没有退步。姜来远有了这强大的游泳技术，心里也就不太恐慌；若想当初没有那个高强度的训练，恐怕今天坚持不了多久；幸亏昨晚上饭吃得饱，媳妇烙的大饼顶饥困。姜来远一边游着，一边看着月亮和星星的方位，努力提醒着自己，尽量往南偏西游，万万不可偏东。关键时刻，他在海军学校跟着学员们学的天文知识，倒起了作用。

在海里游泳可不比在河沟湾塘里，河沟湾塘的水再深再宽，也有个边沿，有了边沿心里就有了着落；有了着落就有了盼头，有了盼头就有了信心，有了信心心里就不会发慌，有着实实在在的依靠。在这大海里游泳，无边无沿的，特别是夜里，除了漫天的星星和悬挂在天空的月亮，四周虽不是漆黑一片，却让人心里发虚，是寂寥、是空旷，白日里或许能看到远处的船或者海边的山，而这黑夜尽是茫茫一片，真正的没着没落的，这一无着落，心里就空，心里一空，难免要发慌的；心中一慌，自然生出绝望的念头，觉得这样的困难是无休无止的了，“苦海无边”可能说的就是这种情景。人到绝处的时候，脑子想事格外快，格外多，原先从来不曾考虑过的事情，这时如电光石火般划过脑海，姜来远一边划水，一边想着。当想到这些的时候，其实已把原来不曾想过的事情，在这身处绝境的时候想明白了，想明白了反而就不再绝望，有了更强大的生的欲望，有了更明确的活下去的办法。想想这些年来，自己孤身一人从黄县到了烟台，历经战乱，银行开办的艰难，应付时局的困苦，对心身的折磨，其实，这些都磨炼了意志。而今天处在这生死关头，来远都想清楚了，别的没用，保持好体力，挨到天亮。但单纯待在水中不动也不行，那样人会自生绝望，还容易使腿脚变凉，身体会受不了这水的温度；但也不可用力太猛，若用力太猛，体力消耗会太快，怕是挨不到天亮，身体就支撑不住了。

姜来远轻舒猿臂，不紧不慢地划着水，在无尽水中哗哗地拨动着水面。时间在一分一秒地过去，他停下来看着天上的星星与月亮的位置，估摸着已是下半夜，怕是游了几个小时，疲乏涌了上来，他慢慢停了下来，踩着水，伸展伸展胳膊，反向抻抻小臂，将手掌朝外十指紧扣往外撑了撑，有些麻木的胳膊又生了些活力，虽有些酸痛，但又感觉是自己的了。

姜来远按自己既定的目标划着水，四周越发黑暗，黑得令人心慌，不能停，他念叨着。好久好久，他发现启明星升了起来，前面远处或隐或现的灯火，或许那是烟台山的灯塔呢！来远努力地想着，有些麻木的头脑顿时清醒了好多。对，前面就是海岸了，不可以放松，坚持，一定要坚持，孩子们还都未成年呢！佳怡，对，还有佳怡，自己的媳妇，她时时刻刻挂念着自己。还有银行的几百号员工，自己若不在了，银行易主不要紧，员工们的饭碗可就难说了。坚持，一定要坚持到岸边，只有自己活下去，才能让孩子们还有父亲，让佳怡有男人，让员工们有不变的饭碗；特别是将自己抛入海中的凶手不抓住，岂不是让背后谋害自己的凶手逍遥法外？对，这次一定要复仇，一定要活下去，只有活下去才能找到仇人，才能复仇。

不知过了多久，天越发黑了起来，来远倒更心安了，这是黎明前的黑暗。若是天亮了，就更容易得救了，特别是前面的灯火，明显是越来越近了，但也看清了，那光不闪，不是烟台山的灯塔，那灯塔上的灯光是忽明忽暗，易于引起过往行船的注意，而这不闪的灯光，孤零零的，是船上的灯光。来远想着，对，是船上的灯光。货船？渔船？该是渔船，货船一般比较大，上面的灯光往往不是一点；这灯光又明显很快地靠近自己，该是向着自己方向来的。若这样，自己游泳的方向就没有大错，渔船大都是垂直远离海岸线出海的，就是渔船救不起自己，自己沿着这方向往前走，该是对的。

东方透露出微微的青色，比西边黢黑的天空明显亮了，前面的灯光越发明显，一条小船的身影在灯光中显露出了淡淡的轮廓。姜来远的神情有些恍惚了，手臂有些麻木，腿脚仿佛已不是自己的了，但他依旧努力勉强地游着，不敢停下来，只是哗哗的水声，在这静静的夜中，传出老远。

“爹，有条大鱼。”船上的小伙子嚷着，惊异地看着远处发出动静的水面。

“鱼？哪有这样的鱼？”老头朝小伙子指着的方向看着。

“爹，这下好了，弄条大鱼，也不冤枉起个大早。”小伙子说着，连忙将船划向有动静的地方。

“不是鱼，是人！快，快点划，是个人！”老头惊呼着。

船迅速向姜来远靠近，老人一手抓住了来远一条胳膊，回头对小伙子说：我拉他上来，你去船那边压着，小心船别翻了。

2

当来远醒来时，天已大亮。他使劲全力睁开双眼，耀眼的光线又使他眯上了眼睛，浑身酸痛无力，连动下头，脖子都受不了。眼前，一张结实的黑脸上一双笑眼在瞅着自己。难道没有死？这是在哪里？

“醒了。好了，醒了。”一口白牙从老人黑黢黢的脸上一张一合，发出浓重的蓬莱口音。

姜来远缓过神来，看来自己得救了，没有死，躺在一个棉袄上，身上穿着一青布衫。此时，一张清秀的黑脸凑了过来，小伙子光着上身，长舒了一口气道：

“可醒了，可醒了。若不醒，人没救了，鱼也没打着，可不白起了早五更。”

“你这说啥话来。拿酒壶来，再给他弄两口。我看这身子，还没暖过来。”说着，这老汉伸出手，摸了摸来远的脚。

这时，来远才感觉自己满嘴酒气，神志稍微恢复了，微微皱了皱眉，缓缓睁开了眼睛。光着上身的年轻人说：“爹，别老喂酒了。他肚里缺食，既然醒了，给他点吃食。”说着，转身去一边扒出一袋子，取了一个火烧递给了老汉。

老汉接过火烧，掰一块放嘴里嚼了嚼，吐在手指上，不容分说便抿到来远嘴里。这本是农村喂孩子的方法，按以前，来远是难以接受的，自己虽生在贫寒人家，自打记事起，并不曾这样吃过东西；自己的四个孩子也不曾这般喂过。如今这一口嚼过的火烧面糊进了嘴里，反倒无比的香甜，吧嗒几下便下了肚。

“好了，能咽下东西去了。”老汉脸上顿露喜色，又嚼着火烧喂了他几口，拿过水壶，将热水倒搪瓷缸里，把来远的头抬起来放大腿上，喂了几口热水。顿时，姜来远身上有了感觉，感觉那嘴是自己的了，喉咙、食管、肚子也热乎乎的，有感觉了；那胳膊手腿脚虽然痛，但又有感觉了。

“多谢救命。”来远用微弱的声音说着。

“谢个啥来。先生哪里人，怎么一个人在海里？”老汉非常不解地问着。

“我烟台人，昨夜坐船去大连，被人从船上扔下来，多亏贵人搭救。”来远用最简短的话说着。

“这么说，你浮了一晚的水？”那正奋力划船的小伙回过头来，一脸不信的神色问道。

来远微微点了点头，说：“正是，被扔下时估计十点左右，多亏两位恩人搭救。”

“我在海边活了近五十年，还真未见在海中待一晚上的，壮士真命大。”这老汉一边说，一边对身边的年轻人说道：“快点划，先回家再说。”

说话间，他们的船离岸边越来越近。岸边停着些小船，但见岸上青石嶙峋，矮树斑驳，离岸远些的地方有些住户，看样子只是个海岛。疑惑中，来远问：“老人家，这是什么地方？”

“呵呵，这可是长岛。你身子弱，今午有风，先休养下再说。”老人说着，见那年轻人跳上岸去将缆绳系岸边桩上，便费力将来远一条胳膊架在自己脖子上，另一只手揽着来远的腰，两人摇摇晃晃颤颤巍巍地下了船。

来远看自己身上的短衫，又瞧了瞧年轻人光着上身，知道自己身上披着的是那年轻人的衣服；看老汉下身的稀布裤子，想必是他把外面的厚裤子换到了自己身上。看到这些，一股暖流顿时涌上姜来远喉咙，眼泪流了下来，自己是哪生修来的福分，得此二人搭救。

3

姜来远盘腿坐在炕上，身上披了被子，吃了一碗老人媳妇做的面疙瘩汤，身上暖和过来，有了些力气。从老人断断续续的话语中知道，这人姓管，在这长岛住了一辈子。海岛住的都是渔家人，自然是鱼多、贝多、海参多，东西是好东西，就是那海货变钱难，加上这海岛又不产粮食，吃穿都要从蓬莱城那边运过来，年轻女人在这里都待不住，只要不是太丑的，差不多都跑到蓬莱去了。外面的女人少有愿意来岛上的，刚才船上那年轻人是他儿子管大壮，二十多岁了还未娶亲，本来想下半夜出去，挂上拖网拉个来回，鱼能打多少算多少，没想到刚想下网不久，便遇到了他。

姜来远也简单说了自己的情况，当然并没说全。知道这老汉最大的心事是儿子的婚事，姜来远便试探问："令公子如此有力，何不去蓬莱、烟台等地谋生？在这海岛上，成亲太难。"

"在这岛上有个住处，还能打打鱼，赚些收入。若去了蓬莱，咱地无一垄、房无一间，闲钱没有，连个临时住的地儿也没有，怕是没得谋活，更不用说媳妇了。"老汉的话，均是实情。

"若不嫌弃，可跟我去烟台。"来远觉得自己有能力帮他，便非常真诚地说道。

"真的？我与他商量一下，姜先生最要紧的是休养，你在水里这一夜，肯定伤了元气，休养个十天半月不为过。"管老汉说着，又端过热水，让来远喝。

"我想尽快上岸，家里人想必等急了。"来远说着自己的焦急。

"姜先生怕是走不了了，你看昨夜的月晕了吗？听听外面，已经起风了。"管老汉说道，打开窗户向外看了看，就见外面风吹得树枝乱摇动，并发出轻微的呜呜声，那声音虽不太大，但明显风已刮起来了，且一阵紧似一阵。

4

日晕三更雨，月晕午时风。

昨夜那淡淡的月晕，已化作呜呜作响的大风，特别是这长岛，兀立在无遮无拦的海面上，南风还好些，岛南边距离蓬莱不远，似乎还有些阻挡；那北风一起，可不得了，那风贴着几百里水面无遮无拦地直扑长岛，伴随着的是滔天巨浪。听着这猎猎的北风，夹杂着由远及近的轰鸣，姜来远心中一阵烦闷：想那马长水必定是急坏了，家里若知自己失踪，不翻了天才怪，银行发生挤兑都不是不可能，这么大的摊子，他们能否支撑得住？姜来远极力控制着情绪，虽表面尚平静，但内心早已如这风中的大海，波浪滔天了。

“既来之，则安之”的话虽那么说，可一个人被困在这海岛，眼下又是这么个情形，怎么能安得下心？风如此大，那船是万万不能出海，他也无法到达蓬莱，真可谓“人不留人天留人”，看来是天命注定，要让其在岛上多待几日，如同自个儿昨夜被人抛入海中没有死一样。来远努力使自己平静下来，尽量让自己放宽心，也不去想昨夜是什么人对自己下的手。

风一直没停，又刮了一整夜。

来远睡得沉，一直到天亮，他醒过来，那风依旧没有停歇；白日里那风依旧，丝毫没有停的意思，好像那风好久没刮了，老天要把积攒的力气全部使出来一般。直到傍晚，那风才渐渐小了。渔人家粮食少，姜来远餐餐海参、顿顿鲍鱼，体力恢复得很快。他在床上躺不住，便来到院子里。管家夫妇正在晾着前段时间收到的鲍鱼，见来远起来了，忙放下手中的活计说：“客官不多躺一下？能行了吗？”

“能行，躺多了，反而不好。我来帮帮手？”来远身体已经恢复得差不多，不想太闲着。

“不用，不用。今天是走不了了，要不，让莫全领你转转，散散心去？若成，赶明儿咱一早就走。”老管说着，朝另一间房里吆喝，“儿啊！陪姜客官出去转转去。”

“好嘞。”

如洪钟般的声音从屋内传出，管莫全如旋风般从屋内蹿了出来。想必是在屋里关久了、闷坏了。两个人与老管夫妻打了招呼，出院门往东走，左侧是怪石绿树，右侧是茫茫大海翻滚的波浪，天上片片白云缝隙中的蓝天像水洗过一般，太阳光穿过云的缝隙，一束束光线射下来，景色令人感到奇异又独特。

长岛古为莱夷之地，秦朝就属黄县，后归蓬莱辖制。因境内有长山岛南北偏长，故名长岛。长岛有“海上仙山”之称，传说中的“八仙过海”到的就是这里。两个人一边走，一边聊。姜来远对这里本来就比较了解，加上管莫全声情并茂的介绍，对这长岛感到亲切起来。别看管莫全读书不多，但是记性很好，他解释着那块像女子怀抱婴儿迎风而立的望夫石，是在眺望远方等待出海的丈夫归来，他讲男人出海，家里人是如何的挂念。他们边走边讲，一直讲到八仙过海，蓝采和的篮子掉下来砸出来的九丈崖。来到九丈崖，但见壁立千仞，险峻异常，海里岩礁密布，排排海浪不停歇赶来，拍在岩石上发出巨大的声响，溅起白色的浪花如沸水一般。再往前走就是半月湾，因湾形似半月而得名，又称月亮湾，依山而簇，抱海而卧，形如蛾眉。只见它背依青山绿野，环抱碧海清波，一袭银白球石的遥遥长滩，镶嵌在青山碧水之间，犹如深邃夜空中的一弯新月。此时，仿佛老天刻意安排，风很小了，看那滩上、水中，无泥无沙，全是一湾圆润晶亮的卵石。风起风落，浪来浪去，漱得一片唰唰声。水色清亮，沿水边走，见水底卵石，五光十色，动荡摇晃，有千百种变幻的色彩。湾内波平浪缓，水似明镜，山石树木映入海中，与蓝天白云倒影相映，宛如神仙府第；秋冬之际，波涌浪翻，玉飞珠溅，如积千层白雪。滩头五彩球石，珠圆玉润，令人爱不释手。

管莫全兴致盎然地介绍，这长岛有小岛三十六座，大岛五座，他们住在北长山岛南侧背风之地。一切都是天意，若不是被扔进海里，姜来远也不会来到这里。如不是刮这么大的风，他也不会在岛上待这么久。

风依旧不停地刮着，他们回家吃罢午饭休息。下午无事可干，姜来远自己坐在海边看着，大海在风中翻滚咆哮着，山坡上依然草绿花红，太阳慢慢西坠，天上层层叠叠火红的云霞，像是穿了红衣服的列兵，晚霞在水里的倒影支离破碎地荡漾着，仿佛天地中只有自己和风存在，让人忘记了人世间的烦恼和忧愁。来远心中暗暗感叹，如果哪一天老了，能来此长住静心养性，也不愧为人生的一大幸事。

吃完晚饭，来远说：“这鲍鱼运到烟台，可能卖好价钱。”

“可是，我们去不了。”

“为何？”

“这东西占钱太多，本钱也不够。出海赚钱少，但会天天有。”管莫全说得很有道理，听得来远也有些感到这管莫全还是有些认识。

“要不，跟我到烟台去吧。”来远的话刚出口，管莫全有些不相信地说道：“我怕给你干不好。”

“只要好好干，没有干不好。不会干，可以慢慢学。”来远真诚地说。

5

人算不如天算。

想着明天就能回到蓬莱，加上这两天睡觉太多，一夜没深睡的来远，不时地瞅一瞅窗户，盼天赶紧亮。可还没盼到天亮，外面的动静又大了起来……起风了。这样一来，姜来远更睡不着，听那风声，没听过鬼哭的可以当作鬼哭，没听过狼叫，可以从里面听出狼叫的声音；忽而像两军对垒，几万人在厮杀，发出震天般无序杂乱的声响；时而像拉着长笛进站的火车，带着不可阻挡的阵势，又像是轮船出港时鸣笛的震人心魄。他的心随着风声起伏不定，不知过了多久，好歹挨到天亮，从声音听，风小多了。姜来远穿好衣服来到院子里，就见管老头在仰头看天。看姜来远出来，忙打招呼说：“秋日里，风不该这个刮法。”

“不知什么时候风能停？”姜来远不好问得太着急，只好自言自语。

“如果风再小点，就能出海，不知船怎么样。”管老头的话刚说完，一个人影从远处飘来，随着“噔噔噔”脚步声近了，原来是管老头的儿子管莫全，他一边跑一边说：“爹，不好了，咱们的船坏了。”

“坏得厉害吗？”管老头问。

“要修好，可要费个工夫。”管莫全非常沮丧。

“别人家的呢？”管老头见姜来远着急，还是想着尽快把他送出去。

“跑了四家，都坏了，没法借。”管莫全失望地看着姜来远，有些很对不住的样子。

“看来是人不留人天留人哪！我这破屋子又要委屈您了！”管老汉爽朗的笑声，让姜来远稍微宽心。他不得不强作笑意道：“多亏这大风，没有大风，我也看不到长岛这样的景致。”

6

不怕贼偷，就怕贼惦记。

来远在尽量克制不去想谁对自己下手，而远在烟台的侯希玉却幸灾乐祸，高兴得手舞足蹈。半上午不到，他接到了从大连来的“货已处理，一切顺利”的电报，心中可是乐开了花，比赚了几万块袁大头都高兴，暗自叫好：好你一个姜来远，绑了你，可巧遇上你熟人；上了烟瘾，还给戒掉了，是条汉子。可这次被抛入海中，看你有何本事？可还真的让那大王八把你背回来？除非你是龙王三太子。他这一想，笑容便浮现在脸上了。

见儿子在跷着二郎腿一脸得意，侯长贵颇感诧异，皱着眉头问：“笑啥呢！”

是啊！笑啥呢。爹那一声问话，把侯希玉从美好的幻想中拉了回来。这事和爹说不说？若说了，他不乐意咋办？若是不说，下一步单凭自己的力量收拾久裕银行，难度还很大。想到这儿，侯希玉看了看已坐在沙发上的父亲，起身将一杯茶水端过去，往前欠了欠身，咳了咳喉咙，说：“爹，有个事儿刚听说。”

“啥事？”侯长贵眉毛一挑，对儿子的问题颇有疑问。

“听说，姜来远掉海里了。”侯希玉面无表情，装作没事儿人一样。

“什么？喀、喀、喀。”惊呼和咳嗽声伴随着茶水，从侯长贵喉咙深处管涌般喷了出来。侯希玉躲避不及，被喷了一身茶水，忙接过父亲的茶杯放在茶几上，拿毛巾擦了擦嘴和手。

侯长贵神情有些紧张，又透露出神秘的样子，问：“真死了？你咋知道的？”

“在去大连的船上被抛下了海。深更半夜不费一枪一弹，没有目击者、没有证人。他若能活着回来，可就怪了。”侯希玉没说是自己干的，只是说了事情的经过。

“看来没确信他死了，只是猜测？”侯长贵把话说到这里，一丝忧虑浮过他的脸上。

“爹，别的事情就甭管了。虽说‘活要见人，死要见尸’，可‘活不见人，死不见尸’的事也不少，这个点，怕是姜某人已经变成鱼粪、鳖粪、王八粪了。”侯希玉得意扬扬的话语中，透露着冷冷的杀气。

“这个姜来远不简单，小心才是。”侯长贵谆谆教诲地提醒着儿子。

侯希玉见爹并未如何批评自个儿，有些自满地说道：“爹，三十年河东，三十年河西，风水轮流转，好运气是该转到咱们侯家头上的时候了。”

第三十章

四处筹款防挤兑　母女合力渡险境

1

马长水一觉醒来，不见了东家来远的身影，顿时惊得睡意全无，急忙打开门探望，走廊里没有人。他忙带上门，去厕所里看了，空荡荡啥也没有；上了甲板，但见明月高悬于头顶，甲板上空空荡荡，只是咸咸的微风刮过，船上的旗子在猎猎作响，月亮的圆晕更清晰了，马长水的心如同被掏空了一样，无着无落。他忙下去找到值班的人，问过后方知，已是半夜三更，东家出去这么久没回来？值班的又领着到散仓看了，到驾驶室、客舱找了个遍，东家踪迹全无。马长水虽心急如焚，但想起了半年前东家的遭遇，冷汗顿时顺着脖子淌了下来，后悔自己睡着了。但事已至此，后悔没有任何用处，声张也不会有结果，他只得盘算着明日里如何处理，一夜里哪得安歇？

离海岸线还远，马长水便戴上帽子携了包裹到出口候着。舱门一打开，他便一个箭步冲出去，在出口等着下船的人挨个查看，期待能看到东家。约莫小半个时辰，人下净了，船员开始打扫卫生，加水的、推煤的陆续忙活起来。马长水确信，东家真的不见了。

马长水连忙出了码头，走街过巷，找了电报局。可惜电报局还没开门，便又去买了两个烧饼，填了填饿扁的肚子。好不容易挨到电报局开门，便给盛京分行发去电报，大意是董事长因要在大连乡下考察生意，迟几日到盛京；接着又给烟台家里发电报，董事长已到济南，临时与客商下乡考察，迟几日去盛京，特报平安。

发完电报，马长水便在路边买了顶草帽，找茅厕把衣服换了，买了回烟台的低等船票，还好，十点就有一班。等马长水上船时，人们带着瓜果蔬菜猪狗鹅鸭等物件，将底层船舱挤得满满当当。马长水挤着找了个角落，把包裹放在屁股底下，靠着墙角坐了下来。

船按时起航，马长水心扑腾、扑腾乱跳个不止。这可怎么办呢？跟东家出门，把东家跟丢了，下一步如何是好？回去怎么和夫人交代？这马长水脑子里乱想时，困劲儿上来了，昨夜里一夜没有睡，加上这底层船舱里的空气混浊不堪，人就更容易困乏。迷迷糊糊中也不知过了多久，那船便晃了起来，边上有人叫："起风了、起风了！"

这风刮得大，这海上本来就是无风三尺浪，秋天的第一场大风，刮起来没完没了，幸亏是北风，对他们这船来说是顺风。回港是不大可能了，那船便颠簸着往前走。只是这马长水，就早上吃了两个烧饼，船上晃晃悠悠吐都吐不出来，加上水米未进，好歹熬到进了港口，看天色尚早，怕遇到熟人，忙穿街过巷离开这人多稠密之地，找了个小店吃了碗面，趁着天黑，叫了人事车往毓璜顶医院黄博士家赶去。

2

去找黄博士，是马长水想了一路的最好办法，一来他和东家是黄县老乡，又是同为县学的同学，属于文化人，与东家聊得来；但又不是同行，不会有任何利益上的纠葛。关键是这黄博士虽非生意上之人，但为人热心肠，对世事洞察明了，在这危急关头是个靠得住的人。马长水想着如何说此事，那人事车已经到了医院门口。下得车来，马长水迅速转到南坡一栋二层小楼处，摁过门铃后，巧的是黄博士没值夜班亲自来开门，见马长水一个人背着包裹，便开玩笑道："怪不得风这么大，原来是把您给刮来了。请、里面请！"

平日里，马长水大都是跟着来远一块来，独自上门还是第一次，见黄博士那么说，便不再客气，闪身进了门里。黄博士吧嗒一下把门别上，转身将马长水让进屋里。

见来了客人，黄家人纷纷起身打招呼。黄博士见马长水手提着包裹与草帽，掩饰不住满身的疲惫与焦急，知道有要紧事，忙将其让进书房，关上门，问："马长水，有何事？坐下说。"

马长水看着那条绒布沙发上盖着白色刺绣的手帕，又瞧了瞧自己身上污浊不堪的衣服，便不想坐下来，直接说道："黄博士，有要紧事麻烦您。"

"什么事，尽管说才是。"

"昨夜里，我和东家来远坐船去大连，半夜里东家出了客舱不见了，寻遍整个船上未见其踪影，下船后我在出口处等也未曾见人影，想必是落入海中或者遭人陷害。现赶回来，想通过您通知夫人，和她商量一下怎么办。"马长水简短地说着这两天的遭遇。

听闻此言，黄博士大吃一惊，眉头紧蹙，紧盯着马长水，问："竟有如此怪事？报案了吗？"

"我和船上人说过，可没人理会。眼下最要紧的是尽快通知夫人，让夫人拿主意。若等流言起来，可能会引起银行挤兑。"马长水对此事经过深思熟虑，话语急切但丝毫不乱。

黄博士不懂银行业务，何况一点心理准备也没有，他沉思了一会儿，说："行，按你说的办。"

"这样，您给夫人打个电话让她过来，就说医院有一老家的人住院，我们见面说。"马长水说着自己的打算。

"来远又不在家，外面风这么大，夫人怎么好出门？"黄博士有些犹豫道。

"您给她打电话，通了后我给她讲。"

"好，这样行。"说着，黄博士领着马长水来到客厅，屏退旁人，黄博士拿起电话，拨通了姜家的电话。

3

姜家客厅内，用过晚饭不久的佳怡正在看报纸，听着外面呼啸不止的北风，她心里很是有些不安，抬头看了看窗外，对正在收拾东西的小梅说："今天这风真大，不知东北的风大不大。”

小梅听夫人这么说，知道她挂念东家，便宽慰道：“老爷中午就来电报了，说安全到了大连，人上了岸，风再大也没事了，夫人放心好了。”正说着，电话响了起来，小梅忙接过电话问清楚了打电话的人，回过头说：“夫人，您的电话。”

有电话找自己，佳怡一愣，忙将报纸放在一边，起身接过来电话问：“喂，您好，请问您是？”

“您好、您好，是弟妹佳怡吗？”那边的黄博士一张口，就是一副绅士的样子。

佳怡和黄博士熟悉，前几年来远装病住院，佳怡常见到他；有时候佳怡去医院探视病人，一般也见一下黄博士；这些年来自己几个小孩儿小的时候头疼脑热的，也常把黄博士接过来看，一来二去，偶尔也开个玩笑，但来远没在家的夜里接到他的电话，还是头一遭。佳怡便回着：“是黄博士，来远出门去大连了，没在呢，有啥事吗？”

谁知，黄博士和以往不一样，开口问：“弟妹，你周围没人吧！”

佳怡回头看了看丫鬟小梅，她正在收拾自己坐的沙发和报纸，电话她该听不见。况且小梅跟自己这么多年，是自己最贴心的人，并无什么不妥，便悄声道：“不碍事儿。黄博士，有啥事你直说就是。”

“弟妹，您听好了，别出声，也别紧张，只听我说就好。马长水在我这里，有非常要紧的事情与您见面商量。我用车去接您，只找一个最贴心的人陪着就好。不要让别人知道。”黄博士言语低沉，让佳怡心中咯噔一下子，心想：坏了，这个点儿有什么人要见我，还在黄博士家？午饭时还接到他们要下乡考察项目的电报。傍晚，马长水竟出现在黄博士家，还不亲自打电话，这黑灯瞎火，外面的风又大，自己夜里极少出门。看来，定有万分危急之事；要不，他不会这样的。佳怡的脑子急速地转着，说：“让他接个电话吧！”

就听那边传来低低的声音道：“夫人，我是马长水，在黄博士家，有要紧事跟您商量。”

听到了马长水的声音，佳怡的心倒放松了下来，看来并不是要命的事，只是这电话中说不清楚而已，便说：“黄博士怎么安排？我怎么过去才好？”

电话中传来黄博士的声音：“弟妹，这样吧！你收拾一下，我叫上医院里的车过去接您，您就说去医院里看病人就好。”

“嗯，我等着。”佳怡有些不安地说着，见那边挂了电话，也有些失神地放下电话，呆立了一会儿、稳了稳心神，缓缓转过身道：“小梅，带上两盒上好的东北人参、两盒阿胶、十块大洋，待会儿去医院看个人。”

小梅忙出去把管家叫来，把刚才夫人的话安排了，管家又安排其他人把东西取了，用盒子包裹好，十块大洋装好，一切收拾停当，管家问：“夫人，风这么大，找两个人护着您吧？”

佳怡只是轻轻地应了一句：“不用，一会儿有车来接我。”

管家见夫人外出看人，既然都这么安排了，作为下人也不好多问，便在侧厅里候着。

等人时难熬。特别是不知缘由地等人，觉得那时间过得更是慢。外面的风声如同狼嚎一般，一阵高过一阵，直吼得佳怡那心一阵紧似一阵，像被绳索捆住一样不得动弹。但她又不能让家里人感觉出不一样，只好装作若无其事的样子，换好了衣服坐在沙发上，把那报纸拿出来放在眼前，呆呆地看着。不知过了多久，就听下人来报：“医院来车了。”佳怡忙站起来往外走，边上的小梅提了东西跟着出了门上了车。管家见车走远了，安排人在大门外候着，等夫人回来。

4

黄博士坐在车的前面，佳怡和丫鬟坐在后座，因有司机在，大家都沉默无言。车开得飞快，三拐两拐便到了黄博士的小洋楼门口。三人进了屋内和黄博士夫人见过面，黄博士看了看小梅，没有作声。佳怡知道黄博士之意，便说：“这是我娘家本家侄女，跟了我五六年了，不是外人。长水在哪里？”

见佳怡这么说，黄博士一边将书房的门打开，一边说：“马长水，夫人来了。”话音刚落，马长水从房间内猛然走了出来，口里叫着：“夫人，可见着您了。”

边上的丫鬟见马长水从房间里出来，发出了“啊……”的惊叫。

看了看惊恐不已的小梅，佳怡反而沉稳了下来：“小梅，莫慌张，听马长水慢慢说。”几个人便在客厅的沙发椅子上坐了下来，黄博士在一边给沏着茶水。

马长水把事情的前前后后详细说了一遍，佳怡只是默默地听着，一言未发，但起伏的胸口看得出内心的着急。当马长水问起："夫人，你看怎么办？"

"马长水，别着急，让夫人休息一下。夫人还没回过味儿来。稍等等，不着急，喝水、喝水。"黄博士一边劝慰着，一边给大家倒水。

过了好一会儿，就见丁佳怡皱了皱眉头，稳了稳微微颤抖的脸，脸色在电灯下变得刚毅起来，眼光锐利，用坚硬的口气说："看来，夫家是遇到麻烦了，上次的关口是在昆嵛山，这次是在海上。不过，活要见人，没有结果之前，先不要扩散这个消息。我们要想尽一切办法，渡过这一关。"

"夫人，你看怎么办？是否要通知大掌柜？"马长水有些着急地问。

夫人见马长水有些慌乱，便觉得刚才自己有些失态，微微笑了笑，说："马长水，昨夜里至今你心里该想了很多。上午你的电报已经安抚了盛京和家里这边，无论如何都可以支撑几天。约我来黄博士家里见面，也避免了更多的人知道。前段时间，东家在昆嵛山遭了黑手，明着是土匪做的局，东家一直怀疑是同行做的。还有，咱们久裕银行有没有内奸，现在也说不准，先静观其变，时间久了，才能看出哪个人胳膊肘往外拐。"

黄博士本不想插话，但想着佳怡一女流之辈，平日里只是在家照看着孩子，生意上的事并不曾参与，能应付得了如此大的变故？便有些担心地说："弟妹，此事非同小可，是否找几个来远的莫逆，或者你的娘家兄弟前来帮忙？"

听黄博士这么说，佳怡放下脸上严肃的表情，镇静地说道："黄大哥，马长水来找你就对了。你是读书人，商家的事和读书不一样。这个你放心好了，好歹小妹也生于商家，亲戚也大都是做买卖的，从小所闻皆为商家之事，生意上的事复杂得很，特别是这银行的事，失之毫厘，谬以千里，平日里怎么都好，关键时候见不到钱，一切皆为空话，眼下第一步是筹钱应付挤兑。这几天可少不了麻烦您！"

"在这里弟妹可别说'麻烦'二字。来远做的是大事，不像我躲在这医院里不谙世事，若有什么安排，尽管说就是。"黄博士见佳怡都说到那个份上了，也信心满满地说着。

"那样就好。这样吧，小马，听你大哥平日里常念叨济南的孔掌柜，说他为人正派、善于化解危机，是可信赖之人。我回去收拾一下陪嫁和家里这些年置办的东西，从黄博士这里借辆车把你送到蓝村，去济南找孔掌柜帮忙把这些东西典当了，期限一个月，能当多少当多少，至于利钱多少，你看着办。"

“夫人，这……这，我一个人？没个伴？”马长水一听这话，那心里有些害怕，他知道夫人可是黄县丁百万家的闺女，加上嫁给东家这么多年，掏掏家底，那可不是一个小数，自己一个人去办，万一办砸了怎么办？

“放心好了。这么多年了，东家最信得过你。同行是冤家，远交而近攻。东家若真遭同行陷害，天亮之后这消息在烟台会无人不知，银行必很快遭人挤兑，如此多的现钱在烟台恐怕凑不齐。到济南通过孔掌柜办理，外人并不知晓，事情还能办得顺利些。你什么人我们都了解，不用担心，尽全力快去快回就好。记着，利钱高点没事，关键是当点要高。”佳怡安慰着马长水。接着，她又转过身来对黄博士说：“大哥，这次来远遭此大难，怕更甚于上次。用你的车，给您添麻烦了。”黄博士连连点头应允。

把东家给弄丢了，马长水悔恨加急躁，恨不得把自己丢了换东家回来，嘴上大燎泡就起来了。他焦急地看着丁佳怡说着：“是不是派人去找东家？”

黄博士看了看丁佳怡，沉思了一会儿，说：“声张到底好不好？”

丁佳怡知道，姜来远是自己的男人，失踪了，这天大的事儿，谁都不能替自己做主，不能把这事儿让别人为难，想到这里，她以平和的语气说：“来远走之前，肯定做了安排和应对。现在应该保密，没必要让更多人知道。看来，现在能做的是准备资金。”

丁佳怡下了决定，别人不好再说什么。他们告别黄博士，便急忙赶回家，翻箱倒柜收拾了些贵重东西，用皮箱装了送到车上，由马长水带着连夜赶往蓝村。佳怡盘算了下一步的打算，天还没亮，她便叫了车带着账房、丫鬟小梅急匆匆出了烟台，风尘仆仆地赶回了黄县娘家。

当车进了县城，已是日上三竿。佳怡的眼泪强忍着没有下来。这么多年来，就是爹爹在的时候，无论自己多难，从没向娘家开过口，而眼下爹已经去世多年，再加上朝代更迭、时局动荡，那弟兄们没人接管家业，已远非自己出嫁前状况了。好歹是瘦死的骆驼比马大。毕竟是兴盛了两百年的人家，大片的宅子还在，上千亩地还是有的，只是那遍布各地的生意一落千丈，不复当年盛况了。想到这，佳怡心里倒稍稍安稳了些。当车停到家门口时，门人见出嫁多年的老姑娘回来了连忙往里禀报。

不过年不过节半晌不热之时，佳怡没打个招呼就赶了回来，很令二太太意外。不过，她还是急急忙忙迎接了出来，嘘寒问暖后，大家进了客厅落座，便让下人开始张罗午饭，佳怡忙说：“娘，不用重新做了，加双筷子就行。”

“那怎么行？你这一年也回来不了几回。怎能不多做几个菜呢！”二太太倒说的是贴心的话。

佳怡心中急躁，也不想打扰了吃饭的兴致，但觉得还是透露一下，让他们心里有个准备，便说：“娘，有个事还是饭后单独说。”

二太太顿时心里明白了，敢情这姑娘有重要的事情赶回来，要不也不会如此着急，更不会这么说，便安排下人上了饭，抓紧吃了，两个人到里面的客厅喝茶。下人泡完茶走后，二太太便问：“佳怡，有啥急事？”

佳怡便把来远的遭遇说了一遍，也说了派人去济南筹集钱之事。二太太听罢有些吃惊，问：“看来这次有人下了狠手了。你打算怎么办？”

“看能不能从兄弟们这边筹集点资金救急。”佳怡真不想说这样的话，但逼到份上了，不说不行。

二太太皱了皱眉头，犹豫了一下，说道：“这些年来，你们没有少帮那些弟兄们。在事儿没成之前，我怕不好说什么，你觉得是你去，还是我去找他们合适？”

二太太能有那样的话，佳怡心里就很满足，忙说：“哪能您去。我自己说就行。现在我这同辈弟兄们，哪几个更好一些？”

“这么大的事情，不是仨核桃俩枣就管用的。家里最值钱的就是这宅子和地，不过你知道，远水救不了近火，就是卖地，也不能那么快就出手，家里能凑个几千块闲钱。其他那几房大多数人家和我刚来时是没法比了，虽说大部分人家过得还可以，但是若能筹集出资金给银行帮忙，也就世光和世江有这个能力，其他人白搭。不过，他们俩儿可都不好说话。”二太太有些忧心地说着。

“世光？世江？前些年，来远倒帮他们做过几件事。我去找找他们，再不好说话，这个忙还是能帮的吧？”佳怡虽对娘家那些远房弟兄们的情况，并不知根知底，但见说起这两个人还可以时，心里倒踏实了很多。七八年前，世光世江两个生意还都不大，那年粮食便宜不赚钱，不少人周转不开，生意垮了，是来远给他们筹集的资金，在粮食低价的时候进了大批的货，大赚一笔翻了身，把和他们一样的都甩在了后面。后来，他们也开了当铺、小钱庄，成了当地有头有脸的人物。这些，佳怡还是知道的。

5

钱庄内装饰得富贵气十足，客厅墙上挂的是名人字画，博古架上放的是景德镇瓷器，茶几上是顶尖的杭州茶具，茶壶里泡的是杭州龙井，一看就是富足安逸的日子。世光正坐在客厅的太师椅上品茶，下人来报：“东家，大小姐佳怡来了。”

听下人一说佳怡亲自上门来，世光心里咯噔一下子，凭感觉知道坏事了，不过还是急忙站了起来往外走去接，走到客厅门口又停了停思忖了一下，打定了主意。他这人还没到大门口，也没见到人影，便无比亲切地高声叫着：“佳怡？真是佳怡来了？”

佳怡见世光的话语如此亲切、笑容是如此灿烂，那惴惴不安的心方才放了下来。两个人进了屋里，分宾主落座之后，世光嘘寒问暖，忙着倒茶上点心，说着以前的事情。佳怡可没那个闲心说这些不打紧的事，便试探着问：“兄弟最近生意如何？”

世光一听佳怡问起生意的事，那脸色立马变得如同吃了苦瓜一样，连连叫苦道：“他妈的什么世道，这些年来，做啥啥亏。再这么下去，怕是要去闯关东了。”

“得得得”，佳怡心里这个泄气。看世光满面红光的样儿，日子过得该是很惬意。看这家里的摆设，是一色的红木家具，说没钱谁信？不过，自己贸然上门，肯定是让人家心生疑惑，从内心里排斥自己。不过，这么远跑来了，不能让他一句话就给打发了，心中盘算了一下，佳怡便说：“这买卖不好做，这银行的钱也放不出去，压在手里白白给那些存款的人付利息，连带着这银行也不好做，那钱压在手里不行啊！现在北京、上海的资金过剩，你姐夫愁得都不行。这事又不能给外人说，现让我回来看看兄弟这边有啥买卖好投入。”

听佳怡这么说，世光那紧绷的心顿时松了下来，看来是自己太小心了，老怕别人借自己钱，原来人家是愁款没处放呢！便顺着佳怡的话也说道：“是啊，我也在为这事发愁。现在不但是北京、上海的资金过剩，咱们黄县也一样，那些个在外面发了财的把钱都弄回黄县，这黄县都快让钱给淹了。”

一听这世光上了道，佳怡继续道：“现在这黄县借款利钱多少？前段时间，烟台这一年的还一分多，现在这几天跌到了七厘，一个月的才四厘，多少年都没这样了，听说上海更低。”

听了佳怡这么说，世光心里有些发紧，他知道自己这姐夫虽说人在烟台，但北京、上海都有朋友，信息来源又广又快，忙说：“怎么这么低？要是烟台跌成这样，恐怕黄县很快就会跌下来。我这刚吸收了一万多的资金，砸到手里可就麻烦了。”世光心里快速地盘算着。

“兄弟的资金可不少，若是亏起来，可真是个数目呢！”佳怡更深一步地敲打着这不明就里的世光。

“姐，那可怎么办？不过，来到门里的钱，也不能赶跑了！长期看，钱会越来越不值钱，把钱抓到手，才是根本。”世光说出了内心深入的打算。

“嗯，兄弟的认识可真不浅，你姐夫常说：咱家里这些弟兄们，数你想事情最深，做事最麻利。”佳怡又吹捧起来。

“看姐姐你说的，我哪能跟姐夫比？若是没有姐夫的帮忙，我现在怕是挑着担子卖地瓜呢！若是姐夫有啥好买卖，还是别忘了兄弟才是。”世光完全忘了最初的担心，一心想着再发大财，张口姐夫、闭口姐夫，嘴甜得很。

“看兄弟说的，姐姐什么人你又不是不知道。你看世聪、世明两个，连人影都见不着。你姐夫也怕我以后回黄县没人伺候，也很愿意帮你们一把，都做大了，姐姐脸上也有光。”佳怡原来最痛恨撒谎的人，也觉得撒谎是很难的事，从没想到自己会用这个办法，不过这谎开了头就不难了，反而这谎越撒越像真的一样。

“我的好姐姐，这就对了。兄弟我家里大门的钥匙，就有姐姐的一把。以后姐姐再回来，就来我这边，不要见外才是。不过，最近姐夫那边有啥门路？我这一万多块钱放在永利钱庄，若当不出去，可要折大本的。”世光又在提起这事。

佳怡见差不多了，轻描淡写地说：“你姐夫手里有些闲余资金，本来想来看看黄县有啥好项目，看来不好找。济南的项目可是又大，小资金做不来。”佳怡叹了口气。

“济南有啥好项目？资金多大？”世光急迫地问。

“济南那项目本来倒不大，才十多万。若是用一年、两年，倒值当调度调度资金去做，可惜人家最多仅仅用一个月，虽说利钱给得不低，可时间太短了，这资金一调度，真不值当做。”佳怡把这数额、期限在感叹中就说了出来，不过，把那利钱刻意藏着没说。

"利钱多少？只要利钱合算，弟兄们若能凑起来，倒值当做一把。"世光的兴致高涨了起来。

"说是月利钱一分，最多用一个月。可这十万块钱一个月，说多不多、说少不少，说长不长、说短不短，做着意思不大，不做那钱压在手里还是不舒服。"佳怡把世光这时候心里该想的话，都说了出来。

"姐姐，既然有这样的信息，那凭啥不做，这么算下来，一万块钱一个月还有几百块利钱呢！我姐夫那边还差多少，要做我们一块做。"世光简直等不及了。

"你姐夫倒考虑了几个人，不过我还是想若有挣钱的机会，不能让给外人，还是让能说得着的弟兄们一块，不过，人不能多了。"佳怡说道。

"对，人不能多了，想从这边找几个？"世光说道。

"最多两个，若是多了，以后他们再找你姐夫，你姐夫不答应他们也不好。"佳怡的话音刚落，世光连说："是，人多嘴杂，不好商量事。那款今天汇到你久裕银行，接着能按照那利钱给？"

"一个月按照一分的和五厘的利钱计，早一天晚一天也差不了几个钱。"佳怡这么一说，那一口一个姐姐、一声一个姐夫的世光倒有些不好意思了，便说："要不，我这找人把钱打过去，按刚才你说的，一个月？"

"行，亲兄弟，明算账，该怎么着怎么着。不过，也没必要和其他人吆喝，其他人知道了，会说姐姐只看到有钱的主，看不起那些穷亲戚了。"佳怡又给他吃定心丸。

"姐姐想得周全，咱们不能挣了钱把人得罪了，你放心好了。要不，先去把那个事办了？"世光着急地说。

"行，你去办就行。不过，利钱这么高，黄县这边肯定不接收。"佳怡的话又让世光心里一惊。

"那怎么办？姐肯定有办法的。"世光的话反而成求着她了。

"分行并不知此事，是你姐夫有一搭无一搭地说的。要不这样，你尽管汇款过去，我这边给单独写个利钱的条子？不过，这样好像很不合规矩。"佳怡说着，好像很为难的样子。

"姐夫那是做大事之人，若拘泥于规矩，事儿就没法做了。好，就这么办。"世光说着，招呼了管家，安排道，"金管家，抓紧去典当行做手续，将存在永利钱庄的一万块钱打到久裕银行的账上，办完后抓紧把单子拿回来，他姑给写利钱条子。”

“不用，我现在给写条子就行，反正按今天实际存款的数额计算。”佳怡说着。

“姐姐爽快。”世光笑了笑，对自己刚才的话显得有些小气了，对金管家说，“快去吧！”金管家应了一声，连忙出去了。

6

见金管家走了，世光忙研了墨，从抽屉里拿出纸张，佳怡刷刷点点把利钱写明了交给他。两人坐着喝了一会儿茶，互相聊着对方感兴趣的问题，等不到一个时辰，那金管家回来，佳怡要走时，世光顿时回过味来了，心里想：坏事了，这姐姐不是找项目来了，怕是来借钱了。但从她话里又听不出啥毛病，这心里又摸不着底，便试探着问：“姐，那一万块钱够不够？还用吗？”

佳怡见金管家都回来了，知道事情办完了，世光断然无更改的可能，便说：“若有也可，没有也算了，人多了麻烦。”

从这模模糊糊的话语里，听不出有何不同，世光心里惴惴的、长长叹了口气，说：“这钱不能我自己赚，世江兄弟那好像也有些钱放不出去，何不也给他个机会？”

“世江还能有那么多钱？这些年他过得还行？”佳怡在反问着世光。

世光实在参不透佳怡的想法和目的，但他那脑袋瓜可很灵光，想着何不让世江也来参与进来，若是赚了钱，那是自己给他介绍的，自己也有一份功劳，世江要欠自己一个人情；若是真有意想不到的事情，也好有个伴儿。想到这，便装出大度的样子说：“姐，姐夫这好事哪能我自己独赚，其他人家拿不出这么多钱了也就罢了，世江兄弟有钱不跟他通个气，到时候他不怪罪才怪呢！”

佳怡知道，世江比世光更难说话，自己并不太方便直接跟他谈，便说：“和世江还真没和你熟。”世光听了这话，心里倒有些美滋滋的，便说：“我去跟他说，你是在我这里等，还是？”

“要不，我还是先回去吧。串门太多了，去这家不去那家，不好。”佳怡说的倒是实话。

“那姐姐就先回去，我去和世江说。”世光信心满满地说。

世江的话音刚落，就听外面有人大声叫道："我说姐姐，回来了也不吱一声，害得我来这里看你，是不是瞧不上兄弟家？"

听到这话，佳怡一怔。

世光低声说："世江来了。"

7

事情就这么巧，刚说着，世江来了。其实，不是事情巧，是他非来不行。

世江发了财，翻了身，和世光一样，成了丁家这世字辈在黄县的头面人物，自然非常珍惜这来之不易的头衔，整日里盯着世光的一举一动，怕他有什么好事儿把自己给落下。吃完饭不久，听下人说佳怡回来了。他正在犹豫是自己主动上门去看一下，还是装作不知道，没拿定主意时，又听说她去世江家了。这就令他坐不住了，心里想了很多：是不是有什么大买卖去告诉世光？若那样，岂不是把自己给掉下？不对，说不定是借钱呢。不过，借钱也用不着她出面啊！是不是孩子们有啥喜事需要她当面说？这样可不行，若是让世光抢了先，自己的这脸面往哪里搁？是不是新的省长上台了，有什么好的职位卖？这个来远可在北京混过，一出手还不是个厅长啥的？现在啥都有了，就是没有官帽子，还得看着地方人的脸色。若是能少花点钱弄个参议员啥的，也是个好事。世江心里乱腾着，想出了十万八千里远，边上的管家急匆匆跑进来喊："东家，世光家里偷偷往久裕银行转了一万银圆，不知啥事儿。"

这话世江更是坐立不安，他皱着眉头想：这个世光的眼里可揉不得沙子，他这也不过几万的身价，一下子出一万块肯定不是往外借钱，应该是生意上的事情。好啊！好啊！你这个世光！想当年贩运粮食赔得过不去了，还是我出主意一起去找的佳怡过的难关。我若不出主意，你想都不敢想，有这好买卖了偷着办不告诉我，也太不够意思了；还有这个佳怡也不大对付，我和世光和你都不是亲的，他也没给你啥好处，为啥有这等好事先告诉他不告诉我，是不是觉得我的家业不如他大？这样下去还了得，得扳过来才是。不过，怎么办才合适？也不能为这事伤了颜面。他这云里雾里没有头绪地乱想着，管家看出东家的意思，忙进言道："东家，怕他作甚，直接去世光家里堵就是了，若是好事情，也不能掉下咱；若是不好的事情，咱躲开就是。"

“事已至此，只能这样，带上几斤好茶叶，去世光家。”世江打定主意，便带着管家急忙忙往世光家去。既然来了，便放开了手脚，有了刚才的一幕。

世光听世江话里有话，像是问罪的样子，连忙迎了出来道：“兄弟哪里话来，谁让你比我晚出生了三个月，这个没办法，姐可不能像你那样做事没大没小的。”这可好，世光的话还真在理，自己想了那么多竟然漏了这最重要的一层。世江便自嘲般地说：“我可在家里坐不住了，我怕姐姐把我忘了。”

“姐怎么会忘了你，回来就都见一面。”佳怡听了世江的话，也赶紧把话接了过去。

“姐最近可好？姐夫也好？外甥们也都好？”世江说话也滴水不漏，挨着问了个遍。

“他们都挺好，你姐夫就是忙，整天忙着到处跑；孩子们读书，还好。”佳怡也用话语敷衍着，在想着当着世光的面，可不好说那样的话，不知道世光能不能顺着自己的意思说。

“这风可真大，姐姐回来有事？”世江想着你八月十五前不久刚来过，这冷不丁顶着这么大的风又回来，是不是有啥事？自己这么问一下也不算失礼。

话到了这里，世光一愣，想着是不是自己刚才的事情做得有些着急了，但又转念一想，久裕银行那么大，佳怡无论如何不会为那一万块钱来骗自己吧！不过，这黄县就这么大，今天之事，世江早晚会知道，晚知道还不如让他早知道，省得让他抓住把柄奚落自个儿，还是将事情说出来，让他自己拿主意，便说：“姐又没有两个身子两张嘴，只好一家一家说。你也知道，这市面上资金利钱越来越低，钱压在手里净赔钱，可巧姐夫在济南弄了个短期的项目，我正好有笔闲着的资金搭个顺风车，我还想一会儿跟你当面去说。”

当世光把话说完，世江心中冷笑：哼，果然不出我所料，你们暗地里有买卖不和我说，幸亏我下面人能干，我若不找上门来，定然把我给落下。想到这儿，他便不再客气，愤愤地说：“这风刮得这么大，再搭上个人那车还能拉得动吧？”

佳怡知道这话世光答不了，便接过去说：“看兄弟说的，只要还能装得下，怎么也不能丢下兄弟。不过，这资金最多用一个月，量也用不大。”

佳怡这扎紧口袋的话让世江心中更是着急，方才听管家说世光已经给他们拨了一万块钱去了，他们这都装糊涂不说这事，看来还是要自己点破，便说：“多少利钱？多大空当？”

话到了这里，佳怡便不好再藏着掖着，便说："最多一个月，利钱一分，还有一万、不到两万的空当。"世江一合计，利钱还可以，时间也短，这买卖稳赚二亩地钱没问题，怪不得世光办得那么麻利，不能这么便宜了世光。世江心中想着，便说："还是自家姐姐想着兄弟们，我和世光一人一半，怎么样？"

佳怡还没来得及开口，世光连忙把话接过去："我这正好有一万的余钱，刚和姐姐说好，想着一会儿去和你说。"

真是见人说人话，见鬼说鬼话的精明鬼。明明把钱都打过去了，还说什么刚说好，还说一会儿跟我说。我若等你跟我说，黄花菜都凉了。世江心中骂着，但嘴里仍说："这不可巧来了，你看，这给姐带来的茶叶，管家也在，正好把这事办一下。"

8

等世光和世江陪着佳怡回到家时，二太太早安排人把晚饭备齐。佳怡安排账房去把刚存入的两万块、连带二太太划拉了家里的一万多块钱，悉数转到中国银行的账上，开本票带了回来，明天一早，这钱就能在烟台用了。虽说家里不如从前了，但二太太准备的饭菜还是丰盛依旧，世光和世江既赚了钱又吃了好饭，自然满脸笑意。

午饭后，众人散去。佳怡和二太太在房间里说着上午的事，二太太频频点头，佳怡说："两万块钱还是不顶事，该能从银行借钱才是。"

"要不这样，侯长贵在咱家干过，胶莱银行在烟台也数得着了，去找找他？"二太太憋了好久，吞吞吐吐说道。

"那侯长贵不太好说话，怎么能难为娘出面！"佳怡知道来远和侯长贵不合，也知多年前二太太和侯长贵之事，见二太太那么说，心中还是很感动。

"杀人不过头点地。还有过不去的事吗？今头晌我想了好久，来远这事儿不那么简单，背后是有人在搞鬼。瓮里跑不了瘸鳖，就那几个人。去会会那个侯长贵，很有必要。"二太太倒想得不少。

"那什么时间去合适？"佳怡问。

"事不宜迟，收拾收拾东西，一会儿就动身去烟台。明儿早上，去他家里堵他。"二太太说道。

9

古香古色的房间内，侯长贵正在端详着从南方淘来的宜兴紫砂壶，盘算着自己的业务要更上一个大台阶，心里正美滋滋的，盛管家来报：“老爷，知道外面有谁来找您吗？”

“还能有谁来找我？”侯长贵纳闷，平日里这下人对自己毕恭毕敬，极少和自己卖关子，不知今天吃了豹子胆还是怎么着，竟然和自己绕圈子了。

“是黄县丁家二太太要见您。”盛管家有些皮笑肉不笑地说着。

“丁家太太？什么丁家太太？”侯长贵异常吃惊，压根不相信盛管家的话。

“老爷，黄县能和您说很熟的还有谁？不就是那丁百万的二太太？我看见了，还真就是她。”盛管家恢复了平日里的神态，一本正经地说。

“嗯，她？她来作甚？”侯长贵心里怎么能忘记这二太太。这么多年来，侯长贵想的最多的就是这二太太，想当年若没有她的主意，自己也离不开那丁家大院；不过，也多亏她，自己被迫离开丁家大院背井离乡到了北京，倒开拓了一个新局面，若是一直待在那里，说不定还仅仅是个掌柜而已。这么多年来，自己对二太太说不上是愤恨还是感激，况且这么远，除前些年迎接张宗昌省亲，只是老远看了一下，未曾有直接接触。今天她上门来，到底是何事？按说，见倒不如不见、多一事不如少一事。不过，说不定有什么要紧事，若是不见她倒也不好。嗯，还是见见的好。想到这，便对盛管家说：“那请她进来吧。”说着，自己便慢慢往大厅门口踱去。

侯长贵刚到客厅门口，就见从影壁墙那边过来几个人，其中一位老年妇女头发花白，穿着得当。起先，侯长贵有些不相信，二太太？怎么可能，这些年没有她的消息，怎么会来这里碰上？还是主动上门。但仔细辨别后，确实是她，虽二十多年不曾见面，但其与当年在黄县时差别不大。一番滋味顿时涌了上来，侯长贵不失礼节，赶忙走下台阶，道：“是二太太？”

“是啊，侯掌柜还认得我呢！”二太太的话不知是自嘲，还是别的意思，让侯长贵感觉有些异样。

“只要还活在世上，侯某怎能忘了二太太。”侯长贵倒挺给面子，把二太太几个人让厅里落座，下人端上茶水。

“没记错的话，侯掌柜今年六十吧！”二太太有些感叹，心里五味杂陈地寒暄着。

“比您大一岁呢！真是岁月不饶人啊！我们都老了！”侯长贵摸不清二太太的路数，也只好含糊地打着哈哈。

二太太知道不能老绕圈子，是来说事的，便说：“侯掌柜现在生意做得大了，有个事想麻烦您，不知道这个忙能不能帮？”

“二太太见笑了！我这买卖算啥？不知二太太有啥忙要我帮？”侯长贵一听二太太要他帮忙的话，打心眼里不乐意，但想着人家还没说啥事，也没拒绝的由头。

“是这样的，我女婿去东北有些事情赶不回来，银行遇到些麻烦。这银行之事你比我懂，今个儿来就是看侯掌柜能不能伸把手，帮他渡过这难关，在下可是没齿难忘。”二太太开门见山说道。

闻听此言，侯长贵脸上掠过一丝不易觉察的微笑，心里“哼”了一下，想着：二太太呀！二太太。您这可真是聪明一世，糊涂一时！好歹您也是买卖人家里出来的，古话说：同行是冤家。不用说我与你女婿有过节，就是没有那过节，我们两个在烟台二十多年经历了多少事儿，你怎么会知道？看来，这女人想事情和男人还真不一样。不过，这话不能那么说，还是先找个理由稳住她，便笑笑说：“二太太原来为这事来的，不过，这银行的事不是一个人说了算，久裕银行也是大银行了，董事长若不在家，有总经理、协理，还有分行经理都可以出面办这事，久裕银行需要多少钱、多长时间、利钱多少？恐怕太太也并不曾知晓，这……这让侯某有些为难了。”

听完这话，二太太脸上有些发烧。是啊！人家侯掌柜说得倒是句句在理，按说自己和久裕银行没啥关系，平白无故凭啥打着它的旗号来借钱？看来在这事上还是有些欠考虑。但事已至此、别无他法，人既然来了也不能让他这一句话给打发了，只好说道：“侯掌柜说得对，不过我眼下谁也不认识，只好请侯大掌柜施以援手了。”

侯长贵想你既然不知情，我就和你装糊涂。看来，这丁家太太在大院里给圈糊涂了，也不知道大院外面的世道是什么样子，你以为还是二十年前在丁家大院之时？这是烟台不是黄县，憋在心里这么多年报仇的时候到了，这久裕银行一倒，我这胶莱银行就成烟台彻彻底底的老大了，为这事胜利在望，昨夜里喝了一瓶张裕雷司令。你这找上门儿来说这事，可不就想让渔夫不打鱼，猎人不打猎吗？也好，我就陪你玩玩，便说：“夫人，不知道他那边需要多少钱？可能夫人有所不知，我现在只是个挂名的董事长，所有事务都交给儿子打理了，若是需要三两千块，我还能说得上话。”

一听这就是推托的话，好歹是银行来借钱，就是他们丁家败落二十年了，用个三千两千的钱，也不用从黄县跑烟台来求人。还有，你这董事长啥也不管了？你儿子才多大？还不都听你的。想到这儿，二太太便说：“侯大掌柜权交得可真早。不过，董事长还是能说上话的吧？况且，您儿子做行长呢！”

侯长贵听得出二太太不相信自己所言，便又说：“太太您是知道的，这民国可不比大清的时候了。就是大清的时候，慈禧老佛爷那么厉害，也要碍于光绪的面子办事。慈禧出了那么多力，还让人骂干政。况且，民国以来纲常混乱，这君不君、臣不臣、父不父、子不子，总统、国务卿如过江之鲫，你方唱罢我登场，省长、督军那脸变得比猴子脸都快。当下，有几个做父母的，还做得了孩子的主？袁世凯当皇帝还不是为了孩子能继承大位？可惜落了个那样的下场。再说，我们慢慢都老了，孩子们的事儿，还是自己做主。我们怎能干涉得了！”

嘚嘚嘚，侯长贵从大清的慈禧太后扯到光绪，又从民国的大总统扯到国务卿，这是哪儿跟哪儿。兜了一大圈，只有最后一句话是真心话：不管。二太太可是精明到骨头里的人，既然侯大掌柜把话说到这份上，知道再说也无甚用处，但想着自己一个近六十岁的妇道人家出面，竟然连句客气话也没有，当然不能就这么走了。去年女婿遭土匪绑架，就是你侯长贵搞的鬼，别看你死不承认，这次女婿失踪之事发生得蹊跷，怕是你也脱不了干系，既然钱不肯借，何不试探试探这次之事是否与其相关？想到这儿，二太太问：“既然侯掌柜不念以前的交情，我作为一个妇道人家就不说什么了。我女婿遇到些麻烦，若侯掌柜听到什么，方便的时候告知一声。”

“听太太话里，好像侯某有什么不是了？若这么论将起来，不知情者，会认为侯某人欠丁家太太什么似的呢！事情过去这么多年，有些话我本不想说。既然太太这么说将起来，侯某倒是借这个机会把这些年的事儿说个清楚。想当年，丁家势力如日中天，侯某因那事被赶出了丁家大院，不用说在黄县，就是偌大的胶东也无我立足之地。可怜我只好抛家别子、背井离乡，远赴京城谋生，那年儿子才十一岁，闺女尚不足七岁，可以说受尽了人家白眼，尝遍了人间的世态炎凉。还有，我出面做那事，还不是为了您最后能掌管家业？可事发了，您还做您的太太，享受着人间的荣华富贵，受伤害最大的是我，谁给补偿了？事情都过去这么多年了，‘交情’两字还是不说的好。”侯长贵憋了二十多年的话如同针扎一般刺着二太太的心。想来，那事也惭愧，一个鬼迷心窍的决定，既害了自己，也害了侯掌柜。正在尴尬之际，就听院子里有人吆喝：“爹、爹，久裕银行快完了，久裕银行遭挤兑了。”话音未落，一个三十来岁的中年人气喘吁吁地闯了进来。

二太太一看，这人精瘦、白净，倒是一副好皮面。那人一看屋内有客人，也是一怔，自言自语：“有客人呢！”

“这么没礼貌，没见有客人吗？这是黄县的丁家太太，赶快见过才是。”侯长贵忙训斥着，忙掩饰说，“此犬子希玉。”

闻听此言，二太太便仔细端详着突然冒出的这一位，见其和二十多年前的侯长贵倒十分相似，无论是个头还是相貌，就连神态都异常相似。听到他刚才那高兴劲儿，二太太心中极为不痛快，强忍着怒气说：“二十多年没见，希玉长这么高了，成亲了吧？”

那侯希玉一听是黄县的丁家太太，知道自己刚才太冒失了。不过，刚才确实心里按捺不住高兴，都等不得到大厅里见到爹就说了，也没注意到有客人。但话已经说出口，收不回来，便赔着笑脸道：“原来是张太太，侄儿希玉有礼了。”

“不用客气，刚才听你爹说，现在你家里之事都是你做主，很好啊！刚才说久裕银行要完了，从哪里听说的？”二太太强势习惯了，属于得理不饶人的那种，心中不舒服有不好听的话，便不打折扣地说出来，一点面子也不留。

“这、这……刚才街上人议论的，不当真、不当真的。”侯希玉忙掩饰着。

“看来，这久裕银行若是倒台了，烟台好多人会很高兴。”二太太不听侯希玉的辩解，继续自言自语，让对方为嘴下无德后悔。

“不可能。我们胶莱银行和久裕银行是同行，当鼎力相助才是，他们遇到难处，我们怎么会高兴？”侯希玉只好用恳切的话辩解。

“这话中听。看来，这年轻人就是不一样。侯董事长，这行长都发了对久裕银行帮忙的话，您还有啥意见？”二太太顺着侯希玉的话说，侯长贵在那边有些张口结舌，脸色红一阵、白一阵，心里埋怨儿子不摸情况乱说话。

没想到的是，侯希玉听了二太太的话并没退缩，而是进一步说道：“若太太为此事而来，事情倒可以商量。”

“当真？”

“为何不真？”

“如何帮？”

“久裕银行需要怎么帮？”

“尽全力借一笔钱，帮助久裕银行渡过难关。”

“怎么借？借多少？借多久？利钱多少？用什么抵押？”这侯希玉倒不和他爹那样，说话倒干净利落，弄得侯长贵在一旁干着急。

侯希玉和他爹说的一样，这些问题二太太答不上来，只好说：“这个吗……我是先过来看看有没有可能，若有可能，我再叫人来详细谈。”

“这样甚好。想必二太太并不了解银行的资金运用方式，现在银行和之前的钱庄是很不一样的。若是真要借钱，让久裕银行当家的直接谈就好。”侯希玉表现得比较积极大度，并无完全拒绝之意。

看来有戏，二太太想着，便说：“若如此，我先别过，明日里再来拜访如何？”

侯希玉那眼微眯成一条线，嘴角上翘，露出让人不易觉察的假笑，道：“当尽全力，望太太及时回过。”

10

姜家院子里的人神色都有些紧张，客厅里，久裕银行总经理沈大从、协理桑世家对佳怡说着银行面临的挤兑之事。沈总经理说：“太太，外面谣传董事长失踪了，不少人来取钱，您是否有董事长的最新消息？”

“怎么会？前天马长水还打来电报，说董事长去大连乡下考察项目去了，怎么会失踪？怕是有人造谣生事罢了！”丁佳怡本不想撒谎，但是在不明就里的情况下，觉得也只好如此说。

桑世家在一旁说道：“这谣言造得可很真！最好由姜家的人出面澄清一下，要不这谣言真起来，压都压不住。”

丁佳怡见这两人都在追着问自家男人到底出没出事儿，便转移话题道：“董事长临走时该和你们都有安排，他在不在烟台一样。遇到事情如何处理，按他的交代处理就是。”

“不过，这挤兑来势凶猛，烟台的库银怕是也就支撑两天，昨日里从黄县汇来的两万多块也就支撑一天，若没有大笔的钱来应付，怕是很难办。”沈大从说着眼下的困难。

“其他银行同业的资金没调度调度？”佳怡问着。

“已向各银行、钱庄、典当行派人说明情况，各跑街的经理也和关系密切的客户打着招呼，多少能聚拢些资金。若是无意的谣言还好说，若是背后有推手，就会很麻烦。”沈大从有些忧心忡忡地说。

“你觉得最坏会出现什么情况？”佳怡问。

“我们平时有应对突发事件的方案。方才说了，应对一般事件没问题，怕就是有人在背后刻意捣鬼，我们要摸清这些传言是否真实，再制订更好的应对方案。”沈大从满脸凝重，皱着眉头说。

听了这些，丁佳怡心里很不是滋味。目前自己男人生死未卜，告诉他们，还是不告诉他们？自己也没有底，得想办法先稳住他们才是。想到这，丁佳怡便说：“我从黄县去弄了两万多大洋回来，待几天，济南也会有一大笔钱过来，相信会渡过难关。”正说着，二太太回来了。众人一阵忙乱，一一与二太太见过，也就放下了刚才的话题。

11

深夜里，桑世家与侯希玉在密谈，桑世家悄声道：“侯总，今儿听东家媳妇说，她们有笔大钱要从济南调回来用，以缓和危机。”

“从济南哪里？多少？”侯希玉有些着急，这节骨眼上，他最怕的是久裕银行筹来大笔的钱。

“很细的没说，也不好问。”

“刚才还与电报局、电话局的见面了，没见到济南哪家银行和这姜家有啥电报、电话的，姜家和济南那几家银行、钱庄熟悉？”

“那姜来远接触的人不少，丁太太能说得上话的，也不过是茂昌银行的孔老板那几家，别的恐怕难说。”桑世家掰着手指头，一家一家数着济南的银行。

“只要确信他去济南就好，筹集那么一大笔钱，济南市面上肯定能感觉出来，我这就打个电话问问。”说着，便去另一个房间打电话。过了好一会儿，侯希玉笑盈盈地出来，有些得意地说：“中兴银号的掌柜杜兴来说，茂昌银行的孔掌柜还真在筹现款。”

“那，怎么阻止他？这么远。”桑世家也为刚才自己进言的准确性高兴，又进一步问。

“不用着急，阻止他干吗？让他去弄好了，那杜掌柜在济南可是无所不能，等他查明了那钱什么时候往回运，咱找人给他劫了，不是更省心？”侯希玉对自己的计划很是得意地说着。

“侯总经理，您可真高人一筹。”桑世家肉麻地说道。

“你就瞧好吧！这次，明年这个时候，就是久裕银行的忌日。”侯希玉恶狠狠地说。

12

是不是值得再去侯家？二太太和佳怡商量到半夜，但就此爽约也不合适，最后想试探一下对方的底细。第二天一早，二太太偕着佳怡光彩照人地出现在侯家公馆时，一扫昨日低眉顺目和颜悦色的模样。侯家父子见此情形，一时摸不着头脑，从两人这精神头上看不像是来借钱、倒像是来赴宴的。

见丁佳怡亲自上门，侯长贵知来者不善，当年还未出阁时这姑娘在丁家就没怕的主，这出嫁二十年了，想必难以改变，但还是客气地说着：“佳怡姑娘都也老了。”

佳怡是见过大世面的人，自然不会掉了身价，更不会小家子气，礼貌地说：“侯叔叔也老了。”

“希玉，见过丁家大小姐，现在的姜家太太。”侯长贵按规矩介绍着。

“姜家太太，久闻大名。今日一见，甚为荣幸。”侯希玉嘴里如同抹了蜜一般，说出的话甜得令人猝不及防。

四个人客厅里落座，侯长贵开门见山：“太太，昨日里不是说和久裕银行董事长、总经理谈借款之事吗？他们怎么没来？”

二太太微微一笑，回道：“昨夜里回去想了想，他们出面怕是不合适。若他们能出面，就不用我这老婆子出来了，久裕银行的情况你们都清楚，就看借款条件吧！谈不拢就不打扰他们，谈成了他们做手续就可。”

见二太太这么说，那侯长贵也没再坚持，提出了最新的条件。其实，这谈判根本没法谈：一来侯长贵爷俩儿没打算往外借，那利钱要得格外高，期限也短，数额还大，少了还不借，还要久裕银行的股权质押，那根本不是借钱了，而是要抢银行了；二来这佳怡几乎没抱着借到钱的希望，见对方开出的条件如此高，也就失去了谈的兴致。

说者无心，听者有意。在一边憋着很少说话的侯希玉沉不住气了，冒了一句："刚才太太说我们很清楚久裕银行的情况。说实话，两家交往甚少，我们还真不清楚其经营情况。"

听侯希玉这么说，佳怡终于按捺不住内心的气愤，有些挑衅地说："烟台就这么大的个地方，若是久裕银行倒了，胶莱银行就成为烟台地面上的老大了。"

那侯希玉也是年轻气盛，不打磕巴地说："这几天的风是有些大。不甚明白姜太太之言，若是哪一天胶莱银行真成了烟台的老大，有人说前提是久裕银行要倒下。若这么说，那久裕银行成了烟台的老大，是靠哪家银行倒下成就的呢？"

"这几天海风刮得紧，市面上的流言蜚语也来得及时，想必不是空穴来风。我倒纳闷了，那些不利的流言，怎么都刮向了姜家？"佳怡的话有些咄咄逼人，但没有回侯希玉的问话。

对方兴师问罪的意味明显，侯希玉心里有些发虚，但想着没任何把柄在对方手上，便说："无论刮什么'风'，我们侯家都不干那害人不利己之事。"

"这'风'可不是害人不利己，久裕银行若真出了问题，对烟台的其他银行而言，该是个好事。"佳怡还是在强调那一个事情。

"大小姐此言差矣！古人云唇亡齿寒，那'城门失火，殃及池鱼'的道理，大家都懂。"侯长贵如坐针毡，希望快点结束这白耗费时间的谈话。

"侯叔叔，这同行下套之事可真不少。若是谣言，别的行业是犯不着的。"佳怡丝毫不留情面地继续深追着。

"大小姐此话什么意思？若认为同行下套，可以去银行公会申诉，也可以去法院告状，在我这里说不着这事。"侯长贵有些着急，既想尽力地躲避又想排除对自己的怀疑。

"侯叔叔，佳怡没有别的意思。您老是干银行的，其中的道道儿自然知道得比我们多。还望赐教一二。"佳怡把气氛缓和了下来。

侯长贵知道这丁家大小姐的嘴巴厉害。但厉害不厉害，还要看时候，二十年前你是大小姐，我是管家、下人，但现在你们丁家已经败落得不成样子了，大东家也不在了，对你没啥好顾忌的了。虽说你嫁了姓姜的那小子，可惜他那些年倒都跟着我干，现在也是平起平坐，谁也压不着谁，这次久裕银行遇到难处，看来是老天长眼，该着我侯家风光了。不过，还是要避嫌，若是惹恼了对方，报复起来自己也不舒服，便说："大小姐的话儿里，好像我侯某怎么着了？当着太太的面我说一句，久裕银行是好是坏，与侯某毫无干系。至于借不借钱，那是生意场上之事，若是想着侯家怎么着了，那可就过分了。"

"既然侯叔叔如此说，佳怡不得不信。我刚才还在想着，过会儿去南山寺里烧炷香，若哪天造谣者被揪出来，必遭天谴。"佳怡有些发狠地说，那话自然是难听至极。

边上的侯希玉脸色变得很不好看，一阵红，一阵白，只好打圆场说："姜太太，若是借钱，咱们好说好道。若是兴师问罪，那可走错门了。"

佳怡刚才的话是气话，收了收心思，笑了笑道："兴师问罪的话岂敢在此处说。今个儿我们是来借钱的，既然钱借不到，就不耽搁工夫了。娘，咱走吧！"

送走了这两位有文化的母夜叉，侯长贵有些怒气地问儿子道："这久裕银行的事儿，到底怎么了？你没刻意插手？"

"爹，你怎么不相信我？这两天刮大风，什么事不出？活该老天爷长眼要灭他们姜家，与我何干？"侯希玉振振有词。

"看你这两天进进出出忙得很，我可提前给你说清楚，姓姜的那小子可不是一般人，咱别着了他的道儿，看到这两位了吧！平日里大门不出、二门不迈，像猫一样温顺没啥脾气，这摊上事了，一个个反而像老虎一样瞪起眼睛来了。咱家的女人要是这样，我就不用这么操心了。"侯长贵叹息着，从一件事儿说到另一件事儿。

"爹，这有啥好羡慕？有咱爷俩儿，侯家的女人在家里享福就行了。女人当家，墙倒屋塌，两个寡妇老婆子能折腾出啥光景来！我有事，先走了。"说完，抽身要走。

"慢、慢，怎么？两个寡妇？难道那姜来远真的死了？你、你还真信？"侯长贵疑惑儿子话里有话，对街面上的传闻有些疑心重重。

"街面上这么传，谁知道呢？"说着，侯希玉转身出了客厅来到院子，叫上随从坐上小轿车一溜烟出了城。

13

一大早，侯希玉就接到了济南杜兴来打来的电话，摸清了久裕银行从济南筹集资金的数额和可能路过的地方。他本来打算吃完早饭就安排，可让丁家这两个女人拖着耽误了半上午，心里急躁得火急火燎，如同发情的公猪找不到母猪般直转圈。等这小轿车出了城，便指挥着司机一会儿左拐、一会儿右拐，大体上一直往西南走去。看见那山路越来越难走，司机问："侯少爷，咱最终去哪里？是不是青岛？"

侯希玉没好气地说："听我的安排就行。"

那司机不敢再问，待到玲珑镇已是日当正午，走到一家名叫"八方"的酒店，侯希玉下了车跟酒店的掌柜打招呼，便安排司机在酒店吃饭休息，自己跟着掌柜安排的人坐上另一辆车继续往西南走。走了约莫半个小时，那车拐进山里，他们换上了密闭的轿子，后来又步行。可山势险要，山路弯曲陡峭，四周树木遮天蔽日，直累得侯希玉气喘吁吁晕头转向。到了一处高山的寨子，四周景色秀丽险峻，令人神清气爽，侯希玉心中感叹，看来这山大王也会找地方。

到了山寨门口，有人进去通报，不一会儿，侯希玉便被人领着进了寨门。院子相当宽阔，宽敞的厅堂门开着，进得厅堂，摆着五把椅子，正中间高大的椅子上端坐一人，身高体胖、膀大腰圆，屁股底下椅子上垫着豹子皮，皮毛的颜色并不亮丽，毛发也比较稀疏。虽说山东没有老虎豹子，若有钱买张好些的老虎皮、豹子皮，还是不难。看来，这寨子的日子过得并不好。两边各位的椅子上连掉毛的豹子皮也没有，垫着的是大红的绸布，更验证了这山上的日子并不好过。就见中间这位开口道："可是烟台来的侯少爷？"

侯希玉连忙从包里拿出一个包裹，双手捧着举过头顶，嘴里说着："正是。今日得见，万分荣幸，其他东西不方便带，今有黄金十两给兄弟们买酒喝，望笑纳。"

"还带着东西？"该人说着，示意喽啰接过来递给他。

该人接过包裹，掂量了两下，沉甸甸的，脸上露出了不易觉察的笑意。他打开包裹，取出一根金条在眼前晃了晃，看了看上面的字号，道："嗯，是真货。赐座！"说着，把包裹放在一旁的桌子上。

财帛动人心，看来金子还真是好东西。寨主一声招呼，那喽啰脸色如阳光灿烂，搬来了一把没有靠背的圆凳子放在了侯希玉身后。侯希玉看了看凳子，便坐了下来，嘴里说着：“多谢！”

中间这位介绍道：“明人不说暗话，我就是令官府头痛的吴记建，他们说你有笔大买卖要做，说一下吧！”

侯希玉看了看四周，那意思应是人很多，说话不太方便。吴记建哈哈大笑道：“你是县警察局介绍来的，大家都知道，进了这寨门的就是一家人了，这个你放心好了。”

见其如此不知遮掩，侯希玉有些纳闷，这些人大都没读过书，说话不绕弯子，便直接说：“据可靠消息，烟台久裕银行发生了挤兑，这两天有十万大洋要从此经过运往烟台，想必吴寨主感兴趣。我和那久裕银行有些生意上的纠葛。”

“消息可靠吗？”吴寨主虽对钱感兴趣，但不想白费劲，怕跑空。

“这是济南传来的消息。不可靠，我也不会专程跑这么远来告诉您！”侯希玉心里有些好气，心想，我这给你们免费提供信息，还问可靠不可靠。

“你应知道，我们下去一趟多不容易，几十号人，目标大，容易引起官府的注意，就这一路碎石山路，也要磨破些鞋底，每个人多吃好几个馒头，万一跑了空，怎么办？”吴寨主把困难一一摆了出来。

嘿，侯希玉心里纳闷，谁说土匪没文化？这账算得可明白。可谁敢保证劫道儿能一定劫着东西？但人家既然提出这问题来了，不答复怎么能让他们出面？侯希玉心一横说道：“只要吴寨主出马，若是跑了空，我给补偿损失。”

“补偿多少？怎么补法？”吴寨主边上的一个瘦个问。

“若是跑了空趟子，寨上付出多少，我补偿多少，行不？”侯希玉没想到这些土匪都得了自己十两黄金了，还算计得这么细。

“合着我们若跑了空趟子，啥也得不着，这样的事我们可不干。”瘦个说话时，一脸鄙夷的神色。

“那？那怎么合适？”侯希玉知道，只要是钱的事，就能谈，但这时自己不能出价钱，便只好先让对方开价。

“只要你说的是真的，我们得不得手和你没干系；若是啥也没有白白跑一趟，那怎么也要给一千块现大洋，别的不要，要袁大头；若是动了枪炮，伤了人，一千现大洋之外，还要赔偿损失，一条人命三百块，怎么样？”吴寨主胖乎乎粗枝大叶的样子，那小算盘打得噼里啪啦，账算得明明白白。

听罢这话，侯希玉知道这事没法讨价还价，心想：舍不得孩子套不住狼，一咬牙便应了下来："中。"

14

姜家后院内，马长水的押款车一到，佳怡那一直绷着的心才稍稍安顿了下来。她和孔掌柜见过，马长水也脸色清瘦，面露疲惫之色。

"你不是陪着东家吗？怎么回来了？"有人问。

"家里不是需要钱吗？东家让我送钱回来了。"马长水一番不在乎的样子应对着。

大家也都装作没事的样子，简单吃了饭，屏退众人后，房间内只剩下马长水、孔掌柜和佳怡三个人。佳怡方对孔掌柜说："兄弟不远千里来帮忙，在下先替来远谢过了。"

"嫂子这话可见外了，姜大哥义薄云天，这点忙还是要帮。我这还开了一万块钱的货栈押单，明日儿让这边的中国银行给兑付了，以尽绵薄之力。"孔掌柜说着，从皮包内掏出一个文件袋子，递给了佳怡。

这时，一边的马长水也缓过神来了，见最要紧的事都办完了，便说："太太，在济南我和孔掌柜说了，事情发生得蹊跷。原先东家也常出远门，一两个月不在烟台是很正常的事，怎么没谣言和挤兑之事。这次东家失踪与挤兑前后脚，看来，必定有人在背后使了手脚。他们的消息很灵通，说不定有内鬼呢！"

"马长水的话不是没有道理。看来，若是哥哥不及时出现，谣言不破、内鬼不除，怕不是这十来万块钱就能顶得住的事儿。就是再有几个十万，也不顶用。"孔掌柜有些疑虑地说。

这些问题佳怡不是没想过，主要是她不敢往深里想。眼下，马长水和孔掌柜都在，她算是心里有了个主心骨，便说："我看这个可能性很大，马长水去济南筹钱的事如此机密，没几个人知道，竟然发生了抢劫之事，得想办法先把内鬼清理出来才好。"

"这事你跟谁说过？"孔掌柜皱着眉头问。

"我只跟总经理、协理说过，我跟他们说过要保密。按说，他们两个不可能是内奸。”佳怡满脸凝重地说。

“此人肯定级别不低，假设不是他两个，也是他们中的一个透露出去的。”马长水努力回忆着。

“你们先莫出面，在房间休息好了。今晚在前厅召开会议，可采用苦肉之计，看看各位之反应。”佳怡把自己的方案跟孔掌柜一一说了个清楚。

孔掌柜暗暗点头，最后说：“这个方案可行，是不是内鬼，该能筛出来。嫂子，您可是干总经理的材料，可惜是个女的，可惜了，可惜了！”

“兄弟，您净取笑嫂子了。”佳怡听了孔掌柜的赞许，也有些不好意思。

15

姜家的客厅变成了临时会议室，几张大桌拼成了会议桌，铺上了红绒布，总经理、协理和各行经理陆续到齐。这么多年来，来远都是把家和银行之事分得很清楚，尽量不把银行之事牵扯到家里。这次在家里开会，很出乎大家的预料，感觉似乎有大事要发生。佳怡与各位都打了招呼，总经理宣布开会，对开会内容说明，把目前的局面也作了分析。正在这时，有人跑进来，在佳怡耳边嘀咕了几句，佳怡顿时脸色发灰，眼泪扑簌簌落了下来。其他人面面相觑，都不敢言语，总经理只好出面问道：“东家，不知道发生何事，如此伤心？”

佳怡只好擦拭干眼泪说道：“这些天市面上的谣言不少，久裕银行也面临着挤兑风潮，我也知道各位都承受了莫大的压力。我本想尽全力筹集资金以渡难关，等董事长回来安顿大局，前几天，我派人去济南筹集了十万大洋，刚才来信说在路上被土匪劫持了，这可如何是好？”她这话音刚落，会议室里顿时议论纷纷，这每天都是好几万大洋的出项，十万大洋一下子被抢劫可是净损失，那银行可怎受得了？

“如何是好？东家，挤兑来自谣言。都四五天了，这么下去也不是办法。谣言不除，挤兑不止。外面传言董事长遭遇不测，东家是否能够想办法澄清此事？”在大家都不作声的时候，协理终于捅破了这层窗户纸。

“这个嘛，谣言我也听说过，不过未经证实，我也不敢确信。”佳怡的辩解有些苍白无力。

“东家，可不能把我们都蒙在鼓里，是不是好多事不跟我们说？外面可是传言董事长已经遇难，如果这样，我们要早做打算，不能做无谓的抗争。”协理的话如同静夜中的炸雷一般，直震得在座的各位内心发慌、面面相觑。

佳怡见没人搭话，知道这个局面都不想把那层窗户纸捅破。也罢，看来只好自己去捅开了，便顿了顿说：“十多年来，久裕银行屡遭波折，每次都能逢凶化吉，不过都让人心力交瘁。董事长在时，各位尽心尽力，他这连续好几天没有消息，各位都受苦受累没得结果，时间久了，真怕把各位给耽误了。”

那话刚说到这儿，烟台分行的经理真诚地说：“可不能这么说。我们吃了东家十多年的饭，说‘累、苦’两个字，就见外了。本都是分内之事，东家不必这么说。”

“听东家把话说完，这开业停业的事，要东家决定，我们能乱说什么？”协理的话一出，更甚于刚才之言，不少分行行长惊得张大了嘴巴。看来，东家和总经理他们都商量好了，是不是有停业整顿之意？

佳怡见协理这么说，心里想着也好，狐狸尾巴慢慢露出来了，便顺着他的话说道：“桑协理的话很对，俗话说‘天底下没有不散的筵席’，与其苦苦相争，倒不如回头是岸，大家过轻松日子。不过，这银行虽说从股东上来看是姜家的，但大家在一起共事这么多年，该征求大家的意见才是，到了这个程度，无非是等靠、停业整顿、转让东家、破产这几条路子。大家有什么看法？可以畅所欲言。”

听东家说出了所有的可能性，在座的各位大都面色阴沉，心中很是不快，平度行经理大声说道：“只要还能维持，万不可轻言放弃，东家把银行发展到这一天不容易，关门容易开门难哪！”威海分行经理也说：“从长计议、从长计议，这么大的事，不能一晚上定下来。”

众人莫衷一是之时，不少人在看着总经理，那意思是让他说句稳定人心的话。总经理看了看四周，朝佳怡看了看，佳怡点了点头，那意思是他该说话了。总经理顿了顿，缓缓地说道：“这些天的情况大家也都感受到了，不少人也都发表了意见，我说说我个人的意见。我来久裕银行快四年了，到下个月就满一个任期。董事长不在，我的合同怕是没法续签，说下一个四年给我股份的事恐怕也意义不大了；还有，董事长的安全虽说是谣言，但是东家是知情的，不知为何不能及时告知与我，我好从业务方面做更全面的准备。是否东家对我的信任有所保留？若是这样，我在这里干的意义，就不大了。”

“你……你，你可是总经理。你想辞职？”佳怡没想到总经理说出这样的话来。

“东家，刚才散伙的话你都说出来了，辞职算什么？刚才不是要大家讨论发表意见吗？看来大家都不希望停业整顿，我可不想再受这洋罪了。各位：识时务者为俊杰也。世上没有空穴来风，董事长到底咋样了、葫芦里卖的是什么药，咱也不知道。若是来了新东家，用不用我们还不知道，倒不如趁早另谋高就。总经理，我唯你马首是瞻。”桑协理终于露出了狐狸尾巴。

“别介，桑协理，各人说各人的。你想唯谁马首是瞻都可，千万别唯我马首。我走，也不是今天就走，一来我合同没到期，还有一个月；二来，我要听从东家的安排，东家叫我什么时候走，我才走。”沈总经理旗帜鲜明地表明了自己的态度。

受了总经理的抢白，桑协理很是不乐意，想着你这个假洋鬼子，要拆人家台还拆得溜滑好听，我可不能像你这样，要拆台就在他最难受的时候拆。想到这，他便话中带刺地说：“看来这留过洋的就是不一样。总经理的肚子里有洋文、好度量，拆台也拆得漂亮。既然走就走得彻底，太太安排哪一位来接我？”

聋子都能听得出，这是将军的话。

佳怡并未搭理他，望着在座的各位，缓缓地说道：“其他还有走的吗？若有就早说话；若再没有，我就安排人了。按平时开会顺序，都表个态。烟台的吴经理，你怎么打算的？”

吴经理见东家夫人点到自己的名字了，直接回道：“在下受东家恩惠多年，现正是用人之际，怎能言离开之事？”

其他人大都是此意，都没有走的想法，这很出乎桑协理预料，令其脸上有些挂不住。

佳怡沉默了一会儿，看了看大家，说：“既然这样，烟台分行吴经理暂行代理桑协理职务、福山行经理调任烟台行经理，现在就办理任免手续，人员、财务、资金调拨、各项花费按原规矩办理；你们自己找合适的人代理你们各自的工作；各县分行经理积极筹集资金应对业务、防止挤兑发生。”

办理任免的手续倒不复杂，在总经理监督下，一袋烟工夫都没用便完成了。明儿一早，将任免电报发至各地分行就可。桑协理倒是一副满不在乎的样子，挺胸抬头，踌躇满志地离开了姜家。见该走的都走了，佳怡叫下人上来各色糕点、水果等吃食，看了看大家道：“各位经理，这些天让大家受累了。不经过这些变故，也看不出各人怎么想的。这该走的走了，该留下来的也留下来了。刚才总经理、协理的话自然有他们的道理，但人各有志、不能强求。既然留下来了，咱就同舟共济了。还有些事情，需要与大家商量才是，把马长水、孔掌柜一块儿叫来。”

马长水的出现，让大家很是吃惊。

佳怡把孔掌柜介绍给大家，马长水简单把这些天的经历一说，从济南调来的十多万大洋已摆在后面库房，各位才稍稍舒了一口气。佳怡安排人到电报电话局探寻消息，看能否找出背后使绊子的人。同时，沈总经理把下一步的应对方案进行了安排，一直谈到深夜。

16

侯公馆内灯火通明，侯希玉对桑世家破口大骂道：“你这个笨蛋，你辞职作甚？你这一走，姜家什么情况、久裕银行有什么动静，咱这两眼一抹黑了。”

听了侯少爷的训斥，桑世家委屈地说：“少爷，我以为总经理会辞职，我这一走，不正好给他们把台拆干净了吗！你知道，我这在他家里觉都睡不好，心里老感觉有事。”

“来我这干？哪会那么容易！除非久裕银行垮了。否则，半年六个月内，那边的人我一个都不能用。”侯希玉自然有他的用人原则，不会随便使用小人。

“少掌柜，那我呢？”桑世家心里忐忑不安，晕晕地说道。

“你？还是等这风头儿过后再说，姜家上上下下都盯着呢！”侯希玉没有好气地说。

17

侯希玉的话没错，姜家太太可不是省油的灯。新任的吴协理在烟台多年，财政、民政、警察局都熟悉，找了熟人去把最近电报局的电报查了一遍，又找人把侯家的电话监听了，也派人盯紧了进出侯家大门的人，两天就摸清了这些天所发生的事儿，几个人来找佳怡商量应对之策。佳怡听了他们的方案，连连赞许道：

“这可是围魏救赵的法子，烟台就这几家银行，他这边若遭挤兑，咱这边压力就小了。”有了佳怡的认可，吴天成便和姚金马去安排了。

吴天成协理亲自拜访了“协茂”的黄大东家。协茂商号也是“烟台八大家”之一，差不多控制了烟台一半的食盐销量，是烟台当之无愧的老大。吴天成的亲姨夫和这黄董事长是表兄弟，平日里也能论起来，说到要联合操纵食盐价格，代价是把收回的盐款存在久裕银行时，黄董事长恨不得要留下他吃饭。

到第二天一早，整个烟台市面上盐的价格疯涨，人们议论纷纷：“听说这几天的大风，把寿光、掖县的盐坨子都给冲没了。明年开春前，会没得盐吃了。”

“没白面，可以吃地瓜干；这没盐吃，可怎么行？快，抢点去。”

“那盐坨子没了，那晒盐的、贩盐的可都亏死了。”

“谁说不是呢！不过，最亏的还是胶莱银行，听说那商家把盐坨子都抵押给胶莱银行了，那盐坨子化成水，商家还不上吊？”

“那胶莱银行可亏死了，听说押上了好几十万贷款，可别把它给拖垮了。”

“谁说不是呢！听说去年潍县有个银行，就是盐坨子抵押贷款，把它给拖垮的，把钱存那银行的，可亏死了。”

“咦，那胶莱银行可够呛，我要把那钱取出来去。”

银行最怕挤兑，挤兑最怕谣言。

街头巷尾对胶莱银行的议论声不断，最终谣言在众人的口口相传中达成共识：胶莱银行弄不好要出大问题，今天不把钱取出来，就是天大的错误。半下午，各路人都拥到胶莱银行的各个门面提现，人们拥挤着、喊叫着，纷纷要求提款。可是昨日里有人存了笔大数额的钱，中午时一块儿又提走了，柜上本来就没有钱。胶莱银行面对拥来的要求提款的人群，顿时有些慌张，找人打听，竟然是有人说抵押的盐坨子被水淹了。当侯希玉听到这话后，知是有人在给他使坏，便赶紧安排人辟谣。可是那谣言越辟越真，他没办法，只好抓紧从各地调拨资金投放市场，老百姓取出钱后到处找盐。直到第三天，盐的价钱涨了四五倍，那“协茂”才一声令下敞开仓库，把存着的食盐一股脑都投放到市场上，顷刻间就收回了六万块钱的现款，悉数存入了久裕银行。

可惜了那侯希玉费了多少心机和大洋，也不过从久裕银行转出的存款中吸收了四万大洋。这食盐被泡的谣言一出，那钱转了一个圈又都跑回了久裕银行。只是不少人家存了几十斤，甚至上百斤的食盐，怕是够吃个三年五载的了。

18

侯长贵有些气急败坏，伸手给了儿子脸上两巴掌，出手虽轻，看来是心里很窝火。他嘴里嚷嚷着：“和你说过多少次了，莫跟姜家对着干。想当年我给丁家当过下人，恐怕这辈子都改不了了，你想翻身何其难啊！这一巴掌告诉你，以后别和聪明人耍心眼。我二十年前就没斗过这小子，你才吃了几碗饺子，就折腾这事儿，吃饱了撑的。”

“爹，你这也不能老怪我，我想着这张宗昌下台了，他家该失去了靠山，也没有其他股东帮衬了，就他一个人恐怕独木难支，没想到他老婆也如此厉害。”侯希玉有些委屈，不服气地说道。

“我这另一巴掌告诉你，对惹不起的人，最好的办法是躲着点。”侯长贵气冲斗牛，很少对儿子这么发火。

“爹，你这还打我啊！咱的老对头就要出殡了。”侯希玉虽挨了两巴掌，还念念不忘姜来远。

“出殡，你想得美。刚才有人说了，那姜来远在蓬莱，说不定他在遥控指挥呢！”侯长贵恨恨地说道。

“蓬莱？怎么会？”

“怎么会？你花钱找土匪去劫道，没成还搭上了那么多钱，欠了这么多人情。”侯长贵很恼火，怎么出手就不顺利？从桑经理处得到消息是钱走栖霞，最后怎么连个人影也没看到。

他们哪里知道，佳怡在方方面面做了细致的准备，虽然放出风钱走栖霞，也找了一辆车从高密出发做幌子，可那车走到莱阳就停下来不走了。那钱实际上从青岛装车，直接经过福山到了烟台。等土匪们意识到错了时，已没有了补救的机会。

等风停了，姜来远从长岛回到蓬莱，令人欣慰的是，久裕银行已打了翻身仗，渡过了一个严重的危机。

第三十一章

大明湖纵论英雄　火车站惊闻枪声

1

姜来远大难不死，久裕银行劫后余生。

隆冬腊月，管莫全前来烟台投靠，令姜来远悲感交集。他把自己的救命恩人介绍给全家上下，并安排他到银行看库房。丁佳怡对其也格外关照，亲自给他置办了几身合季的衣服，家里有事也偶尔叫他过来帮忙，一来二去，处得如同家里人一般。日久见人心，管莫全的实在敦厚，获得了小梅的关注和好感，在大家的撮合下，两人定了亲。丁佳怡和来远商量着给他们腾出了房子，张罗着两人成了亲，了却了姜来远的一桩心事。

山东省的政局，变得比六月天都快。中央政府任命韩复榘为山东省主席，刘珍年被调走，烟台党政被省政府牢牢抓住。局面稳定后，百姓的日子稍微好过了一些。韩主席气势很足，积极响应新生活运动，不仅在全省内禁烟、禁赌、灭苍蝇，还大力倡导办实业，将修铁路作为重中之重，并责令财政厅长、铁路局局长一起到烟台视察，尽快将修建烟潍铁路之事启动起来。

堂堂省财政厅长和铁路局长到烟台视察铁路修建事宜，烟台地方长官和铁路总办自然是异常重视，详细制订研究了完善的汇报方案：这铁路修建花钱少，好处尽可能往大了说，只要开工了，后面的就依不得省政府了。烟台行政长官举行了盛大隆重的欢迎仪式，铁路总办的人准备详尽的汇报资料，省财政厅长和铁路局长听得比较满意，许诺回去尽全力给韩主席汇报，争取铁路尽快开工。没想到百密一疏，汇报中没出问题，吃饭安排座次时，出了岔子。烟台行政长官看两位都是实职正厅长，都是从省政府下来的客人，不太好定谁坐主客，便向两位点头："坐、大人坐。"可他没说让谁坐主客的位置。按说，两个人平级，财政厅长年龄大，铁路局长年龄小，按山东礼节风俗，理应由财政厅长坐主客之位。可山东人好面子，把应该之事也推让一番，财政厅长说此行是考察铁路，铁路局长该是主客，言辞谦恭真诚；可该铁路局长是浙江人，留过洋，刚来济南不久，不太懂这礼节，也不太在乎这个规矩，也就顺从了财政厅长的意见，坐在了主客之位。烟台长官不便多说，一众陪客更是不摸行情，便按规矩习惯，对坐在主客的铁路局长敬酒更多一些，话说得更恭敬一些。哪知财政厅长也是小肚鸡肠，平日里都是前呼后拥的，哪里受得了这个？看众人更多是围着铁路局长转，忘记了是自己让人家坐那边的，心里就不是很痛快。谁知，那铁路局长不胜酒力，平日里也就喝点家乡的米酒，何况烟台酒的种类也多，劝酒的人也能说会道，不喝他敬的酒，就好像欠他的，烟台酿、白兰地、雷司令、啤酒一通乱灌，就飘飘然觉得自个儿很厉害了，说尽量协调省里、中央，让他们多拨些款项，言语中烟台这铁路，马上就要动工的样子。财政厅长听了，心中更是不爽，想着我财政不给拨款，修个毛铁路，你还去中央申请款项，申请申请试试，能的你。

好嘛！喝酒本来是为了联络感情，没想到喝出毛病来了。李圣经作为技术人员向其做了详细的汇报，万万没想到，一句"历任长官都很重视烟台铁路之事"的话，让财政厅长拿了怪。

"韩主席，历任行政长官都很重视修建烟台铁路之事？这么说，拿您和其他人比较，您和他们一样吗？"财政厅长的话，很损。他肯定不会说看不惯铁路局长喝酒之事，便拿着李圣经的汇报说事儿，反正主席也不可能跑到烟台去对证。

"是那样吗？"韩复榘很信任财政厅长，但对其如此理解，也有些不以为然。

财政厅长看这句话打动不了韩主席，便用更严重的话刺激他，说："主席，这考察下来，烟台的铁路不简单哪！有人说，张宗昌一直在为烟台的铁路奔忙呢！"

哪壶不开提哪壶。

财政厅长不愧为官油子，一句话可触动了韩复榘敏感的神经。张宗昌？可曾是响当当的山东王哪！离开山东这么久了，还对山东念念不忘？想回来吗？韩复榘轻微摇了摇头，沉默不语。

夜里，韩复榘在客厅里喝闷茶，对身边的副官说："听说张宗昌还在为烟台铁路之事瞎忙活，安的什么心？"

副官和财政厅长关系很好，上午汇报时他也在场。跟随主子这么久，副官当然知道韩主席心里想什么，便说："烟台的铁路都吆喝三十年了，没有动一锹土。再说，修铁路可不是一两年就能成的事情。到底我们能不能享受到这铁路的好处，还真不知道。张宗昌是烟台人，还放风说他在找人推动修烟台铁路之事。如果真动工，费钱费力不说，岂不是长了他在胶东人中的威风？"

韩主席喝了一口茶，看了看副官，微微点了点头，表示赞许，说："说得有道理。不过，前些天刚承诺了，报纸上也登了，说要铁路尽快开工。"

副官笑道："主席承诺了的事情，表明主席真心实意在办。财政厅长和铁路局长去考察，行不行是他们的事儿。主席可不用管，拖就拖死他们了。"

韩复榘沉思了一会儿，微微笑了笑，道："不用。过两天，张宗昌要来济南，本没啥正事，把烟台政府首脑、地方头面人物及铁路筹备人员请来，一块儿见见张宗昌，也把这事当面讨论一下。"

副官回道："主席，若是那样，这么多人岂不会乱了原先的计划？"

韩复榘嘴角一翘，眼眯成了一道缝儿，有些得意地说："这叫欲盖弥彰，事儿越大、人越多，他就越不会怀疑。这样让他们亲眼看着，也好杀鸡儆猴，让其亲朋好友和烟台的老乡故旧，看看他们头儿的下场。我虽不是山东人，但眼下这山东，是我韩主席的地盘。"

副官俯下身子，谄媚般地应道："主席英明。"

2

雨水丰盈后，万泉平地出。

秋天，是济南最好的季节。金秋时节，张宗昌应韩主席之邀回乡看望亲朋好友，成为山东省政府的一件大事。为此，韩主席亲自过问张宗昌的出行路线，邀请了烟台的党政商头面人物来济南与其会面。天晴日好，秋风阵阵，大明湖四周戒备森严，历下亭、鹊华桥在千佛山的掩映下令人喟叹：没有战火的日子，此地真是世外桃源。湖东侧雍容华贵的雀华楼，是济南宴请宾客最好的地方，三层的大厅布置得最好，几张桌子依次摆开，迎接韩主席、张宗昌及烟台来的客人。

酒是好酒，宴是好宴。可是喝酒的人，都心事重重。

酒过三巡，菜过五味，不知是谁开的头，说起了铁路。哪知张宗昌来了兴致，放下酒杯，环顾四周，道：“铁路未修建成功，心存遗憾。我若是还在位，那铁路也早已经修成，若铁路修成，我也可以更方便地坐火车回家看看了，会更方便看到胶东的各位兄弟了。在下托各位向胶东的各位父老乡亲问好。”众人连声附和着，有人虽对张宗昌此行有所疑虑，但见其人在北京，接触的都是张少帅等名流，就连韩主席都对其毕恭毕敬、奉为上宾，看来还是虎威犹在，不可忽视的。姜来远本无意与官场接触，也对铁路不报丝毫希望，在邻桌上看着大家表演。

作为主人，韩复榘不能冷了场，说：“乱世出英雄。自清末式微，特别是民国以来，天下英雄辈出，但似乎南方为多，而出自山东的人物，效坤兄当属第一了！”都说韩复榘是大老粗，但那夸人的本领也不一般，把张宗昌抬到了一个极高的位置上。

“哪里，哪里。老弟过奖了。向方老弟在河北名人中无出其右者，而愚兄在山东还难肯定第一。远的不说，就说蓬莱玉帅，曾任联军总司令，上过美国《时代周刊》；济宁的靳云鹏，做过山东督军、两任民国总理，兄与以上两位相比，尚且有不足。可惜的是吴佩孚未曾在山东立足，眼下在天津做起了寓公；而靳总理下台已久，手下人已作鸟兽散，不成气候了。不过，靳总理在烟台待过多年，很有些胶东人的味道，他的不少朋友，我也熟。”张宗昌虽远在北平，但对山东的局势了解得细致入微。

张宗昌酒后之言，不少人听了觉得不是很顺耳。就连久对政治不感兴趣的姜来远，在邻桌听着，都感觉有些不合时宜。他装着无意地看了一下，但见韩复榘好像啥也没听见，依旧谈笑风生，哈哈大笑道：“效坤兄乃当世豪杰，过谦了、过谦了！”

“哈哈，今日与向方老弟纵论天下英雄，大有‘青梅煮酒’之意。想当年曹阿瞒来济南，也仅为济南国相而已，只不过相当于我们手下厅长罢了。今你我在济南，可比曹操当年在此的权势大多了。由此看，想必老弟日后定飞黄腾达，前程不可限量也！”不知道张宗昌是喝了酒还是怎么着，拿自己和韩复榘将刘备、曹操对比了起来。

“算将起来，刘备和韩某还是河北老乡呢！呵呵、呵呵，喝酒、喝酒。”韩复榘开着玩笑，频频举杯。

张宗昌知道韩复榘在开他的玩笑，便有话无话地说：“刘备也是快两千年前的人了，比不得，比不得。近几十年来，俺胶东可是真出了不少人物，当年辛亥义举，烟台在全国可是居功至伟的。”

“效坤兄所言极是。可惜好多人都不在了，子鉴等人，可为民国的建立，立下了不朽功勋。”韩复榘夸着烟台的知名人士，也是给张宗昌找话题。

张宗昌听韩复榘谈起徐镜心，便说：“徐主委出生于黄县，是地地道道的胶东人。当年辛亥起事，我从上海带兵与其会面于烟台。此人真豪杰也，对了，和那位相熟。”说着，用手指了指姜来远。

韩复榘听下首桌有人和徐镜心熟识，便顺着张宗昌手指的方向看去，但那么多人，哪里分得清哪一个，顺便说了句：“都年岁不大呢！”他只是顺便那么一说，倒无甚特殊之意。想当年，徐镜心任参议员时常写文章，名噪华夏，自己仅仅是一小小秘书，连自己的顶头上司冯司令，当时也不过是一旅长，能与徐镜心熟悉的，从年岁上算，该六十了才是。这张宗昌也是喝闲酒，听韩复榘话语里好像对自己的话不太相信，便让姜来远过来搭话。

姜来远见有人叫自己，便跟着侍从来到张宗昌身边。还未等他开口，张宗昌便说道：“刚才和韩主席说起徐镜心，记得你跟他很熟悉，是不是？”

见张宗昌问起这事，来远觉得这徐镜心都去世近二十年了，没必要隐瞒什么，便说：“我与徐先生有过几年交往，受其教诲颇多。可惜在下才疏学浅，未能学其一二。”

“我说外甥女婿，不必过谦。”张宗昌看了看来远，又看了看韩复榘，说道：“韩主席，这人也有学识，当年也是黄县秀才第一名，可惜他不愿做官。当年让他当省参议员，可其竟一直未上任，只好让与了旁人。”这张宗昌虽看似粗人，但能当上省长，的确不是简单人物，好多事情过去多年，他竟然还都记得清清楚楚。

“人各有志、不能强求。最近闻言，中央政府欲为逝去的同盟会员封号、立碑纪念，据说有徐先生，倒是怕要征求他家人意见。若其葬回山东，望姜先生能够参加！”韩复榘把姜来远叫来，看来还有另一层意思。

“若如此，无论在哪里重新安葬，姜某定当参加。”姜来远听韩复榘那么说，便丝毫没有迟疑，一口应了下来，边上的副官把韩复榘的话一一记录下来。

见再无问话，姜来远便退回到原来的座位上。韩复榘一边叹息道：“山东为孔孟之乡，应多出文人。但闻近三十年来山东之名人，大都为冲锋陷阵的马上将军，玉帅，效坤兄刚已说过，那徐镜心、邱丕振皆为胶东人。山东名人，半数出在胶东。看来，这胶东出能人哪！”

听了韩复榘夸奖之词，也算是对自己刚才所言认可。真可谓应了言多必失的古话，这张宗昌便有些得意地说：“何止半数？济南开埠不到三十年，三十年也仅仅是一代人而已；烟台开埠已经七十余年，算算三代人都起来了。加上胶东一带物产丰足、海运交通发达，又注重读书，学而优则仕，故豪门大户众多。二十年来，总统总理换了那么多，部长、次长中，山东人何其多也。更何况，山东省政府厅、局、委、办中，说了算的人物，十之七八为胶东人，一点都不为奇。”说完，张宗昌哈哈大笑，心里很自得，嘴上很自足，情绪很自满，态度有些自傲。

这张宗昌是说了个大实话，但本意也就是吹吹牛、往自己脸上贴贴金罢了。说者无意、听者有心。韩复榘听了这话，内心却是隐隐作痛，更坚信自己昨日做的决定，此人不除，必留祸患。但韩复榘看似粗人一个，在这方面却是一等一的高手，他装作若无其事，哈哈大笑道：“那是自然。这情形，其他地方怕是一百年也赶不上了。”

3

两人一会儿三国的曹操、刘备，一会儿当下的吴佩孚、靳云鹏，互相都吹到云彩影里了。见都差不多了，这张宗昌又说道：“这刘备和曹操比，文韬武略还都有些差别的，曹操的诗文还能拿得出手，刘备就不行了。”

说到诗，算是说到韩复榘的心坎上了，朗朗笑过之后说道：“刘备那厮虽挂了个皇上名号，可毕竟偏居四川一隅，未曾听说过其流传什么诗文，曹操诗文远强过刘备，效坤兄以为何故？”

张宗昌心中一惊，从来没人问过这个问题，自己也没想过这事。不过，这张宗昌在土匪窝子里混过，急中生智的功夫还是了得，这问题倒憋不住他，脱口道：“曹操年轻时在济南做相国，刘备在家卖草鞋，在山东与吕布争徐州时，已经老了。”

这话，韩复榘不乐意听。好啊！张宗昌，我这一口一个效坤兄，你说刘备不如曹操诗文好，是因在老家卖草鞋，我也是河北人，明摆着可不是说我河北人不行？想到这儿，韩复榘当口回道：“若刘备来济南卖草鞋，估计那诗写得会好些。”

“呵呵！向方老弟真会开玩笑。”张宗昌说着，知道刚才说的有些过了。

手下的人见两位快说岔了，也知道两位的爱好，有人便撮弄道：“久闻两位督军皆有诗才，在这历下名胜之地，当留有诗文纪念才是。”

“对，督军留下诗文才是。”附和声此起彼伏。

韩复榘高兴手下人懂得自己心思，也知道张宗昌好这一口，虽听说他出过《效坤诗集》，自己琢磨着说不定是他找人代写的，正好借此机会试探试探，说不定还能出他的丑。见此状，韩复榘便指着历下亭的柱子，说道：“当年杜工部来济南，就在此亭留下了‘海右此亭古，济南名士多’的佳句，四海皆知效坤兄善诗，应当留下诗文，想必杜工部也会感到欣慰。”

张宗昌听得出，韩复榘明面上是在吹捧他，暗地里是在损他，便回道：“愚兄虽有诗才，不过，向方老弟的诗才很得少帅的赏识，在北京，少帅时常夸奖你不亚于诗仙李白。今日，你我在此‘历下亭’相遇，当与杜工部和李白相遇于济南有异曲同工之妙。我等若能在此留下诗作，必属千古佳话。”

“好，兄长所言极是。那，效坤兄先请了。”韩复榘有些谄媚地说着。

闻此言，张宗昌看了看四周，点了点头道：“我那诗集里有了大明湖的诗，再写就没意思了。众所周知，济南有三大名胜，我来首吟诵千佛山的，兄弟来首吟诵趵突泉的，这歌咏济南三大名胜的诗就全了。如何？”看来，这张宗昌脑子转得快，以前他写过大明湖的诗，如今再写个千佛山的，他就占了两个了；韩复榘就只有一个趵突泉了，这样就是二比一，先从数量上压他一头，任凭这老韩再折腾，也抢不了他的风头。

韩复榘倒不在乎，仍恭敬地说：“小弟自然听从兄长所言，请。”

张宗昌利用韩复榘说话的空当，看了看南边的千佛山，道：

济南城外千佛山，
山里该有活神仙。
若是里面没神仙，
怎会叫它千佛山。

边上的掌声响了起来，叫好声不断。这张宗昌看边上的副官快速记录下来，侧过脸看了看韩复榘道：“向方老弟，该您了！”

韩复榘心里想着，就你那诗也叫诗？谁不知道俺韩复榘的诗才，不过还是装模作样地客气了一下道：“效坤兄出口成章，佩服、佩服！”

“哪里、哪里！向方兄弟的诗才不在愚兄之下，不必客气才是！”张宗昌回着。

“嗯，那我就对趵突泉来一首。”说着，往西南方向望了望，道：

趵突天下第一泉，
千年万年淌不完；
若是哪天不淌了，
它就不叫趵突泉。

来远听两个人说话，起先还都是之乎者也的，该是读书人。可这一作诗，就让人受不了了。凭刚才的诗，想着这两位该是一个老师教出来的学生，可能这个老师也就读了一年私塾。不过，还是当官好，两个人刚咧咧完，那侍从官便溜须拍马道：“两位的诗如何？大家可以评判一下。”

这马屁拍得可不一般。他自己不点评，提议让别人评判，想想看，哪个会说他们的诗不好？果不然，教育厅长说道：“两位的诗，道尽了济南的无限风光，好诗、好诗！”

民政厅长也不想落后，说道：“很有当年李杜的味道。”

张宗昌和韩复榘点着头，心里那个美。没承想，那财政厅长开口说：“听了两位的诗有喜有悲啊！”

此话音一落，众人大惊：怪了，平日里这财政厅长最会说话，今天吃了耗子药还是怎么着？怎么说出可喜可悲的话来。那韩复榘想着也是，便问：“王厅长喜之何有？悲之何来？”

财政厅王长那嘴比蜜还甜，说道：“山东的前后两位长官相聚济南，本属不易，而同吟诗于‘历下亭’更为奇特，济南自古为文风兴盛之地，想那盛唐时，李白杜甫相聚于此同游作诗，留下了千古佳话，其盛况也不过如此；而宋有辛弃疾、李清照同居于济南，相比济南之文风更盛于唐时；今又有两位相聚于此，更使济南之文风达到了另一个高度。可以说：盛唐李白杜工部，北宋稼轩李清照，今有张省长、韩主席两位，此三者为喜也；悲的是：两位大人的诗，前有唐宋古人映照，却难有后来者可追。”

本来都认为财政厅长说悲，认为他吃错了药。但听人家一说完，方知道这位吹捧上司的水平，明显比民政厅长和教育厅长高。看来，人家干这最有油水的角色，是应该。

4

两位互相吹捧够了，张宗昌倒借着酒劲儿就说点正事了，只见他端起酒杯说道：“韩主席召集来了这么多老乡故旧来看我，在下深表感激，同时，他们也经常提起，制约烟台发展的就是铁路，愚兄督鲁时不能因私废公，不敢对老家有所照顾，想来深感遗憾。韩主席作为外乡人不会有此顾虑，望能够给予照顾，使烟台的铁路修建起来，以后我回老家，也好方便。”

韩复榘副官听了这话，暗暗对主席的决定感到赞叹。难怪韩主席那次去北平，在少帅饭桌上听这张宗昌说的话回来后食不甘味，从今日这话语中听来，这张宗昌仍觉得山东，特别是胶东那片，仍是他的自留地，还是他说了算似的。看来，不除掉这家伙，还真不能睡安稳觉。

韩复榘问：“小弟来济南不久、尚立足不稳，效坤兄是山东人，根深叶茂，以后还望兄台多多指教才是。”

“这个嘛，指教不敢说。前些年在北京，张少帅就说过，哥我在山东说话还是有分量的；不过，要说稳下来，一是要有兵、二是要有钱。没有钱，可不好办。”张宗昌说的可净是大实话，没钱，就是天王老子都不好办，傻子都知道要钱。

可说者无心，听者有意。张宗昌的话如同铁锤一样敲打着韩复榘的心，看来其虽兵败下野，但是贼心不死、雄心不减当年，况且他才五十来岁，这样的人活着，才是自己最大的祸患。看来，那个决定一点都没错，把这家伙越早铲除越有必要。韩复榘可是久经沙场的人物，能够做到喜怒不形于色，仍装作非常虔诚的样子，问："兄台所言极是，可眼下从哪里抓钱呢？"

听了韩复榘的话，张宗昌哈哈大笑道："这个问题说难很难、说容易也容易。"

"此话怎讲？效坤兄可有办法？"韩复榘虽然不太相信他的话，但很想知道这来钱的门路。

"近几十年来，鲁西南、西北屡遭水患、民生甚为疲敝，而青岛、烟台、潍县经铁路可深入内地、经港口可通四海，工业发展很快，银行、钱庄、当铺业也发达得很，有几家银行在国内也能数得着，今儿来看我的这些个老乡中，有几个是老牌的银行家了，让他们帮衬你，还愁什么军费？"不知张宗昌是天生幽默还是拿韩复榘开涮，竟然说出了这个法子。

正在等候好法子的韩复榘一听这个，心里这个气：我认为啥好法子呢！这样的主意还用你出？不过转念一想，这可是你张宗昌说的，在座的也有不少是你的老乡故旧，何不趁此机会将他一军，便装出一副很认真的样子说道："效坤兄说得很在理，不过，那银行的钱是老百姓的，也不是他们自己的，怎么肯帮我？"

"哈哈，这个向方老弟是真不懂还是假不懂？老百姓把钱存银行，银行放不出去也难受，你从银行贷款、给他支付利息就是了，这是借又不是抢。韩主席想贷款，哪个银行敢不听呢？"张宗昌强调着。

来远一听这个，心中暗叫不好，张宗昌这个王八羔子，在山东的时候没做好事，都走了还出这损主意。他忙低下头吃菜，接着喝了口茶水，又咳嗽了两下，装作呛着了一样，忙站起来离开桌子，佯装去厕所，躲起来了。那韩复榘也更会装孙，继续深问道："效坤兄所言极是，钱贷给谁都是贷，既然能贷给贩夫走卒，我堂堂省主席还不如那些小商贩吗？正好，最近有几百万的缺口，下个月叫行长们开个会，贷些个用用才是。不过，胶东离济南太远，好多事挨个通知不方便，要不，从胶东找个联络员才是。是不是，效坤兄？"韩复榘明地里征求张宗昌意见，暗地里在看张宗昌如何答复。

"对，向方老弟的办法好，任命山东省政府驻胶东银行联络员，负责筹款之事，是不是给确定个级别？"张宗昌自有他的办法。

“那联络员位置重要，怎么也该是个副厅级，老兄都开口了，就不差这点事了，可兼任财政厅副厅长，给个正厅级待遇，怎么样？效坤兄，不知哪位可担此重任？”韩复榘倒想着把这事给定了下来，同时把这问题留给了张宗昌。

听了韩复榘的话，大家都不吱声。张宗昌往四周看了看，不少熟悉的人，但脸上装出一副木然的样子，好像没听懂韩复榘的话，他这脸上有些挂不住，便说：“人走茶凉的说法看来很对啊！很感谢大家来看我，不过，看来大家也是仅仅来看我，没有拿我当回事。其实，不拿我张宗昌当回事没关系，关键是不给韩主席面子。”这张宗昌可真是土匪出身，当着这么多人的面如此难听的话说出来一点脸色都不变。在座的各位也都面面相觑，韩主席也不答话，心想：哼，看你还说振臂一呼、应者云集不。还想东山再起？就这么个提议连个吱声的也没有，还说不给我老韩面子？我现在是主席，谁不给我面子都无所谓，我也不稀罕，看你如何收场。

正在韩复榘暗中看张宗昌笑话的时候，倒有人应话了：“老督军所言极是，韩主席来山东，是为山东人民造福。我等应全力以赴，才不枉老督军对我等的恩惠。”

听有人说话，张宗昌顺着声音看去，见是一位三十来岁的年轻人，长得五官端正，眉清目秀，相貌堂堂，一表人才。看上去虽有些面熟，但确认自己并不认识，张宗昌很高兴有人应答，便问：“此后生忠心可嘉，请问您是？”

那侯希玉见张宗昌跟自己说话，心怦怦直跳，忙站了起来双手一抱拳，躬身施礼道：“回督军话，在下侯希玉，是胶莱银行的行长。多年来，我爹侯长贵承蒙督军关照，甚为感激，但不巧身体不适，未能前来问安，特派小辈前来拜访。”

“你是侯长贵的儿子？你爹可是省参议员呢！当年为我出力不少！看来虎父无犬子，能为我等分忧，甚好、甚好。”张宗昌一边夸奖着他，一边回过头来向韩复榘说道：“向方老弟，这小老乡的爹和我相识多年，虎门将子，可以重用、可以重用。”

韩复榘听了张宗昌的话，连忙借坡下驴道：“效坤兄推荐的人肯定错不了。刚才都说了，这联络员可兼任财政厅副厅长，”说着，又回过头来给副官说：“现在就安排，任命其为银行公会与山东省政府特派联络员、兼任财政厅副厅长，正厅级待遇。”

那侯希玉一听大喜过望，忙跨前一步，躬身施礼道：“多谢韩主席栽培，在下一定全力以赴、赴汤蹈火万死不辞。”

韩复榘笑吟吟地说道：“要感谢还要感谢张督军，不是他提议，你这样的人才也无用武之地。”

张宗昌倒不客气地说：“小侯呀！回去代我向你父亲问好，待会儿让副官把我在北京、天津的地址给你，以后家里有什么事，可直接去找我。”

“多谢督军！”侯希玉心花怒放。

站在厕所门口的来远见侯长贵那儿子在站着白活，想着刚才那联络员的事该定下来了，便又悄悄地回到座位坐下来。酒桌上比刚才热闹了，不少人以侯希玉升职的名义在给他敬酒。这又是赋诗、又是筹款，还有人升了正厅级，酒席间搞得不亦乐乎。可惜的是韩主席晚上要去南京开会，第二天张宗昌就要回北平，还要在火车站为其举行送行仪式，那酒席在大家醉醺醺中，散了。

5

一大早，济南火车站一派繁忙景象，韩主席昨夜就坐专列去了南京开会，未能前来送行。但济南军政商各界名流，张督军的老乡、部下，有二百来人前来送行，场面依旧热闹异常。

那专列已经准备停当。“来了、来了……”在人们的嘈杂声中张宗昌下了汽车，就见他左手摘下礼帽，右手与各位一一握手，寒暄着，颔首向火车专列车厢走去。就在离车厢门口几步远时，“啪啪啪”几声清脆的声音响起，那一代枭雄张宗昌仰面倒下。

事发突然，顿时人群大乱，几个警察把持枪之人扑倒在地，火车站台上警笛大作，不少人四散奔逃。送行的人没想到会发生此事，大部分人还都呆立时，大批军警围了上来，大声吆喝着：“别动，任何人别动。再动就开枪了。”

姜来远见救护车开上站台，张宗昌被抬到车上，救护车呼啸而去。而刚才被警察摁倒的人，也被簇拥着离开了。他本想没事了，但事情没完，军警出来人训话：“方才刺客刺杀前任督军，此事非同小可，怕是非一人所为，在没调查清楚之前，现场的各位要委屈一下了。”

“为什么？我们是来送行的，和我们什么关系？”有人嚷嚷着。

“也不用急，是非自有公断。各位，请吧！”这人不容辩解地说着。

清者自清。

来远进去不久，被放了出来。

可怜那侯希玉，被关在里面审问，出不来了。家里着慌了。他等着家里救援，可是左等不来，右等也不来，心里逐渐发毛了。

6

在监狱里的侯希玉哪里知道，不仅自个儿被抓了，他爹侯长贵也在监狱里呢！

本来，侯希玉下午得了厅级待遇的任命电报传到烟台市政府，副秘书长直奔侯家报喜，侯长贵犹豫之中参加了烟台道尹组织的庆祝晚宴。

席间，吹捧者云集，有人说："青出于蓝而胜于蓝，可喜可贺呀！"

有的吹捧道："按说，侯爷的参议员能算厅级了。侯家一门两厅级，在烟台无出其右，普天之下也少有！"

侯长贵被灌了几杯白兰地，晕晕乎乎感觉甚好，想到儿子虽能折腾，还算有出息。第二天，侯长贵睡了个懒觉，吃罢早饭不久，在客厅端着茶杯回味昨夜的感觉，便听门外喧哗之声不绝于耳。侯长贵纳闷吃惊之余，见几名荷枪实弹的士兵闯了进来，为首一人吆喝道："侯长贵，侯长贵呢？哪个是侯长贵？"

侯长贵不明就里，便说："我就是侯长贵，请问军爷何事？"

来人打量了一番道："侯参议员，得上峰命令，张宗昌张督军在济南被暗杀，相关人员一律要去那边说个明白。走，请吧！"

闻听此言，侯长贵倒吸一口冷气，这是怎么回事？张宗昌被暗杀，和我什么关系？是不是他们弄错了？震惊之余，他便问："军爷，刚才您所说之事，在下有所不知。一来不知张督军暗杀之事真假，二来我们离济南那么远，就是他真的被暗杀，与我等有啥干系？"

"这个，在下就不知道了。请走一趟吧！"说着，朝手下的人使了使眼色，两个人便要往上来架他的胳膊。

侯长贵心里并没有太慌乱，他知那张宗昌被暗杀，非一般人所为。与自己无关之事，他们还能怎么着？自己还是省参议员，儿子昨天刚被封为副厅长。这事，说不定只是个误会而已。想到这些，侯长贵便说："慢着，军爷，有话好好说。待我安排一下家中之事。”

管家连忙拿了大洋给每个当兵的塞到手里，军爷们得了大洋，脸色顿时都缓和了起来。侯长贵招呼管家过来，嘱咐家里人的事项，要及时与自己联系，等等。好歹啰唆完了，侯长贵便跟着他们走了。

马不停蹄，侯长贵没在烟台被审问，被拉到济南对质。

7

侯长贵到了济南，才知道情况不妙。原来，侯希玉在张宗昌面前逞能获得升迁，正好成了韩复榘的打击对象。省政府里有能人，威逼利诱之下，三下五除二，就让侯希玉顺着人家的意思认了，说自己为了获得利益给官府送钱送物，腐化国民政府队伍，签字画押之后，再改也不可能。姜还是老的辣，侯长贵不多久就听得出，这些人纯粹是讹诈钱，便吐露了可以给钱的想法。人家要的就是这个效果，最后与张宗昌暗通款曲的嫌疑不排除，但是念于张宗昌已经不在人世了，如果能提供一百万贷款，就可将功补过。

无奈之下，侯长贵只好答应。爷俩儿从济南坐上火车，在青岛换了汽车，回到了烟台。

经过这一折腾，那侯长贵的病也吓好了一大半。屋子里，侯长贵又是乒乓两巴掌，大骂道："谁让你去逞能？走之前我和你说了，到那里多吃菜少说话，那些个行长哪个不比你经历事情多？你倒好，给个梯子你就顺着爬，怎么样？一百万哪！"

这不明不白地被关了监，还挨了好几巴掌，赚了一顿埋怨，侯希玉心里也很委屈，哭丧着脸辩解道："爹，你可不是仅说的那些，你还说要相机行事，看那韩主席对张督军毕恭毕敬、说得那么恳切，再加上张督军在北京天天和副总司令他们打麻将，那副总司令和委员长可是拜把子兄弟，净是通天的人物。想着如果咱给他办个事儿，哪一天副总司令给咱说一句话，就够咱吃几年的，谁承想，他死了。"

"你，你还嫩得很。连什么皮都没看清，就想吃里面的肉。你知道，这些人是吃人不吐骨头的老虎、是狼。人家和副总司令天天打麻将和咱嘛关系？和委员长是干兄弟，干你嘛事？你用脚丫子想想，这韩复榘是用枪炮把张宗昌给打下去的，这山东又是张宗昌的老家，韩复榘不防备他防备谁？别看现在报纸上在吆喝那个郑必成为家人报仇，想想看，那想刺杀韩复榘的人还少吗？他怎么没被枪杀？这张督军的死怕是那姓韩的自导自演的苦肉计。还有，为啥人家烟台去的其他人都放出来了，就把咱爷俩关里面，还不是你想邀功显得咱和张宗昌走得近，被那韩复榘盯上了。这倒好，不但成了嫌疑犯，还要将功赎过，这贷款放出去，还有收回来的那一天吗？我看你小子简直缺心眼，越活越糊涂了。”侯长贵这一番血骂，简直如狗血喷头般，不像是骂儿子，倒像是骂仇人。

“爹，那下一步怎么办？”被骂晕了头的侯希玉战战兢兢地问。

“都这时候了还能怎么办？抓紧筹钱以表忠心，再弄点黄货给韩主席送去，别让他认为咱和那张宗昌真有什么瓜葛，”侯长贵有些气愤地说，“不过，事情也不都那么坏，这不是要准备在上海开全国银行公会大会吗？烟台只有一个名额，在我和姓姜的那小子之间竞争，我这正犯愁怎么办呢。看来还真应了那句‘不打不成交’，通过这事，咱倒能和韩主席建立上联系了。儿子，打起精神来，这次，咱可不能失手。”

第三十二章

故友相聚大上海　洞察人心破危局

1

奸佞之人处处见利，忠厚之人处处显义。

贪图便宜之人，见不得别人好。因一时逞能被抓，侯家父子白白折耗了很多银子，也着实老实了大半年，但听闻要召开中国银行同业联盟大会，侯长贵又蠢蠢欲动起来。特别是听说要选举新的烟台银行会会长，姜来远是强有力的竞争者时，侯长贵更是气不过，表明一定要参加会长竞选。他相信钱能通神，花了大洋去济南活动，希望以会长的名义去上海开会。

可是，侯家父子所作所为被很多人所不齿，更多的人拥护姜来远做会长。侯长贵觉得这是奇耻大辱，又花了上万大洋，动用了方方面面的关系，获得了大会的邀请函，算是买回了面子。侯希玉跟他说："爹，您都六十好几的人了，舟车劳顿去上海，干吗？"

侯长贵用眼睛斜了斜儿子，说："老骥伏枥，志在千里。你还是喝过洋墨水的人，我若在这方面输于他，以后在这银行的圈子里可怎么混？"

2

秋天，丁佳怡和姜来远一起去了青岛，送女儿敏珺坐轮船去德国留学，同行的有济南王老板的闺女王嘉怡，还有福华堂老板的妹妹。别离之情万分不舍，佳怡问：“你说这些个人家都不缺钱，留学做什么？”

来远听罢，呵呵一笑道：“看来，你心里不舍，还是扭不过那个弯。眼下不比从前，原先是女子无才便是德，想你在黄县之时，只在绣楼上读《烈女传》，四书五经，对外的新学一无所知。你若生在当下，也能读新学出国，以你的才能，也能做掌柜做行长。”

“看你说的，一个女人家，哪能做行长。”丁佳怡属于能干的女人，但并不太喜欢出头露面。

“怎么不能，前几年我那些天没在，你一个人独撑危局，不是做得很好吗！”来远又提起前两年自己掉海中的事。

“那不是没办法吗？我若不做，谁来做呢？”佳怡听了丈夫的夸奖，有些不好意思地说。

“就是，世上多少事是被逼着干出来？哪有轻轻松松就干成的？回想起来，我从黄县出来二十七个年头了，干过推翻大清之事；为民国政府做事，进进出出也好几回；也考察过修铁路；这做银行吧，从你家钱庄，做到大清户部银行、中国银行，也接手过别人的摊子，哪一件儿事情容易？或者是都准备好了去做的？哪个不是匆忙中上阵？就是这久裕银行，也是在被逼无奈中新起炉灶做起来的，中间经历的波折辛苦，你很清楚。只有吃得遍这世上苦，才能做得成事儿，确实不是诳语。”来远回想着三十年来的经历，喟然长叹。

佳怡何曾不知丈夫所受之磨难，能够一步步走下来，真的不容易，也感慨道：“看来世道是变了，原来我们去趟海边瞧瞧，都要半个月，现在听说他们光坐船就要三个月，那德国有多远？”

姜来远心中顿感惭愧，以前许诺带媳妇周游四海，可惜连上海也没去过，心中有些愧疚，便提议：“从这坐船到天津用不了一天一夜，你坐过的，这三个月的船坐下来，可真不容易。不过，我们该为他们庆幸才是，孩子们都大了，自然有他们自己的想法和出路，我们不可能都留在身边，只有放开手脚，他们才能施展自己的才能，古话说‘儿孙自有儿孙福’，不用太为他们操心；过段时间要去上海开会，要不，你也一块儿去看看？”

听说去德国那么远，佳怡想着女儿在路上的辛苦，脸上颇有难色。说到去上海，也无甚兴致，她轻轻地说：“敏珇刚走了，我心里空落落的，还有三儿民权要照顾，我哪儿也不能去。”说着眼泪在眼眶里打起了转转。

来远见说着了媳妇的伤心之处，便劝慰道：“怎么？刚才还说儿孙自有儿孙福，本来好好的，怎么一下子又伤感起来？老三都这么大了，也有人照顾，闺女不在家，这不正好出去散散心吗？况且，民生也在上海读大学，我们一块儿过去，看看他在大学怎么样。老大也来信说，军校毕业可能去南京、上海驻防。趁现在有空不去看看，还要等待何时？”

“我去，可不会碍你手脚耽误你的事？被别人说闲话？”佳怡又问着。

“怎么会？想当年你我在月牙湾，说过带你走遍五湖四海饱览大好河山，可惜只带你去过北京、天津。北京改叫北平好几年了，也没再去过别地方。刚才不是说了吗，原来未出嫁的女孩子都不能随便出门儿，时代不同了，现在都能出国留学了。”来远笑着劝慰。

“那、那就听你的。”佳怡脸上浮现出了笑容。

3

经过两天三夜的航行，来远和佳怡坐的轮船进入了吴淞口，水由蔚蓝色变为白黄色，水面宽阔，似无边际；船进入黄浦江逆水而上，时已近黄昏，挂着各色旗帜的轮船拉着汽笛，往来穿梭着。江水丰盈，海鸟在江面上飞舞着；河的左岸荒凉一些，但码头上停靠的船也不少；河右岸上的高楼渐次多了起来，灯火也依次亮了起来。丁佳怡吃惊地看着江边灯火通明的高楼大厦，比北平和天津又截然不同，是在烟台街面上无论如何都想象不出的繁华。船甲板上，来远给佳怡讲着眼前的一切。

“看，前边那就是白玉兰大厦，那个桥就是外白渡桥。”来远指着右前方的一栋大楼和前面的一座铁桥说道。

“那楼好高。”佳怡都有些惊呼，禁不住问，“你怎么知道这么多？”

“这些报纸上都看过，经常介绍。看，前边这些楼就是外滩，不少楼都是银行的。”来远指着一片灯光灿烂的建筑说道。

“这些楼好像都是外国式样。”佳怡感到非常惊异。

“对，这些楼大都是外国人建的，就是中国人盖的楼，为与外国人竞争，也大都盖成洋楼式样。要不，怎么会称‘万国建筑博览会’呢！”来远觉得佳怡来一次不容易，尽量多给她讲一下。

会议住宿安排在号称远东第一高楼的国际饭店，二十多层的高楼直摄人的心魄，暗红色大理石外墙，光洁如镜的大理石地面，透露着高贵典雅又不失西洋之气。他们早到了两天，便一起逛了大世界游乐场、先施百货公司等地，后便坐车赶到了大夏大学，看望二儿子民生。

学校的地址信封上都有，在上海，大夏大学可是无人不知，黄包车夫连跑带快走，抽空还与来远聊两句：“客官，去大夏大学是讲学，还是访友啊？”

“儿子在读书，去那儿看一下。”来远见黄包车夫问，便实话应着。

“令公子在那读书，不简单哪！那学校可好，汪主席可是校董呢！听口音您北方人？”这黄包车夫知道的还不少。

“犬子自己报考这学校，我们倒不太了解，我们是山东人。”来远见这车夫知道的这么多，便认真地与其对话起来。

“山东哪里？我是滕县人，来上海十多年了。”这车夫听说是老乡，更是热情，虽有些气喘，那话也不停。

“我们是烟台的。”来远与他不断攀谈着，这车走街过巷，穿涵洞，跨大桥，便赶到了大夏大学校门口。来远给了车夫一块钱，并说好不找零，起先那车夫死活不依，见来远真心，便千恩万谢地收了。

两人进入校内，路两侧是笔直挺立的法国梧桐，虽年份不久，但生长势头正旺。右侧的小操场上有人在踢足球，有人在打篮球，问过国文系，正巧遇到的是民生同系的同学。

“我们没课了，民生帮先生去红楼查资料去了，可去前边找他。”同学说着，指了指远处绿树掩映中的红色小楼。

来远谢过，夫妻两人便径直前走，过了路口直行，路的左侧是些矮的杂树，开着些不知名的花朵；路的右侧是一片草坪，嫩黄色的草被修剪得整整齐齐，空气中飘浮着浓郁的青草的味道，如此宽阔平整的草坪倒是非常少见，放眼望去，极为赏心悦目；有几个人在草坪上拍着新式的婚纱照，能有这架势的，不是高官就是巨富家留过洋的公子哥。更为好看的是，草坪正北有一座汉白玉大理石的三层大楼，对称的哥特式结构庄重典雅，与草坪俨然一体，搭配相得益彰，是一个极为亮眼的景致；两人边走边看，过了石桥不多远，就是刚才那人所指的红色小楼。两层的楼并不高，红瓦红砖墙，与四周粗矮茂密的绿树十分搭配。大门内有一中年人在值班，来远问："请问先生，我找国文系的姜民生，同学说他刚来这图书馆帮先生查资料了。"

"姜民生？是不是大高个，短发，双眼皮那个，山东人。"中年人似乎对他很了解。

姜来远忙点头道："是，就是他。"

"您是？找他何事？"

"嗯，我是他父亲。来上海开会，顺便来看看他，要不我等等。"姜来远虽没读过大学，但大学的规矩还是知道的，他不想让这管事的人为难。

这中年人看了看，叹了一口气道："你儿子常来图书馆。今天他是和先生一块儿来的，估计一会儿半会儿出不来。他若出来，怕是会耽误了先生的事，看是否可这样，你进去寻他，让这位女士在这等等，如何？"

"这是内人，不一块儿见见，怕是……"姜来远没好意思把话说完。

"还是我叫他出来吧！"这人说着，便快步往里走。不一会儿，就见一熟悉的身影从里面出来，几乎是跑的速度，老远就喊着："爹，娘！你们怎么来了，也不打个电报，我去接你们。"

"我们来开会，有人接送，你这刚来不久，上海也不熟，怎能你接？在这边怎么样？还习惯吗？"来远的话音刚落，佳怡也插话道："去年来时生了热疹，好些了吧？"

"爹娘，没事，天一凉就好了。你们不用担心，我这都好，你看这校园，多漂亮！爹，你可不知道这学校有些很有名的教授呢！特别是这国文系。"民生一谈起学校，顿时眉飞色舞了起来。

"都有谁？我还真没了解过，你也没说过。"来远的话更激起了民生的兴趣，他又进一步说道："这国文系授课的人特多，有名的施先生，写的《鸠摩罗什》《将军的头》可是开创了一个流派，给我们主讲古典文学；周先生，给我们讲现代小说，虽说他是兼职，不过讲课可认真了。"

"周先生？是不是写《狂人日记》、写《记念刘和珍君》的那位？"来远似乎在努力回忆着什么。

“对，就是他。爹，您也知道他？”

“我怎么不知道？前两年读过他的《为了忘却的记念》，所言所感、字字泣血，真当今豪士也。”来远禁不住称赞道。

“爹，您知道的真多。”民生回头看了看楼道的尽头，有些神秘地说道：“今天，我就是和周先生来查资料的。最近他身体不好，每个周末授一次课，从虹口到这路程不近，我们图书馆藏书甚多，他都顺便来查些资料。要不我带你进去见见他。”民生介绍着与周先生相识的过程和自己在这图书馆的原因。

“不用了。跟着先生多学点东西，别让先生久等，有啥事尽管说，我们还在上海待五六天。”来远说着，将记有宾馆地址、房间号和电话号码的纸片交给了儿子。

4

时辰尚早，姜来远与佳怡在回宾馆的路上，穿过中山公园看了看，又到静安寺附近转了一圈，返回国际饭店时，已华灯初上。宾馆前台送上了约见的纸条，原来留纸条之人是四川的梁冬祖，回房间安顿好佳怡，姜来远便按留了的房间号找了过去。

姜来远坐着电梯上了十二楼，找到纸条上留下的房间号，摁下门铃。不一会儿，隔着门有人问：“是来远吗？”

“是！”来远答声刚落地，门就打开了，一张熟悉的脸庞出现在门口。对，就是他，虽说头发已经斑白，脸上也有了皱纹，胖了，但依旧白净。两个人的手紧紧握在了一起。

原来，梁冬祖已担任四川银行公会副会长，早几天到了上海，拿到了出席会议人员名单，见姜来远列会，便查找出其住宿地址留下见面的方式。梁冬祖一边给来远泡茶，一边说道：“那年一别，已二十余载，这日子可真不禁混哪！”

“是啊！当时正当壮年，转眼往小五十上奔的人了。没记错的话，冬祖兄弟今年已五十了吧？”来远感叹着韶华易逝。

梁冬祖点头，把泡好的茶放到小茶几上，在另一张椅子上坐了下来，看了看来远，说：“是五十整了。古人云‘五十而知天命’，这次千里迢迢来上海，知道没什么好戏，但还是要来的。”

“老兄来一趟上海可真不容易。不知这次会议有什么新政策？能起何作用？”来远内心里还是困惑着。

“是不容易，兄弟这些年如何？”梁冬祖感叹，那一年在成都见面，真是相见恨晚！没承想，在这里见面了，还是同行。

“听说，上海这边的银行面临很大的政策变化，很不好干。”来远虽算是信息灵通人士，但对这次全国银行会议的目的和意义，还是把握不准。

来远感叹：“二十年来，山东历经德国、日本驻军、张宗昌多年的蹂躏，税收多如牛毛，可谓民不聊生、惨不忍睹，外来资本雄厚，银行经营颇为艰难，近几年稍有起色。四川那边如何？”

梁冬祖道：“外人不曾深度染指四川，但当地豪门望族自恃财力充足、兵力雄厚，一直未曾将中央政府看在眼里，北京、南京也往往难以插手四川事宜，故大户人家子弟遍布军政商各界，我等外人只有奋力拼搏，方能得以糊口。”

交谈中来远得知，梁冬祖的银行分支机构已遍布川内各地，还兼营一些房产等实业，日子过得还算惬意。

“来一趟可真不容易，从成都到重庆走了四天，从重庆坐船到上海走了整整十天，这一趟啥也没耽误还走了半个月。上海的几家大银行都已被收归国有，担任董事长、行长的不是皇亲就是国戚，再不济也是国民党高层，上规模的也就还有陈光甫的‘上海储蓄银行’算是硕果仅存，那边亏了姓陈的和国舅爷是大学同学，要不，他也躲不掉。”梁冬祖虽远在成都，可对上海、南京之事，知道得比较详细，从他的话语里，听得出隐含着极大的不安。

姜来远信息有限，也不好多作评价，只好自嘲：“上海是大地方，卧榻之旁，焉容他人酣睡！你在四川，我在山东，威胁不到他们，想必他们也不会逼迫我们。”

“来远弟，可要小心。听说他们办法很多，可别让他们一网打尽。”梁冬祖行事谨慎，说话小心之至，话里有话。

“这么多银行，怎么可能统起来？”来远吃惊地问。

“看似不能，但他们利用中央之手，应无所不能。想想看，最近市面上白银紧张，传言有人提议要废银改为发行纸币，若发币权掌握在他们手里，头寸、利率、贴现都由其随意操纵，咱们这些银行岂不是任人宰割了？”梁冬祖虽身居西南，远离上海、南京，能说出这样的话，想必是听闻了准确消息，这消息来源又是来自上层。

"有过传言，但实行未必那么快。"来远的话，像是在安慰自己。

梁冬祖见姜来远对前景还是乐观的，也不想说得太悲观了，便问道："兄弟在南京、北京都有分行，没打算来上海开个分行？"

"说实话，前两年还很想，特别是北京、南京开业后，觉得来上海开了分行，才算成功。这次来也有考察的打算，但听老兄之言，反而不敢了。"姜来远毫不隐瞒地说出了自己的心里话。

"怕树大招风？"梁冬祖明白来远话里的意思。

"本来就不大，更经不住风。"来远自嘲道。

5

说是全国经济工作会议，可到场的大都是银行家。姐夫和小舅子意气风发，各项活动如众星拱月一般，两个人发表了开幕词和闭幕词，念了委员长的贺信，都是赞美之声，听起来是江山一统、一派大好的局面。与会者都是老江湖，并没有接受表面浮华的承诺，反而大部分人感受到的是如临深渊，但又不得不强作欢颜，迎合着他们的议程。

会虽不是啥好会，也没解决什么实质性问题，但通过这次会议，姜来远见了些多年未见的老朋友，也认识了些新朋友，见到了银行界大大有名的陈光甫，聆听了其对目前银行业看法的发言，倒也不冤枉跑这么远的路。

会议还没有结束，姜来远就收到了济南分行的电报，棉花价格下跌，抵押的贷款面临较大风险。通过上海的报纸，来远也看到了棉花下跌，炒棉花期货的人跳楼的消息。姜来远安排总行贷款审批部、客户部、会计部等部门负责人到济南分行集合，会议一结束，他便和丁佳怡坐火车经南京，赶到济南。

6

棉花价格的下跌在很多人的预想之内，但如此大的跌幅，超出了大多数人的预计，从春天最高的五十二块钱每包已跌到四十块钱。也就是说，按最高市价估值打八折，能从银行贷款取得四十一块六角，棉花现价已经不值抵押于银行的贷款了。来远看着汇总上来的数据，自己银行一共用棉花抵押的贷款达四百多万元，其中百分之九十按低于四十块钱每包的市值抵押，现在上海市场棉花最新报价三十五元每包，也就是说按市值每包四十三元七角五分市价抵押的是安全的。是要让客户抛出抵押物止损，还是按兵不动？济南分行的郑经理向来远汇报面临的局面。

来远问："济南分行棉花抵押的贷款这么多，下一步如何打算的？说说看，明天会议上会做出决定。"

"目前，济南分行用于棉花抵押的贷款，共计五十二万三千元，按今天上海棉花报价，有四万元贷款抵押物已不足值，综合差值在三千元左右。眼下不少人判断棉花价格还要深度下跌。但我不那么认为，从十年来的历史价格看，棉花最低价二十九元，其实低于三十二元的时候累计交易日不足半年，也就是说正常情况下棉花不应低于三十二块钱，已差不多见底了。那些叫嚷着棉价继续下跌的，也是去年吆喝棉价上涨最凶之人。"郑经理说着棉花的价格走势。

来远点了点头，问："那济州棉纺厂情况如何？你是如何打算的？"

见董事长问起这个问题，郑经理知道必须说动董事长，要不自己这一趟就白跑了，还会发生不可想象的后果。他清了清嗓子道："目前，济州棉纺厂是有些困难，但因其前两年刚扩大了规模，上了些新设备，去年储备的新棉也多了些。但该厂设备大部分是美国货，设备先进程度在国内数得着；论规模，虽不及无锡的荣家，但在北方确属一流；其老板陈大周是周村人，我与其深入交谈过多次，其思路清晰，经验丰富，对前景并不悲观；目前，其厂一共有银行贷款四十万元，其中厂房设备抵押十五万元，棉花抵押二十五万元，在我行用棉花抵押十二万元，为济南分行第一大客户。他说胶莱银行十万元贷款催收甚急，半个月后若还不上贷款，他们要将抵押用棉花出售。我个人认为，棉花价格已跌到底部，不应对济州棉纺厂抽贷。若一抽贷，企业倒闭事小，其上千职工将会衣食无着，再起来就难了。"

"那胶莱银行若抽贷，我们怎么办？"来远清楚，自己只能决定自己行里的事，其他的管不着，怕就怕同行先跑，把自个儿撂里边。

"我与茂昌银行的孔老板沟通过，他很看好济州棉纺厂的前景，若可以，可联手再追加贷款，帮他渡过难关。"郑经理说道。

来远听得可够仔细，追问道："刚才你说是自己认为，分行的其他人呢？"

“事情到了这个程度，已无人敢断言，意见难以统一了。”郑经理的话，有些难为情。

“好，你要有心理准备，在总行开会也是这样，难免会有人问白银外流引发棉价波动的问题。你想怎么做，明天在会上好好说，坚持自己的意见。要不，难办。”来远提醒着郑经理。

“明白。”郑经理应着。他知道，董事长认可了自己的看法，但他不方便当面表态的。

7

如此高规格的业务会议在久裕银行并不多见，分行经理对其一笔具体业务亲自公开答疑，一年内也没有几次。如何处理这一笔业务，决定着下一步全行四百万棉花抵押贷款的走向，各业务相关人员自然是准备得相当充分。

果不其然，郑经理把情况刚介绍完毕，客户部负责人便问：“白银外流日益严重，若棉花价格持续下跌，则会引起棉纱棉布价格崩盘。若不改变引起此现象的根源，大批棉纺厂倒闭不难出现。倾巢之下，焉有完卵，以我们一己之力，岂能扭转全局？”

“白银外流是引起此次棉花价格下跌的主要因素。其实，这也是前几年美国经济大萧条冲击的延续，在中国的反应，美国的危机造成了国内生产链条的断裂，后来推出的救市政策，引起国内棉花价格非理性上涨；美国及欧洲各国经济恢复，引起国内资本外流，国内棉价下跌，但这有个幅度，不会无限度下跌的。”郑经理的说法，不少人还是认可的，纷纷点头。

“听说胶莱银行的侯长贵要收回济州棉纺厂的贷款，将其抵押的棉花拍卖，咱与茂昌银行再贷款支持，岂不会越陷越深？听说大陆银行已在郑州将其用于抵押贷款的棉花推向市场了。”济南分行的副经理说着。

各人把各自了解的问题都摆到桌面上，但信息芜杂，莫衷一是，做一个非常明晰且众人认可的方案，难度确实很大，来远问：“若咱不抽贷，济州棉纺厂能维持多久？”

“咱和茂昌如不抽贷，企业能维持两个月；若是胶莱银行将其抵押的棉花拍卖，到时还要看市场价格。”

“情况差不多就这样，比较清晰。按重大事项制度，成立个棉花贷款问题处理委员会，行长任组长，各部门负责人任组员，济南分行经理也任组员，密切关注棉花走向，对新客棉花抵押贷款不再审批，只对现有客户予以关注支持。先别对济州棉纺厂抽贷，半个月后再作具体决定，多打听打听南京、上海、无锡方面的情况。”

8

侯公馆内气氛焦灼，侯希玉一手拿着电报，另一只手在挥舞着与他爹焦急地商量：“爹，刚收到郑州方面的电报，郑州交通银行已经在处理抵押的棉花了。现在每包三十三元了，他们几百万的货出来，砸到三十二块钱没问题，就是三十一，也不是不可能。”

“消息准确吗？若我们处理济南抵押的棉花，亏多少钱？”侯长贵禁不住问。

“消息来自南京，可以说千真万确，提供信息的人看了中央银行的会议记录。目前，中央政府并无出手救市的打算，若我们拍卖了用于抵押的棉花，成交价格若是三十二块钱，则损失一万块钱。若成交价三十一块，则损失两万块。损失是不少，但若没人接，会赔得更多。”侯希玉有些心疼，话语中颇有悔意。

“本想跟着久裕银行省点力气。没想到，姓姜的也走了眼。他那边有什么动静？他们若撤，我们要撤在他们前面。”侯长贵内心已经崩溃，不想再坚持。

“听说开会了，但什么内容不知道。现在，他们的保密工作做得好。不过，爹，这南京来消息了，迟一天，就一天的钱呢！”侯希玉急切地说着。

“可是那贷款合同还有半年到期，咱若现在拍卖那棉花，那损失的一万五千块钱就再也回不来了；若等贷款到期，不管棉花跌一万、两万，济州棉纺厂还是认账的。”侯长贵有些后悔当时与济州棉纺厂签订合同时的条款：棉花价值抵押锁定贷款额，若银行提前收贷，仅用棉花交易款归还银行贷款。

“爹，别再懊悔那条款了。当时棉花价格上涨那么快，企业出的利息又不低，都在这么做，又不是我们一家。我们快把这些处理掉收回本金，虽损失些，但无伤大局，咱这叫断臂求生。等贷款到期，万一那纱厂也垮了，那些机器设备也就成了废铜烂铁，白送都没人要。”侯希玉毕竟年轻些，做事明显比他爹果断。

“嗯，你跑趟济南，与中兴银号的杜行长通个气，当时说好共进退的。”侯长贵就算失败，也要拉个垫背的。

“好，我明天就去，争取尽快把这事给处理了。”

9

接到去中兴银号商谈贷款归还的通知时，济州棉纺厂老板陈大周感到非常不妙。当他赶到其办公室见到侯希玉时，更是暗叫不好，两人若联手逼宫，自己的损失可就大了。

“陈老板，别来无恙，棉花价格大跌，下一步如何处理？陈老板可要快做决定，我们银行可吃不消呢！”杜金来话语里如同陌路一般，没有了以前的客气。

“杜老板、侯行长，这棉花价格下跌是暂时现象，是人都要穿衣吃饭，棉价不可能无休止地跌下去，只要我陈大周还有一口气在，绝不会让贵行贷款受损失。”陈大周心中暗骂，放贷款时你们天天围着我转，看棉花价格跌了，跑得比谁都快。

“陈老板，话虽那么说，可我们银行也要运转，哪一天真不行了，我们找谁去？我们承担损失的能力是有限度的，咱们都有合同约定，要么你补充保证金，要么拍卖棉花。看着杜老板和你老乡的分上，给你四天期限，若能给我们每家补一万块的保证金，咱就再等等；若不能，第五天就拍卖行见了。”

“侯行长、杜老板，能否抬抬手，再通融通融，宽限些时日？”陈大周都要哭出来了。

“陈老板，我宽限你，谁宽限我呢？”侯希玉一扫原来商谈业务时的和气，冷冰冰地说道。

10

听了济南分行经理对济州棉纺厂的情况说明，姜来远陷入了沉思。从各方面的信息来看，上海、郑州拍卖行还在不断拍出棉花，棉花价格竟然跌到了三十一块钱，甚至有三十块钱的地板价，只郑州一天，成交量就达到六十万元，如此大的量，是谁在接呢？一般小户无此能力，无锡的大户也陷入困境，等待银行的救援；天津最大的两家纺织厂，也无力购棉；陈大周自己是见过的，工厂堪数一流，由于抵押的棉花都要被拍卖，济南谁能一下子接受十几万元的货？很是有些蹊跷，特别是上海、郑州的买家并没有提货，大都只是交付了百分之二十的保证金，又在银行抵押贷款了，肯定不是房地产业内人士所为，那又是谁呢？银行？该不是，商办银行大的数着算着就这些家，抵押于手中的棉花还处理不了，怕是胆都吓破了，更不可能直接出手购买棉花。那谁有这么大的资金来收购？查清了背后这人，才能厘清原因，怕也就搞清了这棉价的走向。他拿起电话打给南京分行的行长让他尽快查清谁在接手上海、郑州拍卖行拍出的棉花，争取明天给个准信。

那南京分行经理连声应诺，放下电话后分头去联系。拐弯抹角转了不知多少弯，用了一天工夫他就查明，有两拨人在暗中收购棉花，一拨是山西人，据说是孔某人的妹夫；另一拨是浙江人，好像是宋院长的表弟。

听到这个消息，来远心里咯噔一下子，顿时醒悟过来。原来这棉花价格断崖式下跌，不是单纯的市场行为，该是有人在背后操纵。市面上流传着民国政府拒绝救市的传闻，并把会议纪要的内容都传出来了，看来是有人欲盖弥彰，故意引起市场混乱而已。不能上他们的当，这济州棉纺厂贷款不但不能收，而且还要支持，先把胶莱银行、中兴银号拍卖出的棉花收上来，就是棉价不起来，也没什么亏的。既有通天之人属意于此，没三成的利润，他们不会动用如此大的资金。姜来远他拿起电话通知几个下属："事情紧急，容不得再议论，抓紧找钱。"

放下电话后，姜来远又接通了济南分行经理电话，吩咐道："明天给你分行汇十五万元资金，找个公司把他们拍卖的棉花接下来，再与济州银行签个远期合同，涨了算我们的，跌了也算我们的。"

11

前几天，陈大周接到胶莱银行要对其棉花进行拍卖的通知，心急如焚，工厂是生是死，已经如大山般压在心头，虽说也当面向侯希玉、杜金来表明了自己的决心，但他们均不为所动。眼下光景大家都知道，向其他银行申请贷款，更是没门儿。陈大周不是怕棉花被拍卖，最怕的是引起连锁反应，如果久裕银行再对其棉花进行拍卖，自己的声誉会面临灭顶之灾，用不了多久，工厂就会无棉可纺，可真是山穷水尽了。果真，这陈大周接到要与其亲自见面的消息，心中是暗暗叫苦，真怕久裕银行再对其进行逼宫。

当下人在门口低声说孙行长来了之时，陈大周内心五味杂陈，忙从办公桌前起来迎了出来。两人见面寒暄落座喝茶后，陈大周知道这孙行长有要事要说，便将下人打发出去关上门。孙行长问："明天胶莱银行要对你抵押的棉花进行拍卖，你怎么打算的？"

"不瞒孙行长，前日里与您当面汇报了，对胶莱银行的所作所为我是无能为力了。"陈大周说道。

"你对这棉花走势、纺纱行业的走势如何看？"孙行长问。

"我还是坚持以前的看法：危机不可能长期存在，早晚有好起来的那一天，有个词叫否极泰来。济南纱厂无一挣钱，这本身就不正常；还有上海、郑州棉花交易量并不小，说明还是有人看好的。"陈大周详细地说着这棉花市场的情况。

"这么说，你会一如既往地坚持下去了？"

"只要我还喘着气，就绝不会半途而废，也不会卷款跑路。"陈大周信誓旦旦。

"嗯，既然这样，昨夜接了姜董事长电话，他对棉价的走势与您的判断一样，决定对贵工厂继续给予全力支持。希望陈董事长打起十二分精神，打一个漂亮的翻身仗。"孙行长话未说完，陈大周从椅子蹦了下来，激动得大喊："真的？"

"这怎么有假？商定的基本方案是这样的，我们在济南找了家小公司，把你明天拍卖的棉花接下来，用这棉花再在我们行抵押贷款，如何？"孙行长将总行制订的初步方案告诉了陈大周。

"这样最好，我倒对胶莱银行少支付一万多块钱。等有了钱，这一万元归还贵行！"陈大周兴奋地说道。

12

杀人偿命，欠债还钱。

胶莱银行和中兴银行一块拍卖陈大周棉花之事并不复杂，借贷合同清晰，双方均无争议，只用了十五分钟就完成了拍卖手续，胶莱银行收到了一万块钱的拍卖保证金，其余八万块钱三天后到账。

事儿虽完了，可侯希玉那脸如同吃了苦瓜一般，拉得老长，下人都躲得老远。想想济南分行辛苦一年，也不过赚个三五万块钱。这一锤下去，就亏了一万好几，半年的利润没有了。不过，他倒很奇怪，济南哪家公司实力如此雄厚，能一下子接收这么多棉花？

过了几天时间，济南分行才整理好这棉花崩盘危机的处理报告。侯希玉本来心里就有些恼火，正想着如何与父亲交代，杜金来气急败坏地闯进来，一边喘着粗气，一边说："侯老板，上当了，上当了，我们上当了！"

"上什么当？如此大惊小怪！"侯希玉很瞧不上杜金来大呼小叫的样子，你一个银行的大东家，为个什么事就咋咋呼呼，稳不住台面。

"涨、大涨，棉花大涨！"杜金来的话有些语无伦次，分不清是激动，还是紧张。

"别胡说，怎么可能？"侯希玉嘴里虽然这么说，但那屁股如同被蝎子蜇了一般，腾的一下子从椅子上蹦了下来。

"真的，刚才市面上棉花的价格已涨疯了。听说孔宋两家联手，在上海和郑州低价屯了上千万的棉花。前些天，棉花无理性地下跌，估计是他们在操纵。"杜金来在济南多年，信息来源广，摸清了底细。

"那、那、那他们不是说，在南京看到了委员会不拯救棉花价格的会议纪要吗？"侯长贵一头雾水。

"局，应该是他们做的局。看来，我们上当了。我怎么就这么糊涂，这么多人都知道的消息，怎么可能会是真的！"杜金来气急败坏，痛恨自己财迷心窍，一个开小银行的，怎么斗得过这些京城手眼通天的人呢！

"棉花价格死了，是你说的。现在起来了，也是你说的。有你们这些猪队友，挨刀子是应该的。"侯希玉也不客气，直接开了骂。

"谁知道他们下手这么狠，连中央委员会的文件都敢造假？"杜金来抱怨着，也是安慰着自己。

"没救了，看来是没救了。上面的人到底要啥呢？"侯长贵深深地陷入绝望。

第三十三章

助友人接手张裕　逼国有遭受重创

1

行遍华夏十万里，葡萄酒厂烟台多。

烟台的葡萄好吃，酿的酒也好喝。特别是经过几十年的技术改进和葡萄种植技术的提高，葡萄酿酒技术在烟台获得了长足的发展，成了葡萄酒厂窝子，一批葡萄酒厂脱颖而出。烟台葡萄酒在上海、北平、广州等地大行其道，甚至远销欧美等国，而这烟台也被称为“人间瑶台”。

人红是非多，厂肥蛀虫多。

就在整个葡萄酒行业红红火火之际，烟台著名的葡萄酒企业张裕酒厂，经营陷入困难。该公司出现问题，姜来远有所预料，去年对其发放贷款时，对它就有不太好的感觉。那感觉不是葡萄酒不好喝了，也不是那酒没人喝了，而是眼见着酒厂的人阔气起来：一个小小的办事员，出门坐包车了；一个好歹管点事的人，请客的排不上队了；上边的人能怎么样，就可想而知。姜来远和中行的李行长说过：“终究是个做酒的，不是王公贵族。这么个吃法，就是金山，也会很快吃完。”况且，张裕对贷款来者不拒，就是要出问题的标志。

可张裕的最终情况，比实际看到的更为严峻。姜来远从北京赶回后，中行的李行长第一句话就说："你可回来了，你看咋办？"

"大厦将倾，当尽全力。但要看张裕自己怎么办。他们不痛下决心更改，只是你我着急没用。"来远说着，看了看周围的几个人。

"眼下葡萄快下来了，他们竟然连收葡萄的钱也没了。收不上葡萄，那用什么酿酒？没有酒卖，那厂房、设备岂不就是一堆废铜烂铁？"李行长说着企业目前面临的困难。

"为何一个好端端的酒厂，仅仅几年时间，便堕落至如此局面？主要原因为何？"来远紧蹙眉头，问在座的各位。

"管理人员任人唯亲，心思都不在管理上，都在想着法子自己怎么赚钱上。不做大手术，怕是难以维持。"李行长说着他了解的情况。

姜来远半开玩笑半实话："嗯，这五十多万贷款，只你们中行就二十多万。我还好，仅有三万，一旦张裕倒下，你这行长也不用干了。你不干了事儿小，你们烟台分行翻身就难了，怕是连带青岛分行都转不动。"来远调查得很清楚，前年时，烟台分行对张裕贷款是二十万，那时已有人开玩笑，说中国银行烟台分行应改名为中国银行张裕分行了。李行长没法，想从青岛分行协调十万额度给他们，以解张裕的燃眉之急，但上级行未同意。

这正是李行长所担心的：张裕的事情处理不好，他这银行生涯怕是干到头了，再增加贷款已无可能，上级行也不会任由这无底洞把资金给吸进去。能抽回多少算多少，是大多数人的意见。他无奈地说道："事已至此，不解决怕是不行了，已有客商起诉他们了，虽尚未开庭，但不少人对其已不抱希望。"

"他们还好说，你我作为最大的债权人，回个五成、三成、两成都有可能。起诉、破产、清算，是个一劳永逸的办法，也不是破不起，但那是下下之策。我们一破了之，张裕这上千员工怎么办？成千上万的葡萄农民怎么办？这张裕的牌子一旦倒了，再树起来可就难了。"姜来远陈述着不能把张裕酒厂逼到死角的原因。

"同行是冤家。他摊子这么大，国内同行怕是无人能接手；洋企接手，肯定杀价很厉害，我们的债权怕是不好保证。"李行长说着。

"企业到了这个程度，无非是几个方案：破产，让别的企业接手；重新引入股东，更换负责人。再想直接这么借钱的可能性不大。企业自己是怎么打算的？”来远问李行长。

“没想到，一个看似很好的酒厂出现这个局面。去年张董事长一病，导致眼下局面已似一群无头苍蝇，无人事撑大局，做事已毫无章法，有的已经见势不妙，辞职了事；有的想着引入外国资金，莫衷一是。”李行长听到的都是支离破碎的信息。

“外国资金？大体是何情况？”来远很惊异，张裕酒厂竟然打外国钱的主意。

“听说是日本人最积极，德国人也有人在交涉。”李行长说道。

2

衰败的张裕酒厂，如同从梧桐树上没站稳摔下来的孔雀，也像是从天上掉落在地上的天鹅。平日里那些仰头遐想的癞蛤蟆，看到可望而不可即的尤物摔在眼前，一下子倒不知道怎么张口了。生吞下去，不仅那孔雀翎毛咽不下，就是那天鹅毛吞下去也会消化不良，把自己给活活噎死。一时间，有意接手者可望不可得，都沮丧得很。

日式的小酒馆内，侯希玉与日本商人大岛就为张裕这事在谈论，商讨着对策。

“侯先生，张裕这次栽的跟头不小，侯老板无甚想法？”这大岛是近些年来接手日本三正银行烟台分行的经理，与侯希玉的胶莱银行有过合作，双方合作得还算融洽。听说张裕落难，两人又凑一块儿抓紧商量，想做成这多年来梦寐以求的大事。

“大岛先生，咱俩不必客气，您若有什么想法可尽管说，我当全力以赴。单靠我一己之力，确实对张裕无甚想法。”侯希玉毫不掩饰自己的内心，推心置腹地说着实情。

“痛快，侯先生真是痛快人。令尊在商界有着崇高的声誉，也是我们日本人的老朋友了。只可惜，中国的商业环境太差，无法使令尊施展开拳脚。不过，中国有句‘虎父无犬子’的古话。现如今，侯先生算是赶上了好时候，大展宏图的时候到了。最近，我们大日本帝国首相在竭力推行的大东亚共荣圈，实在是千载难逢的机遇。想想看，这大东亚共荣圈一旦实现，以大日本帝国为核心，高丽半岛、满洲国、琉球岛、台湾岛为内圈；印度、中国大陆、东南亚大陆为外圈，加起来可占世界的五分之一之国土，三分之一之人口，市场得有多大？到时候，胶莱银行去东京、去平壤、去香港、去台湾、去新德里都开上分行，您可是名标青史的大人物了。”这大岛不愧为帝国东京大学毕业的人物，把自己放眼世界的崇高理想说与侯希玉，就好像明天就能实现的样子。

侯希玉是什么人？从小就是靠忽悠人长大。他出道十多年来，在张宗昌、韩复榘这些混世魔王面前都敢揩油，还能被刚从书斋里出来的学生伢子给忽悠了？但侯希玉很有分寸，知道这日本人花花肠子多，南京政府都惧其三分，何况自个儿那一个小小的银行！甭管那一套，他忽悠他的，我卖傻装愣我的，他拿自己也没啥办法。盘算好了应对之策，侯希玉假装很高兴地说道："大岛先生高屋建瓴，可惜侯某才疏学浅，在烟台这地面上，我能把这祖业守好就不错了。去国外开银行之事，可干不了。”

见侯希玉不上套，这大岛笑了笑道："中国有句古话，叫'不进则退'，若再不抓紧，您这胶莱银行可让久裕银行给落远了。”

这人啊！有相互攀比的毛病。一般也不和太远的比高低，净和周围的人比，兄弟姐妹要比，四邻八舍要比，同学朋友要比，这同行更要比。刚才大岛说这自个儿的银行去东京、平壤、香港、台湾开分行，还有他妈的什么新德里。侯希玉心里直骂，狗娘屁！你怎么不说我去华盛顿、纽约、伦敦、巴黎开分行呢？自己几斤几两还不知道？故他心里很静，纹丝不乱的，但听说让久裕银行给落远了的时候，那心里如同春猫挠心般坐立不住，回口问："久裕银行都经营这么多年了，他还能跑哪里去？”

“不知侯先生对其他银行之情形掌握多少？据可靠消息，那姓姜的和中国银行联手，在打张裕的主意。若是成了，那张裕可就不再姓张，怕是姓姜了。”大岛此话极具杀伤力，这可是眼皮底下明摆着的事情，并不像去国外开银行那般虚。侯希玉闻之，立刻心猿意马，难以自持。

“他们想吃掉张裕？恐怕还是很难。再说，张裕的情形大家知道，难过得很。”侯希玉稳了稳心神说道。他对张裕的事情不能说了如指掌，但毕竟在烟台的地面上有几十号跑街的伙计，对大小事情都掌握得清清楚楚。

看侯希玉软硬不吃油盐不进，大岛很是有些无奈地叹息一声："说实话吧！张裕早晚会倒下来，无论是破产还是拍卖，必然要走换东家的路子，这样就有机会了。我们大日本帝国农渔株式会社已委托帝国东京大学经济系的专家推演过，张裕活不过三年。我们也制订了详细的收购方案，想委托烟台一家银行来代为操作，没想到侯行长不领情。既然如此，那我们只好另寻他家了。”说完，大岛露出失望的表情，做出要离席的样子。

“别、别、别，一切好商量，您早说不就得了吗。”侯希玉一听这个方案，才知道这大岛和自己吃饭的目的。不过，这日本人也太能绕圈子了，从高丽绕到印度，竟然是为了烟台地面上的事儿。看来，以后和日本人谈事，得先会看世界地图才是。

大岛算准了侯希玉禁不住眼前利益的诱惑，特别是不想让久裕银行得便宜，便问：“怎么？想通了？”

“事可以做，但我们自个儿势单力孤。怎么做？还望大岛先生明示。”侯希玉不再矜持，爽快地应道。

“方案都有了。我们已拟就几套方案。你带回去看看，大原则是胶莱银行给他们放款，但前提是必须由他们股权质押；同时，你可出面通过商行给他们销酒，火候合适的时候，我们两头一掐，他那资金流水一断，张裕就拿下了。你放心，这资金完全由我们株式会社出，不用你胶莱银行出一分钱。”大岛说着，从公文包掏出一摞厚厚的资料，递给了侯希玉。

侯希玉接过资料简单翻了翻，心中暗自吃惊。这方案一步步做得异常细致，可谓步步为营。按此计划，做一件天皇都知道的事情，那可不大发了？额的娘啊！可不能错过。

3

侯希玉把与大岛会面的情况和父亲前前后后一说，又加上自己倾向于要合作的意见。侯长贵坐在太师椅上沉思着，好久没有说话。其实，他不是只在想是不是与日本人合作，而是在飞速回想着这十几年的事情。自从在丁家大院与这姓姜的认识以来，就没完没了地纠缠，一开始他嫩，明显不是自己对手；可自从都自立门户干银行以来，自己虽未吃大亏，可并未讨到什么便宜。年岁不饶人，自己都已六十岁，按说是到了耳顺之年，特别是拼了老脸去上海参加那全国银行业大会，人家说的好多自己都听不懂。直到现在，自个儿都怀疑该不该参加那样的会。这和日本人合作？要吃下张裕？听着是好事，可原先与日本人合作过，给他们代收草帽，竟然亏了两万多。虽说自己贪心，可日本人做事算计得精明，是领教过了。日本人拟就的这个方案细致入微，一步步执行下去会将酒厂牢牢套住！若依这个方案，那张裕可是插翅难逃了。既然张裕跑不掉，自个儿不去做，日本人也会找别的银行联手，自家岂不是落了空？让别家抢了去，总之不如落到自家名下来。到时候，儿子该是张裕的董事长了，毫无疑问。“张裕”这样的酒厂，整个中国也没几家。它不仅仅是烟台的招牌，也是山东的招牌，甚至说它是整个中国的招牌也毫不为过。在烟台，银行、钱庄不稀罕，数着算着不下上百家，在山东省、全国，就更海多了去了，可“张裕”就只一家。这“张裕”若是成了姜家的，“张裕”改叫“姜裕”，那姜家就成了烟台名副其实的第一家了。这哪行？就是弄烂了，也不能让他们抢了去。自己年龄大，做不了董事长，可儿子侯希玉做了董事长，自己就是“张裕”董事长的爹了，也算个“太上皇”吧！这侯长贵越想越远、越想越大、越想越美，仿佛自己年轻了二十岁，又回到了民国初年，做财政局长要风得风要雨得雨的时代。

侯希玉见他爹的魂魄都飘到了爪哇国，忙叫了一声：“爹，怎么办？这主意得您拿。”

要不是他儿子侯希玉的话将其从空想中拉回来，他都把自己想成乾隆爷了。“你这天天往外跑，知道的事多，爹年龄大了，精力确实跟不上了。何去何从，还是你自个儿拿主意。”侯长贵回过神来，话虽没说得那么直接，但摆明了是认可儿子的意见。

毕竟是大事，大岛虽说自己不用担责任，但日本株式会社的资金进来是存款，自己放给张裕是贷款，那日本人的钱和张裕不直接说话，一旦有闪失，可不是说着玩儿。昨夜里，侯希玉一夜没睡安稳，反复琢磨大岛的话，隐隐约约听得出似乎还有另一层意思。

清晨，父子俩吃饭时，侯希玉觉得事已至此，便径直说：“张裕之事并不重要，关键是大东亚共荣之事。”

说到这大东亚共荣，侯长贵好似想起了什么，微微点了点头，轻声道：“这可是一步大棋，也是问题的核心所在。上海那边，好像并不是太乐观。”

“怎么说？”侯希玉不明白他爹突然冒出这不着头脑的话。

侯长贵知道儿子已经下定决心做，但毕竟此事太大，还是希望做爹的亲口答应，年轻人，就该做大事，还是要支持。他点了点头，接着儿子的话，说：“上海差不多已是日本人的天下。这日本人开的酒馆、商店，码头上的日本船只，比这烟台还盛。自古谋大事者，皆手起刀落痛快坚决，绝不婆婆妈妈拖拖拉拉的。想怎么做，爹支持你。”

“为了侯家百年基业，咱要先下手为强。弄好了，咱会成大东亚共荣的功臣呢！”侯希玉听明白爹的话，狠狠地说道。

4

侯长贵坐在太师椅上甚是惬意，享受着午饭后的闲暇，做着光耀门楣的春秋大梦。下人来报：“东家，有上海客人要见您。”

“上海的客人？”侯长贵心头一震，纳闷上海有啥人要来？但他还是快速起身，跟着下人迎接了出去。

门外站着两个男人，一个接近四十岁的模样，中等身材，脸方面阔，面色白净，头发油光可鉴，鼻梁上架一副金丝眼镜，西装领带甚是合身得体，看样子不是富家阔少，就是高级买办；另一位一看就是随从，也就二十五六岁的样子，衣着干净，神情恭敬，手提皮箱，亦步亦趋。

下人介绍道：“东家，这是上海来的客人。”

侯长贵忙施礼，问：“请问阁下是？”

“在下姓孔，是受孔会长委托来找您。这有封信，请侯先生过目。”这人说着，从怀里掏出一封信，递给了侯长贵。

侯长贵接过信，上上下下仔细看了几遍，脸色由惊异变为喜悦，道：“原来是孔院长介绍来的。来来，里面请。”

几个人到厅里落座，下人上茶后退出。

侯长贵毕恭毕敬地说道：“敢问最近孔院长可好？去年一别，在下日日回想孔院长之风采，可惜无缘再会。今见信如面，甚幸、甚幸！”

此人端起茶杯抿了一口茶，淡淡地说道：“叔父常念叨侯会长，也想来看看烟台的山水。但因公务繁忙，一直难以成行。今日特派我来探望侯会长。同时，还有一事想请求侯会长帮忙。”

堂堂委员长的连襟要自己帮忙？是不是听错了？人家可是要星星是星星、要月亮是月亮。自己能帮上啥忙？可不是要替他们杀人？按说不是，人家要杀个人可通过警察局，也可通过斧头帮，怎么也用不着自己。嗯，看来不是杀人。只要不是杀人就好。想到这儿，侯长贵强作笑颜道："不知有何事需要在下效劳？但凡侯某能做的，一定万死不辞。"

"好。有侯会长这句话，我叔叔听了肯定高兴。看来这事儿找您找对了。那咱就长话短说，张裕酒厂最近陷入困境，我们想接手，这事已与行政院疏通过。这买卖，我们还是想走买卖的路子，看侯行长能否帮我们搭个桥？以后肯定忘不了侯行长。"这姓孔的客人说到张裕酒厂，很是出乎侯长贵的预料。但是，他开口是个买卖，闭口是按照规矩，不知道葫芦里卖的什么药。还是要问个清楚，要不，那桥怎么搭？想到这，他有些心虚地问："这，这个吗？酒厂的事我还真不懂，不知阁下希望如何搭桥法？"

"上海作为张裕葡萄酒的主要卖区，我们老大对这牌子也很感兴趣，想花个十万八万将它盘下来。外地人终究不方便，您是当地人，很合适。怎么做，您可比我们更懂。"孔先生答道。

奶奶的，净想空手套白狼。我姓侯的伺候过韩复榘、张宗昌，我也与你们孔院长吃过饭，开过会，照过相，什么人没见过？你这开口南京，闭口上海，吓唬谁呢？但人家带着书信找上门儿来了，自个儿惹不起，特别是儿子与日本人算是有口头约定，便说："这收购企业的事非一句两句能说清楚的，得从长计议才是。"

"嗯，话是那么说。不过，侯先生可别厚此薄彼呢！前几天令公子与日本人相谈甚欢，怎么与我孔某就成了非一句两句能说清楚了？"姓孔的此话一出，侯长贵吓得差点从椅子上掉下来，那嘴都有些磕巴起来，道："孔先生，这是，你这是？"

"侯行长，不要怕。我们是正正当当的生意人，咱中国人联手，才是正办。张裕是我们的民族企业之花。与日本人联手接管它，若不成还好；若成了，咋说呢？被人说成私通外国，怕是无法辩解；甚至说成卖国求荣，也不冤枉！何去何从？侯先生该知道怎么做。"这姓孔的一字一句慢悠悠地说着，语气虽然平静，但是傻子都能听出威胁的味道。

闻听此言，直惊得侯长贵魂飞魄散：额的娘唉！儿子与日本人在酒馆里吃顿饭、说的啥，人家都一清二楚，何况这还是在日本人开的酒馆里说的事呢！国民政府，真厉害。这事儿可怎么干？以后可要小心。其实，他哪里知道，这姓孔的在日本人开的那酒馆里有暗探，自己的一举一动，早被人家盯上，只不过自个儿还不知道而已。

5

几家欢乐几家愁。

张裕酒厂陷入困境，不少人急得如热锅上的蚂蚁，也有人在暗暗偷笑，认为时机来了。八大家的孙家，祖上靠做酒水起家，算下来也做了不下百年，可一直没做大。今天张裕酒厂陷入困境，认为天赐良机来了，他找了同为八大家的吴东家商量："听说张裕酒厂陷入困境，我们看看有无机会将其吃下，若能把这事办了，弟兄们在烟台地面上可真成老大了。"

"兄弟可真敢想，事是好事，可这块肉怕是不容易咽。"吴老板说着打张裕主意的困难。

"人若不大胆，事永远做不大。怕了，岂不是辜负了大家叫我孙大胆之名？"孙老板自顾自说着自己的看法，表示对吴老板过于小心的不认可。

"张裕那么大块头，没个百八十万，怕吃不下来。"吴东家用眼瞟了瞟孙老板，说道。

"他们已走投无路。烟台能接手此事的，怕也没几个人。咱若不去接手，就会白白失去这千载难逢的机会，甚是可惜。"孙东家言语中，还是很想吃下这块大肥肉。

"对，与其他几家详细地筹划筹划。"吴东家也是不赚便宜就认为吃亏的主。

6

最近，张董事长有些心力交瘁，被酒厂之事弄得焦头烂额。

平日里酒厂经营得好时，政府官员、军队将领、文人墨客都来视察，吃着、喝着、拿着，大家一团和气，一片赞扬之声。可如今遇到问题，各路神仙都不见了。特别是酒厂的衰败，竟然引来了一批秃鹰般的人，做法简单粗暴，直接想把酒厂生吞活剥，据为己有。心中犯难的张董事长真想撒手不管，又觉得多年的心血不能白白浪费，只好苦苦支撑。但多日来的求告无门，确实让他精疲力竭。

办公室内，张董事长在掩面叹息。忽然，下人来报：“胶莱银行的侯行长求见。”

听说侯希玉来找，张董事长感到心里犯疑影。前些年，与之合作不咋地，欠他的贷款都还了的。他怎么来了？虽说心中纳闷，张董事长还是强打精神说：“有请。”便也跟着下人外出迎接。

“呵呵！张董事长，别来无恙呀！”侯希玉笑容可掬地向着张董事长走来。

张董事长赶忙迎上去，伸出手握着侯希玉的手说：“侯行长大驾光临，失敬失敬。”

两个人落座，交流了一下各自的业务，说着共同关心的话题，张董事长听得出侯希玉有意给他酒厂放款，很是出乎张董事长的预料。但随着交谈的深入，侯希玉确确实实表现出，目前有十万块钱的资金闲置，如果张董事长真的需要，可以放给他，条件是酒厂的股权质押，还有分三个阶段收回贷款的要求。

张董事长说到股权已经压给中国银行了，侯希玉倒是很开脱，说：“张董事长做的是利国利民的大好事，既然有困难了，就不要拘泥于那些形式。签个协议就可以，张董事长的为人，大家都信服。”

谁说侯希玉是阎王爷？今天他的表现，就像是活菩萨、及时雨呢！虽说这钱时间短，但也能解燃眉之急；用股权质押有饮鸩止渴的嫌疑，但引进的是实实在在的钱，这不用说嫌疑，就是真毒药，他张董事长也要喝下去。

7

张裕酒厂的资金紧缺告一段落，很是出乎姜来远他们的预料。在烟台这地面上，同行哪有什么秘密！很快，大家都知道了是侯希玉给张裕酒厂贷款十万元。听到条件，大家很是吃惊。姜来远疑惑地问李行长：“张董事长怎么把酒厂的股权押上了？你们给张裕放的那二十万元贷款，不是把他酒厂的股权已经押上了吗？”

“都押给我们了的。他们只是私下签订的协议。这个侯希玉，张董事长怎么招惹他！”李行长显然已经知道了事情的原委，虽然表现得无所谓，但内心里还是有些隐隐的担忧。

万一企业不行，张董事长都玩不转，留在我们手里何用？李行长说的也是以前大家共同的认知。这酒厂可不是别的，生产设备的维护，工艺流程的把握，市场品牌的推广，可真不是一般人能够解决的。

“那侯希玉一年前刚抽了梯子，正因为他在年关收回贷款，才导致张裕酒厂资金更为紧张。眼下酒厂如此困难，难道他又良心发现？”姜来远说着自己内心的疑惑与不解。

“向侯家借钱，如同借阎王债。但事已至此，熬过这一季，说不定能迎来转机。这姓侯的比我们快了一步。”

“但愿张董事长能过这一关。如他真需要，我们不能见死不救。”姜来远看了看陷入窘境的李行长，说着自己的打算。

“在商言商。我们也有个度。银行不是我自个儿的。”李行长说着，长叹了一口气。

8

秋去冬来，年关将至。

年关也是钱关，张裕酒厂的张董事长在盘算着海关的货通关后，货款到账就可以支付工人工资和欠款，这资金局面就算解开了。没想到，下人急忙忙跑进来报告：“发往日本和南洋的几批货，被海关卡住了，说是质量不合格。”

“怎么？质量不合格？”张董事长闻之异常震惊，那冷汗不自觉就顺着脊背流了下来。这几批货价值几万块钱，合同约定过关后三日内货款到账；如不能按照合同过关，不但合同作废退回预付金，还要三倍赔偿。如这样，整个资金就断了。他赶紧召集人员，对同批次产品进行化验，等结果出来，一切正常，但时间就耗费了整整一天。他拿着检测报告找到海关，说自己产品质量合格时，海关工作人员给他出具的数据，与报告很不一致。但海关的人说，如不服从，可申请重新化验。

张董事长无奈，提出按照抽检程序重新化验的申请。一折腾又是一天多。结果竟然和原先海关提供的结果一样——不合格。酒厂张董事长无比困惑：同一批产品怎么自己化验合格，海关化验就不合格呢？

人逢绝境，往往才会激发出强大的求生欲望。

自接手酒厂以来，张董事长遭过的沟沟坎坎何止成百上千，那些难事都未将其压倒。这次碰上硬茬，走投无路之际，他便不再按常规套路出牌，调动了方方面面的关系，打听侯家父子这么做的缘由和烟台市面上人们对他的看法。张董事长左支右绌，慌忙应对几日，更大的不幸却聚集而来，发货日期到了，下家要求退回定金的单据寄到了银行。若放在平时，六千块钱不是什么大事，可在这个节骨眼上，对方来退预付款，这可如同给命悬一线之人砍了狠命一刀，直接将其推向了绝境。

酒厂已弹尽粮绝，还能支撑多久？连在企业待了多年的元老都开始怀疑。张董事长用指头算着，在胶莱银行的贷款快到期了，须提前通融一下，可人家回复说东家去青岛了。看来，里面的弯弯绕不少，张董事长束手无策之际，胶莱银行的员工找上门来："张老板，三个月期限到了，该还贷款了。"

躲过初一，躲不过十五。

张董事长最担心的事情，终究还是来了。他盘算着自己的家底，怎么也凑不出三万块钱来，按照合同约定，还不上这三万，剩余的七万也就一起违约了。"能不能见一下侯行长，延期一下。"张董事长想着还是商量一下。

"侯行长去南京了。"胶莱银行的人既没有说可以见，也没说不可以见，只是说侯希玉没在烟台，到底在不在，只有他们自己知道。

"我用股权质押的，跑不了。现在出现了转机，相信会还上的。"张董事长的语气近乎哀求。

"张董事长，在商言商，我们按照规矩行事。"胶莱银行的员工没有做什么过火的事，也没说什么难听的话，转了一圈就走了。

9

清晨，呼啸的北风裹挟着坚硬的雪粒从雾蒙蒙的天上砸落下来，银装素裹的烟台白茫茫一片，似乎已难以辨别丑恶和善良。对张裕酒厂的张董事长而言，跟随这寒雪降临的还有法院执行令。原来，昨天贷款到期，张董事长约侯希玉商谈贷款之事，人没见到，这一大早，胶莱银行直接通过法院启动了执行程序，法院的人来查封工厂了。两个法院法警煞是威风地站在大门口，法官带着资料来到张董事长办公室，说今天下午五点前不把三万块钱送到胶莱银行营业室，工厂就不属于他的了。

张董事长身经百战，经历过水灾、旱灾、兵灾，土匪敲竹杠也不是一次两次。多年来，他都是宁可委屈自己也要成全别人，从工人到种植葡萄的农民，甚至小车帮的脚力，多少人受其恩惠。烟台人也深感其恩，遇到时局动荡都有人自发保护工厂。没想到，竟遇到侯希玉如此不堪之人。难到他要图谋这酒厂？不会啊！目前自己经营都如此之难，这么多债，他来做怎能成？不太可能。张董事长第一判断，侯希玉不可能接这个酒厂。可是，法院之人说得很清楚，还不上贷款，工厂就要不属于他了，判给胶莱银行。可胶莱银行就是侯家的呢！看来，侯家对酒厂觊觎已久。没等张董事长回过神来，下人汇报，工厂已经被警察包围了，问其原因，警察说受法院委派来护厂，要保护胶莱银行贷款安全。

看来，对方是有备而来。

张董事长和几个手下商量应对之策。未及中午，酒厂的大部分员工都知道了酒厂面临的麻烦。大部分人对此异常震惊，因为工厂就是他们赖以谋生的基础，工厂若是出了问题，那就面临失业，卷铺盖回家，甚至一日三餐难以为继了。更何况，很多人吃住在工厂，对家的概念都生疏了。人多信息渠道就多，几百员工触角遍及烟台的角角落落，寻找着是什么人要对张裕酒厂痛下杀手。经过有人抽丝剥茧，拼凑出侯希玉为马前卒，并非此事的主谋，而是另有他人。

听话听音儿，治病找根儿。

能找到病根，病就治好了一半。找到了主谋，就找到了事情的根本，就能有解决问题的办法。闻听有日本人和南京来的人给侯希玉做靠山，张董事长倒吸一口冷气，觉得自己陷入了一个无底的深渊，怕是难以逃脱了。董事长呆若木鸡，失去了往日杀伐独断的气魄，身边的几个亲信也觉大势已去。沉默良久，张董事长用无奈的眼神看了看大家，长叹了一口气，说："难道我们三十多年的心血，就此拱手送人吗？"

"不能。不能这么拱手送人！"下面人激烈地呼应。

"怎么办？看来他们蓄谋已久，这次是插翅难逃了。"

"既然有人设局，那海关怕也是有人做了手脚。要不，我们的酒不可能是那个化验结果。"有人提醒。

"对，肯定有人做了手脚。"

怎么办？当务之急是筹钱。今天下午筹集不到三万块，酒厂就成人家的了，赶明儿说话也没用了。"去找一下中国银行和久裕银行。"一个人说着。

“都这样了，他们肯定不会施以援手。”张董事长喟叹。

“不一定，李行长和姜董事长行侠仗义，如果单纯的借钱不一定，但我们的酒厂要落入别人手中，还有，有人通过海关来算计我们。如果说清楚原因，他们有帮助我们的希望。”

对啊！姜董事长说过，所有问题都可以谈。只要为了酒厂能越来越好，银行的贷款问题，都可以谈。事已至此，死马当作活马医，去谈谈看。

10

布置洋气的客厅里摆设的名贵家具，抵消不了压抑的气氛。

姜来远、李行长和张董事长三人坐在沙发上谈论着酒厂的处境。对李行长提出接管酒厂的方案，张董事长有些不舍。他看着姜来远，希望其能从中说个好话。没想到，姜来远反劝道：“酒厂之问题由来已久，多年积习难以改变。如由中国银行托管接手，通过重整得到重生，酒厂能够存活下来。为了千千万万种植葡萄的百姓，为了民族工业不被别人强取豪夺，此方案是可行的。”

“还有那些股东，如何说服他们？”张董事长所言该是实情，这个酒厂并不完全属于他自己。

李行长不方便再说什么。

姜来远知张董事长心中难过，又劝慰道：“你我相识十几年，历经烟台大事小情，也算是无话不谈。眼下侯家父子在他人支持下举起砍刀，想必您对后果更为清楚。就是这个方案，也是李行长提早去总行跑了好几趟才争取下来。还有，我们也和八大家做了沟通，让他们施以援手。海关那边有人背后做了手脚，张董事长也都清楚了，是有人要置酒厂于绝境。我和李行长真心希望酒厂能够凤凰涅槃，得以重生。”

姜来远真情实意的话，令张董事长感到脸发烧。真是旁观者清，这些年来，自己沉迷于名声中沾沾自喜，别人中肯的意见不听。看来，批评货的才是买货的，人家说出了酒厂的缺点，也做了相应的应对措施，是真心帮助自己解决问题。看来，是自己忽视了人家的一番好意，他有些歉疚地说道：“有对不住大家的地方，李行长、张、姜董事长多担待了。”堂堂一个大酒厂的董事长，把话说到这个份上，听来让人有些于心不忍。

11

出乎意料的是，事情没有完全按照侯希玉的计划往前走。在贷款到期当日，张董事长竟然把三万元贷款还上了。特别传闻张董事长说有了中国银行这个靠山，咱就没啥可怕的了，侯长贵差点没气晕过去。

侯长贵急忙四处打听，知道李行长上台后，压缩了管理层级，给管理人员降了工资，封存了小轿车，整顿了奢靡之风。特别是利用中国银行的关系提前卖出了很多酒，并用银行存单的方式支付给葡萄采购商的货款，很快企业资金就周转良好了。侯希玉愤愤地去找日本人，说了事情的经过。没想到，接待他的大岛并未有任何生气的样子，只是用异常平淡的语气说："利在长远，让中行再培育培育，等果子变得更大的时候我们再接手，岂不更好？"

侯长贵当了别人的枪，大东亚共荣功臣梦也破碎了。上海来的孔老板得知张裕酒厂的困局已经解开，原来的计划全部泡汤，撂下一句："这个侯长贵，敢情只是个稀松软蛋的说嘴子。本想事成之后，给他透露个天机。"

12

孔老板说的天机，在很多人那里，已不是秘密。

坐在办公桌前的姜来远，急躁的心情难以言表。等了好久，济南分行吴经理的电话才打过来，姜来远急忙问："上海那边的消息如何？"

"董事长，刚才南京方面回电话了。虽说这币制改革尚未真正定下来，不过方案确实在研究中了。大体方案围绕着'废两改元，发行纸币'转。上海市面上还没明显变化。"吴经理说着最新的消息。

"估计下一步头寸如何？你那边打算如何应对。"来远急切地问着。

"发行纸张票子一开始问题不大，久了怕是会很快变毛；还有，现在的大银行大都变为国有，由南京那边控制，像咱这样的银行怕是会越来越难。还有，有了纸票子，政府想发多少发多少，咱一般人不知道，到时候他们再发行国债，上下其手，市面上的头寸会不好把握，我们的经营难度怕是会加大。眼下最好的办法，是尽量稳健，应对冲击。"吴经理说着自己的看法。

"好，你那边要好好研判，灵活掌握，争取主动。我这边再和其他人商量一下，早做预案。”姜来远放下电话，坐在椅子上沉默无语，陷入了长久的深思。从民国六年开银行以来，已历时十八年，其间，经历过多次的时局动荡，尔虞我诈的竞争就不用说了，可谓尝尽了人间酸苦辣咸，将一个不足万元微不足道的小银行，做成如今在八个省有分支机构的银行，业务遍及半个中国，总算下来也有两千多万的资产。但期间无论如何变，有一样没变，啥？就是这银圆。无论谁干总统、哪个干总理，还是税收多如牛毛的张宗昌治下，凡事都用银圆来计价，不管是大清银圆、袁大头，还是墨西哥鹰洋，就是南京政府当政后将北京改称北平，收税、给当兵的发军饷，还是用这银圆。这么多年来，米面价格按银圆来算一直没太大变化。可这若是换了“纸钱”，经得住用？从历史上看，几百年前就有过“纸钱”，宋朝就有“交子”、明朝也印过“宝钞”，大清时也短暂用过，可用了不久就都不值钱了，那还都是在朝廷稳定时期。眼下这动荡的时局，怕是更难。

钱是最好的信物，也是人情面子的中介。小至个人家庭生活，大至国家经营的运转，一时一刻也离不了钱。抓钱筹集军饷，是民国成立以来最要命之事，特别是南京政府成立以来，外强环伺，政经风雨飘摇，最近几年得了喘息，便腾出手来进行币制改革。当然只有这样，中央才能不受制于白银的产量，才能在银行、金融市场上占据主要地位；才能一呼百应，像个中央政府的样子。可是，中央政府担得起这个责任吗？

姜来远这些做银行的，对政府的小九九看得很透，具体应对措施就是储备金条。可是这金价早涨到天上去了，数量乜很有限。况且，黄金不涨利息，开银行的买了黄金也不能留在库房里，用黄金放贷款，也没几个人用得起！虽是如此艰难，姜来远还是动如雷霆，筹集大量资金开赴招远收购黄金。

可怜的是天下苍生，币制改革不久便推广开来，短短一年的时间，那法币价格就跌了一半。银行关门停业者，屡见不鲜；损失过半者比比皆是；按银圆折算，久裕银行也折耗了不下十几万。虽国民政府宣布金银交易违法，但姜来远采取用黄金放贷，又用银圆回购黄金的方式提前操作，至于客户，百货中百客，只要你有东西卖，就有人买。通过此方式，倒保住了一大部分财产，最大限度减少了损失。

遭此劫难，劫后余生。

姜来远与下属感叹：暂时的支持，只是延缓了死亡的时间。如是条件苛刻的暂时性支持，只不过是饮鸩止渴，是毒，不治病，致命。自身实力不逮，完全依靠别人的支持，不管自己暂时多么成功，最后的结局往往是被满门抄斩，尸骨无存。

第三十四章

观南山繁花胜景　掀波澜明娥枪案

1

南山是个好地方。

“福如东海长流水，寿比南山不老松”的南山，指的就是这里。这南山的好可不是一般的好，一来，此山面朝大海，夏天凉爽，是个避暑的好地方；二来，若登上南山，远观海上白帆点点，近处绿树红瓦，沿海边一溜的各国领事馆、洋人的公馆，确实是一处难得的好景致。特别是韩主席上台后推行的新生活运动，在南山设立“第四林区管理所”，实施了大规模的造林计划；烟台特别行政区专员公署大力推进城市公共设施建设，“烟台商会”出钱，在卧虎岗上建立了一座“环翠亭”，确定南山为烟台第一个公共游览公园。每年春天，那漫山遍野的桃花、梨花、苹果花次第开放，争奇斗艳。清明不少人忙于祭祖，加上天还冷些，看桃花的人少；而这梨花比桃花晚了一个节气，那花开之时，天气暖和得多，春到南山“逛梨花”，成为烟台人户外活动的一个好方式。

得一闲暇，姜来远约了徐子清及一众好友，共游南山林区“逛梨花”。他们一行人登上“环翠亭”，极目望去，但见天高云淡、暖日熏熏，芳草如毡布铺展开去，漫山遍野的梨花如白色的海浪，雪一般向四周涌开来，空气中弥漫着花香的气息。亭子中间立有一石碑，原来是公园落成石碑记，记载着公园的特点和建设的过程。大家都有些气喘，停歇了一会儿，徐子清言道："来远兄才高八斗、学富五车，此南山美景，何不吟诗一首以助雅兴？"

姜来远道："眼下世事艰难，疲于奔命，连书都看不了多少，何来作诗的雅兴？"

徐子清道："来远兄若是不来一首，岂不可惜？咱们四人，每人一首，当不枉此行！"

徐子清话音刚落，就听"啪"，一声清脆的声响传来。大家并未多想什么，忽见山下不远处传来一阵阵呼喊声，不少人往西北角跑去，大伙疑惑间，下面的声音越来越大，徐子清满脸惊疑道："有什么大事？"

姜来远也说："发生什么事儿了？方才是什么声响？这么多人，可别发生乱子。"

"还是下去看看。"有人说着。

"好，我们下去看看。"徐子清说完，几个人便疾步向山脚下走去。

没走多远，就见前面人呼喊着："警察杀人了，警察开枪杀人了。"

听到议论，大伙的心提到了嗓子眼。姜来远见眼前的各位，大都是十六七岁的年轻人，有几个看着面熟，是学校里组织春游的学生，自己的小儿子也说过，他们今天来这里。大家随着人往西走，但见不远处，一批人聚拢着，还是以年轻人为主，有几个年长的大概是老师，当他们几个人围上来时，就听中年人在喊叫："徐经理、徐经理，过来过来过来！"

徐子清认出喊自己名字之人是孩子的老师。只见这张老师满脸焦急的神色，那汗也下来了，嘴里吆喝着："让开，让开，明娥的爸爸来了。"

拥挤的人群被拨开一条缝隙，徐子清忙挤了进去。就见一人伏在别人背上，细碎花的上衣血迹斑斑，衣物很熟悉，他那心顿时冷了下来，心紧缩成一团：莫不是自己的女儿明娥？

"是明娥吗？"徐子清疾步蹿上去用手扶着，当看清楚是自己女儿时，顿时差点晕倒。

张老师大声呼喊："毓璜顶，去毓璜顶医院。"

嘈杂的人群簇拥着受伤的徐明娥出了南山林区，门口有等待拉脚的三轮车，众人将明娥放到一辆车上，一人在上面扶着她，一行人飞也似的向毓璜顶医院奔去。

2

枪打到致命的地方，徐明娥受伤太重，刚上手术台不多会儿，她就停止了呼吸，继而没了心跳。毓璜顶医院那些留学德、美、日的博士，也无力回天。医生把徐子清叫到房间时，整个医院大楼挤满了涌来的学生，有人嚷着："严惩凶手！"

有人大喊："警察故意杀人，一定要追究凶手的责任，不能放过他！"

整个医院混作一团。

来远扶着徐子清道："兄弟，一定要挺住。放心，弟兄们一定要为你讨回公道。"

与徐家相关的人纷纷放下手中的事情，聚集了来商量如何惩治凶手。徐明娥所在的学校同学们也纷纷要求严惩凶手。令大家气愤的是，警察局竟然无人露面，连来灵堂前安慰一声的人都没有。可人多眼杂，有人吆喝道："行凶的人叫孔繁树，是一个吃喝不付钱的家伙。"

也有人说："孔繁树是警察局长张奎远的小舅子。"

"怪不得这么霸道，杀了人竟然连个面儿都不露，原来是局长的小舅子。"

"赶明儿，去警察局请愿，不行就去市政府。若不惩治凶手，今天是徐明娥，赶明儿就是李明娥、王明娥。"大家纷纷议论着。

徐明娥的遗体停在毓璜顶医院，为的就是这医院人多，能够引起政府的关注，如果运回家，那关注度就会小得多。这医院里本来人就多，徐子清的朋友、姜来远的朋友络绎不绝地过来看，徐明娥的老师和同学们也都聚集着不走。令人气愤的是，警察局不但没有惩治凶手，而且无一人露面，更用说赔礼道歉了，好像啥事儿也没有一样。

"怎么办？这事不能就这么算了。"来远与周围的人商量着。

"那人到底是什么人？查清楚了吗？"书店的孙经理说着。

"凶手叫孔繁树，今早上刚刚查清，是警察局长张奎元的小舅子。"有人应道。

"怪不得这么霸道，杀了人竟然连面都不露。原来人家是局长的小舅子。局长的小舅子怎么了，咱们的明娥不能白死，是不是？"来远气愤地说着。

"对，明娥不能白死。"

3

不参与示威游行，是姜来远多年来的一贯主张。但这次朋友女儿的惨死，警察局的胡作非为，政府的推诿扯皮，让其郁积在胸中的闷气无处发泄，他不得不破了自己坚持了多年的规矩，回去自己掏了一千块钱，安排人交到游行指挥部，制作了“惩治凶手”“反抗暴力”等条幅，也让人准备了馒头、点心、茶水等分发给众人。当声势浩大的游行队伍沿途呼喊着走向警察局时，整个烟台的局势，显得很微妙了。

警察局前人山人海，惩治杀人凶手的条幅格外扎眼，人们义愤填膺呼喊着口号，声音如怒海波涛般此起彼伏。警察局门口戒备森严，警察自身力量不足，政府调来了军队进行维护现场，但剑拔弩张的局面，令警察局的头头很是苦恼。局长张奎元与吴副局长商量：“听说商会在支持游行，副会长姜来远与那姓徐的交往过密，这游行肯定有他的道道。你去，让他做徐子清的工作，不要再闹事，以后啥都好商量。”

“局长，这事怕不好办。他们难以轻易答应。”警察局吴副局长是第一次面对被控诉的局面，一时间也有些心慌。

“肯定不好办了。不过，这事正好是检验你能力的时候，如果能把这事处理好了，说明你有当局长的能力。下一步上面来要人，可推荐你去其他地方任正局长。若是我调走，第一个推荐的就是你。”张奎元是公安局长，不想直面这个混乱的局面，便把没有任何可能性的肥皂泡，给吴副局长吹了好几个。

话说到这里，吴副局长没法再推辞，也趁机讨价还价：“当真？”

“那是自然，快去，从后门走。”张奎元督促着，小舅子闹的这事儿，让他伤透了心。

4

身着便装的吴副局长带着两个随员，从后门溜出，直接奔向姜来远的办公室。

吴副局长是莱阳人，那脑袋和他们莱阳梨差不多，下大上小，特别是那扁平鼻子，更像是用刀劈开的小个儿莱阳梨摁在了脸上，一说话就哼哼；那三角眼更是不正眼看人，一张蛤蟆嘴，更是吃遍烟台旮旮旯旯。别看此人其貌不扬，人可不笨，早年毕业于济南警察学校，是个极为难缠的人物。姜来远将其让到座位后，那两个随员站在吴副局长身后，派头十足，一派雄赳赳气昂昂的样子。

姜来远不明就里，亲自端上茶水后，劝道："吴局长，请喝茶！"

那吴副局长斜着眼看了看姜来远，撇着莱阳腔，阴阳怪气讥讽道："姜会长是运筹帷幄之中，决胜千里之外啊！"

姜来远知来者不善、善者不来，但仍旧装糊涂，反问："不知吴局长此话怎讲？"

"姜会长，可别揣着聪明装糊涂哪！警察局门前的事儿，想必姜会长不可能不知道。市政府委托我，务必把这事情处理好。"吴副局长的话有些语重心长，但没有给姜来远辩解的机会，直接把事情始作俑者的帽子，戴在了他的头上。

"是，应该处理好。"来远见他不说实质性的处理内容，自个儿也不深说，看政府想怎么办？让他自己说。

"你是徐子清的好友，这事儿你来说最合适。"吴副局长采用抽丝剥茧的方法，一步步打着伏笔，是让来远要有心理准备。

"单纯做个传话筒，谁都一样。"姜来远算是默认了对方陈述的事实，但是也不客气，没有接招。

"当然不仅仅是说说，是具体办。"吴副局长纠正着刚才的话。

"具体办？怎么办？都知道我是徐子清的朋友，这事由我来办，怕不合适吧。"姜来远算是拒绝了对方的要求。

"为何？"

"欠债还钱、杀人偿命。徐家的要求是惩治凶手。我若这么传话，警察局认为我没有尽力，也就是我办事不出力。若是依了警察局息事宁人的条件，徐家又不答应，我咋办？"姜来远说了可能的结果，和自己不想去说这事的理由。

"你说得有道理，事情发生了，肯定要处理。烟台何人不知姜老板的能力？当年辛亥起事冲锋陷阵、为烟台铁路奔走四方，与张宗昌都交过手，在咱烟台是响当当的人物，对您而言这件事儿要快速平息下来，可易如反掌。况且，区政府已经安排下来了，你说咋办？"吴副局长不说是张局长找他，而说是区政府找他，显然是拉大旗作虎皮，显得很是无奈。

"区政府可以安排下来。可凡事有个道理，总不能杀了人没啥事，就这么不疼不痒地过去了。”来远反驳道。

“从你话语的意思，看来你是代表徐子清说话，没站在商会的立场上。”吴副局长也不甘示弱地说道。

“我是商会的副会长不假，但商会该是中间人，调停者，要站在客观、公正的立场上处理问题。若不能这样，让我们商会干什么？”来远有理有据的话，把吴副局长憋得好久未回过气来。呆了好久，他才有些气急败坏地说道：“我们受市政府委托协调这事，徐子清作为会员可以不懂事，你作为副会长不能不以大局为重。他要啥条件可以尽量满足，不过你告诉他，若是胡搅蛮缠，他可吃不了兜着走。这事办不好，有人会建议商会选举改组。”吴副局长的话语，半是咆哮、半是威胁。

5

虽说吴副局长威逼利诱甚急，但姜来远也不是被吓大的，对这些事他早有心理准备。想当年自己辛亥起事时，你小子还没穿开裆裤呢！当个公安局副局长怎么了？商会要改组，怕不是你警察局说了算的。孩子虽死得冤，但“死者为大，入土为安”，作为受害者的家属，徐子清还是想尽快把死者入葬，久放也不是个办法。但警察的所作所为，早就激起了烟台各界人士的极度不满，那反抗的情绪如同点燃引信的炸药库，一触即发。

徐明娥葬礼前夜，大家聚在徐子清家，商量着第二天的行动方案。姜来远安排着应当注意的事项：“这次追悼会一定要庄重严肃，既然提出的要求是合理的，需要遵守秩序，游行的队伍不能乱，不要让他们抓住什么把柄。”

让妹妹扮作姐姐，会引起更多人注意，徐明娥的班主任张老师说：“我们学校已经动员了学生，这次一定统一行动。桂娥出面扮成明娥，主要是唤醒民众，给当局以压力。”

“我们找人写了报道，争取将这消息发到外埠的报纸上。”书店的康经理进一步说着。

“对，要将消息捅出去。大家的建议很好，但一定要注意安全。”来远嘱咐着。

6

清晨，海风微凉，志明中学操场上人山人海，徐明娥追悼会正在举行。台上停放着她的棺木，按照张老师的建议，明娥的妹妹桂娥穿了她平时的服装，在身上涂满了血红色颜料，乍一看真像是被人砍成重伤的徐明娥，极具视觉效果。棺木两侧是“严惩凶手”“无良警察草菅人命”的横幅，不少人呼喊着口号，声音一阵高过一阵。明娥的班主任张老师主持了纪念仪式，回忆了徐明娥在学校是个好学生，是个听话的好孩子；她的同学回忆了与她的友情，不少人闻之潸然泪下，泣不成声。

参加追悼大会的人们群情激愤，大会现场被维持秩序的警察团团围住，说是维持秩序，实际上是监视大家。与会的人们在追忆徐明娥过往点滴的现场，成了控诉警察迫害的大会，激情澎湃的学生们齐喊口号，冲破了警察的围堵，呼喊着“惩治凶手”“反对压迫”的口号，一路向市政府冲过去。

如潮水般的人们拥挤着走出学校，那些所谓维持秩序的警察也跟随着他们走，姜来远站在墙边默默地看着这一切，陷入了深深的忧虑之中。见人们陆陆续续走得差不多了，他便向校门走去。待要出门口时，见一男人站在门边，用眼睛紧紧盯着自己。他便转过眼神去端详这人。只见此人中等身材、方脸、大眼，短发，身着皮夹克，脚下是一双牛皮鞋，特别是那双大眼睛特别有神采，浑身上下透着一股英气。来远疑惑中，此人靠近问：“请问这位先生，刚才游行队伍声势浩大，请问哪个是组织者？”

姜来远警惕异常，禁不住问：“您贵姓？有何贵干？”

话刚落地，周围有几个人便向他靠近，有的一边走一边四处张望，也有人直勾勾地盯着自己，来远便止住了谈话。这几个人走到他身边停了下来，一精瘦黑脸的男子问：“请问你是姜来远副会长吗？”

听人家都报上自己名字了，想必是早已盯紧了自个儿，虽不认识他们，但光天化日之下谅他们也不敢对自己怎么样，来远便说道：“请问你们是？”

“看来没错。这样，我们是警察局的，这位是政府的副秘书长，刚才区里通知我们，请姜副会长过去一趟，请吧！”黑瘦男子的话说完，那几个人已站在来远四周，看架势是他去也得去、不去也得去了。

来远正迟疑中，就听老远有人叫：“姜伯父、姜伯父。”

姜来远回过头，就看校园里一男孩飞快地朝自己这边跑来，气喘吁吁地喊叫着，等来到跟前，方才认清是自己三儿子的同学吕其恩。来远忙对其说道：“区政府的人叫我去一趟，你有空回家说一下。”并朝他使着眼色。

“别啰唆，走吧。副专员都怕是等着急了。”精瘦男人说着，几个人簇拥着来远走了。

姜来远被政府的人带走了，门口穿皮夹克的人惊奇地看着这一切，转过身，对惊呆了的吕其恩问：“请问同学，刚才那人是？我刚说两句，怎么被领走了？”

“你是？”

“我是记者，天津来的。”

“记者？”吕其恩眼前一亮，大声说道，“刚才带走的是我同学的父亲，开银行的。”

“他们叫他副会长，是什么会？”

“副会长？当然是商会了，还兼任烟台银行业协会的会长呢！”吕其恩刚说完，这人便掏出小本本和笔，在纸上唰唰写着什么，写完后撕下来一张，递给吕其恩，并说道：“麻烦将这字条送给他。”

7

副专员的办公室很是气派，宽大的办公桌上摆着电话、文件夹等时髦物件。桌子后面的墙上，挂的是总理的挂像，两侧是“革命尚未成功，同志仍须努力”的总理遗言。桌子前面放了两把椅子，来远坐在了左侧一把椅子上，坐在桌子后面的副专员抬起眼皮看了看姜来远，不紧不慢地问道：“姜副会长，今天请你来，知道是怎么回事吗？”

“路上他们未曾说起，不知何事。还望专员当面指教。”来远不卑不亢地回着。

“若没事怎敢劳姜副会长大驾。最近这烟台市面上不大太平，看外面人欢马叫的，成何体统？”副专员的话是东一榔头、西一棒槌，听起来絮三不叨两，好像没啥所指。

“是不太平。不过好像一直这样，不是最近。”来远说着，一点也不示弱。

听来远这么说，这副专员怒道：“你这话啥意思？”

“专员刚才说感到最近不太平。其实，我们小老百姓一直感到不太平，有什么不对吗？”姜来远把刚才的话又重复了一遍，直气得副专员脸色酱紫，厉声道：“姜来远，你可别敬酒不吃吃罚酒。眼下这游行，你脱不了干系，又少不了你的暗中支持。现在，很多人都在关注这件事儿，南京方面有人打电话来问。有的人在造谣中伤，说什么孔繁树是张专员的内弟，怎么着？张专员的内弟就不能做警察了？这是民国，可不是大清，不能搞连坐那一套，拿这事儿说话的人，可要负责任的！”

副专员那气势汹汹的话刚落地，姜来远回道：“副专员何必那么大火气，那孔繁树是不是张局长小舅子和这事有关吗？若有，那么他们说的就对了；若没有，何必大惊小怪呢？”

“说这话的人莫不是有不可告人的目的吧？咱这烟台特别行政区刚成立，直接归省政府管理啊，再待两年差不多就能升特别市，和青岛一样了，是不是有人眼红？想把这事搅黄？”看来这副专员还真不一般，能把一件事扯到毫不沾边的另一件事上。这一扯，情形就不一样了。

8

姜来远在区政府待了大半天，直到游行的队伍全部散了才被放了出来。他并未直接回家，而是去了徐子清家。大家一筹莫展之际，见来远来了，众人顿时松了一口气，徐子清问：“你今天去哪里了，大伙都找疯了。”

“区政府把我叫去，非要问这游行的事儿。”

“没事吧？”

“没事，有大伙在，他们不敢把我怎么着。”

“这事他们如不管，可怎么办？可不能就这么散伙了？”

“把这事捅到报纸上去。”有人提议。

大家议论纷纷。

姜来远摇了摇头，道：“这个办法不行。听说政府、公安局与所有报纸都打了招呼，有关徐明娥这案件的消息一律不准上报，寄给外地报社的信件一律进行检查，这法子看来是走不通。”

他们正议论中，突然俩半大小子气喘吁吁地闯了进来，其中一个一边喘着粗气，一边说道：“姜伯父，可找到你了。”

姜来远仔细一看，正是上午对其说话的吕其恩。

他连忙问：“啥事？”

“今上午在学校门口遇到的那个是天津的记者，还给我留了他住宿的地址，你看。”吕其恩一边说着，一边从口袋里掏出那字条，递给了姜来远。

来远看了看地址，并不远。这天刚黑，想必他还在，便对大家伙说道：“我先去看看这记者，看是否有啥路子。若晚了，今晚上我就不再过来了。”遂与众人告别，由吕其恩和他同伴领着，往宾馆走去。

9

到了宾馆，姜来远便让吕其恩和同伴回家。与范记者见面后，双方各自介绍，姜来远方知眼前这范记者年仅二十六岁，四川内江人，一直活动在京津一带。说起内江，来远来了兴致，问：“喻培伦可是内江人，想当年他来过烟台。”

“对，其正是我们内江名人，其英名必将光照千秋。”范记者说着，不禁唏嘘起来。

“范记者来烟台，是为具体事还是路过？”

“我本想去商会找人采访，怕找不到合适的人反而会误事，便去了学校进行采访。真没想到，您主动来这里了。”范记者笑着说道。

“今夜，我们约在徐家商量，如何给政府施压。现在，本地报纸已经被噤声，外埠的信件被严格搜查，我们不是记者，稿子难获得他们的信任，也没报纸敢发。你这采访报告，如何能发回去？”姜来远详细地介绍着烟台目前的环境和这件事情的发展方向。

“这个我早做好了准备，不会把稿子直接发给报社，先发给我商行的朋友，再让商行的朋友转给报社，这样就保证没事了。”范记者年岁不大，做这事顺风顺水，信手拈来。

“事情很清楚，警察枪杀了学生，徐家也未要求一命偿一命。但警察局不理不睬的态度，很是不应该。特别是不让报道这件事情，还私拆民众信件，严重侵犯了民众权利。你若能在报纸上详细报道，会更有利于事情真相的公开，有利于向当局施压。兄弟打算在烟台待多久？”姜来远说了具体问题，并提出了要其帮忙的意向。

“说实话，我是从天津到上海路过烟台。因时间宽松，故在烟台多停留几日。见此事件典型，争取把这件事情完完整整报道出去。”范记者的话简明扼要，说了他来烟台的目的。

“新闻最讲究的是时效性。你在这里耽搁久了，那去上海的采访任务不会给耽误了？”姜来远考虑事情周全，想到范记者仅仅是路过这里，怕为这事耽搁他的时间。

“实不相瞒，我这次报道行程很远，计划要用一年多的时间才能完成。总起来说，时间是宽松的，早个三天五日、迟个十天半月，无甚要紧，在以后的行程中挤挤就行了。”范记者的行程比较自由，看来做个记者还不错，怪不得号称“无冕之王”呢！

姜来远听他这么说，倒是有些疑惑，问：“什么新闻这么重要，要做一年？”

“呵呵，姜先生问得好。既是吕同学引荐来的，那就没什么好隐瞒的了。姜先生可曾闻听江西井冈山之红军否？”范记者已看出姜来远的倾向性，倒是不避讳。

“仅是从报纸上略知一二，详情并不清楚。”姜来远听范记者问起这事，感到有些诧异。

“国军忙着剿匪，可一直战事不断。作为一名新闻从业者，我此行之目的，正是为了厘清此事，给广大不明真相的群众以客观翔实的报道。”范记者双目有神，神态坚定地说着此行目的。

听范记者说这个，姜来远顿时来了精神，一扫几天来的郁闷心情，说：“如此甚好，现各类消息满天飞，真真假假虚虚实实，令人难以判断，政府的不少消息一听就是谎话连篇。就拿徐明娥案件来说，简简单单清清楚楚。但他们不但不让说真相，反而倒打一耙，黑白颠倒欲盖弥彰之事成了习惯。这样之政府，有何脸面服务于人民。”姜来远越说越气，说话的声音提高了八度。

“通过与烟台学生和您的介绍，我看烟台商业基础好，学生素质高，将来必大有可为。若以后有机会，我定再来。”范记者赞叹道。

“再来一定找我，我把家中地址留给你，方便时通信。”姜来远找了纸张，把家里、银行的地址都留给了范记者。

范记者收好姜来远递给他的地址，郑重其事地说：“一定。徐明娥被枪杀这件事情，我要做一篇完整客观的报道。”

“那就拜托您了。”姜来远紧紧握住范记者的手，托咐道。

两人惺惺相惜，一直聊到半夜，才互相依依不舍地告别。

10

千防万防，没防住外地记者。

徐明娥案件的来龙去脉，被《大公报》原原本本报道了出来，甚至连警察偏袒凶手和市民大游行之事，都描述得极为详细，让烟台特别区政府上上下下紧张异常。烟台行政长官孙专员，召集商会王会长、侯希玉、吴副局长等人到其办公室，商讨应对之策。

孙专员刚把事情说完，侯希玉便明其意，觉得是个好机会！他也不避讳王会长，发挥其能把白的说成黑的，把死的说成活的巧舌如簧的嘴巴，直接给来远下眼药，说：“这个姜来远，就是好生事，从没出道就和我爹作对，这些年了就没有停歇过。我听说，这次徐家姑娘之事，他上蹦下窜很积极，摆明了与政府作对不是？”

“这个姜来远。真是又臭又硬，不识时务。净给政府抹黑。”专员对姜来远的过去很了解，知道这是一个打不倒、掰不弯、击不垮的硬茬儿。

“你看，你看看。‘烟台之政治，大权尽在商人手中’，大家看见了吧！连天津的报纸都这么说了。难道这不是有人蓄意制造事端、借机闹事？难道不是有人在给烟台故意抹黑吗？痛心、痛心哪！想当年，烟台作为‘同盟会’五大总部之一，引领中国北方新思想之潮流；烟台的酒、钟表等工业，可以说赫赫有名。现如今，已堕落到何种地步？那话可是远在天津的《大公报》上说的。看来，这烟台不仅有共产党分子，还有商人政权，国民政府还有权威吗？吴副局长，你怎么看这新闻？”孙专员用手拿着那一张报纸，哗啦哗啦地摇着，那架势，恨不得要摔到吴副局长的脸上。

吴副局长见孙专员如此动怒，那脑门子早已满是汗水，见问自己话，便说：“我们找商会尽力协调，那报纸也是一派胡言乱语，这权力怎么会在商会？”说话的声音如同刚从蛹中飞出的蛾子，一点气力都没有。

“这《大公报》胡说八道？是不是胡说八道不重要，也没人在乎。重要的是全国都知道烟台出了大案子，不少外国的报纸也都转载了，难道大家还挨着一个一个去解释？他们说烟台商会掌握着全市的权力，这么说专员都成了傀儡？这新闻要是韩主席看到，烟台还要报名参加模范市评选，脸都被你们丢尽了，还评比……什么模范市？评个屁。既然报纸说烟台由商会说了算，就让你们说了算一回。这样，这事情由商会来办，王会长负责，处理好了，既往不咎；处理不好，我看商会解散算了。”孙专员的想象力极为丰富，逻辑非常清晰，把毫不着边的事情串成一串，源头赖在了商会头上。

“我们再劝劝那姓徐的。”王会长带着哭腔，哀求道。

“你试试，让他见好就收。说实话，有人从济南发来密报，说游行队伍里有共产党分子，让我们拿人。回去，抓紧劝劝徐子清和姜来远他们，不要没事儿生事儿。若我们真的按济南命令执行，出了大事儿，他们可……可……可兜不起。”吴副局长内心焦虑，说着说着，说话都不利落，有些磕巴了。

王会长看着专员，期望能看出点什么。

专员仰头看着天花板，对其置之不理。

11

谁有理，都不如政府有理；谁的力量大，都不如政府的力量大；政府让谁倒下，谁都站不住。

夜里，烟台商会内气氛异常，在座各位大都面露畏惧之色，他们得知，下午政府军警查封了港口码头，说是有人举报运输的物品中夹带违禁物品，具体是什么？无人知晓。有人传言说是军火，有人说是鸦片，说是扣货后要挨件查验。大家不是傻瓜，知道幺蛾子出在哪里，便纷纷跑来会馆商量。胶东商行的老板愁眉苦脸道：“各位，咱商家怎能斗得过官家？若这批货三天内取不出来卖掉，用不了十天，我那贷款就到期，怕是要破产了。”

“不要急，咱慢慢想办法。”姜来远安慰道。

“这政府欺人太甚，错了还不承认，反而利用手中的权力压制民众。这样的政府，长久不了。”一仓库老板发着牢骚。

“大家想为徐经理争口气可以理解。可人死不能复生，再闹还能将其闹活回来？眼下大家说压在港口码头的货物运不出来，一天要赔多少钱？时间久了，怕是会家破人亡的。”王会长劝慰着大家，意思是忍一下，见好就收吧！

“这次若是低了头，以后咱还有活路吗？”姜来远明显不赞成王会长的意见。

王会长挨了专员的斥责，心中本来就懊恼。见大家都不听从其建议，便发牢骚道：“这会长我不干了，大家还是另择高明吧。”其实大家都清楚，这是王会长的口头禅。每当遇到难题时，他常常用撂挑子的话逼大家就范，听从他的意见。

“会长可别开玩笑。这活你不干，谁能干得了？”有人立即全力辩解，替王会长解围。这商会的人都知道，虽说这王会长办事不咋地，但他有个亲戚在省政府当差，在地方上大多数人还是很买他的账。按说依他的关系，专员对他该很客气，不会让其受为难。但大部分人不知道，专员和王会长的小舅子是同学，论关系也很近，私底下也偶尔聚聚。所以，专员并没把王会长当外人，该说时，话说得还很重，毕竟自己人嘛！

大家正莫衷一是议论纷纷时，有人拿着一摞报纸进来，边走边喊：“大家看，报纸上都登了。”

好几位都靠过来，问：“什么登了？”

“南京的《中央日报》、上海的《申报》、北京的《京华时报》，都转载了《大公报》关于徐明娥被警察枪杀的文章，看来，这事已引起了社会上的强烈关注，势必会引起公愤。”

“不少评论员也发表了评论，严厉谴责此事，要求追查凶手。”

众人议论纷纷之时，姜来远接过一份《申报》，仔细看着上面的评论，渐渐地，他感觉事情有了转机。

丁零零，电话响起来。王会长接起电话，还没开口，那神色变得庄重严肃，嗯嗯了几句，放下电话后，郑重地对大家说：“警察局要徐子清本人或者找个代理人去商谈这事。”

听闻这话，徐子清看了看大家，有些歉意地说：“此事因小女引起，若让大家损失太大，就对不住各位了。人死不能复生，为了今后大家的日子，差不多做个了断。如姜副会长愿意代劳，烦劳您跑一趟。具体如何，您见机行事就可。”

见事主发话了，那王会长的脸红一阵、白一阵。说实话，没有人愿意处理这出力不讨好的事，但徐子清没有找他而是找了姜来远，令他面子上还是有些挂不住。毕竟，他姓王的是会长。

12

警察局主动找徐子清的原因，是因为事情闹得不仅仅超出了烟台区政府控制的范围，就连省主席都受到南京政府高官的诘问，让自称青天大老爷的韩复榘脸上无光，打电话将烟台专员臭骂了一顿。有了这个，姜来远提的要求并不难答复，要求对凶手公开审判，赔偿受害人损失。

大多数人认为，能对孔繁树进行公审，抗争就算是取得了明显效果。但县官不如现管，韩复榘再厉害，也不能亲自来审理案件。孔繁树上面有人，被告方在法庭上诈称，枪支从树上掉下来触动扳机，属于误伤，枪支持有者比窦娥还冤枉呢！当事人除了孔繁树本人，就徐明娥的同学见了，但她的证言又有偏袒同学的嫌疑，法院也不作认可。此事成了无人佐证之事，要让法院判断，确实难。何况，孔繁树本身有持枪的权力，到底那天什么情形？只有当事人自己心里最清楚。可受害人徐明娥已死，死人不能开口，也就是死无对证了。当事人只有孔繁树的嘴能说话，最终成了他说啥，就是啥了。但孔繁树毕竟是杀了人，心里还是虚，经背后高人指点，其在态度上做了软化，找了个执行公务、枪误伤人的理由，被法院判了两年。后来人们议论：枪误伤人，是枪有罪，还是人有罪？可徐子清的这些商人朋友们，怎能与政府拖得起？最终，只好就此打住，不了了之了。

徐明娥之事如同夏天的疾风暴雨，将烟台相对平和的局面冲了个七零八落，区政府的官员自然是颜面大失，很多人恼怒异常。事情过后，风平浪静了一段时间，看似一切都过去了，大家便选择了淡忘。

树欲静而风不止。

秋风乍起时，姜来远得到消息：三子民权被学校记大过、留校察看三个月，所受处分比较严厉。他连忙跑学校去问是何故。可惜原来的校长已不在任，换了新人。还好，新校长接待了他并答复道："姜先生，此次对学生的处分不是学校的意见，我们也没办法，只得遵从政府的命令。"

"你们，怎么能这样对待一个学生，是何道理？"姜来远气得声音都颤抖了。

"姜先生，我刚来，情况并不了解。政府说念您在烟台商界的影响力，给孩子这个处分算是轻了；吕其恩、柳运光等十几个，给的可是开除处分，您孩子闹腾的，可不比他们差；他们的班主任和校长都已解聘了。"校长的话如同一盆冷水，兜头浇到来远的头上，让他心中彻底发凉。

让姜来远没想到的是，政府的秋后算账，下手如此之狠，很是有些于心不忍，便问："开除他们？他们还是孩子啊！班主任老师、校长都被解聘？那他们以后咋办？"

"孩子？上街游行，对抗政府，这是孩子应该做的事情吗？政府说了，那游行有'共产党'渗入，开除、解聘他们，算是轻了。"校长的话里，这处分是无法收回了。

姜来远一直不想谈论局势，对眼前之局面失望至极，激愤地说道："这、这不是在制造仇恨吗？政府办学之目的是教化学生，将来为国民政府服务，仅因此事就对年轻的学生下如此狠手，不是在拼命把人往对面推吗？"

听他这么说，校长的脸色都变了，忙制止道："姜会长，姜副会长，你怎么能这么说话？说这话可是要负责任的。要说，也别在我这里说这话。"

姜来远知与其辩解无用，便回到家里，见儿子闷闷不乐，为缓和气氛，他问："自己有何打算？"

"他们几个在烟台没法读书了，我们老师在烟台也无法立足，都想到北平去，反正明年也要考大学了。要不我也去吧！"民权说到这，倒一脸兴奋起来。

"你有把握能考上吗？"

"肯定能。反正课程也学完了，转到北平去，反而有利于考学。"

"若真去，爹不拦你。不过可要想好了，别后悔。"姜来远话虽说得轻松，但心里还是不舍得。自己三儿一女，本想在身边留一个，看来连一个也留不住了。

听说小儿子要去北平读书，佳怡自然是万分不舍，来远娘更是不乐意，最后还是来远劝慰道："娘，他都十八了，去读书还有伴，我像他这么大时，都在钱庄跑街了。"

13

花谢果熟，秋去冬来。

心力交瘁的姜来远送走了儿子，好好修整了一段时间。这天下午，他正在办公室看书，下人手里捏着一张电报，慌慌张张地跑进来，说："东家，您电报！"

姜来远放下书，接过电报拆开，看是小儿子学校里打来的电报，原来是小儿子民权在北平被抓了。闻此噩耗，姜来远大吃一惊，忙让人去订去天津的船票。不一会儿，下人带着船票跑来问：“东家，票已买好，今夜傍晚开船，明早到天津。”

“好，收拾一下，吃点饭，然后就走。”来远安排好手头之事回家，低声与佳怡说要去北平之事。佳怡心里虽慌张，却依旧一板一眼地收拾着行李，带上了必备的东西。

姜来远正准备着北上物品，门外有人喘着粗气跑进来，慌张道：“东家，上海的电报。”他忙接过打开，顿时脸色大变，头晕目眩。

第三十五章

兄弟激辩夫子庙　分道扬镳提篮桥

1

站在一旁的丁佳怡一把扶住姜来远，低声问："什么事儿？"

"上海电报。老二被抓了，被关在了上海的提篮桥监狱。"来远镇定了一下，满脸急切地说着。

"这些不省心的儿子，一个在北平、一个在上海，怎会一块儿被抓？这、这是怎么了？"其实，丁佳怡一直担心两个儿子，甚至在梦中也祷告，企盼他们好好读书，千万莫生事端。但今天都冒了出来，只好忍不住问。

"别怕。不过，这两头也只能先顾一头了，三儿还小，这北平也近，船票也买了，我先想办法把三儿给弄出来。老大怕还不知道老二民生的事儿，给他拍个电报，让他想想办法。"姜来远一边安排着，一边起纸拟了一份电报，交给下人："抓紧把这电报发出去，我到北平后再给他发电报、打电话。"

"来远，多带些钱，在北平花费会很多。"佳怡小心地嘱咐。

"这个不用，确需钱可先从北平分行那边借支一些。你们别乱出去。我到北平后就打电报回来，放心好了。"来远嘱咐着，收拾好东西便带着下人出门口，坐上车直奔码头而去。

2

来远前脚刚到北平，其大儿子民国的电报尾随而至，并留了电话。姜来远与大儿子通了电话，让他务必想尽一切办法，把民生救出来。

“爹，你又不是不知道，他多固执，再说这次从北平发起的运动，南京最高层很重视，要定性为共产党运动，会比较难办。不过，我会竭尽全力，他是我兄弟。在北平那边，爹也要小心。明天我就去找我大舅。”民国电话中一边安抚着父亲，一边为自己政见不同的兄弟担心，内心纠结无比。

“北平这边有市政府的老乡说帮忙。你多劝劝民生，让他不要太激进。这边完事儿，我就抓紧到上海。”姜来远千叮咛万嘱咐，盼望儿子不要出事。

见大儿子应承了下来，来远松了口气。他知道，民国这几年在上海，颇有些能力，况且亲家好歹也是民国政府的少将，不会坐视不管。关键是世聪在国民政府多年，特别是在汪主席身边，应该能说上话。

姜来远在北平为小儿子之事四处奔忙。事情看起来很难，但找对了人，未必就那么难。加上整个社会的舆论起来了，不少人收了重礼，北平距离南京那么远，中央政府确实力有不逮，不少人被借着各种理由放了出来。与民权一块被放出来的，有两个是烟台老乡，其中一个是吕其恩，“徐明娥枪案”学生运动的主角。姜来远看着孩子们一个个蓬头垢面，估计在里面挨了饿，便领他们洗了澡，换了干净衣服，找了个饭店，要了些好点的饭菜吃。

“这一次闹得这么厉害，学校里怕容不得你们。”来远担忧地问着。

“姜伯父，你别担心，只要有心，在哪都能学习。眼下的华北已基本变成日本人的天下，此时若不闹闹让南京政府知道，怕是都在麻木不仁中死掉。”吕其恩边吃边说。

“爸，您在烟台，可能还未曾感受到强烈的危机。日本人盘踞东北已三十余年，特别是‘九一八’以来，东北已成日本人的天下，他们下一个目标，就是京津、华北，甚至整个中国。偌大一个华北，怕已容不下一张安静的书桌。”民权吞咽着包子，语速飞快，有些悲愤地说着。

姜来远对儿子的话不置可否，觉得这么对抗有些危险，但他也提不出更好的方法，只好说：“斗争要有策略，讲究方法。”

“叔叔，当官的麻木不仁，叫嚷什么‘攘外必先安内’；当兵的不抵御外侮，反而枪口对老百姓大施淫威。这样的政府，怎能长久得了。”吕其恩的声音有些高。

姜来远看了看四周，暗示他们说话要小点声。

听了这些年轻人的话，姜来远心中很不平静。对啊！这些孩子游行示威喊口号，看起来像有些不合时宜。可童言无忌，他们说的何尝不是实话？可那些政府高官对这不懂吗？不会的。但报纸、广播上为什么不说呢？一旦有人说反而就被抓，甚至有丢掉性命的危险。看来，大多数人不是不知道，而是假装不知道。为什么假装不知道？怕被抓罢了。因为自己一旦被抓了，就会失去自由，失去财富，失去家庭，甚至失去生命。

是不是自己老了？想到这些，来远禁不住叩问内心，当年自己参加反清时，也是二十岁左右的年纪，岂不是和这些孩子们有相同的想法？是世事的轮回还是人世的宿命？来远禁不住将两者对比起来。他这正想着，民权问：“爸，我这没事了，你放心好了。你啥时候回去？”

“你们都成人了，我不阻拦你们，但要注意方式方法。我在这也多转转看看，处理一些事情，去几个老朋友那看看，还有你谢爷爷那边。”姜来远审视着眼前的年轻人，轻轻点了点头。

3

谢葆璋谢绝一切职务在家休息，算起来已有四年。他也越来越难以适应当下的气氛，每日只是在家看看书、写写字，休养身体。谢家的客厅内，来远的来访使谢葆璋的气色有些好转，两个人坐在沙发上闲聊起来。

“最近学生运动闹得挺凶。”谢葆璋还是脱不了闽南腔，虽已在北方生活了四十多年。

“是挺厉害的。这些小孩子，真不省心。”来远应道。

“怎么？你孩子没事吧？”

“没啥事，已经放出来了。”来远有些无奈地说道。

“出来了就好，出来了就好。这世道，唉！我们老了，还是要靠年轻的。”谢葆璋咳嗽了两声，欲言又止。

“看这学生们反对华北自治，倒不是反对政府，不知道政府到底怎么想的，日本陈兵东北，这在华北、华东也有驻军，政府不痛下决心，学生们干喊是没用的。”来远说道。

“嗯，学生的动向是一个信号，学生易接受新事物，易抱团，故自清末以来，每每有大的事情发生，莫不是以学生运动来开始。眼下的华北，情形怕是比学生们喊的更为危急，也差不多了，我这把老骨头，也不知有无终老于此的机会。”谢葆璋话语中，充满了悲伤和凄凉。

见他说这样的话，老伴在旁不依了：“来远，你叔最近老说丧气话。世道那么乱，几十年不也那么过来了。这日本人又能怎么，还真占了中国不走了不成？”

“你还想日本人又能怎么了？你若两腿一蹬，啥也不知道了，可娃娃们还小，还要有人种地，生活。我们生在乱世，但终究还都是中国人，怕的是下代的娃娃们，活得连我们都不如。”一直意气风发的谢葆璋，话语充满了悲观，这是多年来未曾有过的。

见谢叔叔如此伤感，话说太多也不合适，姜来远便将带来的鱿鱼留下，起身告辞。他刚到酒店，就有下人送来发自上海的电报，仅有四个字：“已成。当劝！”

4

经过长途跋涉，疲惫的火车载着心事重重的姜来远停在浦口火车站。时已黄昏，残阳在江面慢慢坠落，红色的江水被过往的船只扯得七零八落，从北方刮来的冷风吹透了人们的衣服，穿过皮肤，进入肌肉，袭进骨头，深入骨髓，狠狠裹紧裘皮大氅也无济于事。姜来远紧缩着脖子，提着手提箱随拥挤的人群上了轮渡船，那船哀号着驶向南岸。弃船上岸，姜来远坐了人力车赶往丁世聪给他预定的夫子庙宾馆。

虽说南京越来越繁华，繁茂的梧桐树越来越成气候了，但在这严寒冬日雪花零零落落飘下来时，这外来的洋梧桐也如同落难的富家女子，无法展示夏天时从容的样子。况且，姜来远心中之事如同一块巨石压在心里，无暇欣赏这六朝古都的街景。

夫子庙宾馆紧邻秦淮河北岸，在雪中更有一番别致景象，若是和平年代没有烦闷之事，此处倒是一个散心的好去处。来远登记好房间，找了个小店随便对付了点，以驱除身上的寒意，又顺便买了些瓜子零食，回宾馆时，丁世聪已经在大厅等候。两个人寒暄过后回到房间，来远叫了茶水，世聪说不用，茶叶都带着，只要热水就可以。丁世聪打开带着的包裹是，用油纸包着的一整只桂花鸭，不过已经切好，头、脖子、翅膀、爪分明，鸭身、腿都切成手指宽的厚片，打开包还都井然有序。一包花生米，一包老疙瘩咸菜，还有一瓶金陵醉，两只小的瓷酒盅。看来世聪这小日子过得不赖，大冷天，准备得还如此细致。姜来远心里颇有些郁闷，这天虽冷，但心里却火急火燎，哪有心思喝酒。

丁世聪似乎看透了姜来远的内心。他一边开着酒瓶子，一边说："来远，民生是我外甥，我怎会不着急？我找人打过招呼了，需要时间。好不容易见一下，不喝点咋行？"

丁世聪说得对，一个外甥半个儿，外甥在监狱里，哪个舅舅不着急？打开塞子的金陵醉酒瓶子在热水里烫过，酒是温的，一盅温热的白酒进入嘴里，那热辣穿过喉咙进入胃里，不一会儿便心跳加快，寒意皆无。半瓶酒下去后，话说了一箩筐，那桂花鸭也下去了一大半儿，翅膀、爪子、胸脯肉，如同丁世聪的话一样，杂乱无序没了章法。虽然丁世聪的话开始颠三倒四，但姜来远对他这些年的过往经历，清晰了不少。

原来，国共合作破裂后，丁世聪不再同情共产党。孙先生奉安大典后，他跟随汪先生进了国民政府，主要是为其翻译日文资料，对来自日本方面的朋友安排在中国的行程，可以说是汪先生的心腹之一。虽汪主席在国民政府的地位有起有伏有波折，但丁世聪也还算顺风顺水，与不少党国高层有一定的交往。民生被抓之事，他已找到汪主席最信任的人，不过还需要通融。

"到底什么时候能出来？需要如何通融？"姜来远已经顾不上话语是否得体，也无心再听其复杂的经历，急切地追问。

"来远，刚才说了，我拿民生当儿子看，肯定全力以赴。不过，这民国政府不是我开的，也不是汪主席开的。民生倔强得很，党国的条件他不答应，咋办？"丁世聪一边说，一边无奈地端起酒杯，自顾自地一饮而尽。

"这个死小子，什么条件他不答应？看来在里面还待不够。"姜来远听世聪那么说，直接动粗口骂了起来。

“来远，我不知道现在年轻人怎么想的。烟台很多人都这样吗？本来也没啥，无非是让他在报纸上发表个反对共产党的声明。”丁世聪说着民生出狱的条件。

“反对共产党？民生是共产党吗？”姜来远脱口急问，他对这小舅子的话，不太相信。

“不是、不是，当然不是。如果确认是共产党，脑袋早就掉了。不过，这次学生活动，明显有共产党参与，在游行中民生过于活跃，被定为同情共产党分子对待，属于被重点监督对象。此次不同以往，委员长很生气。要想清白，那就要发表与共产党无关的声明，才能证明和共产党无瓜葛。”丁世聪消灭了一根鸭脖子，才把为什么要发表与共产党无关的声明解释清楚。

“这不是强人所难吗？国民党可以不让人信共产党，但不能强迫人反对共产党吧？”姜来远对大舅子的话不认同。

闻听此言，丁世聪嚼着桂花鸭的嘴巴停下来，仿佛不认识的样子，吃惊地看着姜来远。好一会儿，他才说：“怪不得他们走邪路，原来你也同情共产党！”

“世聪，你这是什么话？说实话，我不喜欢国民党，但也不希望参加任何党派。我只是个老百姓，想过安生日子，行不行？”姜来远见丁世聪问的问题方向有些走偏，不想再聊这个话题。

丁世聪喝了口茶水，才将刚才含在嘴里没咽下去的肉，咽了下去，继续说：“对啊！妹夫，我们都是小老百姓，都想过安生日子。可国家不稳，社会难宁，要想过安生日子，就需要一个强大的政党安内，与外国保持良好的沟通，维持好关系。只有这样，老百姓才能过上安稳日子。”

姜来远听世聪撇开了救孩子之事，扯到了另一件事，心里有些不爽，便牢骚：“可是，这党国能安内吗？自辛亥以来，我身边多少革命分子贪污腐败、强买强卖，甚至横征暴敛、强取豪夺者也屡见不鲜，买官卖官、投敌卖国者，反而在报纸上风光无限。现如今，日本人占据东北、驻军华北，老百姓能过上好日子吗？”

闻听此言，丁世聪没有恼怒，也没有拂袖而去，又把话题扯回到民生这边，说：“妹夫，那些大事儿是委员长和汪主席考虑的，眼下最要紧的是救民生。不瞒你说，汪主席现在急需人才，像民生这样要才有才、要貌有貌的年轻人，如果归顺到汪主席手下，何愁不飞黄腾达？还有，现在党国多少高级干部把子女送到国外，如民生愿意，出国不失为一条出路。来跟我干也可以，估计用不了多久，就会被位高权重的党国精英看上，成为乘龙快婿，和民国那样。怎么做都比现在强。”

话不投机，车不对辙。

姜来远情绪低落到极点，似乎忘记今日前来南京的目的，瞪着大眼睛愤然道：“去日本？去美国？去那里就能过上好日子？现在多少老百姓居无定所、食不果腹、衣不遮体，而这秦淮两岸灯火葱茏、歌舞升平，不似大厦将倾的样子。有人想改变，党国却以刀枪伺候。前些年清党，有多少人被杀，大多数是手无寸铁的学生、教师、医生。这些本来都是社会最有前途的人，他们怎么下得去手？”

丁世聪一直对姜来远很尊重，这份尊重来自少年的同窗之谊，也来自他是自己的妹夫。但今天听姜来远之言，也估计是喝了酒的原因，丁世聪竟然较了真，把憋了很多年的恶话，一股脑儿倾泻出来：“来远。莫激动，莫激动。说实话，我们兄弟这么多年没有好好唠叨唠叨了。你看，今天这雪下得及时，秦淮飘雪的景致，可是难得一见。想想看，你我在县学时，想的是：学成文武艺，货与帝王家。可朝廷废止科举，断了我们暮登天子堂之路。谁之过？是朝廷，是上头。虽是如此，但他们的孩子还依旧能够登堂入室，步入朝阁。而我们呢？巨富者可以远赴重洋，可少小离家孤苦伶仃的滋味好受吗？你如不遭此变故，中进士、入翰林也未尝不可。后来辛亥一起，袁世凯接任民国，才几年光景，就想做皇帝。皇帝虽没做成，但后面那些个总统、总理，哪个不是他手底下的？这么多年了，他们老袁家富贵荣华依旧，后来兵祸连年，谁之过？老百姓吗？肯定不是，无非是心机深、善权谋者，得了大便宜罢了。想当年，汪主席的‘引刀成一快，不负少年头’名满天下，是个满腔热血为民请命的人物。可如今，张口是三民主义，闭口是中山先生信徒的委员长，做尽党同伐异之事，只信任自己的学生，借军队人多势众，每临危机或政见不同时，便以退为进，进而谋取更大的权力。可怜汪先生势单力孤，不得不忍辱负重，联日以求自保。说说看，这天下何有公平正义可言？这人世间就是一个大舞台，你方唱罢我登场，都争着当主角。所谓的民国，只不过是借共和之名把清朝大员赶下台，另一批投机分子登堂入室，抓住机会捞些实惠，顺便表演一番，演好了名垂青史，演砸了遗臭万年。我们一般人，怕是连演出的机会都没有，能跑个龙套，就算好手。”

姜来远对待世界的态度是沉默，内心的孤独和对前景的忧虑，导致思考问题格外深邃，看似反应较慢，实则是因深度思考问题，对比着各种选择可能出现的后果，从中选择一个最优的答案。不甘下流、不同流合污的想法，使他有时选择范围异常狭小，只好时常抑制着内心的欲望，克制着对世道不平的激愤，以致他心路异常崎岖和高度隐忍。这些年，他看到太多不堪入目之事，听到太多不忍卒读之新闻，故竭力躲避政治。确实，对上面的情形，姜来远并不了解，如同上面很多人也不了解下面一样，知道的一星半点都是道听途说，不是事实的真相。今天，如此真切的话从丁世聪嘴里说出，来远还是第一次听说。看来，上面应都清楚目前之危局，只不过都不想改变，甚至是都在比烂罢了。姜来远叹了口气，惨然道："这么看来，汪先生是自愿做汉奸了？如果汪先生做汉奸，你何去何从？想过吗？"

"妹夫。话哪能这么说，汪先生不会卖国，联合日本那不过是他的策略罢了。大东亚共荣有什么不好？清朝也借过洋债。北洋哪一任总理没有签过借洋债的合同？为何别人做得，汪先生做不得？汪先生不吸烟、不喝酒、不嫖、不赌、不纳妾，民国以来，能做到这样的又有几人？共产党我不了解，就国民党而言，有几个跟得上汪主席的清廉？"不知是酒醉了人，还是话醉了人，丁世聪的舌头如同拌蒜，开始不听使唤，话语逐渐含糊起来。

两个人从大清该不该取消科举，谈到共和立宪辛亥革命，又从北洋军阀谈到党国高层的个人恩怨，一直讲到共产党该不该同情能不能成事儿，一只鸭子还没吃完，所谈话题与搭救民生已离题万里。姜来远看着眼前的世聪，那壮志凌云、胸怀天下、为国为民的聪颖少年，几十年下来，竟然对个人利益算计得如此精明。其且如此，更高层情何以堪？怕是为了权力争夺，施些什么手段，鬼都能想得出。看来，所谓领袖，不过是碰巧撞到个位置上而已。这样的党，这样的国，有什么希望？有什么前途？还有什么值得留恋？掌握权柄的党国高层尚且如此，中国的前途在哪里？黄博士告诉过自己，上海、瑞金，还有前段时间范记者说的井冈山、大西北，那些人是干事的。可那些人在西北太远了，南京都这样了，他们能有办法改变吗？姜来远转过头看着窗外，透明的玻璃外面是另一个世界，那雪下得越来越大，河对岸的墙头、屋顶都已覆盖了厚厚的一层，不管是绿的树、灰的瓦，还是冻死的路人，都被雪覆盖上，统统看不见了。

见来远不说话，丁世聪缓了缓说："如果可能，我和汪主席说一下。要不找个日本朋友说一下，放他出来。”

“别，可别。我可不想让儿子做汉奸！”姜来远有些怒不可遏。

“来远，话不能说得那么难听。民生可是我外甥，看在我妹妹的面上，我无论如何也要救。”丁世聪说这话时，没有看来远，自顾端起酒杯，一饮而尽。话说到这里，表明了人可以救，但不再是为两个人的情谊而救，也不是为两人的惺惺相惜而救，是为单纯的妹夫大舅哥的关系而救。再说下去，两人都会觉得无趣，扯了几个还记得名字的同学，丁世聪披上风衣，踏着泥泞的雪路，艰难地顶着漫天风雪，一步一晃地走了。

5

整整一个晚上，姜来远都没有睡好觉。第二天吃过早饭，他便踏着泥泞的冰雪到了亲家家里，看望孙子喜达。孩子已三岁，长得乖巧可爱，虽对远方的爷爷没有什么印象，但天性使然，有血缘关系在那里，爷孙俩很快就有说有笑亲昵起来。谈起民生被抓之事，亲家说自己不方便出面，找了关系，民国在给周旋，应该问题不大，让他不要太担心，安心在这里住下来。

还好，姜来远在亲家家里住到第十二天，收到大儿子民国的电报，说民生已经出来，他说有事情要处理，就不来南京见面了。来远甚感宽慰，但遗憾的是没见到儿子。他哪里知道，是民国花费了岳父买一栋别墅的金条，费了九牛二虎之力，托了很硬的关系，又找了个相当有分量的人做担保，才把民生从提篮桥监狱里给保了出来。

提篮桥监狱号称“远东第一监狱”。大清时，其关押的是江洋大盗，反清志士；大清亡后，其关押的主要是革命者；民国后，关押的主要是共产党。提篮桥监狱墙高牢厚、血腥阴森，是国内第一个墙头通电网的监狱，自成立以来，从未发生过被关押之人逃跑之事，可见其看守之严密。

民国焦急地站在门口等了好久，当看见兄弟从里面出来时有些摇晃，想必在里面吃不饱饭，受了折磨。民国抢跑过去一把扶住他，问：“兄弟，怎么了？是不是饿坏了？没事吧？”

“嗯。饿了。”民生有气无力地说着

“吃啥？吃包子去？”民国说完，看民生点了点头。

民国扶着民生，走到不远处的山东包子铺，要了两屉包子吃了起来。民国本来想和他说什么，但见周围人来人往，不是很方便，便忍住没说话。见兄弟风卷残云般吃完两笼屉，一碗小米汤下肚，民国便试探着问：“兄弟，找个安静的地方说说话去？”

“嗯，可说说我们兄弟间的事，不要说其他的就好。”民生是有些敏感，也有小聪明。他也知道自己比其他人放出得早，哥哥肯定费了好大劲，怕是不能就这么完结了。

两个人顺着路往西走了不久，在虹口公园附近一咖啡馆外，民国隔着窗户看了看，里面人少，两个人便进去找了个靠窗的卡位坐了下来。

6

服务生按两人口味上了咖啡，民国轻声说：“兄弟，你们这次事弄得不小。要知道，你们校长都被叫去教育部谈话了。如再发生类似之事，轻了校长撤职，重了学校关闭。刚才没和你说，老三在北平也被抓了，爸去北平找人了，费了很多心。这些天爸和世聪舅在南京为你的事上下奔忙。以后别再这样了，好不好？”

民生对哥哥的话有些吃惊，不自主地惊呼：“民权也被抓了？”

“和你说过多少次了，你们这样，让爸妈多操心。你知道，你不是一个人，一人吃饱，全家不饿。奶奶、爸妈都为你俩担心得不行，若是有个三长两短，家里人可怎么过？”民国的口气，禁不住有些严厉起来。

谁承想，民生并不像刚才温顺，竟然直接反驳道：“哥，现在我们上街，家里人担心。这日本人要是打进来，怕是他们要为所有人担心。更可怕的是，他们连担心的机会都没有了。”

民生的话，直憋得民国有些喘不上气来。民国本想替父亲劝导他，谁承想反被呛了个大窝脖。民国气冲脑门，口气有些生硬地吼道：“要知道，你参与游行，学校跟着你受连累，老师家人都为你担心。你不为自己考虑，还不为别人考虑一下？”

“为自己考虑，为别人考虑？就是天底下为自己考虑的人太多了，才造成今天这局面。大哥你说说看，眼下最重要的事情是什么事？”民生反问着哥哥。

“眼下最重要的事情，分对谁说。对你而言，学习是最重要的；对国家而言，最重要的是对内搞统一，对外抗击外侮。这两件事与你们学生都无关。”民国声音提高了八度。

“那国家兴亡，匹夫有责的说法，何来？”民生对哥哥的话不以为然。

“你们还真把自己当回事儿了。国家兴亡，那是最上面考虑的事情，我们作为臣民，最重要的是执行，执行，懂不懂？”民国不想与兄弟辩论这话题，他知道，谈论这个问题如鸡生蛋、蛋生鸡一样，是难以辩论清楚的。

“执行？执行什么呢？如果错了呢？也执行吗？”民生皱着眉头问。

沉默，无言的沉默。

咖啡馆外面衣冠楚楚的行人，享受着闲暇和安宁；距此不远的江面上，传来令人心碎的轮船汽笛声。肩负着父亲的嘱托，作为长兄的责任，民国的心情异常沉重。他也有满腔报国之志，但还是希望家里其他人岁月静好，好好读书，成家立业。可是，自己的心谁能懂呢？既然已接受父亲的嘱托，就要完成这个责任，这么放任不管，也是不负责任的。想到这儿，民国又劝：“你说的，我怎可能不懂？可眼下最重要的是抗击外侮，日本人就在眼前，我们不把它打掉，国家无法统一。”

民生鼻子里哼了一声，用轻蔑的语气说：“大哥，事情真是那样的吗？既然眼下对国家而言最重要的是抵御外侮，可前些年的“九一八事变”，日本兵不血刃占领东北，国民政府几十万人竟然未放一枪一炮。还有，现在大批人马在西北打内战，怎么不用那些力量去打日本人？还说什么大敌当前，最重要的是抵御外侮？”

听兄弟之言，民国有些黯然，兄弟的话没错，可好多事情也不是自己能改变的，自己在尽力地做，可民生的话中好像顽固不化似的，民国无奈地辩解：“兄弟，好多事情，不是你我能说得清的。但是，我不也正因为‘九一八’后才弃笔从戎、立志要血洒疆场的？俗话说‘兄弟齐心，其利断金’。眼下，最重要的是我们要团结起来全力以赴，不要再生事才是。我们若不团结，怎么能抗击敌人？”

“团结？国民政府没钱打日本人，却有钱打共产党，这是什么样的齐心协力？”民生的声音高了起来。

民国听用词敏感，禁不住四处望着，怕有人听到这不合时宜的言论。

“哼、哼，大哥，你看，你这一身毛料呢子大衣，牛皮的马靴、皮带，这一身行头恐怕要好几个老百姓一年的口粮。现在多少当官的敲骨吸髓，鸡屎也要刮层油，不择手段地搜刮民脂民膏，养肥自己和家人，他们拿老百姓当兄弟了吗？”老二直接把问题引导民国身上。

“兄弟，这是另一回事。咱先说眼下的问题，俗话说‘识时务者为俊杰’，你若被关在这监狱里出不来或者被杀掉，不是啥也做不了吗？”老大也直接说到了老二人身自由问题上。

“监狱？大哥，你看看你们这监狱里关的都是什么人？这提篮桥监狱是很有名，号称远东第一监狱，有‘东方巴士底监狱’之称号，哥肯定看过《双城记》，巴士底监狱关的更多是政治犯，同样这提篮桥监狱，也关过章太炎、邹容等人，那是腐朽没落的清王朝最后的挣扎，章太炎、邹容当时犯了什么罪？我又犯了什么罪？不就是说了政府几句不好的话吗？古人云：防民之口，甚于防川，这连话都不让说的政府，会是个什么样子？”老二激情澎湃地从国内说到国外，从大清朝说到眼下，满腔的激愤憋红了脸。

“二弟，按你这么想的走下去，将来你会很危险。真到后悔的时候，可就没办法了。这次，你知道我找了多少人、花了多少钱？下一次，恐怕我就没这能力了。”民国见兄弟义愤填膺的样子，只好将无奈和屈服埋在心里，说着软话。

“后悔？大哥，我从事的是人类最崇高的事业，怎么有‘后悔’二字？大哥，你要想清楚，眼下的中国如同一座即将喷发的火山，若不作改变，后悔的恐怕是你们！”民生激动的声音越来越高，不断有人扭过头向他们看过来。

民国见兄弟的言语如此激烈，回过头朝其他人歉意地苦笑了笑，摇了摇头不再作声。民生也觉得好像影响了别人，便端起咖啡来喝着，继而是相对无言，长久地沉默。过了好久，可能是都消气了，民国才说：“兄弟，不管怎么说，你不能再如此鲁莽。你知道，全家人多担心你。”

“哥，你是扛枪的，随时可能上战场。打起仗来，枪不长眼，爹娘更担忧的是你。”

“我是军人，上战场是军人的唯一目的，若哪一天我死在战场上了，我的血是为国家而流，我若是死了就是为国家、为百姓而死，本不用为我担忧。”

“可是，你们的枪下有多少老百姓的鲜血，你们敢说是在为捍卫国家利益与尊严而战吗？日本人占领了东北，国民政府竟然一枪未放。眼下的上海一片歌舞升平，南京到上海的火车上，坐着多少来过周末的达官贵人，而你说为百姓而死，真乃天大的笑话。如你是为百姓参军，我的文章更是为百姓欢呼、为捍卫真理而写。”

“正是因为东北一枪未放，我才考了军校，以后不会这样。”民国的声音有些高了起来。

“以后？中国有几个东北？中国还有多少以后？”民生反问。

“兄弟，你怎么那么执拗？”民国色厉内荏的劝告声，在温馨的咖啡馆里显得那么不合时宜。兄弟俩面红耳赤的争执，使他们都不能平静下来，民生看了看大哥，拿起身边的信札纸，提笔在桌子上唰唰地写着。写完后瞅了瞅，他又修改了几个地方，伸出右手将纸碾着转了一下，轻轻地推到民国的面前，面色决绝而平静地说：“哥，以后不要为我难过。”

民国顺势接过纸，心里想：抬抬屁股都知道小子在想啥！和我还要什么花花招？他将纸放在灯光下看着，就见上面写着：

哥，你手中有枪
用它可抵御外侮
也可屠杀人民
就看你怎么想

弟，手中只有笔
用来呐喊莫彷徨
呼吁政府的良知
唤醒沉睡的百姓

哥，你有你的理想
高官厚禄锦绣前程
可若心中没有人民
一切都会成为泡影

弟，我有我的抱负

愿满腔喷涌的热血
融化那坚硬的寒冰
让人民富足安详

哥，望你能掉转枪头
对准外来侵略的豺狼
使国土不再沦丧
百姓不再遭殃

弟，宁可做冤死鬼
也要奋力去拼争
怕只有在国家独立、民族解放、人人平等的时候
我们再做兄弟

读罢，民国眉头紧皱，缓缓抬起头，强烈压抑着内心的悲愤，感觉对面坐着的不像朝夕相伴了十多年的兄弟，而是距离遥远的兄弟。幼稚，太幼稚了，他忍不住咆哮起来："什么意思？认为我是你的对立面？写诗？诗能救中国吗？"

"哥，诗不能救中国；但写诗的人，能救中国。该说的都写在上面了，以后无论出现什么结果，我自己认，你也不用太操心，以免耽搁了您的前程。我们生来就是兄弟，这是无论如何都改变不了的现实，这是我们的幸运；生在如此惨淡的中国，这也是无论如何都改变不了的，是我们的不幸。我们有着不同的理想，选择了如此不同的道路，或许哪一天我们相见在战场上，不要悲伤。中国要选择哪条路，不是你我兄弟俩能决定的；但又不能少了我们兄弟俩。"民生的话说完，见哥哥一言不发，微蹙着眉头像是在想着什么，满是失望的表情浮现在脸上，只好说："若没事，我就先走了。"

民国清楚地知道，兄弟和自己的思想认知已大相径庭，看来是无可挽回，有些无奈地苦笑道："我说兄弟，这是何必呢？留得青山在，不怕没柴烧，任何事情的改变，都不是一朝一夕完成的，我们需要时间。"

"大哥，时间？需要多长时间？一百年？一千年？中山先生都去世十年了，'革命尚未成功，同志仍需努力'言犹在耳，可眼下列强环伺而歌舞升平的样子，

哪有一点革命的气息？很感谢你救我出来，但若干涉我为自由而呼喊，请以后不用再救我，让我待在里面就好。”民生说完，见大哥没回应，便离开座位，悄然而去。

看着兄弟远去的背影，民国的内心不知是痛苦还是难过，各种说不出的滋味涌上心头。他静了静心，让服务生拿来纸，把刚才兄弟所写又抄了一份，装入自己的包里；简单写了封信，付了咖啡钱，出了门右拐不远走到邮局，把信和民生写给他的诗一块叠了塞入信封，贴了邮票，寄往烟台家里。

7

元旦是上海一年中最冷的时节。

大夏大学楼前宽阔的草坪依旧顽强地冒着些绿色，四周围着的法国梧桐树叶已经落尽，那悬着的铃铛在风中胡乱地摆动，草坪北侧正对着的庄重典雅的大楼也遮掩不住这萧疏的气氛。民生面对这读了三年多的大学，心中有些不忍，对自己的决定产生了一丝丝的疑虑，但想到事情怕是难以挽回，不能为了自己而让别人受牵连。民生正想着，熟悉的下课铃声响起，他在草坪边上的法国梧桐树下停下来，看着从文史楼中涌出的人群，不放过每一个人，直到人渐渐少了，一个熟悉的身影从大门里踱步而出。

姜民生忙从树边上闪出来迎上去，叫道：“施老师！”

施蛰存见了民生，还是有些吃惊，看看人还是囫囵着，仿佛也没受啥罪，低声问：“哦，是民生啊！你啥时候来的？怎不到楼里去？这么冷！”

“昨天出来了，老师，我有个事跟您说一下。”民生低声道。

“好，咱去那边说。”施先生一边说着，一边往草坪上走去。

“老师，我下定决心，放弃继续读书了。”民生的话让施教授吃了一惊，反问他道：“这是为何？还有半年你就毕业了，老师们都和学校里说好了，不给你开除处分，只要再待半年，就毕业了呀。”

“我知道这事让学校、校长很受责备，再继续读下去，会让学校和老师们受到牵连。虽还未毕业，但受教于先生多年，知识上感觉已经毕业了，只是缺少那个毕业证而已。”民生小心地解释着，他知道施老师对自己很上心，自己以这个方式离开，他怎会不难过。

“前两年见过令尊，他是个很有学识的人，很希望你能做学问。你国学的底子也很好，我还想推荐你去国外深造，就此放弃，太可惜了。”施蛰存极有修养，但他并没有顺着民生的话说，缓缓的话语仿佛在回忆与来远见面时的情景。

“多谢老师费心，来上海三年多，向您学到了很多东西。但学生觉得对我而言，眼下有更重要的事情做，不能再等了。或许哪一天安静了，再来听老师的课。”民生说着，禁不住泪眼婆娑。天虽冷，那眼泪流在脸上，却是热辣辣的，令他心潮难平。

“我和教务处说说，看能不能给你保留学籍。什么时间想了，再回来。”施教授小心地提议着。

“我看不用了，最近要离开上海。”民生的离开，就是为了避免给别人添麻烦。说这些，是为了向老师告别，也等于封死了自己的退路。

“去哪里？”施教授关切地问。

“应该是西北！”民生说得虽然含糊，但明白人应能听得出是哪里。

第三十六章

无尽寒夜现惊雷　长空闪电耀西北

1

从济南城里往南看去，那千佛山就是典型的“山”字形，三个山包东西向一字排开，中间那个最高，东面和西面那两个稍矮，漫山遍野的绿是苍翠的松柏，山离城三里地，不远不近，步行半小时即到，是城里人踏青游玩的好去处。登上半山坡，便见齐烟九点，远处黄河如带，从西南蜿蜒伸向东北，一望无垠的华北大平原如绿毯一样铺展开去，一个个村庄如团团簇簇的绿点，点缀着大地。千佛山东坡向阳之处，因道路起伏，行人较少，更为安静，花草树木格外繁盛，因而景色更佳。这北坡平缓之处，整个春天都在施工，至初夏，一个广场和纪念碑已建好。在南风舒缓的日子里，姜来远作为嘉宾，被邀请参加辛亥革命烈士纪念碑揭幕，同时参加安葬徐镜心、薄子明的仪式。

民国三年，徐镜心被袁氏爪牙杀害，后葬于北京香山，灵柩一直未能迁回原籍。而后时局动荡不安，移棺甚为不便，更不用说安葬。加之身带罪名，无法彰显其功绩，国民党稳定全国局势后，特别在国民党五届二中全会通过《关于旌褒山东辛亥革命烈士的决议》，追赠徐镜心为陆军上将，同时追授的还有丁惟汾、蒋衍升等人。韩复榘作为山东省主席，大张旗鼓张罗此事，显示其对中央安排之事办得尽心。也想通过此事拉拢山东各界人士，毕竟徐镜心、薄子明、丁惟汾、蒋衍升等人，虽去世多年，但在山东威名犹存，这叫以死人压活人。故韩复榘对此特别重视，知道不少革命志士已安葬原籍，但像徐镜心这样在外地异乡多年，老家故友甚少，日久其墓必无人照料；选此济南城边的静谧之地，便于官方祭拜，方能使其事迹让人铭记，必为得人心之举。

此时此刻，姜来远悲痛异常，虽徐镜心和薄子明已去世多年，但音容笑貌仍历历在目，仿佛没有离开自己。气氛庄严肃穆，韩复榘在念祭文，其文字之激昂，语气之铿锵，一扫之前嘻哈痞腐之气，站在人群中的来远心中唏嘘；又听宣读国民党中央追授同盟会山东义士的公告，十之六七为胶东人士。姜来远心中默默念着那一个个熟悉名字，一个个义士鲜活的音容笑貌又浮现在眼前：当时，他们都正值壮年，一个个雄姿英发，为中国前途不顾个人安危，抛头颅、洒热血，更多的不是战死沙场，而是死于牢狱，实属世之不幸，国之悲哀；今日得以立碑纪念，屈指算来，子鉴离世已二十二年，可谓久矣！还好，他们并未被人遗忘，终于回归故土了。

覆盖在纪念碑上的红绸布被揭下来，高大的青石基座上，露出大理石碑砌成的碑身，“辛亥革命烈士纪念碑”几个描金大字在阳光下熠熠生辉。纪念碑前面的仪式举行完毕，韩复榘带着参加仪式的人挨个墓穴进行谒拜，拾阶而上，排第一个的便是徐镜心的墓穴，但见前面是当地特有的青石墓石，后面是青石石碑，上书“护国大将军徐镜心之墓”。韩复榘率众人在墓前三鞠躬，沉默了一会儿，问：“久闻徐大将军之威名，可惜无缘相见。各位谁见过徐将军？”

众人互相张望，无人作声。

“姜来远先生来了吗？姜先生不是见过吗？”没想到韩复榘这么说。

这话音刚落，不少人四处张望，心中纳闷：这姜来远何方神圣，倒让这韩大主席点名呼姓，称起先生起来。姜来远见避不过，只好应道：“在下来了，在这儿。”

“姜先生是今天在场唯一见过徐将军的人，能否说一下徐先生的情况？好让大家永久铭记。”

韩复榘一口一个先生，恭敬之言令人吃惊。世人传韩复榘是粗人，但传言是传言，当不得真。假设韩为粗人，也是粗中有细，装疯卖傻。几年前，其与张宗昌在大明湖游玩赋诗，称兄道弟，第二天张氏命丧济南火车站，如此巧合的霹雳手段，怎是粗人所为？今天突然提起姜来远，也是他看过出席纪念仪式名单后的临时决定，显示其做事粗中有细的风格。

姜来远见众人让开，便向前走了几步，来到韩复榘身边，双手施礼道："见过韩主席。"

韩复榘伸出手与来远握了一下，一扫平日蛮横神态，语气谦恭平和地说："几年前听效坤兄说过，当年姜先生与徐将军交往甚密，其过往事迹，能否为大家讲述一二？用以缅怀徐大将军。"

姜来远见推辞不过，只好向大家双手抱拳，一拱手，算是行礼，又朝徐镜心墓三鞠躬，平身后环顾四周，朗声说道："初识徐将军时，在下仅一十九岁，是从乡村到县城一懵懂青年，对世事一无所知。当时，徐将军从日本留学归来，是他给我讲革命的道理，引导我走向了革命的道路。此后，徐将军创办东升学堂，培养了一大批革命学员，撒下了革命火种。后将军又远赴盛京，任《盛京时报》主编，为革命摇旗呐喊，筹集费用。辛亥起事之危急时刻，徐将军身先士卒无惧牺牲，亲率人马保卫黄县，为山东军政府成立立下不朽之功勋。将军后任同盟会山东主委，至山东咨议局，为山东辛亥革命力量之中坚；去北京任参议员时，在参议院与复辟势力做尖锐的斗争，袁氏许以都督之职，而将军不受其拉拢，保持革命志士之独立人格，尤其令人佩服；其所写文章大气磅礴，分析问题一针见血。今回想起来，依旧令吾热血奔流心潮澎湃；可惜徐将军命丧袁氏之手，未能见今日之民国，实属遗憾。将军虽去，但其仍激励着我们奋勇前进，其英名必将与日月同辉，与大地常在，与此纪念碑共不朽。吾辈幸存，聚于此纪念徐将军，应不忘将军所盼国泰民安之愿，工农商官亦应齐心协力，为人民福祉忘我工作。愿徐将军之血不白流，其在天之灵也能安心！"来远的即席发言简洁明了，既说了徐镜心的事迹和对自己的影响，又说了眼下树立纪念碑之意义，众人闻之皆连连点头，就连韩复榘也露出了赞许的笑容。

2

"我日你娘。"侯长贵听说姜来远参加了徐镜心重新安葬仪式，并当着韩主席的面讲了话，那火气便不打一处来，见了儿子侯希玉便破口大骂。

侯希玉摸不清为何爹这么大火气，竟然爆出如此粗口，便问：“爹，什么事儿发这么火？”

“什么事儿？那个姓姜的在济南出尽了风头，你这常去济南，在那边天天吃屎啊！”按说，侯长贵都是土埋大截的人了，不该如此动怒。今天发这么大火，一半是为儿子最近对银行的事儿不上心恼火，另一半儿是为儿子在社会上交际面不广而恼怒。

在这方面，侯希玉比他爹想得开，劝慰道：“爹，咱做点实际的好不好？徐镜心迁坟和咱有啥关系？本来咱就不认识他，强求出那风头干啥？他姓姜的在韩主席面前讲两句话，就能讲来存款？带来效益？事儿过了，也就了了。”

“你、你、你不懂。他在韩主席面前混了脸熟，在烟台不就啥也占先了？有好事儿还轮得着咱？以后注意，这样的事情，不能落他后面。”侯长贵老当益壮，与姜来远斗勇之气，丝毫没有减弱。

3

天下似乎太平，而又似乎不太平。

明眼人都能看得出，华北之局势紧张异常，而《中央日报》不停鼓噪“攘外必先安内”，令有思想见识之人，心中凭空生出些许不安。燕京大学的消息，倒是让来远心中宽慰了不少。他这正想着怎么给刚到北京的小儿子写封信，忽然徐子清匆匆走进院子，胳肢窝下夹着一个包袱进来，边走边说道：“姜兄，送你一件好东西？”

“有什么好东西？”

“姜兄还曾记得去年那个姓范的记者吗？”

“怎会忘记范大记者，他来了吗？”姜来远对姓范记者记忆深刻，觉得此人优雅中深埋狂野，明亮的眼睛之后隐藏着一颗不羁之心，其看问题立足之高远，分析问题条理之分明，甚是令人赞叹。夜深人静之时，自己也禁不住暗想，世界如此之大，世事变化如此之快，如果自己年轻二十岁，或无家庭之累，是否也会如范记者一样，去各地转转，也能发现很多未知之事？

“猜猜看，我给你带来了什么好东西。”徐子清说着，将胳肢窝下蓝色的包袱放到桌子上，双手解开那包袱疙瘩，又慢慢打开，露出了用报纸裹着的东西，他又将报纸展开，一本淡红色的书呈现在面前。他一手拿起书递给来远，一边说道："给你看看，这是范记者托人送我，要转交你的。"

来远接过这书，只见左侧封面上印着"中国的西北角"几个字，作者是范长江，来远问道："是不是写的西北的事？"

"是，你看过？"徐子清有些诧异。

"书没看过，报纸还是断断续续看过。"来远订着好几份报纸，虽说有时候没法看得很细，但大的信息，还是错不过的。

"你仔细看看，报纸我也看过，时断时续，不全。这书上记载得连续，好好读读，从里面，我看见了中国的希望。"徐子清说道。

"好，我多看看。"姜来远眉头一挑，眼前一亮，内心兴奋异常。

4

深夜，室内灯光明亮。

姜来远紧蹙眉头，认真看着徐子清送来的书，并不停地用笔记录着。范记者离开烟台一年，走过那么多地方，定然历尽无数辛苦。想自己考察铁路时，不但有人结伴而行，还时常有当地官员伺候着，而他一个人走过那么多地方，即使有向导，所受的磨难也是超出想象的。更令人惊异的是，书中描写的红军从江西、湖南、贵州、云南、四川，一直到陕北，所经大都是人迹罕至的荒凉之地，时常前有堵截、后有追兵，还要攻关夺隘。这些人为什么会这样？听说其中不少人是富家子弟，不缺吃穿，有的已在政府有相当的地位，为什么要抛家舍业历尽辛苦干这事儿？还有，他们到了陕北竟然能扎下根来，看来与当地民众关系搞得不错。对了，十几万原东北军在那边驻扎，平日里世聪的来信，对此是只言片语，几乎很少涉及。日本人占据了东三省，日本军队已驻扎在京津一带，在烟台也不时见到日本人在大街上招摇，这么发展下去，华北怕是不好办了。可为什么，几十万东北军不打回东北去？不布置在京津阻止日本人的入侵，反而在西北围着同胞？"攘外必先安内"之词，听起来好像很有道理，可外人已在拆墙烧房子了，怕是等内安完，外人已登堂入室了，还怎么攘外？置自家兄弟生命于不顾，去委曲求全于别人，这是什么样的政府？袁世凯当年也莫过如此。

"呼隆隆……呼隆隆……"天边的炸雷连绵不绝，由远及近滚滚而来。姜来远心跳加快，呆呆地坐着有些不知所措，仿佛那年刚被扔到海中时的感觉。

佳怡从卧室内出来了，看来远呆坐在椅子上，说："天不早了，睡吧。"

来远顿时清醒了过来，翻转过身答道："一会儿就睡。"

"这都要入冬了，怎么雷还这么大。"佳怡心生疑窦地说着。雷声依旧轰鸣不止，由远及近而来，又由近及远而去。她看了看来远，说道："你先歇着，我出去看看下人们收拾好院子了吗。"说着就往外走去。

"别，等等，我和你一块儿去。"来远起身下床穿上外套，与佳怡一道出了书房，穿过客厅，来到院外。

方才，雷声很大，西北风刮起来了，奇怪的是院子里并没下雨。来远抬头看了看，没有星光，想必是阴云密布。忽然，一道闪电从西北天边闪出，迅疾地向他们射来，一条闪亮的光带弯弯曲曲划过大半个天空，从头顶伸向远处，那天像是被劈成两半，山川大地、河流、房屋、树木等人世间的一切，都被照得清清楚楚。感觉像是过了好久，沉闷中带着十足气力的雷声，轰鸣着向他们袭来。来远一把拉过佳怡，两手捂住她的耳朵，那雷声如同在耳边爆炸的炸弹般响起，直震得心口怦怦直跳，嗡嗡声在耳边盘旋着，久久没有散去。

来远看下人都收拾好了院子，雨点噼里啪啦地响了起来，两人便回到客厅，站在门口呆呆地看着。雨哗哗的越来越大，屋檐上的水成片泻下来，如挂在房前的一道水墙一般。来自西北的明亮闪电，仿佛要赶走人世间的黑暗，让人世间永存光明。这来自西北的响雷，又仿佛是要唤醒沉睡的人们，不再甘受禁锢。这暴烈狂刮的西北风，仿佛要人们学会呐喊，不能再唯唯诺诺，任人摆布。这急促的雨水，仿佛要冲刷掉人世间的肮脏，还百姓一个清清明明的世界。二十多年来，姜来远非常排斥各种"主义"，曾下定决心，再也不涉足政治。而近十年来，身边各种腥风血雨时有发生，是是非非的辩论此起彼伏，而自己的孩子们，在这嘈嘈杂杂的时代大潮中波折起伏分道扬镳，寻找着各自不同的道路，让自己不得不面对这现实的窘迫，又重新审视对未来前景的认知。多少个无眠之夜，他躺在床上，回想着自己所熟知的人，徐镜心已安葬在了济南千佛山东麓，虽壮志未酬却也轰轰烈烈，不枉一世英名；邱丕振、刘冠三也英年早逝，壮志未酬；世聪一直在外奔忙着没停下来。眼下，政府做的很多事情让人看不惯，对日本气焰熏天的样子毫无措施，这软弱无能的国民政府，怕是难以支撑长久。

世人云：天下是人人的天下，非一人一姓之天下，有德者居之，无德者失之。话虽那么说，但有对的地方，也有不对的地方。天下是人人的天下，但我们中国的天下不是日本人的天下。这国民政府糜烂如此，还没失去天下，让人对“无德者失之”产生怀疑。南京国民政府成立八年来，自己被逼着买债券，被绑架吸毒，哪件事后面没有政府的影子？特别是去年徐子清女儿的冤死，政府的处理方式和态度，哪有什么章法？简直是一帮乌合之众。看来这政府是没救了，虽说是旧的不去、新的不来。但对政府而言，却是新的不来，旧的不去；无论是商汤、周武、汉明高祖，哪个不是新的起来推翻旧的？就连自己亲身经历的辛亥起事，清廷不也是被迫退位？理儿是这么个理儿，都懂。可谁来推翻这国民政府呢？共产党？那共产党上台后，是不是也会与国民政府一样？偌大一个国家，路向何处，剑指何方，是个大问题。如果没有强有力的带头人，中国能走到哪里？走多远？还真不好说。与其那样，倒不如再等等看。姜来远想得很多，很远，哪里能睡得着？不停地翻身。

“在想什么呢？”佳怡在边上问。

来远不想说自己想的事，只是说：“老三考上大学了，可要让他好好读，不能像老大那样半途转了军校，更不能像老二那样大学读一半就算了，闺女读了医，也没一个做学问的。”

“现在的孩子可真不好管。这样下去，这几个会怎么样？我好担心。”

“孩子的事不用太担心。俗话说儿孙自有儿孙福，他们走什么样的路，没法管。”来远知道这做母亲的是怎么想的，安慰着佳怡。

“是不是今早徐子清给的书，让你睡不着了？”这么多年的夫妻了，佳怡知道他心里每每有大事不能决断，才会在床上辗转反侧，难以安眠。

“嗯，你咋知道？眼下心里确实矛盾。这么多年了，还真没遇到这么难下决心的事情。”来远自言自语。

“平日里那些报纸我也看，你那书上写着的是范长江，想必和报纸上说的差不多。眼下的政府，我看是烂成泥了，怕是扶不到墙上了。”佳怡虽作为女流之辈，见识倒是一流的。

“再等等看，不能急。费劲糊了新泥的房子，未必比老泥的好。”来远把话说到这里，佳怡就不好再说什么了，只好岔开话题问：“参加孔家公子婚礼观礼团，你定了去吗？”

“还在讨论中，银行业协会只准一人参加。那侯长贵拼了命地想去，去就去吧！”姜来远对这事情并不太上心，不愿凑这样的热闹。

5

“姜来远参加观礼团？凭啥？”侯长贵在与商会会长就谁出席衍圣公大婚典礼讨价还价。衍圣公作为孔家后代，其婚礼不仅仅是自己的人生大事，也是整个家族的盛事，甚至是山东省、国民政府的一件大事。从委员长到山东省的韩主席，都异常重视。特别是定下来委员长要出席这结婚大典，山东省政府更是不敢懈怠，韩主席召开了专门会议，成立了专门的委员会，从出席典礼的人员名单到各地礼品的选择，煞费苦心。

“侯董，这不是我定的。上面分配下名额，烟台才十个名额，银行业能摊上一个就不错了，姜来远是会长，不推荐他推荐谁？除非他自己提出不去。”商会会长说得有情有理。

“这么好的事他能不去？除非太阳从西边出来，我的胶莱银行比他那久裕银行更有特点，更能代表咱胶东特色。还有，我太姥爷也姓孔，算起来俺也算半个孔门之后；能不能给通融通融？”侯长贵也不顾老脸了，扯上了八竿子打不着的事情。

“我说侯董，都不是外人，没记错的话您老都六十多了，去曲阜山高路远，又是火车、又是汽车的，您掺和那事儿干吗？”会长耐着性子，跟他说的都是实话。

“看您说的。廉颇七十岁还带兵打仗保卫赵国，姜太公八十岁还辅佐周王成就大业，乾隆皇帝在我这年龄时还下江南，我怎么不能去？”侯长贵的理由很充足，净扯大人物。

“得得，侯董，这名单是咱山东省韩主席最终定，如果有路子，让人找他去。我真说了不算。”说着，便将头扭到一边看着窗外不再搭理他，算是下了逐客令。

“这可是您说的。我可是按规矩来，不能绕过您。既然会长发话了，我可从济南找人了？”侯长贵用眼瞅着会长，看他的反应。

“中，能找到韩主席最好了。”会长用话激着他。

从会长屋内出来，侯长贵一边走着，一边对盛管家骂骂咧咧地吼着：“妈了个 ×，当个破会长有什么了不起，可小瞧我姓侯的了。衍圣公大婚不是委员长要去，给钱我都不去。让我找韩主席，这不是拿风凉话气我？认为我姓侯的找不动咋的？这次还非去不可了。给希玉挂电话，让他支三千块钱在济南活动活动，争取下这个名额。”

6

“树欲静而风不止。要安下心来搞建设了，有人恨天下不乱，胆敢谋乱犯上！”李圣经拿着报纸，急匆匆赶到来远的办公室，嘴里大声喊着，满脸气愤。

姜来远也拿着报纸在看这惊天事变，原来是东北军在西北发动了事变，上上下下的报纸都在讨论此事，骂其为乱臣贼子者有之、赞其大义者也不乏其人。面对这一团糟的局势，那委员长的性命会如何？不知是不是有了什么消息，想到这儿，姜来远问：“到了这个局面，会如何发展下去？”

“委员长性命休矣！想想看，张、杨几十万大军有最好的洋枪洋炮，这么多年都没灭掉那红匪。怎么可能？保不齐早已暗通款曲。若是这样，那委员长岂不是变相落入共产党手中？两党为敌多年、视同水火。单咱这烟台，就不知有多少共产党掉了脑袋，说有血海深仇并不为过。委员长一旦落入共产党之手，那小命怕是过不了夜。到时候，你瞧好吧！”李圣经非常肯定地说道。

李圣经之言，并不令人感到意外。但姜来远还是禁不住反问：“有这么严重？”

“这些年共产党被杀红了眼，不这样就笑话了。哼、哼。其实，这倒让很多人省了心。”李圣经眼角往上翘了翘，嘴角露出了一丝不易觉察的微笑，明显有着深意。

“怎么说？很多人省心？谁省心？”来远不解地追问。

“不瞒你说，我有一本家兄弟叫圣五，毕业于北京大学，留过洋，成了博士，曾是《中央日报》的主编，深得汪主席赏识，可惜为蒋系所不容，被排挤到香港任什么国际问题研究员。不仅仅是他，国民政府内有一大帮人对那姓蒋的不满。若共产党杀了那姓蒋的，这刀可借得巧妙，遂了很多人的心愿。”李圣经之言有根有据，方才之言，不是无端猜测。

“嗯，先这样吧！我们想也是瞎操心，先出去拜访个客户。”来远见他也说不出个所以然，便下了逐客令。

7

委员长的死活好像与普通老百姓的关系不大，好像距离自个儿的生活很远，但姜来远凭经验认为，不会是这样。四海升平之时，掌天下之人去世倒无甚大碍；若是局势不稳，掌局者去世，特别是不正常地去世，往往会引发大变。眼前局势复杂，日本人对中国虎视眈眈，委员长的安危至关重要。

姜来远出了家门，顶着朝阳街满街筒子的寒风向南山绸布店走去。

这南山绸布店就在北马路北侧，烟台山西南角，挨着码头很近。绸布店的李老板是姜来远多年的老友，读过很多书，是个不折不扣的共产党分子。对此，来远很早就知道，只不过都不想点透而已。同时碍于身份，两人也不好常见面，只是迫不得已时，来远才来找他。今儿碰上这大事儿，沉沉地压在心里，等不及天黑，来远便找上门来。

推开门，屋内的热气迎面熏来，店内倒有几个人在选着布料，两个伙计在忙着，柜上的李老板早已看见进来的来远，嘴里吆喝道："是姜老板？选料子还是做衣服？"

"顺便路过，看有没有新料子。若有，叫内人过来再看。"姜来远用托词的话应付着。

姜来远的话摆明了不想在这里聊，那李老板便顺势说道："库房里还有新品，想等着进腊月摆柜台上，姜老板赏脸，提前先看看才好。"

两个人说着，便进了后院，穿过庭院，来到后屋厅内。姜来远坐下后，李老板关上门，捅了捅炉子，往火炉里添了些煤，泡了茶水端到来远面前，道："老兄可是无事不登三宝殿的。"

"咱就别绕圈子了，西安发生了事变，委员长被囚禁了，你怎么看？"姜来远急切地问。

"你一进门我就知你为这事儿。今早刚与上面碰了个头，目前局势未见明朗，个人不敢妄断，上面到底如何做，目前尚不可知。"李老板脸色有些严峻。

"街面上议论，委员长若落入共产党手中，活下来的机会怕是不大。"来远见李老板嘴封得严，便抛出自己的问题，看他怎么接招。

就见李老板微微摇了摇头又点了点头，看样子心里是在沉思，想着如何答复来远。过了一会儿，他抬起头看着来远说道："今早上听说这事儿后，我也这么想。不过，我看未必那样悲观，当今中国最大的敌人是日本，‘西安事变’的起因是劝谏一致抗日，若杀了委员长，就不是一致抗日了。相信我党会以民族大义为先，妥善解决此问题的。”

“嗯，若贵党能放弃前嫌，保委员长安全。这抗日之事，他抗也得抗，不抗也得抗了。”来远依着李老板的话推断着。

听了来远这么说，李老板知道该怎么做了。他在烟台这些年，发展了这么多党员，有地主老财的孩子，也有出身官宦家庭的，有大学生，也有留洋回来的，基本不失手。唯有对这姜来远，是有些拿不起、放不下、舍不得、扔不掉。拿不起不是因为其资格不够，而是其所历甚多，非三言两语能打动；放不下是舍不得放手，还是想争取到自己这边来；舍不得也是这些年他在外面倒为自个儿做了不少事，与自己保持若即若离的态度，若不将其发展进来，又有些可惜。从最近两年看出，他对共产党的了解在不断加深，好感慢慢增加，但没完全除掉内心深处的戒备，还在不断的试探中，应让其对党的路线、方针、政策有更充分的了解，了解党的宗旨，体会党的具体做法，才会令其完全信服。想到这，李老板爽朗地说道：“来远兄看过《中国的西北角》这本书吗？”

“前些时日朋友送了一本，看了一下。”来远见李老板问起，便不隐瞒。

“有何感受？”

“李老板为何不送我一本？”

“姜兄是极有主见之人，那书是别人可送，我不能送。”李老板的话挑明了，不想自卖自夸，说自家的好话。

“李老板是让我顺其自然，自己悟。”

“姜老板是将军行路不抓小兔。”李老板哈哈大笑。

姜来远听李老板把话挑明，自己没有个回应，是不是有点过分了。想到这，姜来远话锋一转，说出了自己的感受，那也是他自己最关注的：“深为红军精神感动。若其能一直保持这个状态，而事成之后也能这样，倒是更不容易。”

“若能这样，姜兄甘心一直做个旁观者？”李老板的话虽然轻，但声音如洪钟大吕般，在来远内心轰鸣着，久久不能散去。

“嗯！”来远鼻子里透出一股气，没有言语。

“嗯，事情已经发生，总会有个结果。想必不会拖太久。”李老板说着，给来远又沏上茶。

8

“妈的，花了这么多钱，连韩主席的影都没看见。”侯长贵骂骂咧咧地说着，心情很是不好。他心情能好了吗？侯希玉为了争取这个名额，整了三千大洋的银票送给了韩主席的八太太，最后，韩主席受不了八太太的枕边风，看在两千大洋贺礼的面子上，亲自给烟台多了这一个名额，后来青岛听说了，还很有意见。没承想，侯长贵他们风尘仆仆满心欢喜到了曲阜，令人失望至极，不仅委员长没到，连韩主席也没到，大家期盼的大人物一个都没到。人没有到不打紧，听说委员长被他的拜把子兄弟副总司令给扣留了，婚礼宴席变得异常沉闷，大家也没有了喝酒的兴致。没有见到想见的人，观礼团成员礼节性地在孔林孔庙内转了转，就打道回府了。

9

进了腊月，这市面上还过得去，但与国民政府元旦献词所述，还是有些差距。来远看着一年的买卖结果，对下一年做着打算。腊八节晚上，北风呼啸，地冻天寒，本应早早休息，就听院外人喊马嘶伴随着急促的敲门声响起。来远惊疑之际，将脱下的外套又穿上，紧蹙着眉头走出了卧室，低声问：“什么人？”

“回东家，从门缝中看，是军人模样。”下人一边应着，一边陪来远向院门走去。

来远听说是军人，知道躲避不过，当走到影壁前站定，低声道：“打开门。”

“东家，不能开门吧。这么晚了，谁知道是真军人，还是假军人。”下人还清楚地记着，前些年东家被人绑架之事，不想再冒险。

可那敲门声越来越激烈，引得四周的狗都叫了起来。来远知道下人害怕，便亲自走上去，打开锁，“吱呀”一声，拉开门闩。

门闩刚被拉开，咣当一声，门被猛烈推开，黑影中有人喝道：“都别乱动，奉命搜查乱党。”

姜来远见过世面，但一下子被几支枪抵在胸口，不知对方来路，还是吓了一跳，便只好站着不动，回头对媳妇说：“莫怕。”

十多名军人鱼贯而入，将院子内外封锁得严严实实。一领队模样之人上上下下打量着姜来远，点着头说："院子里的各位可都要识相点，最近在追查西北军叛逃的余孽，那个姓丁的小子跑了，他是你们的亲戚，如果窝藏逃犯，可是欺君之罪。走、走，去警察局走一趟。"

10

不知所以然的姜来远被抓进了警察局，经过两天审问，把姜家、丁家族人关系问了个底朝天。来远这里提供不出什么有用的信息，反而让他清楚了自己被抓的原因。原来，委员长回南京后要逮捕西北军的高级人员，丁世明作为副总司令的侍从官在被抓之列，可是他失踪了。

姜来远清楚了事情的前因后果，虽家里找了丁世聪，由其担保被放出来了，可对世明的安全问题，担心日甚一日。来远想着他主动失踪，这么聪明的人不会有啥闪失，最受不了的是媳妇佳怡。夜里，她伤心不止地流泪，担心自己的兄弟生死不知，说着说着就想起自己的孩子。自己的四个孩子，竟然没有一个在身边，佳怡躺在来远的怀里，哭着问："我说，咱三个儿子，一个闺女，怎么一个都不在身边，我们老了咋办？"

是啊！老了咋办？媳妇与自己一起生活近三十年，她心里是在想什么，说这话的意思，来远心里清楚。自己也知道，佳怡作为女人，需要的是什么。姜来远有些愧疚，觉得孩子们可能受了自己的影响，甚至是自己的纵容，不甘屈服于社会的不公，甚至还有些扶危救世的理想。但世事如此，又能怎么办？他只好笑了笑，说："孩子们大了，管是管不住的，他们都是读书人，吃的是文人的饭，在这动荡的年代，能自食其力就不错了，不一定比放在我们身边差。"

话到了这儿，佳怡不乐意了："养了这么多孩子图的是啥？不就是老了有个人照应？还有，你这么一大摊子事儿，不找个自个儿人接手？"

"儿孙自有儿孙福。孩子自己的路自己选择，不要对他们限制得太多。这银行的生意，我自个儿再干二十年，也没啥问题。手底下还有这么多精兵强将，何愁没人接班？"

"你还真舍得让人接班？"

"这有什么舍不得？再说，这仗还能再打二十年？你看，这老大当兵，他还能当一辈子兵？年龄大了会退伍的；老二做报社，大了也就做够了；这闺女将来干医生，肯定要嫁人的，就是不出国，也指望不上；况且，咱那老幺在北平读大学，那儿咱有分行。若他愿意在那儿干，就可留在那边。莫慌，船到桥头自然直，干久了，就慢慢上心了。”

“北平，最近听说局势有些紧张。”

“是有些紧张。”

姜来远内心忐忑，有些不安。

第三十七章

卢沟桥惊天事变　保余脉助厂搬迁

1

客厅内，姜来远接过马长水递过来的报纸，“日军炮轰北平城”大标题赫然在目，顿时心怦怦直跳。他迅速浏览了一下报道全文，其实就一个事儿……日本兵与宛平守军动了枪炮。看到这儿，姜来远心中如巨浪翻滚，久久难以平静。多年来，从《马关条约》《辛丑条约》，袁世凯的“二十一条”，“济南惨案”，到“九一八事变”，事件一次一次升级，特别是民国二十四年的“一二·九学生运动”，其根由就是日本策划“华北自治”引起。看来，这次日本兵与北平守军的交火，与以往大不相同。怎么办？北平那边还有分行，上海那边最终会如何？若态势不恶化，撤早了就会自毁长城；若态势恶化，倾巢之下，焉有完卵，怕也会一败涂地。不行，得抓紧开会商量一下。

姜来远一边收拾衣服，一边嘱咐着佳怡及下人：“日本兵与北平驻军打起来了，家里多备些吃喝，家人尽量少上街，给孩子们打电话，尽量少外出。”

“北平那边也打起来了？不知民权怎么样了？”佳怡担心地自言自语。

“能打电话打电话，不能打电话就发个电报，让他们常发电报报平安。”来远嘱咐着，便提包出了门，坐上车往办公室奔去。

2

当来远急匆匆赶到办公室时，几个重要的负责人得知北平方面的消息，早已焦急地等在门口，来请示董事长如何处理。还未坐定，电话丁零零地响起来，姜来远皱着眉头，看了看站在面前的几个人，有些无奈地接起电话，一阵急促的声音传过来："来远兄弟吗？"

听得出是济南孔掌柜的声音。

姜来远立刻回道："是我，孔兄，北平那边打起来了，你知道了吧？"

"正是为这事儿，兄弟看形势会如何发展？"孔掌柜一直是处变不惊，很有长者风范，这次电话中语气急促，不像平时风格。

"我也刚从报纸上看到，还没给北平打电话。你在济南离着省政府近，多打听打听。我有消息，给你打电话。"姜来远何尝不知，消息到了他们这里，都成了明日黄花，这么说更多是互相安慰。

"好，我一会儿开会，常通电话。"孔掌柜急匆匆说完，挂上了电话。

来远放下电话，抬头看了看大家，说道："大家都知道了，北平那也与日本兵打起来了，招呼大家九点各部门负责人开会，通知外地各分行行长务必要坚守岗位，暂时停止放贷，备足资金，防止挤兑。"

各人依次安排下去。不多久，电报局的人送来一摞电报，来远挨个拆开来看，见是北平、天津、南京、上海等地的朋友发来，就连远在四川的梁冬祖也问有何打算，问是否想去四川避一避。

来远分别拟了感谢的话，让下人去电报局回了。想着若没最确切的消息，待会儿开会怕是讨论不出结果。平日里，这银行大事是自己拿主意，遇上这天大之事，将来何去何从，怕是别人不好说什么。想到这儿，他拿起电话打给了北京分行，了解了一下情况。又把电话打给济南做阿胶的"福华堂"老板邵楦林，寒暄后问："你那边的阿胶怎么处理？"

"先不向北平发货了，那边快清理了货后收回货款，其他地方也是现款现货，不再收法币了。我看这次不比以往，要早做准备。"邵楦林说着自己的打算。

"嗯，看来，我这银行也不得不停下来。"姜来远无奈地说着自己面临的处境。

“早决断，早主动，越晚了越被动。”电话那边邵楦林说着。

“好，常联系。”姜来远放下电话，下人来招呼，说开会的时间到了。

大家对今天的议题深感沉重，颓废、迷乱的气氛弥漫了整个会场，大厦将倾的感觉压在每个与会者的心头。看大家如此压抑，来远只好与大家打气：“北平那边虽是那样，但将来大打、小打还是不打，难以预测。但这么多人，不会都跑了，老百姓还要吃饭，就是与日本人打起来，也要有我们银行支撑不是？大家怎么看，都说说。”

“这日本人打进来，老百姓还怎么过？这他妈什么民国政府？”王行长口无遮拦地骂了起来。

看王行长开了腔，其他人的话也多了起来。有的说：“看吧！少不了汉奸当道。”

有的说：“上海也有日本兵，北平、天津、东三省也有日本兵，就连济南也有日本兵，要走就早走；若晚了，怕是走不脱。”

大家议论纷纷，但是，都对局势感到非常悲观，也应了姜来远自己的判断。众人统一意见，开始收缩战线，姜来远说：“战争当前，宜速战速决。但这银行不比其他，一定按照节奏来，不能乱了方寸。我不在的时候，一切听凭王行长处置。”

王行长也做了表态，商讨具体的措施。

3

傍晚，忙了一天的姜来远拖着疲惫的身体回到家里，在大门口与女儿敏珇碰了个照面。看到神态疲倦的爹爹，敏珇心疼地说：“爹，我看您都瘦了。”

“瘦了吗？可能天热吃东西少，出汗多。这兵荒马乱的，路上不安全。济南市面上怎么样？”来远还是担心女儿的安全，非常关切地问着。

“没事，搭了朋友的小火轮回来的，也很快。这次回来，是有个要紧事和您说一下。”敏珇看了看四周，话语中小心翼翼。

“有什么事，在家里没不能说的。”来远很诧异女儿有啥重要事，还吞吞吐吐，环顾左右而言他。

敏珺看母亲已带着下人准备饭食去了，因时间紧急耽搁不得，便说：“爹，这次回来两件事，一是私事，二是公事。现在情形危急，济南不少大户已经跑了，听说南京不少高官富户也开始撤离，出国的出国，往内地跑的往内地跑。烟台作为海防重地北方门户，必会受到剧烈冲击。我想接爹娘先去济南，再从济南去西安或四川避一下，地方都给安排好了。这第二件事，是上边安排人来接手您这银行，因情形紧急，没能和您商量，看您如何打算。”

来远陷入了沉思，琢磨着女儿的每一句话。第一个请求倒合情合理，主要是自己尚未下定决心；第二个问题有些大，怎么？有人要接手我这银行？凭什么？说不过去啊！可自己若真走了，还别说，还真要人来接手；可自己不走，就不需要了。闺女怎么没和自己商量，就应了那事儿呢？上面？是哪面？医院还要开银行？来远问：“你们怎么打算的？烟台若落入日本人之手，济南怕是也免不了。”

“爹，我就不瞒您了。从德国回来，南京那边就派了任务，我们有德国护照，在济南人身安全没问题，爹放宽心就是了。”这么久了，敏珺第一次把实情和父亲说清楚。

“你说要来接手这银行的，也是‘上面’之人？”姜来远满脸疑惑。

“是。上面说了，要先拨些经费存银行里，方便以后相关人员取用；还有，银行人员进出也方便，便于潜伏的人员往来。”敏珺言语镇定，并没有显示出紧张的神态。看来，她已习惯了那个工作环境和方式。

听完女儿之言，姜来远大吃一惊。他不是吃惊于女儿的语言，而是她那沉稳的内心。姜来远用不敢相信的眼神凝视着女儿，在自己心里，闺女还是蹦蹦跳跳的小丫头，像永远长不大的小孩子。后来，她一门心思出国，可回国后并未跟自己商量，便到济南慈济医院工作。这些年，她在外面学的什么，接触的什么人，可以说自己一无所知，就连她在济南真正从事何事，自己也并不真正清楚。大儿子民国在南京成家了，虽住在上海，但毕竟有家有孩子。二儿子民生在上海不得安生，两年前被抓退学居无定所，虽偶尔写封信回来，却神龙见首不见尾，连信的地址都没有。三儿子民权虽还小，也不是那省油的灯。本想着，这姑娘家本本分分地相夫教子，老了和媳妇去闺女家串串门，过几天舒服日子，从今儿个的话音中听得出，她这走得更远，大敌当前，连躲一躲的想法都没有。二十多年来，自己不曾沾染政治，可这四个娃娃竟然都涉入党派之争，远离自己的初衷和对他们的希望。敏珺见爹不说话，知道他心里难过，便安慰道：“爹，不要难过，事情未必如你想的那样。”

“怎样？一旦济南被日军占领，那可就是人间地狱了。作为一个平民还好，若作为潜伏下来的人员，那可是日本人的对立面了，人身安全怎能不是一个大问题？”来远最担心的，还是闺女的人身安全问题。

“爹，这个刚才说了。我有德国护照，安全方面没问题。若说危险，大敌当前，哪里都很危险。爹从小教导我们要正直、勇敢，您也不是常说‘国家兴亡，匹夫有责’吗？我平日里拿的是政府俸禄，眼下异国入侵国难当头，舍身报效国家，当责无旁贷，爹不要为我担心才是。”敏珺说话时满脸刚毅的神色，是来远以前不曾想到的。看来闺女决心很大，劝也不会太有用，他只好说：“你男人呢？他怎么看？”

敏珺和他男人在国外留学时认识，都在慈济医院工作。见父亲问起来，敏珺说：“我们商量好的。”

来远没法再接话，各种想法在脑海里激烈地碰撞，见媳妇佳怡进来摆饭菜，只好说：“在家待几天，多陪陪你奶奶，让你娘多给做点好吃的。”

4

“我们要暂时离开烟台。不过，侯先生，我们还会回来的。”铃木的话语，虽然伤感，但充沛有力。酒馆内，日本人铃木在和侯希玉做着告别。

“衷心祝愿铃木先生归国顺利，也希望能早日再见面。请先生放心，你把这些事委托于我，侯某定当全力以赴，不辜负您的信任。”侯希玉简直像外交官一样，嘴里说着无比漂亮的词语，心里也是如同灌满了蜜一样甜。他没想到，日本人这一撤退，铃木竟然把一个洋行值几万块钱的东西，低价卖给了他。这天上掉馅饼的事，他能不高兴吗？

“有您这句话，我就放心了。多年来，令尊和侯先生一直致力于中日友好，为大东亚共荣增砖添瓦。您放心，我铃木会深刻铭记，我们大日本帝国，是不会忘记的。待到我们再回来之日，就是我们真正长久和平共建大东亚共荣之时。”铃木口口声声会再回来，句句言语大东亚共荣，让侯希玉连一点缓和的余地都没有。

“只要铃木先生有什么安排，尽管吩咐便是，侯某当效犬马之劳。”侯希玉怕忠心表得不明白，怕对方听不清楚，反复表态。

这铃木听了自然是高兴，他好像想起什么，回头从包里带出一个木盒子，恭恭敬敬地摆在桌上，双手小心地打开盒子盖，里面露出一个黄色的绸布。见他又将黄绸布掀开，露出一个白色的牌子，有个铁环和一个大铁钉连着。这什么东西？侯希玉想着。见那铃木拿出这带钉子的铁牌，一边点头一边微笑着说："侯先生，可听说过免死铁券？"

免死铁券？侯希玉心中突然高兴了起来，心想世上还真有这玩意儿？小说上倒见过，便说："听说宋皇帝给周家颁过'丹书铁券'，其他倒未听说过。"

"对，不久的将来，我们还会回烟台。那时，可不像以前来时那样静悄悄的，街面上难免会混乱。侯先生可先把这个钉到门上，以避免有人入内打扰。"铃木说着，将这铁牌放入盒内，盖上黄布，"啪"的一声将盒子盖上，顺手将他推到侯希玉面前。

这是，侯希玉才明白这铃木的真实意思，心里那个激动，言语中竟然有些磕巴道："多……多……多谢，铃……铃木先生，您简直是……天……天……天神下凡。"

那铃木微微笑道："侯先生不必客气。切记，在烟台，这铁牌我们仅发了十个，这铁牌不能挂早了，免得被人偷走，待街面上见我们的人之时，再挂不迟。"

5

"爹，爹，有好事。"侯希玉脚刚跨进院子，就忍不住大声叫着，失去了平日里矜持的模样。

"好事？这大难当头，有什么好事？别咋咋呼呼的行不？"侯长贵见儿子进了客厅门口，也禁不住说他。这些日子他也烦心，能不烦吗？日本人在北平那边动了枪炮，虽说自家与日本人相处得还好，但日本人真来了，自己这亿万家财可真不保准，和儿子商量了好几次，也拿不定主意，特别是儿子被日本人请去喝酒，自己这晚饭也没吃好。

侯希玉进客厅后一屁股坐在太师椅上，把那盒子往桌上一放，端起茶杯咕咚咕咚喝了几口，擦了擦嘴，眼睛瞪得老大，神采奕奕地说道："爹，刚才和那铃木商谈，获益颇多。"

“获益？能从他们身上获什么益？他妈的，和他们相处了二十多年，从没占过什么便宜。”侯长贵嘴里骂骂咧咧，不干净起来。

“日本鬼子要撤离，这些东西他们带不走，早晚会低价折给我们。”侯希玉心里的小算盘打得噼里啪啦，觉得有便宜可赚。

“低价？小心别让他们给骗了，上当可不是一次了。”侯长贵一点都高兴不起来，那脸色阴得如同六月暴雨来临前的天气，言语中颇有埋怨之意。

而侯希玉并没有理会他爹的话，只是自顾自地说：“那铃木说他们还会回来，给了我们这个。”说完，将盒子往侯长贵面前一推。

“这啥东西？”侯长贵早就看见了儿子手中的盒子。听说是日本人给的，倒又来了兴趣，伸手将盒子拉过来打开，掀开黄绸布，看是一个白色的牌牌。他皱了皱眉头拿起来，端详了一下，上面有几个日文，自己不认识。

“爹，这是日本人给的免死铁牌。日本人再来时，将其钉在门楣之上，可保我家中人安全。要知道，全烟台只有十个。到时候，用金子都买不着！”侯希玉压抑不住内心的高兴，眉飞色舞地说着。

“嗯，这日本人做事情还真细。若我们不走，免不了与日本人打交道。弄好了成，弄不好可别落个汉奸的名声。”侯长贵这些日子也在为这事犹豫。

“爹，昨日里你这么说，我心里还没底儿。今儿与这铃木深谈后，知大东亚共荣的说法是可行的。政府军队本有守土之责，哪天日本人打过来，是政府对不起国民，不是国民对不起政府，咱们若走，这损失也太大了。若说汉奸，此一时、彼一时。鸿门宴上，那项伯就是汉奸；刘邦夺了天下，项伯就成了大汉的功臣忠臣，不但封官晋爵，还和皇帝结了儿女亲家。看来，日本人这次是下了决心，这中国，早晚是日本的，早归顺是归顺，晚归顺也是归顺。何必赶着不走，打着倒退呢？凡事要赶早，谁把握住这一个‘早’字，谁就占了先；咱若早下手半步，就能保咱一辈子不倒。”可别说，侯希玉所知甚多，把这汉奸两个字解释一通，侯长贵那悬着的心，慢慢松了下来。

6

酒馆里，铃木以探讨修铁路的名义拉拢李圣经，他说：“真要成大事，万不可犹豫，李先生大展宏图的时候就要到了。”

李圣经的脸让酒精刺激得通红，露出些惨然的苦笑，有气无力地说道："不瞒您说。几年前，我就没有大展宏图的想法了。可怜我想了一辈子的铁路，最终连一寸也未修成。若战事一起，我这样的人，怕是更无用处。"

"当年，胶济铁路修得那样快，原因何在？还不是因为德国人主导的？这铁路修不成是因为在中国的治下，李先生不要这么悲观？'大东亚共荣'是我们大日本帝国多年来一直孜孜以求之国策，眼下当以全国之力实现之。哪一天我们再回来之日，便是'大东亚共荣'实现之时。说实话，单纯依靠我日本国人怎能实现如此之宏大梦想？只有大东亚之国民群策群力，才能实现。故是有才之士，必然会受到重用。'大东亚共荣'实现后，新政府必将这'烟潍铁路'当作一号工程来实施。另者，将来烟台的城市建设，也离不开像李先生这样的人。"铃木不愧为日本东京帝国大学毕业生，见人说人话、见鬼说鬼话，那一副伶牙俐齿简直能把死兔子说得蹦天上抓鹰。一辈子不得志的李圣经，哪里听过这么激动人心的话，禁不住有些动心。

"若是到时不修铁路呢？"李圣经还是有些将信将疑。

"李先生多虑了。二十年前，我们就有修'烟潍铁路'之计划，但那时所受掣肘太多，未能实施，颇为遗憾。这次再来，我们会组建新政府，若李先生能留下来，会确保有比现在高得多的职位。"犹豫不决的李圣经，见日本人对自己如此重视，更动了要留下来的决心。

7

仅几天工夫，银行挤兑最疯狂的时候就过去了，那些想走的大户人家，也走得差不多了。不少人顾不上把钱取完就跑了，在他们看来，说不定哪天早上一睁眼，满街都是日本人了，命比钱重要。大部分穷人是走不了的，在他们心里，哪里都一样，谁来了也一个样。至于暂时没有动的，更多的是像姜来远、侯长贵、李圣经这样，一会儿半会儿走不了、不能走，或者不想走的。

局势日益动荡，各路消息纷沓而来，银行几乎处于崩溃状态。姜来远内心里忐忑不安，左支右绌地支撑着。夜里忽然有人来访，是西门粮栈的苏老板。来远心中纳闷，局势如此紧张，这苏老板夜里来找自己，肯定有要紧事，便将其让进小客厅落座。下人上茶后退出，来远将门关上，问："苏先生深夜前来，有何要事？”

“姜先生该很清楚目前的局势。知道你这几天忙，也就未前来打扰。姜先生如何打算？”苏先生眼睛紧紧盯着姜来远问。

“将来烟台成为日本人治下。我若不走，岂能避免与日本人打交道？别人是不是会拿我当汉奸？我若走，去哪儿？出国？孩子都在国内，我都快五十的人了，出去干什么？去陕西、四川避难？与国民政府打交道这么多年，说实话，我真看不上那些人的嘴脸。只可惜我已年老，不能上战场杀敌。”来远数算着，看来真有些山穷水尽的味道。

“嗯，姜先生说得对。大敌当前，应团结起来抗日，可抗日又分口号抗日、真实抗日。若不真心抗日，喊喊是没用的。姜先生若不嫌弃，延安考虑过吗？”苏老板说道。

听苏老板这么说，来远顿时有些失神，想起了去年看到范长江写的《中国的西北角》那本书，那是一群怎样的人？是不是真与书中写的一样？自己还动过什么时间有空了去实地看一下的念头。可眼下，面临着一个生死存亡的重大抉择。去延安，那就要加入共产党，也就表明了自己的政治态度。不行，自己已下定决心不参与政治，去那也不合适。但下一步该怎么办？做个逍遥派？怕是做不下去。平日里对大事很有主意的人，竟然没了主张，但见苏老板在等，只好说：“容我再想想。”

“不急，我们尊重姜先生的意见，有什么要求尽管跟我们提。”苏先生恳切地说着。

8

来远正在思忖着苏老板说的事儿，黄博士来找他告别：“来远，家里的事我都安排好了，今晚上的英国轮船直达香港。”

“全家人都去？钱够花吗？”来远对黄博士的行为很理解。这么多年来，他一直游离于政府之外，只是安心做一个好医生，治病救人，养家糊口，此时对其说“国家兴亡，匹夫有责”的话，是不公平的。况且，自己都不想听这话。

“父母在乡下，他们不去。钱没多没少，有手艺在，饿不死人。你怎么打算？还要坚守吗？”黄博士有些伤感地说着。

“我手底下这几百号人吃饭，不能说走就走；还有这么多客户的钱放出去了，走都走不了，尽量处理一下再说。”来远说着自己的难处。

“我和你一样，本不喜欢政治，想着靠手艺吃饭，但眼下局面，连老老实实做点学问也做不到，我们中国人真不幸。”黄博士说着，满脸悲戚之状。

“从英国人算起近一百年来，列强挨着来中国抢了个遍，真不知这样的日子，什么时候是个头？不知将来还有没有我们中国人躲藏的地方。”来远也受了黄博士的感染，有些丧气。

9

人走了，但是很多东西不方便搬走，急煞了烟台商会的人。

“这些人的命真金贵。人跑了，把这些东西留给日本人，以后怎么打赢仗？”徐子清在姜来远办公室，气愤地骂着。

姜来远摇摇头，无奈地说着：“这些纺织厂，都是最新设备。我都免除了他们债务，解除了抵押，甚至大伙给他们凑钱拆卸设备，提供将工厂迁往内地的信息。没想到，政府竟然采取那个态度。”

“政府的人怎么说？”徐子清着急地问。

“昨天，我去和政府的人说，趁现在还没开张，把这重要物资搬走。人有胳膊腿，机器没有。若哪一天打起来了，就没有机会了。”姜来远说着昨天去市政府交流的情况。

“政府的人怎么答复你的？快说。”徐子清急不可耐，想知道政府的态度。

“他们竟然说‘你这怎么说话？委员长“庐山讲话”不是说了吗？不惜一切代价，不成功、便成仁！一切为了抗战。眼下关键时刻，政府若出面搬迁企业，岂不会有人认为我们要打败仗？会造成人心浮动。人心一浮动，就不利于抗战，凡不利于抗战之事，就不能做，懂不懂？’你说，这是人话吗？”姜来远模仿着政府官员的腔调，重述了那些个丑恶的嘴中说出的话。

闻听此言，徐子清破口大骂：“他们的命金贵，老百姓就是那代价。这是什么政府？打着抗日的旗号，占着茅坑不拉屎。”

骂归骂，徐子清就是喊破喉咙，那纺织厂的机器也挪动不了半步。可战情如火，既然政府不给想办法，等也不是个办法，徐子清一筹莫展，颓丧地说：“看这架势，能保住半壁江山就不错了。”

徐子清之言不虚妄，凡是读些书的人就能想象得出，这北平、天津一旦失守，北平往南一马平川，沿着津浦路南下无险可守，首当其冲就是济南，青岛到济南也无大山大河阻隔。那济南北虽有黄河，但搁不住两路夹击，拿下济南，徐州怕是无望守住，那南京北面就会门户洞开；上海那边炮火响得凶猛，一旦失守，那日本人顺江而上，南京可不好办。到那时候，半个中国怕是没办法了。若是这样，能去哪里？河南、山西怕也不好办？来远说：“看样子，也只能搬往陕、川那边了。”

“去陕西还好说，有铁路，去四川，那可麻烦多了。”徐子清说道。

听他这么说，来远想起前些天梁冬祖打来的电报，便用电话联系上，互相沟通了对这战局的看法，对部分工厂需要搬迁之事言简意赅地说了一下。梁冬祖很快给了他答复，建议可将纱厂搬到汉中、宝鸡一带，并列举了多方面的优势，那边毗邻关中大平原，棉花供应充足，很适合发展棉花纺织业，一个朋友的工厂也要往那边搬迁。几方面的人都说到这里，情形就很明朗，大家的认知是一致的。事不宜迟，政府是靠不上了，徐子清自己行动了起来。

可惜，事情比大家想象的还令人恶心，徐子清这边刚拆机器，政府一个副秘书长带人来阻止，竟然振振有词地说：“你们拆机器，打算离开烟台怎么着？你们什么意思？”

“眼下已经无法开工。想暂时换个地方，哪一天局势稳定下来，我们肯定还会回来。”徐子清无奈地解释着。

“这哪行？眼下人心不稳，专员不是说了吗，稳定人心很重要。你们这工厂一搬，岂不会让别人效仿？引起市面上的混乱？大战在即，搞得人心浮动，追究起来，责任谁担？”

“可是，长官，万一真打起来，这些机器虽是美国货，也搁不住那大炮轰。这么等，终究不是个办法。抬抬手，让我们走吧。”徐子清哀求道，花白的头发，在风中支棱着，一副凄惨的模样。

“走？往哪儿走？中央政府没令，哪都不能走。”王副秘书长高声说着，径自走了。可那几个随从没走，盯着他们的一举一动。

王副秘书长走了，徐子清反而没了主心骨，找来远商量：“老兄，不行了，这工厂政府不让搬迁。”

“为何？”来远很惊异于政府的措施。

“他们说，若搬迁，会扰乱军心。”徐子清说着，气不打一处来。

“混账，简直是混账王八蛋。我们一没枪、二没炮，军心那么好扰乱吗？我找孙专员说去。”姜来远气冲斗牛，破口大骂。

10

专员也是人，这关键时刻，正使尽浑身解数安排家事。他一边着急处理房产，又亲自催收放出去的款项，还让家人将那古董字画打好包裹由亲信送到成都，其忙乱程度并不比前线的指挥官差。来远跑了好几趟，才将其堵在办公室，把徐子清搬迁之事说了。没想到，这孙专员并未直接回答为何这么做，只是说：“这是区政府的决定。不过，倒不是不能商量。”

听了这些，姜来远的悲愤涌上心头。但他还是压了压火气，回道：“望专员能高抬贵手，他们去了陕西，也算给烟台工业留点血脉。哪天日本人走了，肯定还搬回来。”

“这是另一回事儿。眼下有更要紧之事要办理，如有可能，姜先生问一下徐先生能否帮上忙？”专员没有说搬迁之事，反而顾左右而言他，提条件了。

听专员提条件，看来这事有门儿。先看看他咋说，只要不是太苛刻，就答应。想到这，来远问道：“不知有何事需要帮忙？若能做到，当尽全力。”

“嗯，姜先生爱国之心可嘉！局势在这摆着了，最终结局不知如何？但是有备无患，接上边命令，需要安排些人留下来，以后会用得着。你这边，徐先生那边，分别安排几个，如何？”专员说的这些，倒令来远肃然起敬了起来，原来这国民政府不都是饭桶，还是有人想着抗战的，自己没理由不答应。不过，徐子清想把新式设备搬走，留下那些老旧设备，他也不想干，怎么安排人？想到这儿，便说道：“我这边好说，徐先生可能不想留在这边经营了，那个要问问他。”

“他不能全搬走。若可以，可让人代他在这边管理着。”专员说着。

“好，我回去和他说一下。”来远应着，认为那事情也就这样了，谁承想这专员继续说道：“还有另一件事需要麻烦一下姜先生和徐经理。我这有几件瓷器，是从宫里出来的，我想卖掉换成美元，不瞒您说，孩子要去香港急用。”

谁不知“盛世古董，乱世黄金”呢？两国相争，这都要打大仗了，瓷器不如字画，字画不如黄金。瓷器易碎，逃荒路上带那个东西，还不如带个瓷碗，从宫里出来的又如何？可人家说得明明白白，只要美元。也说了孩子去香港用，理由冠冕堂皇，简直是赤裸裸地索贿了。这哪是抗战的官员，简直就是土匪，来远心里骂着。但恼归恼、怒归怒，那工厂已停下来了，怎么办？再痛骂也没用，工厂搬迁的事不快些，一旦迟了，那徐子清怕是再也没机会了。想到这，便问：“不知专员想把那瓷器换多少美金？”来远故意把美元说成美金，想让专员心中多少有点羞愧。

“前些年，这瓷器市面上至少能换两万法币，能折五千美元。这些年涨了不少，翻番是没问题的，咱就不涨钱了，算五千美元吧！四千也行，兄弟们不是外人，不能算得太细了。”专员的话显示出对这瓷器的行情很了解，同时又好像很大度。

真不要脸。来远在心中骂着，堂堂一个政府官员，不能救民众于水火，反而置百姓死活于不顾，借机敛财，还好意思瓷器涨了不少，可那法币贬了多少？想想这党国之命运，掌握在这些恬不知耻的人手里，怎么不会亡国？四千美元哪！能买十多辆进口小轿车了，最不济也能换一百两黄金。可这眼下兵荒马乱，从哪里换美元？来远的脑子飞快地转着，这瓶子是不是宫里的不重要，真的，假的，也就那样了。这要美元，去香港？不对，去香港不一定非美元不可！对啊！黄金和美元不一样吗？在哪都能用。想到这儿，来远明白了专员的想法，要美元是假，只是借着孩子去香港的由头说出口，要钱是真。谁不知道？这大炮一响，那法币贬值的速度，只怕是比那六月天变得还要快；只不过是不想要法币，要黄金是真的。这一开口就是不少于一百两。嗯，算算这一百两黄金，怕是能将这半个工厂搬陕西了。罢罢罢，看来这政府没救了，切记切记，以后坚决不和这样的政府打交道了。想到这，来远强装笑颜道：“专员，我回去和徐经理说一说。不过，眼下美元确实不好淘换。公子若去香港，带黄金一样的。”

专员假装思考了一下，缓缓点了点头道：“嗯，那也中。不过，不要太为难。”

此情此景，“不要太为难”的话从一个政府官员的嘴里说出来，比啸聚山林的土匪拿着刀高喊“留下财物，逃命去吧！”更可恨。

11

面对如此纷繁芜杂的局面，姜来远的情绪也急速地变化，综合考虑了很多，最后定下来让佳怡陪着母亲去济南敏珇那儿，由她安排人往西走。但佳怡坚决不同意离开，说要陪着他。母亲见儿子不走，更是死活不走，说："我一个老婆子，日本人来了，还能怎么着。我都七十多了，在烟台活了一辈子，还能去哪儿？实在不行，我一个人回老家。我们都走了，孙儿们回来，去哪里找我们？"

他们正争执着，突然，外面人声喧哗，门人紧张来报告："东家，大事不好，外面来了政府的车队。"

正这时，就听外面人声大起来，"哗、哗、哗"一阵急促的马靴声响，一队官兵站立在院内，外面进来两位，一位穿着军装，是个军官的装束，带着公文包；另一位着中山装，是政府王副秘书长。

姜来远认识王副秘书长，见如此阵仗，不知是哪个儿子又捅娄子了？不知对方是为何意，只好寒暄着将两位迎进客厅，下人上茶的空当，王副秘书长介绍："这位是中央军事委员会的孙大校。"

中央军事委员会的？啥事儿呢？来远脑子有些转不过弯来，脱口问："南京来的？"

王副秘书长和孙大校两位互相对视了一下，想说什么，可欲言又止。王副秘书长环顾了下四周，叹了口气，说道："这眼下中日纷争日甚。有战争难免有伤亡，姜先生，唉，怎么说呢？"说着，他摘下眼镜，用手擦了擦眼。

闻此言，见此景，来远顿感不妙，身上鸡皮疙瘩霎时就起来了。他向前探了探身子，急切地问："怎么回事？民国？是民国？民国他怎么了？"

突然，孙大校从椅子上"唰"的一下子站起来，"啪"的一声打了个立正，行了个军礼，满脸刚毅的神色掩不住内心的悲痛，禁不住流下了眼泪，嘴里朗声道："姜民国在上海抗战中，不怕、不怕……"

孙大校哽咽着，话没说完，茶杯从丁佳怡手中滑落，"啪"的一声摔在地上，姜家人顿时呆若木鸡。

第三十八章

烽火连天上海滩　紫薇花谢烟台山

1

日军炮轰宛平城的消息传到烟台，就引起如此大的轰动。那消息传到南京，如同在一锅沸油中泼进一瓢冷水，引发整个城市极大的恐慌。那上海市面上，更是乱糟糟成了一锅粥。六年前，日军在上海打过一仗，南京政府记忆犹新，民国所在的部队自然是加强了戒备。这次日本人在北平动了枪炮，上海作为其虎视已久之地，怕是凶多吉少，一场恶战在所难免。高官巨富的命比一般人自然更值钱，不少人想尽一切办法，逃离这即将面临战火之灾的凶险之地。

南京夫子庙附近豪华的寓所内，夜虽已深，民国的媳妇安顿好睡下的孩子，慢步踱到沙发边坐下，看了看已经发困的母亲，轻轻地说："妈，你先睡吧！我自己等就行。"

梦娜的母亲心疼地看着女儿，说："要不你先睡，都半夜了，你爸这两天都没回来了，今夜也保不准不回来了呢！"

"傍晚我和爸通电话时，他说一定会回来的。无论如何，今晚上一定见到爸，当面和他说清楚，再晚了，民国那事就不好办了。"梦娜虽看起来镇定，但话语中掩饰不住满心的焦急。

这时，院子外亮了起来，汽车马达声也响了起来。“来了，爸爸来了。”梦娜腾的一下子从沙发上站了起来，如同从墙上反弹出的皮球一样冲向门口，“吱”的一声把门推开跑了出去，站在门外。

“老头子，回来了。”梦娜妈见女儿陪着自个儿男人进来，便示意他在沙发上坐下来。

“爸，这连续开会，可别累坏了身体。这下一步战局怎么样？”梦娜挨着她爸坐下来，一边给倒茶水、一边说着。

“这公告不能发，但也不是什么明眼人一眼都能看出，这次不比以往，需要做好充分准备。可仍有人抱有幻想，期望和谈，还有什么大东亚共荣，真乃痴人说梦，滑天下之大稽。”梦娜爹都五十岁了，但豪气不减少年。

“他爹，你这好几天没回来，梦娜饭都吃不下，觉都睡不着。”梦娜妈在一旁帮腔。

“我这在国防部开会，隔着日本的大炮还远得很，比你们在家还安全，担啥心？”梦娜爹说着揉了揉肩膀，喝了口茶。

妈给自己开了头，梦娜知道这事不能再等了，用乞求的眼神看着爹，说：“爸，这日本人一旦攻打上海，民国在那边可就危险了，能把他调回来吗？”

听了女儿的话，蔡少将感到异常惊讶，想到自己作为军人，女儿能说这样的话，气不打一处来，质问道：“调回来？调哪里？”

“她爸，你先别急。本想这事和你慢慢商量，可好几天都见不着你。”梦娜妈说道。

听了媳妇的解释，蔡少将也觉得自己刚才话说得冲了些，闺女毕竟出嫁了，说起来是客人了。虽然她一直没搬出去住，从小对她说话都是和声细语，刚才那口气，确实是重了，便说道：“你怎么想的，说说看。”

“爹，两军交战，这枪炮可不长眼，民国一旦有个闪失，我和喜达以后可怎么过啊！”梦娜也顾不得爹的口气，说出了自己的担心。

话说到这儿，那蔡少将不得不审视起来。可不是嘛！这些天只开会讨论着仗如何打，能打到什么程度，好像也想过自家和远在上海的女婿的处境，但还真没静下心来仔细考虑一下自家怎么办，女儿说的这个事儿还真要上上心，一旦女婿有个三长两短，自己这宝贝闺女可不就守寡了吗？听女儿的意思，是想让自个儿把民国调回南京，远离上海那是非之地。可眼下大战在即，那样做岂是军人所为？他皱了皱眉头，叹了口气道："调回？怎么调？"

"爹，民国本来就是国防部的参谋，是他自己申请下去驻防增加实战经验的，本来说好两年，这都三年了，按原来定的，也早该调回来了。"梦娜说着。

"可眼下上海吃紧，南京不需要这么多人，我找人将其调回来，别人不会说闲话？"蔡少将不是不了解眼下的情形，他也有他的难处。

"爹，听说胡长官、何总长好几个亲戚都调回来了。都是羡慕，也没听说谁说闲话。"梦娜有些着急，把这些传闻，也作为了依据说与爸爸。

"胡长官？何总长？我难道和他们一样吗？"蔡少将的脾气上来了，对女儿吼道。

"她爹，有话慢慢说。你就不能听闺女把话说完？人家都在安排退路，你这连人都见不着，让我们在家多担心。"梦娜妈的话，显然是和闺女站一边。

"爹，咱先不说民国这事儿。下一步这仗该怎么打？是大打？小打？是边打边谈，还是不打快谈？作为一个平民百姓，我们是否应该知道政府的政策？"梦娜抛开民国的事不说，问起了如何打仗的问题。

蔡少将觉得自己女儿问的问题，很是可笑，用鼻子哼了一声，说："这是中央政府的事，是秘密。平民百姓知道有何用？"

"爹，老百姓是对这如何打仗一无所知。但何去何从也没个打算，一旦日本人打进来，这千千万万的老百姓怎么办？当亡国奴？是当日本人治下的顺民？还是做民国的难民？是在原地等着任人宰割？还是自己选择安全之地？这个最基本可应该知道的吧？"梦娜不再羞羞答答，竟然当面质问起爹来。

"嗯，你这金陵女子大学可没白读，替天下百姓考虑起来了。既然你对天下百姓考虑，就不应再和我说调不调他回来，那民国作为军人，就守土有责；临阵脱逃，应军法惩处。何况，他自己愿不愿意回来，还两说着呢！"蔡少将的话，明显对女儿有些动气，丝毫没有想将女婿调回来的想法。

没想到，这梦娜根本顾不上赌气，顺着她爹的话说道："这么说，爸同意将民国调回来了？"

"当年你们成亲，我就看中了民国两点：第一个他是山东人，忠厚老实，值得托付；第二个看中他是个军人，是个在黄埔军校读书的军人。你妈知道，我从未嫌只有两个女儿、没有儿子。女儿好，是爹妈的小棉袄；再者，有了女儿还可以选女婿，若是儿子，好坏就没得选了。我虽是个军人，但我并不喜欢打仗，可国家分裂、外国人侵时，一个国家最需要的是军人。但打仗是男人的事，女娃娃是不能上战场的。对这，我与民国聊过很多次，要不你先去看看他，带点东西，代我们向他问个好。”说着，蔡少将仰起头，身子往后缓缓地靠向沙发，慢慢地闭上了那满含泪水的双眼，两行热泪流下脸颊，滴落在衣服上。

2

南京通往上海的火车上，其情景如同梦娜的心情一样，纷乱嘈杂无比。以前到上海，都是兴奋的，此行的兴奋心情，却荡然无存。眼下，她最怕的是民国不同意自己的提议。但想该不会，哪个人不是趋利避害的呢？傻子都知道在南京比上海安全得多。可从爸欲言又止的话语中，似乎他更知道民国的心思。这一路上，她心里如同乱堆的杂草，理不顺、乱糟糟，当赶到民国的驻地的时候已是华灯初上了。

“快先吃点饭。”小房间内，民国招呼人把饭菜端上来。

“我不饿，想和你说会儿话。”梦娜看着一个多月没见面的民国，比上次见面明显憔悴了很多，不但脸消瘦了，说话的声音都有些嘶哑，眼睛虽有神，但布满了血丝，明显是睡觉太少。

“先吃饭，吃完饭再聊。”民国坚持着，把舀好米饭的碗放到她手里，用筷子夹起菜放入梦娜碗中，自己拿起一个馒头，狼吞虎咽吃了起来。

嗯，还是先吃饭，先把饭吃了再说事，要不，饭都吃不好。梦娜打定主意，便端起了碗往嘴里拨拉着米饭。梦娜从早上出来，这一路没吃东西，肚子确实饿坏了，况且两个人好久没有在一块儿吃饭了，不知是时间过得快，还是饭吃得快，饭菜很快被一扫而光。士兵将碗筷收拾好后离开，民国从抽屉里拿出装咖啡的瓶子，用热水沏了，搅匀后递给了梦娜一杯。梦娜看着自己男人缓慢的动作，知他心事重，接过后抿了一口，将咖啡杯放到小桌上，问：“上海这边情况怎样？爸爸很担心，让我来看看你。”

自打看到媳妇，民国早就猜得出就为了这事。他眉毛往上一挑，用坚毅的眼神盯着她，缓缓地说：“其实，爸更了解上海的情况。眼下只能全力备战，担心也没用。”

梦娜听出民国说的是实话，但也是搪塞的话，便不再掩饰直接说道："听说这日本兵很厉害，传言三个月就能灭亡中国。这上海，可守得住？"

民国心里隐隐作痛，并没有回她的问话，只是把话题岔开，话语里隐隐透着些许担忧："你一个女人家，怎么关心起战事来了。在家里好好照顾好家人便好，现在兵荒马乱的一个人跑这么远，多危险。"

"我就一来一回，能有什么危险？你驻军上海，一旦和日本人打起来，才危险呢！到时候，我们孤儿寡母可怎么过？"梦娜本来不想说不吉利的话，但她一时又找不出更合适的语言，来表达自己的真实想法。

"不要担心，我没事的。"

"怎么会，枪炮不长眼睛。"

"我长着眼睛。"

"你看看眼前局势，留在上海太危险了，回南京吧！"

"怎么回？现在用人之际。"

"让爸爸给调回去，这事他还是能办到的。"

"那样岂不是令人笑话？不打仗时来基层锻炼，这要打仗了，申请调回去，爸爸能这么做吗？"

"不少人已调回去了。如果你同意，相信爸爸能做得到。"

"未必。我了解爸爸，他是黄埔军校的校友，是一个正直的军人，我相信他有能力把我调回去，但我不相信他能这么做。"

民国的话让梦娜很是有些崩溃，想着自己一块儿生活了四年的男人，比自己还了解爸爸；更崩溃的是爸爸竟然比自己更了解自己的男人，只能无奈地说："你们山东人，真轴！"

一听这话，民国倒没生气，开玩笑回道："爸爸是从湖南来的，和我一样，那么说湖南人也轴了。"

"都什么时候了，还开玩笑。你们男人，真看不懂！"梦娜嘟囔着。

"这算你说对了，古人说'男女有别'！男人和女人要一样，那还分什么男人、女人？不早了，睡觉，有话明天再说。"民国见梦娜说起来不停，若不打住，怕是到天亮也说不完。

3

灯熄了，屋内暗了下来，民国与梦娜在那并不宽大的军床上躺了下来。正是三伏天里，热是不用说，紧闭的门窗更是增加了紧张的气氛，只有电扇在嗡嗡地响着，梦娜忙又起来将电扇关了，躺下来，那民国只是将右胳膊放在她脖子下，另一只手放在她胸上。按以往，梦娜的心会跳得很厉害，而这次异常的平静，沉默了好一会儿，她问："想什么呢？怎么不作声？"

"嗯，我感到对不起你。"民国将嘴唇紧贴着梦娜的耳朵，轻声地说着。

梦娜感觉那耳边一阵轻痒，男人的话使她心中一紧，她虽来探口风，但是自己心中也怕这事情发生，从心底里不愿听别人这么说，就连民国自己这么说，也不行。想着两个人认识五年来，日子是欢快的，特别是有了小孩后，虽每个月只能见一次，但两个人在一块儿有说不完的话，如同刚认识时的样子。可，可如今，看样子要打仗了，刀枪无眼，一旦打起来后果谁也难说，特别他这一句对不起，梦娜心中更是不安，更验证了自己的想法，觉着来得更有必要，她便轻声说道："我没什么，主要是，我们的孩子怎么办？"

对啊！大人还好说，饿了，可以忍一忍；冷了，可以挨一挨，大不了还有两条腿，可以活动一下。而孩子那么小，可怎么办？听了媳妇的话，民国的心缩得紧紧的。真的，作为一个军人，从黄埔军校第一天起，就下定了以死报国之决心。更确切地说，从燕京大学退学那一天，他便抱定了为国牺牲之志。转眼这孩子这么大了，自己若不在了，他们孤儿寡母可怎么办？可要退缩，怎么可能？若那样，岂不是真成了二弟民生说的尸位素餐，成白白吃粮食的硕鼠了？自己六年前的理想、口号岂不是成了自欺欺人的道具，岂是一个男人的所作所为。想到这，民国轻声道："我在这儿拿着枪，正是为了天下的孩子，我们挡住敌人的前进，才会使孩子们与父母团聚。"

"你为了天下的孩子，咱们的孩子怎么办？"梦娜的话语中，充满了苦楚。

"还记得我俩在广州时看'黄花岗七十二烈士墓'吗？你我共赏林觉民的《与妻书》，读到'老吾老以及人之老，幼吾幼以及人之幼'时，你也掉泪了。我问你怎么看林觉民？你可说他是天下第一大丈夫。"民国的话，使梦娜又想起两个人在广州的日子。是啊！那时爸爸在黄埔军校做教官，自己放假去看他，一眼就看中了正在读书的民国。爸当时还开玩笑，说从军校出来的可要上战场的，自己也是亲口应了的。可这事到眼前，她心里还是堵得慌。

过了好一会儿，梦娜缓缓转过头，嘴唇碰上了民国的嘴，两个人舌头触在一起，胳膊腿也纠缠起来。

4

这一夜，两人睡得并不安稳，整夜都没有说多少话。

天很早就亮了，民国把梦娜带来的东西留下，也把自己的东西打了个小包裹，让她带回去。两个人正在吃着早饭，勤务兵进来："报告，紧急调防命令。"民国忙接过文件夹看了看，并在文件上签了字，说道："二十分钟后全连集合，准备换防。"

见勤务兵走了，梦娜问："换防去哪里？"

"去浦东。一会儿我让营部找人送你去火车站，今上午返回南京。要理解爸的难处，听他的话没错。平日看紧孩子，别让他乱跑。"民国一脸凝重地说着。

"南京安全吗？"梦娜对自己这话虽感觉突然，但她并不想回去问爹同样的话。

"若上海安全，南京就安全；上海丢了，南京就危险了。这个，爸该更清楚。"民国说着，看了看手表，抓紧往嘴里拨拉着饭。

5

"民生、民生，找你找得好苦。"当书店刘经理找到设在法租界的印刷厂时，急切地说着。

"什么事？如此慌张。"一脸油垢的民生，疑惑地问道。

"民国，你哥，他，他……"刘经理结结巴巴，欲言又止道。

"怎么了？我哥他怎么了？"民生知道肯定不是好消息，但心里不敢相信，又不敢承认。

"他，他受了重伤。"

"怎么受的伤？他在哪里？"

"具体怎么不清楚，我刚从他们那得到消息。他们好几个，尸首运回真如火车站边的军营，你快去看看吧！”刘经理是民生的上级，他的话就是命令，离开法租界去看望哥哥，不属私自行动。

“这些印刷品，今晚就运走，要急用。我走了，咋办？”民生回头看着满屋子的东西，急切地说道。

“你不用管，这边由我来负责，一会儿还来人顶替。你快去看看，晚了就见不上了。”刘经理说着，把写有具体地址的字条连带几块钱塞到他手里，将其推搡着出了门口。

民生看了手里的字条，便招呼了人事车往真如火车站赶去。那车夫听说客人有急事，便跑得飞快，除路口遇见红灯，一路不得停歇，本来天热，直跑得大汗淋漓、气喘吁吁，就是坐在车上的民生，那心“怦、怦、怦”狂跳不止，汗水也湿透了后背。当赶到军营门口时，那天色已经黑了下来。民生下了车，付了车钱，疾步来到营房门口，因为战时，营房门前戒备森严，十多个兵士持枪站立，老远就吆喝道：“来人止步。”

民生便停下来，两人走近他，问：“请问何事？”

“在下姜民生，听说我哥受了重伤，前来探望。我哥是姜民国。”民生的话刚说完，这两个兵士互相看了看，其中一人问：“你怎么知道的？你真是姜上尉的弟弟？”

“这事怎撒得了谎，也无甚意义。是不是他受伤了？”民生焦急的脸色和语气，让人不得不相信他们是同胞兄弟。一士兵说道：“姜先生稍等，我进去汇报一下。”说罢，便回身跑进营房。

不多久，几个人从营房内疾步走出来，刚才进去的士兵说道：“姜先生，这是吴将军。”未等民生说话，吴将军伸出双手紧紧握住他的手，无比沉重地说：“民生兄弟，姜上尉他、他、他……”

“怎么了，怎么了？我哥他怎么了？”民生的心狂跳不止，瞪大眼睛急切地问。

“姜上尉已壮烈牺牲了。你嫂子已从南京往这儿赶，估计也快到了。来，进来说。”吴将军说着，便拥着民生往军营内走。

进营房不远拐进一厅房，见面前三张单人床上盖着白布凸出的人形，民生的眼泪顿时奔涌不止。吴将军走到中间那床朝床头三鞠躬，掀开盖在头上的白布，见民国那英俊的脸庞已经木然，仿佛陷入沉睡一般。民生“扑通”一声跪在床头，双手抱住民国的尸首号啕大哭道："哥，是你吗？哥，你怎么走了？你怎么就这么走了？当前大战在即，你怎么一下子走了。你走了，嫂子怎么办？孩子怎么办？还有爹娘，奶奶怎么办？兄弟我怎么办？兄弟惹你生气，这几年不见你，但我一直都挂念着你，一直知道你在哪驻防，知道你整天忙。"民生的哭声惊天动地，直哭得吴将军等人也频频拭泪。

"姜兄弟，别哭了。姜上尉是为抗战牺牲的，是为民国牺牲的，人民不会忘记他。姜兄弟要节哀，作为姜上尉家属，你还有很多事要做。"吴将军劝慰着民生，一边将他搀扶起来。那民生泪眼婆娑地看着哥哥的尸首，心情慢慢平静了下来，刚要开口问是怎么牺牲的，门口有兵士进来汇报："报告首长，姜上尉家属从南京赶来了。"

闻听此言，吴将军顿时脸色大变。他看了看民生，说了声："我去接一下。"便疾步走向厅门。

吴将军刚到门口，就听外面有一女人声音道："怎么了？民国怎么了？"

民生呆立在窗前，只见嫂子在门口一闪疾步跑了进来。她呆呆地看着民国的脸，好一会儿才回过神来，"哇"的一声，便扑在民国身上哭起来。世上之痛，怎比得上年轻少妇的丧夫之痛？加之两人感情甚笃，那哭声是令人肝肠寸断，不忍耳闻。

眼泪是有限的，再大的痛苦，也有终了之时。应是哭累了，梦娜的抽泣断断续续，民生便上去搀扶起她，说："嫂子，身体要紧，别哭坏了身子。还有孩子要照顾。"

吴将军也说道："有战争难免有牺牲，眼下情况紧急，上海已非安全之地，一场大战在所难免。应商量一下怎么料理后事，还有姜上尉的遗留物品。"

"他们怎么处理？"民生知嫂子的心不在这儿，怕是连话都无法问出，便问。

"其他两位家里人难以赶来，天气如此热，眼下情形只能快速埋葬，最迟不过明天中午。姜上尉情况不一样，有二位在，所提要求，我们尽力而为。还是先收拾一下姜上尉的遗物吧！"吴将军表明了自己的态度。

一下子说怎么处理也不容易下决定，几个人一边往姜民国的宿舍走，一边说着他牺牲的过程。

6

事情就发生在今天凌晨。

就在这天早晨天色未亮之时，民国带人在浦东的黄浦江边巡察，见两个人鬼鬼祟祟顺墙根在树下暗影中行走。民国心中起疑，便带人悄然跟上，那两人发现有人追踪，便也加紧了步伐，民国一边跑一边喊道：“住下，住下，再不住下就开枪了！”

那几个人根本不听，拼命往江边跑。民国知道，几艘日本船已停在那江边好多天，他们都是上了眼的，既然人往那边儿跑，八成是日本密探，不是一般贼人。民国示意手下弟兄：“快，跟上，别让他们跑了。”

“哗”，一行人跟着民国冲过去。

可能中国人个高腿长跑得快，日本人个小腿短跑得慢。不多久，两拨人竟然相距越来越近，一人猛冲上去，一把抓住最后面的一个人，谁承想，前边的人回头就朝他们开了枪。“啪、啪、啪”的几声枪响过后，民国倒没事，两个人倒了下来。见对方开枪下了杀手，民国也开枪猛击，前边那人应声而倒，民国前往低身查看时，从眉眼中看出是日本人，摸了摸，身上带着枪械、地图，明显是日本间谍。他正准备招呼人将这间谍带回防地，忽然从岸边蹿出几个人，开枪向他们猛扫，防不胜防的民国应声倒地。那开枪的几个人将这两个日本间谍架起来飞快跑开，上了岸边的小船，向着停在江中心的大舰“依云号”驶去。等闻枪声而来的国军军士赶到，巡逻队伍五人中两人当场死亡，民国身受重伤，其他两人轻伤。民国在送往医院途中去世，为避免家人接受不了，才通知远在南京的蔡梦娜说他重伤。因在浦东确实交通不便，他们便连人带东西全部搬至这真如兵营。

知道了哥哥牺牲的过程，民生切齿不已；在清点民国的遗物时，那梦娜时哭时止、悲痛欲绝。民国的遗物很简单，就是些日常衣物、用品，因是夏天，被褥单薄，只是那一箱子书的上面有一封信，蔡梦娜看后又大哭不止，喊道：“回家？你早就想到回家了？怎早不和我说？你这个狠心的人啊！留下我们孤儿寡母，以后可怎么过啊！兄弟，你看看，你哥怎么这样啊！”

民生接过信，那眼泪又扑簌扑簌掉落下来，见那信上写道：

吾妻梦娜：当见此信时，可能你我已阴阳两隔。已与你深谈过眼下之局势，两国相争，一场大战不可避免，临阵退缩非男儿之为。天下兴亡，匹夫有责。吾已抱为国牺牲之志，你为军人之妻，应有此担当。你若能看到此信，说明我还有马革裹尸之幸运；更有可能的是，一旦大战起来，情形势必极乱，怕连见此信的机会都没有。你我相识以来，夫内心倍感幸运，已言多次，在此不再赘述。倾巢之下，焉有完卵。为国牺牲没什么可怕的，唯有对家人的挂念不能放下，望你能不辞辛劳将儿养大成人；父母你不用挂念，有弟兄们照顾；奶奶甚是思念我们，可惜已几年未见；与二弟在提篮桥分别已近两年，不知其近况如何？是否还生我的气？弟、妹远在北京、济南，一家人天涯各处。若见他们，代我问好。甚是怀念烟台的青山绿树、碧海银滩，烟台山、芝罘岛，斯是生我养我之地。若有机会葬于烟台山上，每日能看到蔚蓝的大海、洁白的船帆，闻汽笛声响、海鸥飞鸣，甚为之幸。不过，此至山东千里迢迢，怕是殊为不易。大战之际，不必为此费劳。勿忘告知孩儿为烟台人，嘱其成人之后，无论在哪里，他的老家是山东，是烟台，有机会一定回去看看。

军号令响了。

至此

夫　民国

二十六年八月一日

民生默默读着三天前哥哥写给嫂子的信，内心已如北风吹海般波涛汹涌，眼泪如断线的珠子，稀里哗啦滚落了下来。从信中看出，想必哥早已抱为国牺牲之志，心中挂念有三：一是国家，二是家人，三是故乡。

众人虽难过，但三伏天里，安葬之事不能耽误，必须快速定下来。人死为大，民国最大的愿望是葬回故乡。梦娜用婆娑的泪眼看了看民生，低声说："上海已不可久留，南京已在撤离中，待几日就和母亲孩子去重庆，何日回来无人知晓。重庆亦是异乡，民国不可能葬去那儿；若能葬回烟台，倒是最好。"

"那只好火化了。不过要费些时日。"民生毫不迟疑地说道。

吴将军见民生这么说，心中有些惭愧，说："想尽办法，尽快火化。"

"我和你把他送回去。"梦娜止住悲伤说。

"兵荒马乱、路途遥远，孩子要紧。火化后我带骨灰盒回乡就可。那些规矩不用要了。"民生劝慰着嫂子。

“我这边给烟台政府开介绍信，由两人陪着。要不，无法和蔡将军交代。”吴将军安慰着。

民生看了看嫂子，说：“嫂子无论到了哪里，别忘了给烟台朝阳街老家写信。”

梦娜又止不住泪水涟涟，用已经哭红的泪眼看着民生，刚毅地说：“兄弟也莫悲伤，你哥是为国捐躯，我会竭尽全力把孩子养大的。无论到了哪里，我会记得烟台姜家的宅院，那是我们的根。吾唯愿盛世长存，勿负汝傲骨英魂。”

蔡梦娜不愧为受过现代教育的大户人家女子，既懂下里巴人，也懂阳春白雪，人情世故丝毫不差，在大是大非面前，立场非常坚定。

7

茶碗破碎的声音还在客厅里回荡，缓过神来的佳怡禁不住“哇”的一声号啕大哭起来。遇到天崩地陷之事都不慌张的姜来远，听说儿子去世的消息，一屁股跌坐在椅子上，感觉天旋地转一般，双眼直勾勾地看着前面，久久不能动弹。直到看见门外走进一熟悉的身影，那人双手托着一个红布包。直到此人走近，来远才看清楚，是自己好久未曾见面的儿子民生，手上托的是自己最不想看见的东西。还没等来远站起来，就听有人说：“老太太来了。”

姜来远猛地回过神，就见娘拄着拐杖，小玲扶着她，颤颤巍巍地从后面进来了。坏了，娘这年岁，怎能受得了失去孩子的打击？他忙站起来搀扶着母亲，凄声说：“娘，你怎么来了？”

“怎么了？这是怎么了？民生也回来了？民生回来怎么不和我说一声？不去看看我？”来远娘一边颤巍巍地说着，一边疑惑地看着四周的人。最后，她用眼光紧紧盯着孙子手捧着的盒子，说：“你俩都回来了！回来了好啊！”说完，猛然往前一扑，就要抱民生怀里的盒子。

“娘，你别动。”来远见娘往前扑，赶忙起来扶住她，反被拽得摇摇晃晃，两个人差点一块儿摔倒。世上哪有比丧孙之痛更痛？老太太经受不住这个打击，一下子晕厥过去。

众人大惊，七手八脚把老太太扶到后房，有人早已飞也似的去街上请医生。待到医生来时，老太太已苏醒过来。医生快速把脉之后，无甚大碍，只是悲伤过度，气堵血瘀所致，便开了方子派人去抓药。

姜来远见母亲无甚大碍，便来到前面招呼前来送信的军官。那骨灰盒放在前面桌子上，自己亲生的儿子没了，化为了骨灰在里面，以后再也见不到自己的儿子了。他颓然地坐在椅子上，面色苍白，黯然问道："怎么没的？"

民生从怀中掏出一封信，说："这是我哥留下的信，我嫂子让我带回来了。"

来远接过信，上上下下看了几遍，微微点了点头，长吁了一口气，慢慢睁大了眼睛，又缓缓闭上，一字一顿地说："儿啊！我的儿、儿啊……"声音高起，眼泪如断了线的珠子流下来。

男儿有泪不轻弹，只因未到伤心处。看到东家悲痛的样子，四周的人都流下眼泪，啜泣声令人悲伤。好一会儿，姜来远方止住哭声，孙大校问："姜伯父，上尉是为国牺牲，政府拨抚恤金一千块，墓地任您挑选。"

"儿子是我的，姜某自己负担得起，抚恤金就不用了。墓地的事情，看儿子喜欢烟台山，就那儿吧！"姜来远虽痛恨政府，但他爱这片土地，要不也不会同意让儿子去当兵。既然儿子是为国家牺牲，便不想为此给国家造成负担。

听了来远的话，王副秘书长皱了皱眉头，转过头对孙大校说："烟台山？这，这怕是不好办。里面、里面都是洋人居所。"

没等孙大校说话，来远看也没看他，便说："那算了。我要将其葬回老家。大敌当前，不应奢靡，节俭才是。"

"姜老板，这是哪里话？"外面进来一身材魁梧高大的军人，看了看大家，声如洪钟地说："姜上尉为国牺牲，大义千秋，该葬在烟台山。这事，我说了算。"众人看时，原来是驻烟台司令官朱司令。

来远刚要起身迎接，朱司令疾步过来一把将其按住，说："不用虚礼。令公子所做令人钦佩，望姜老板节哀。眼下大敌当前，令公子为此战烟台牺牲之第一人。我等应厚葬之，以彰正气，唤起民众抗战的信心。"

8

姜民国葬礼的隆重程度，超出了绝大多数人的想象，这已经不是姜来远一家人的事，而是烟台市政府的事情了。山东省政府发来了嘉奖令，烟台特别市政府专门成立了治丧委员会，灵堂就摆在市政府西面广场。祭拜一直举行了三天，来远的亲朋好友、政府部队的官员纷沓而至，民国从小的玩伴同学，相识、不相识的，人们来了又去，去了又来，有的人来了好几次。

出殡那天上午，丹云当空，北风微凉，整个烟台陷入悲痛之中。马车载着棺木缓缓前行，如同给远行的人送别。生老病死乃人世常情，烟台市区这么大，哪一天不去世十个八个的人呢？生老病死又是大自然永恒的规律，从这方面来看，世界是多么公平。对个人而言，生命只有一次，有的活到七老八十，有的只是青春年少，甚至未懂世事便早殁；从另一方面看，好人不长命恶人活万年，上天又是多么不公平。不管公平不公平，“人死为大”，这葬礼倒是温情脉脉，无论是亲朋好友，还是商家对手，皆表现出极其善良温顺的一面。送葬的队伍一直往西又往北，绕道北马路往西，路过海港码头，绕过北马路往南走，过道观、市政府、海关，沿海边来到烟台山脚下。此时，烟台山脚下站满了密密匝匝的人，虽然大部分人并不认识姜家的大儿子，但都知道是在上海被日本兵枪杀的，人们议论着姜家，议论着姜家死去的儿子。

“真没想到，姜家三个儿子已经没有了一个。”

“姜家的亲家不是大官吗？乘龙快婿还要上战场吗？”

“日本人能打到烟台来吗？”

“日本人要打过来，政府能守得住吗？”

“日本人过来，我们怎么办？”

“姜家真是好样的，不怕死。”

众说纷纭之际，入葬开始，地方军政长官均讲了话，号召全体人民团结起来，抵抗日本帝国主义的侵略，下面口号喊了起来，“打倒日本帝国主义”“全民抗战”的呼声此起彼伏，一股人间正气充盈天地之间，激发出人们无穷的力量。

姜来远眼角又湿润了。

世上最痛苦的事情，莫过于白发人送黑发人，来远自己可以承受，没让佳怡过来，不想让她也来承受这人生极苦。看到儿子的死，能够唤起人们的斗志，也算死得其所。今天儿子的葬礼，相信会感染烟台山上的几百人，影响烟台山脚下的几千人，甚至烟台市的十几万人。姜民国的骨灰下葬，阳光照在新坟上，新土的味道四处发散，一阵风吹来，紫薇花瓣纷纷飘落，落满了坟头，大地。

“最后一茬紫薇花，就要谢了。”有人嘀咕着。

“是啊！今年的花骨朵都开完了。再开，就要明年了！”附近的人感叹着。

是啊！人生一世，草木一秋。世间由无数轮回的生命在推动。年年岁岁花相似，岁岁年年人不同，烟台山上的紫薇暮春花开，秋后而谢。花开时，漫山遍野绚丽烂漫朝气蓬勃，令人感到积极向上的力量。花谢时，五彩斑斓秋风乍起落英缤纷，让人有无尽悲凉之感。现如今，姜家大儿子要长眠于烟台山上紫薇树旁，以后的漫长岁月，只有这满山遍地的紫薇陪伴他。恍惚中，姜来远仿佛看到：儿子民国奔跑在漫天飞舞的花瓣中，跑在崎岖曲折的山路上，跑在一望无际白色的沙滩上，跑在波涛汹涌的海水中，跑在繁华的大上海，跑在黄浦江岸上，跑在枪林弹雨里……

9

“东家，隔壁赵大成跑了，他大舅子给他处理宅子，给钱就卖。”盛管家声嘶力竭的话，让侯长贵顿时瞪大了眼睛，倒吸了口冷气。

“真的跑了？赵大成天不怕、地不怕，怎么就跑了？”侯希玉很有些不解地问。

“谁说不是，看来，这日本人比老天爷都厉害。那咱怎么办？是不是咱也要卖一些铺面，别都砸手里。”

侯长贵转了转眼珠，后来眼珠不再转，像猫盯着金鱼、吝啬鬼盯着金条一般，死死地盯着盛管家，问：“赵大成的房子要价多少？”

“好像，好像说给一千、一千块就卖？”盛管家之言含含糊糊，说得模棱两可。

“一千块？那可是一拉八间铺面，上下两层的大旅店！”这个价格严重超出了侯长贵的心理承受能力。

“是啊，要不咱也卖吧！这样子下去，待几天五百也要不出来了。”盛管家面露愁容地说。

“卖？不行。筹钱，买下来。”侯希玉急切地插话，他和一般人的想法还真不一样。

这轮到盛管家吃惊了。他张了张嘴，好久才缓过神来，有些呆呆地说：“少东家，怎，怎么可能？人家都在卖，咱怎么能买呢？”

“依我看，买和卖都不行。这时候，把钱攥手里最好。”侯长贵怕儿子激动，安抚道。

“也是。还是老东家的主意稳当。这叫处变不惊、以不变应万变。”盛管家又开始吹捧侯长贵，这是他擅长的，东家也很受用。

“不，万万不可。机会千载难逢，这可是我们侯家一统烟台商界、扬名立万的时机。他们这些家伙，哪知其中的道道儿。日本人是要来，可日本人来不就是要占烟台吗？他们来不就是不走了吗？日本人来了还不吃饭了吗？还不做买卖了么？他们有洋枪，有洋炮，还有大轮船。他们来了，烟台不就更繁荣了吗？这铺面不就更值钱了吗？”侯希玉一番话说得头头是道。

盛管家似懂非懂，夹在父子两个中间不好偏向哪一个，只好装傻卖愣，点点头喏喏应道：“是是，少东家说得是。”

这朝阳街上的房子金贵了几十年，原来谁家在这里住，那就是阔佬，就是富贵之家；要在这里有个铺面，那就意味着吃穿不愁、金钱不断；哪怕这些人在外面借着很多债，债主都不慌。而现在，这朝阳街的房子不但不金贵了，简直是烫手山芋，很多房子押在银行钱庄，房价一跌，房子卖了还贷款都不够。况且此时，不少人家大门一锁带上金银细软直溜溜跑了，有钱人连宅子都没人管了，谁还买？可以说，这时候找个买家比登天还难。见此情景，侯希玉趁火打劫，趁机将房子压到白菜价，半个月时间不到，朝阳街两边好的铺面，三成姓了侯。

10

虽然国军政府做了动员，没想到国军如此不经打，烟台很快就被日本人占领。日本占领烟台的计划很周详，军人占要塞，用汉奸维持市面。日军进来第二天，在日本人的暗中鼓动下，烟台就成立了“维持会”，原来销声匿迹隐藏起来的日本商人，又如藏在地洞中的老鼠一样，冒了出来。满街上挂起日文招牌，分不清是真的日本人开的商行，还是有的中国人见风使舵。维持会成立的顺利程度，超出日本人的预料，也是他们找对了人，一开始就拉了侯家父子入伙。起先，侯长贵还有点不愿意，他好歹也是留过辫子的，和日本人做生意赚钱可以，暗通款曲也可以，直接站在台面上为日本人摇旗呐喊，心里还有些硌硬。侯希玉不这样认为，世道无常，日本人来了也要吃饭，也要生活，甚至以后也要通婚，这天下大乱也是自个儿大显身手的好时机，便劝侯长贵：“爹，此时不干，更待何时？”

“这样是不是数典忘祖？”侯长贵脑子里，还留着那么一点点祖宗的位置。

“爹，好汉不吃眼前亏。沧海横流，方显英雄本色。您觉得这个机会以后还有吗？”侯希玉觉得自己是儿子，如果反过来，真想拍他爹两巴掌。

“海还能横流，看能的你。这三十年了，大清，民国，从袁世凯，到张宗昌、刘珍年，还有数不清的督军、道尹。多少人在烟台发号施令，长的不过三年五载，短的三两个月的也不少。有几个能站住脚的？我们太露头，一旦日本人走了，我们如何收场？”侯长贵这一生，大风大浪见得不少，考虑得很多。

“爹，我怎么说呢？回头想想，烟台换了这么多当权者，为啥爹您一直站得稳？还不就是爹能跟得上形势，维护新当权者的声望？”看来，真是知爹者莫如儿。侯希玉之言，如同把他爹脱光了衣服晾在太阳底下一般，给扒得清楚明白异常准确。

“事儿是那么个事儿，话可不能那么说。”虽是儿子那么评价自己，评价得也对，但人还是要面子，侯长贵也不喜欢听。

“这样吧！爹，如果你不愿意做会长，我做也可以。不过，你可要给我站台。”侯希玉按捺不住内心的激动，不想浪费眼前这改朝换代的大好时机，开始抢班夺权，直面狂风怒浪。

“你要小心才是。”侯长贵叮嘱着儿子。

“爹，有日本人支持，怕啥。如果我们不做，那姓姜的来做，你不后悔？”侯希玉此话一出口，侯长贵无言以对。

11

对啊！日本人为了维持市面不崩盘成立维持会，怎么可能不邀请姜来远？侯希玉的担心很正常。对姜来远的拉拢，是日本人观察了很久的决定。有人说姜家大儿子抗日，姜家对日本人不会忠心，负责此事的三井不以为然，笑着说：“正因为这样，如果姜来远参加维持会，说明我们更得人心。”

三井心思缜密，能考虑到这一层，着实不简单。可是，出乎他们意料的是姜来远不接受此事，听到让他做维持会会长的建议，竟然脸色木然，头摇动得像拨浪鼓一样。说让他做副会长，也是一声不吭，问其原因，竟然说家事繁多，母病儿亡，难以有精力处理会务。三井思忖着，猪头不烂慢火炖，当你日子难过时，会主动找上门来。你不干，还有别人抢着干呢！

原来，姜来远觉得参加维持会是个很丢人的事，不愿意参加。侯家父子为此也争得面红耳赤。而盛管家认为天下大变，是一个独立门户的好机会，便暗中记了三井的办公地儿，寻了一个时间找到他，说了自己的想法。

没想到，三井对送上门来的事儿非常警惕，问："为何要参加维持会，能把维持会的事情做好吗？

盛管家见日本人没赶他走，觉得有门儿，便说："儿子没个正经职业，面子上过不去。皇军来了，干事儿的时代到了，要为维持会做贡献。"

三井不以为然，说："这维持会虽是个自发的组织，可不是游兵散勇，也不是谁说进就能进的。"

盛管家在侯长贵那边干了这么多年，自然是准备得非常充分，不会被三井三言两语就打发掉，他把藏在肚子里几十年的东西一股脑倒了出来，也把家里压箱底的干货说给三井。三井听罢，有些目瞪口呆，好一会儿才回过神来说："贵公子怎能只做会员？怎么也要副会长。"

一听说副会长，直惊得盛管家头发晕，好像喝了一斤白兰地，如掉在棉花堆里一样，不知怎么办才好，忙说："使不得，万万使不得。"

"怎么使不得？"

"我们东家是副会长。我儿子也当副会长，怎么能成？"盛管家心里发慌，有点头晕。

"你地，不能那么想。侯家，不如你忠心地干活。你把这么好的字画献出来了，而侯家有比你更好的东西。他没拿出来，不忠心地干活。"看来，日本人很分得出轻重，知道那家人底货更厚。

听日本人这么说，盛管家知道自己已取得日本人的信任，便顺杆往上爬，捧道："厉害，太君真是厉害。看事情如此深刻，厉害，真是厉害。"

盛管家把本想说的后半截话又咽了回去。他不是不想说，而是不想从自己嘴里这么快说出来，话说太快就不值钱了，他要等时机。日本人也不傻，知道这是盛管家留的话口，便问："他家有何宝贝，说来听听。"

盛管家装模作样地看了看四周，好像防备什么似的，朝三井那边狠狠地倾斜着身子，恨不得要抱在一起，将脖子伸得老长，嘴巴差一头发丝儿就要贴到日本三井太君的耳朵上，低声道："太君，这事别说我说的。侯长贵家有一幅郑板桥的字画，据说价值连城。"

闻听此言，那三井顿时瞪大了眼睛，满脸不相信的样子，悄声问：“郑板桥的字画？清朝的那个郑板桥？郑燮？扬州八怪的郑板桥？若是真的，可就大大地厉害了。”

“太君知识渊博，知道得真多，佩服。这字画可值老鼻子钱了。”盛管家瞪大眼睛，一副夸张的表情。

“这话不能再告诉任何人，包括我们日本人。你地，明白？”三井之言寓意很深。盛管家自然明白，他怕自个儿将这消息告诉其他人，有人去抢那字画。

“明白，放心，太君。”盛管家一脸奴相，满口应承。

“最近那个姜来远怎么样？你们熟悉吗？”三井明知故问。这样的话，原来三井都是问侯家父子的，这么问他，算是把盛管家当自己人了。

12

半年时间，姜来远才从失去儿子的痛苦中慢慢恢复过来。暮春时节，他收到了三儿子的来信。看那信是从香港过来，想必辗转多地。来远正好在母亲床前，刚打开看书信，就见母亲睁开双眼，颤声道：“儿啊！谁来信了？”

来远回娘道：“是民权的信，我给念念听听！”

听是孙子来信，来远娘顿时来精神，提高嗓门道：“快、快、快念来听听。”

来远念道：

祖母，父、母亲大人安好！

家里人一切安好！

自事变以来，孩儿历经河北、河南、湖北、湖南、贵州，于上月到达云南，现已进入西南联大读书，大部分师长和同学皆聚于此。昆明气候宜人，目前一切安好，唯物资供应欠足。不过，无论多困难，我会坚持把学业学完。勿念、勿念！

姜来远看了看日期和后面附着的学校地址，对母亲说着：“娘，别再挂念了，三儿两个月前就已到昆明了。他都那么大了，您就不用挂念了。”

“嗯，我不挂念了。云南那么远，肯定吃了不少苦；可离日本鬼子越远越好，日本鬼子打不着。”从这话里听，来远娘虽躺病床上日久，但头脑还并未糊涂。

佳怡从来远手里接过信，看了那短短的几句话，眼泪也下来了，喃喃道：

“云南那么远，他们是怎么到的？路上怕是连卖鞋子的都没有。”

“孩子大了，吃些苦，更懂事。”来远安慰着。

“是懂事了。”佳怡把信递到来远手里，抬起头，不忍心再往下落泪，让别人跟着伤感。

瞧着信中这熟悉的字体，姜来远百感交集。自去年秋天接到三儿子离开北京的电报，一直再也没有音信儿。最近这大半年，可不只是“烽火连三月”，他经历了人间的大悲大痛，长子的去世，带给他无比巨大的创伤；特别是看着躺在床上日渐消瘦的母亲，心中如乌云压顶般阴沉沉的，郁积在心中的烦闷，久久不能化解。原来，觉得一会儿见不到儿子的面，就很不放心；可现在，只接到这么一封有简单几句话的信，就感到无比满足，甚至是欣喜了。

13

夏日里日头长。

姜来远正在银行接待客户，忽然马长水急匆匆喘着粗气跑了进来，大声道：“东家，不好，老太太去世了。”

“怎么？老太太去世了？”来远惊得摔掉了电话，“咣当”一下子坐到椅子上。按说，母亲已经七十六岁，属高寿，特别是去年民国去世，对其打击太大。从那以后就一病不起，卧床养病已近半年，加上年岁已高，身体恢复到以前已绝无可能。每日伺候着汤药虽劳累，但有人在眼前，心里也就安生些。母亲这一去世，就彻彻底底不在了。

好久，来远才回过神来。马长水见东家茫然地看着自己，便说：“东家，咱回家吧！家里事要你做主呢！”

老太太作为一家之尊，一直被大家敬着，她的去世虽未让家里乱作一团，难免会引起大家的心慌。见来远回来了，大伙儿便围上来，听东家吩咐。来远并未作声，只是径直往堂屋里走去。此时，佳怡已给老太太换完寿衣，那是几年前姜母就给自己做好的衣服。老人家身着古铜色阴花府绸棉袄、对襟褂，府绸棉裤，脚上云底鞋，头戴六角帽，脸清瘦，干净而又安详，想必佳怡已给擦洗过了。见来远回来，佳怡从另一房间出来，满脸戚容地问：“都收拾好了，按规矩外出送信吧！”

来远止住悲伤，沉思了一会儿，摇了摇头，叹着气说：“大难当前，简单些吧。打电话给他两个姑说一声，给掖县咱舅说一声，他们也别来了。其他的就算了，不用通知了。”

听了这话，佳怡非常不解，问：“这，这怎么行？”

“这有什么不行？家里就我一个男孩，这事不用和别人商量，我自己说了算。”来远和佳怡解释着。

“来远！从这方面是不用与别人商量，可她老人家一生操劳，若葬礼很寒碜，怎对得起她老人家？还有，他姥姥家那边不送信，别人不说闲话？”佳怡解释的话，在情在理。

来远一开始并未说话，慢慢从椅子上站起来踱了几步，将双手放在背后，抬起头看着屋顶，深吸了一口气，叹道：“娘和我私下说过好几回，她去后不要大操大办，不会有寒碜之说；小孩姥姥那边送信去谁能来？世聪、世明都不在家，其他人收到信后，来还是不来？若不来奔丧，则失了礼节，人家过意不去；若来奔丧，这一来一回就是四五天，兵荒马乱的，一旦有个闪失，岂不是很不值当？”

来远之言入情入理，那佳怡仍不死心，辩解道：“去年，民国的葬礼那样隆重。今若对咱娘之事太简单了，岂不会让人说闲话？”

来远“嗯”了一声，又叹了口气道：“话虽那么说，可是世道变了。去年之时，尚不是今日之状况。一个是咱儿，一个是咱娘。在我心里，还分什么轻重？自家的事，还怕别人说？还有，娘要回上姜家村去与爹合葬。趁机，将民国的墓一块迁回去吧！”

“民国的墓也要迁？在那地方好好的，迁他作甚？”佳怡有些不解，那个地方风水好，也是民国生前的愿望，自己以后去祭拜也方便。若迁回黄县，就很不方便了。

“我知你意。爹娘的坟在老家，民国的若迁回去，也好和他做伴。以后我们回去祭拜也方便，省得三头两地的。还有，对我们而言，烟台非久居之地，以后咱在烟台也未必能长待，提前迁走也好。不过，我想好了，咱只迁走骨灰盒，别的不用动，万不可告知他人。”姜来远的话语重心长，眼泪顺着脸颊缓缓滑落。都说男儿有泪不轻弹，看来，国破家亡之痛，深深刺痛了姜来远的内心。

听完这话，佳怡知了来远的心思，眼中含泪，点了点头。

说是后事料理要简单，可事情哪能那么简单。

姜家老太太去世的消息，如同长了翅膀般迅速传了出去。姜来远在烟台的亲朋好友、同学故旧，便三三两两地前来祭奠。挨不住大家劝解，姜来远只好又让人布置了灵堂，扯了白布，孝衣孝帽依旧穿戴了起来。

"东野太君到、东野太君到了。"马长水从外面跑进来，低声对周围人说着。

他怎么来了？活见鬼。姜来远连忙止住悲戚，对大家说："都起来，别哭了。"

众人不解。

见东家发话，大家都站立起来止住悲声，女眷们也没了以往的哭声。

不一会儿，就听外面响起噼噼啪啪的皮鞋声，东野太君带着一行人进了院子。只见他走到灵堂前褪下手套，摘掉帽子，朝牌位三鞠躬。

四周一片寂静，那东野礼毕，回过身走到姜来远面前，伸出双手，嘴里说着："老太君去世，甚感悲痛；望节哀顺变，化悲痛为力量，好为大东亚共荣出力。"

此情此景，就是再不情愿，也无其他办法。无奈之下，姜来远只好伸出双手。没想到，那双手刚与东野的两手一接触，便被其死死握住，双手生疼。姜来远心中暗叫"不好"，便用劲反抗着，如不反抗，怕会被这东野给攥伤了。

虽是手上在做小动作，但两个人的脸色依旧正常，他们紧紧握着手，来到一边僻静之处交谈着，东野装出很关心的样子，问："令堂大人欲安葬何处？"

"打算明日回老家与先父合葬。"姜来远如实说着，这事撒不得谎，也没必要撒谎。

"为何不葬于烟台？令公子之墓在烟台山北侧，那儿面朝大海，就是达官贵人之所。在烟台，哪个地方比此地更好？将令尊之墓迁来，岂不是一大幸事？"东野的话让来远心中暗自吃惊，这家伙今天来此，怕不是为了祭拜，而是别有目的。还有，他竟然这么挂记自己儿子的墓地，看来是居心不良。想到此，来远便说："落叶归根，是先母生前唯一心愿，与先父合葬也是老家习俗，此两事皆不可违背，多谢太君好意。"

见来远这么说，东野点了点头，低声说："理解，理解。姜先生至亲至孝，在下佩服。由此回家，山高路远，关哨重重，殊为不便。姜先生是实现大东亚共荣不可或缺之人才，我方应竭力帮助才是。一会儿让人将特别通行证送来，可保一路畅通无阻。"

还没等姜来远说出感谢的话，那东野又说："眼下烟台仍有数不清的共匪、国军，不知藏在何处。为了防止坏人捣乱，经与司令部商量，特派四名训练有素的兵士前来服务，以保先生安全。还有，送了一面大日本国旗，插到门前，可确保姜先生家人安全。”

一听这话，来远心中暗暗叫苦：这日本旗往门口一插、日本兵往门口一站，自己可成了铁杆汉奸了。想到这儿，便推辞道：“太君好意，在下心领了。烟台在皇军治下，想必平安无事。”

“哪里，这事就这么定了。”东野冷冷笑了几声，不容分说安排了下去，便起身告辞了。

东野前来祭奠，本身就很蹊跷。按说，凭来远与驻烟台日军的关系，不需东野亲自前来吊唁。他能来，背后还有其他原因。最近，侯希玉经常在东野面前吹风，说这姜来远最近行动诡异，便引起其警觉，前来祭奠是假，借机会派人看守住姜来远是真。这东野虽走了，可他安排的人持枪站在门口，大门上飘着膏药旗，令这葬礼很是添堵，就连去烟台山取民国的骨灰，都变得难了起来。

太阳快要落山。来远带马长水和管莫全提着香火篮子、灯笼，带着火钩，衣服内暗藏了撬棍出了门。他们三人顺着朝阳街往北走，待走到烟台山脚下时，太阳已落下山去，晚霞映得西天一片通红，而东边的天已是深灰色，沿斜坡往烟台山后走去，凉风吹得人一阵寒冷。来远看见后面远远有人跟着，便低声对马长水说：“动作要快。”

天色慢慢暗下来。不知是人的心境阴沉，还是早春气候阴凉的原因，待他们走到北坡山腰处，已满是萧瑟之气，天色已黑了下来。来远和管莫全往山上走着，马长水把灯笼点上，顺着原来的路往回走着，口里一边念叨着：“大少爷，今来给你烧点钱告诉你，老太太故去了；大少爷，收到钱该送送、该花花，多送阎王，少送小鬼，哪个小鬼不听话，让阎王收拾他。”

日本人来烟台之后，不少胆小之人大白天都不敢来这烟台山上，晚上更是人迹皆无。灯笼在马长水脸下前边不远处，那斑驳的光线布在脸上，露出几分令人害怕的狰狞。阴森的山间小路本来就令人瘆得慌，马长水的鬼话声音越来越尖细，到最后同与鬼魂说话一般。突然，就听着趺趺撞撞的脚步声，伴随着“啊啊”的喘气声，有人疯一样地跑远了。

山顶北坡上，管莫全掀开防水盖，用钥匙将铜锁打开，用铁钩撬棍打开墓穴侧门，蹲下去伸进手去将骨灰盒取了，递给姜来远。姜来远接过儿子的骨灰盒，轻轻放在地上，心中升腾起一股无名的难过。管莫全将另一个装了碎石的同样的盒子放进墓穴，用大理石将墓穴盖上，用铜锁锁了，盖上防水盖，恢复了原样。

姜来远将骨灰盒用包袱包了，将纸香堆在墓前的火塘处用火柴点了。管莫全用木棍小心地挑压着草纸，一边念叨着："大公子，我们给您送钱来了。手里有了钱，想咋花咋花。"

远处的马长水见墓前的火烧起来了，知道他们已得手，便又念叨着匆匆走回。待到纸香燃尽，不见一点亮光，三人便急匆匆下山，迅速回到了家里。

14

"东野太君，这姜来远回老家葬母之事，不太正常。是不是让人盯着点儿？"侯长贵不放心姜来远的一举一动，内心里老觉此人做事深不可测，明面儿上和实际不一样。

"侯先生，杀人不过头点地，做事要有点分寸，不要太小肚鸡肠。我昨日按你的意思，也去他家拜了，门哨也派了，旗也挂了；晚上姓姜的去给他儿子烧香，你也派人盯梢了，还想怎么样？你也别整日疑神疑鬼，太过分了会引起他的警觉，就得不偿失了。你要清楚，皇军初来乍到，要依靠各方面的力量，把那姜来远除掉，单纯依靠侯先生，能将烟台之事处理好吗？"东野之言不紧不慢徐徐道来，但明显是责怪之语。侯希玉气得心里一颤一颤，但话已说到这份上，自己还能再说什么呢？

侯长贵郁郁寡欢地回到家里，儿子希玉见爹心中不快，便问："爹，那东野不听劝告？"

"谁说不是？都说这日本鬼子精，没想到这么精。本想借其之手，将那姓姜的除掉，没想到他不但不赞同，还将我说了一顿。"侯长贵本性不改，埋怨起来。

谁承想，侯希玉一点也不着急，鼻子里"哼"了一声，说："爹，这事不能急。最近，我安排了两个人，专门盯着他家，不信找不出他的问题。听说，有个日本高官要来烟台视察，咱可要好好准备，不能让姓姜的抢了先。"

那侯长贵一听，眉毛往上一挑，说道："还是我儿子想得远。原来爹我太仁慈了。看来，除他要快、要狠，不能再等。"

"爹，您瞧好吧！当年爹送我去日本留学送对了，姜来远他不会日语，在日本人面前，还是我们能说得上话。不毒不狠非丈夫。这次，不会再犹豫了！"侯希玉恶狠狠地说着，信心十足，一副胜券在握的样子。

第三十九章

顾大局阻止刺杀　施巧计智取棉衣

1

烟台市面上的气氛越来越诡异。表面上国军撤走，共产党活动销声匿迹，日本人正大光明地以统治者身份自居，大街小巷胡同口插满了膏药旗；港口码头车站，遍地日本兵。表面上，日本人已将烟台控制得密不透风，看似风轻云淡波澜不惊，实则波诡云谲暗潮涌动，完全是另一番样子。大量的国军和共产党，潜伏在市区的角角落落，久裕银行不少员工已离开，迅速被各方面介绍来的人填补了空缺。他们巧妙地隐藏了各自的身份和目的，狼环虎视，枕戈待旦，心照不宣地活动着。日本军队虽占据了市区和主要道路，但共产党领导下的抗日武装，在农村和偏远山区，蓬勃地开展起活动。

这日，姜来远正在屋内看报纸，共产党联络人带着一名同志急匆匆赶过来，要寻求帮助。经过介绍，来人名叫蔡非尘，身份是一个跑街的职员，下一步要安顿在他们久裕银行。姜来远觉得面熟，好似在哪里见过，但顾不上多想，问：“不知需何帮助？”

“听说，日军有一批军用物资，要从威海运送到文登，抗日武装想把它们劫取掉，地点都已经选好。据情报说，昆嵛山的一帮人也要对这批军火下手。如果对方要做，他们占据地利之便，我们这边怕不好做。”蔡非尘简单说了下这次来的目的。

“我能帮什么忙？”来远好奇的是，对方对情况了解得这么详细。

“听说姜老板与昆嵛山的邱首领交好，希望能劝他帮我们这个忙。最不济，不要和我们抢这批货。”

“让邱帮忙？他们靠这个吃饭，我能说得动他们？”来远嘀咕着，心里没有底，虽然上次对自己还算客气，可时隔多年，对方能够为其他人冒生命危险去做这事吗？特别是对方上次已经帮了自己，不欠自己什么人情。为这事儿去求他，好不好使？

“我们打听过，这姓邱的只对您念念不忘，别人打动不了他。这事如成了，会极大增加我抗日武装的力量。”看来，蔡非尘对邱首领的底细摸得比较透，并把全部情况都告诉了姜来远。

眼下，姜来远对日本人的痛恨无以复加，特别是大儿子的死，国恨家仇交织在一起，聚集在他的心里，积蓄着力量，等待着总爆发。表面上，姜来远每天都乐乐呵呵；然而，但凡有点人性之人，应能想得到他真的会高兴起来？只是，他把痛恨压在了心里，如哪一天有机会做个大事，对日本人釜底抽薪，未尝不是一个报仇的好方式。姜来远思忖了好久，用含着泪水的眼睛看了看蔡非尘，脸色淡然，缓缓地说：“既然如此，我就跑一趟。”

姜来远利用银行家的身份，以参加亲戚葬礼之名开了路条。清早，他和蔡非尘骑着快马，过牟平、经大宅，日头偏西之时，便进了昆嵛山地界。此时，明面上日本军占有烟台市区，可在郊外各方势力都在地下，并无清晰的界限，日伪、国军、共产党、土匪杂处，谁也无力把别人清除掉。经过几道关口的验证，探马暗哨确认了姜来远的身份，带他们到了深山之中，见到了邱首领。

对于姜来远的到来，邱首领非常高兴，但又异常疑惑。高兴的是见到恩人，疑惑的是这兵荒马乱之际，他来到这荒山野岭，必有要紧之事。客气寒暄过后，邱首领支开下人，开门见山问：“恩人前来，不知有何贵干？”

见邱首领爽快，姜来远也说得直截了当：“受人之托前来相求，据情报日本有一批军用物资要由威海运到文登，听说邱壮士对此也有意。”

“不瞒您说，我们已筹划好久。目前，山上物资紧缺，正着急如何想办法，这批军用物资路过，正解燃眉之急。”邱首领也不隐瞒自己的实际情况和打算。

“确实，都不容易。不过，目前抗日武装新组建不久，急需增加军用物资，这批物资他们也在准备，看邱首领能否让一让？”来远也不避讳，既然来让人家帮忙，也毫不保留地说出了此行目的。

“这？这……”邱首领有些迟疑，想恩人这么远跑来找他，应该是有难事。什么难事？是缺钱？要账？甚至连报仇杀人的事都想了，单单就没想到恩人让他帮这个忙。不过，别的事儿，邱首领都不含糊，可这个忙，怎么帮？枪支弹药可是自己占山为王的根本，是弟兄们的命根子。没有这个，他妈的命都难保，还为王呢！况且，自己和手下等这样的机会好久了，以后恐怕很长时间内，也不会再有这样的机会。想到这，邱首领皱了皱眉头，说：“恩人，如果是我一个人的事，我命不要都可以。这事太大，不是我一个人的事，这上百号弟兄们要吃饭，要保命，没有枪支，命都难保。”

邱首领说的是实话，由不得来远不信。大家都是读书人，自古以来占山为王都是拿命博饭吃，没有枪炮就没有了存活的根基，都是聪明人，不用解释。人家都看好了的东西，你来插一杠子不说，还让人家来帮忙，好像有些无情无理。听罢这些，来远并不诧异，顿了顿说：“兄弟，我来找你是有些唐突，还望邱壮士多多包涵。”

邱首领沉默不语，一边的蔡非尘看来远不言语，想着不能这么凉下来，便说：“邱壮士，眼下大敌当前，国破家碎，我等不能置民族大义于不顾。”

蔡非尘不说话还好，他一开口，邱首领两眼一瞪，直勾勾向他看过来，声音一下子提高了足足有八度，义愤填膺地说：“国破家碎？国？是谁的国？姓张的一枪未放，就丢了东三省；开战才几个月，南京就丢了，有这样管理国家的吗？家，是谁的家？我在这荒山野岭，夜难成寐，睡觉都要睁着一只眼，有这样的家吗？现在多少人家破人亡、流离失所，食不果腹者比比皆是，而当权者忙着争权夺利，心中可曾有‘国家’二字？”

听了郑首领的话，蔡非尘非常吃惊，心想，这土匪非常有文化啊！短短几句话，讲明了当前之家国实情。他怎么当土匪了呢？诧异之余，想着既然来了，不能跑空趟子啊！蔡非尘看了看来远，意思是你快说话才是！

姜来远见蔡非尘碰了钉子，邱首领的话入情入理，怕不是那么容易被说动，但刚才并没有直接拒绝自己的建议，这样的人，往往吃软不吃硬，还是要好言相劝，方可成事。想到这儿，姜来远连忙打圆场：“邱义士，这肖经理是自家人，他是为抗日武装的强大、为更好地打击日本鬼子在努力，没有什么私心。”

邱首领皱了皱眉头，本想反驳，但见来远在极力说好话，不好驳了恩人的面子，问：“你是共产党这边，还是国军那边？”

蔡非尘怔了一下，刚要开口，姜来远怕他说话激怒邱首领，忙抢过话题说：“他是共产党这边的，为天下劳苦大众打仗。”

“共产党为天下劳苦大众？我怎么没看到为弟兄做什么？”姓邱的不愧学过唱戏，虽然唱戏没学好，拌嘴的功夫倒是一流，三句话能把一般人给憋死。

蔡非尘的脸，腾的一下子红了。

“邱义士，莫生气、莫生气，大敌当前，只有打败日本鬼子，我们的穷苦百姓才有好日子过。眼下是团结一致，打鬼子。”姜来远劝慰着邱首领。

“恩人，莫非您也是共产党？”邱首领一边摇头，一边说着，用奇怪的眼神看着姜来远。

“不是，我还不是共产党。”

“不是共产党为何替他们说话？”

对啊！不是共产党，为何替他们说话？来远吃惊于这姓邱的反应敏捷。可不是吗？自个儿为何替共产党说话呢？是因为自己二儿子是党员？爱屋及乌？可自己闺女是国民党员，怎么就爱不起来呢？是因为蔡非尘他们？好像也不是。自己和这些人的关系，还不如和徐镜心、丁世聪关系密切呢！自己是不是也中了共产党的毒？想一想，没有啊！自己是正常的。不过，这邱首领说自己是不是共产党，看来自己已经有了共产党的心理，要不，自己为何领着共产党员来求人呢？想到这，姜来远笑笑：“抗日是任何中国人应该做的事情，不管是共产党还是国民党，谁抗日，谁就是好党。如果日本人占领了中国，就会让大家说日本话，向东朝日本天皇磕头，就不让过春节，不让清明节上坟了，就要改姓换名，认日本人为祖宗，好东西都要搬往日本。那时，所有的都要改变。”

姜来远缓缓道来，平淡无奇的话如同春水，滋润着邱首领那干涸的心。而后来邱首领却越听越心惊，最后他浑身寒毛直竖，冷汗顺着脊背直流，恍然一句：“真要改名换姓吗？”

“为什么不呢？日本人腾出手来，肯定会修改文字，让大家改名换姓，说日本话！在朝鲜、台湾，就是这样。”姜来远知道，方才的话已经触动了邱首领的内心，便举了台湾、朝鲜的例子，给他以最后一击。

邱首领呼的一下子站起来，大声喝道："欺人太甚。大丈夫站不改名、坐不改姓。"

姜来远与蔡非尘相视一笑。

2

大批军火被劫持，日本人恼羞成怒，接二连三在烟台四周进行扫荡，日本军人、汉奸在市区内气焰嚣张，国共方面潜伏人员的活动，受到极大压制。虽如此，潜伏人员偶尔的突然袭击，也给日本人造成了很大的困扰，各种小道消息乱窜，驻烟台日军也变得格外敏感，感觉坐在火药桶上一般。为平息各种谣言，给驻扎在烟台的日本军人打气，日本陆军副司令要到烟台进行视察，以鼓舞当地驻军的士气。

日本陆军副司令到烟台视察，可不仅是驻烟台日军的一件大事，也是检验驻烟台日军工作的一个重要活动。但是，听闻日本陆军副司令的到来，各色人等虎视眈眈，就连一帮隐藏在这里的朝鲜人，也开始蠢蠢欲动。

来远家会客厅里，闫成弘正在与他商谈让安文全出席欢迎日本要员的事。来远警惕地问："他一个外来人，出席那活动作甚？"闫成弘是女儿介绍过来的，据说是曾留学美国，放弃了优渥的待遇，立志报效国家。

"董事长，这是上面安排的，我等无权过问。"闫成弘答非所问。

"你知道，我这里这么多人，一旦有个三长两短，其他人咋办？"姜来远虽不知安文全有何任务，但猜得出怕不是什么容易之事。眼下，烟台市面上的气氛异常，银行四周一片肃杀之气，大家都心照不宣若即若离，好似都知道对方底细，又好像一无所知，但好歹还都平安相处，与外界的交往也无甚异常。虽说这样的状态未必能维持长久，但对姜来远说，还是希望尽可能维持着平静的局面，不到万不得已，还是不打破的好。

闫成弘点了点头，说道："是有些冒险，但这是上头的命令。实话说了吧，这个安文全是安重根的侄子，是怀着重大使命来的。"

闻听此言，姜来远心头一震，安重根可谓大名鼎鼎，三十年前哈尔滨的枪声震惊了世界，让日本老牌政治家伊藤博文一命归西，后虽被日本人处死，但其英名让全世界，特别是东亚各国人所铭记。这个安重根的侄子，怕是又要干那事？想到这儿，姜来远丢掉隐晦的态度，直接问："怎么？难道又要和哈尔滨一样？"

"对，正是。"闫成弘见姜来远问得直接，也不再含含糊糊。

"怕是不行。"姜来远摇了摇头。

"为何？"闫成弘高声问。

"今日之烟台，非昔日之哈尔滨。现日本军人遍布烟台各地，届时活动必戒备森严，难以下手。况且日本驻烟台宪兵司令仅仅是个小人物，不值得。"来远略一沉思，用坚定的语气回道。

"董事长此言差矣！是今非昔比，但眼下之局势如此惨淡，有韩国志士行此义举应当支持。若成，则为振奋人心之大事，于抗战而言有百利而无一害，怎能言不值得？"闫成弘说着，倒有些慷慨激昂了。

"抗战的趋势如江水东流，非一山一石能够阻挡。小不忍则乱大谋。目前之烟台，大家只能积蓄力量等待时机，单纯的一个小行动，只能图一时之快，对整个大局于事无补。如只图一时之快，行里那些兄弟，如何安身？"来远满脸严肃，缓缓地说道。

"那，那怎么办？"闫成弘被姜来远问得有些张口结舌。

"维持目前局面，是眼下最重要之任务。如果他们非做不可，恕我无能为力。"姜来远义正词严表明了态度，不再给闫成弘费口舌的机会。

3

侯长贵见儿子气呼呼地坐在那里生闷气，便轻声问："咋的？你想要干啥？"

"借此机会，把那姓姜的小子给拾掇了算了。这些年来，他对我们处处掣肘，真受够了这窝囊气！"侯希玉抬抬头看了看他爹，愣头愣脑地说道。

侯长贵听罢，喟然长叹道："我说儿呀！你可别做傻事。这些年，你不是没试过他的斤两。我和他认识三十多年了，较量过不下十多次，近十年来，你参与了也不下四五次，占过便宜吗？"侯长贵记得如此清楚，估计是被姜来远吓怕了。

"爹，怎么越活越胆小了，前些天不是还咬牙切齿吗？俗话说'三十年河东，三十年河西'，老虎也有打盹的时候。以前你担心他小舅子，后来顾忌他大儿子在中央军做事，不敢惹；可眼下，他小舅子在烟台也没啥影响力了，大儿子也死了，还是和日本人作对死的，颁发嘉奖令的国民政府都不在了，他那哀荣也无甚用处；当下，这烟台是日本人的天下，日本人更信任的是咱们侯家，不是他姜家，是到了该换换风向，更换门庭之时了。”这侯希玉嘚啵嘚、嘚啵嘚地分析着，自己认为很透彻、很到位。

“这几天我也琢磨了。儿子，咱可别干傻事。谁知道这世上刮什么风？关键是这日本人能不能靠得住？谁也说不准。算算民国都二十七年了，在这烟台说了算的，少说也有十多个了吧！远的不说，就说你知道的张宗昌、刘珍年、韩复榘，哪个是善茬儿？他们跺跺脚，泰山都要打个激灵。可站住脚了吗？张宗昌无论怎么霸道，还是胶东人，不太怎么着咱们商家。若是和日本人走得太近了，哪一天日本人走了，咱可就麻烦了。”侯长贵不愧为久经江湖的老手，也是典型的骑墙派。他这些天夜里没睡好，反反复复在想这些年的变化，比儿子想得多，也想得远。

谁承想，年轻人有年轻人的想法。听了爹的话，侯希玉歪了歪嘴，慢吞吞地说：“爹想得也忒多了吧！看这架势，日本人来了就没打算走。眼下我已经是维持会副会长了，那姓姜的也是副会长，不管怎么弄，这汉奸的帽子是摘不掉了。还有，你看日本占领了东北那么多年，这韩复榘一枪没放就把济南让给日本人了，他们到底是不是和日本人穿一条裤子，还是私底下有啥承诺，恐怕谁也不敢说，怕是也说不清楚。看眼下这形势，汉奸的帽子不是谁想戴，就能戴的；要戴，还要有资格才行。”

听了儿子的高论，侯长贵不置可否，只好提醒着：“儿呀！你要好自为之。听说那日本皇军司令都亲自到他家拜访。”

“爹，你不是常教导我，猪头不烂慢火炖，天下最韧是人心吗？也说过，这天底下最难吃的是屎，天下最难赚的是钱，天下最难得的是人心。日本人占着烟台，也需要人心，可不还要依靠我们？有人辞官归故里，有人漏夜赶科考，利益会使任何人闭上眼睛视而不见，我就不信姓姜的舍得这么多家业，不肯听日本人的话。什么是对？什么是错？还都两可着。我们熬了这么多年，不就是等这一天吗？”侯希玉用父亲平日的教导，反问着。

两人正讨论得热火朝天，忽有下人急忙忙跑了进来，口里上气不接下气，紧张地喊道：“东家，日本的太……太……太君来了。”

下人话音未落，大门外已是人声嘈杂。

现在这日本人，成了侯长贵护心的毛，续命的药，幻想着通过他们的庇护，在烟台万年不倒。爷俩儿惊讶之余，连忙起身向外奔去，刚出厅门口，就见一群人从影壁墙外拥了进来。中间为首的，正是一身戎装的日本人三井太郎，侯长贵忙迎上去，那脸笑得像花一样："嘿，太君！"

三井太郎现在变得文雅可亲，金丝眼镜后面的眼睛慈爱有加，如同一名学问高深的大学教授，不像是抢占他人土地杀人如麻冷酷无情的刽子手。他笑容可掬地往前靠了靠，主动将手伸向侯家父子与之相握，以示亲热，宾主进客厅落座后相谈甚欢。客气之后，侯家父子将三井太郎让到榻榻米上，下人备上各式菜肴和日本清酒，令三井颇为感动。几杯清酒下肚之后，侯长贵东扯西扯扯到这烟台的局势。三井中国话讲得虽好，但听了好久，也没太听明白侯长贵所言何意，只好略过其他，问："侯先生，你认为这烟台的局势，需要做哪些改进？"

说到实质性问题，侯长贵示意儿子说话。侯希玉会意，便趁机大吹妖风："太君，这久裕银行的老板后脑勺有反骨，在烟台做事历来不讲情面。您初来乍到人生地不熟，要对他小心才是。"

"那个姜董事长吗？你、你放心好了，在我们大日本帝国的旗帜下，谁若是不服从，不会有好果子吃。"三井面无表情，满脸不在乎地说。

"对、太君，您所言极是！不过，要防患于未然，是不是需要对其提前防范？"侯希玉说出了自己的内心话。

"先生有什么高见？我们大日本帝国的商业对策是：凡是友好人士，我们定以礼相待；对皇军不利的，定严惩不贷。"三井的话语气虽然不重，但隐隐透露着杀机。

侯希玉要的就是这句话，他看了看父亲，便往深里说："这个姜来远，就是对大日本皇军极为不利的人物，该要严惩不贷才是。"

"先生此言，有何凭据？"三井可不是傻子，不会随便被别人牵着鼻子走。

"这个么，凭据？他儿子死于和皇军作战，就是最好的凭据。这个，全烟台人都知道。"侯希玉觉得这个理由，可是铁证如山。

没承想，三井不但没认可侯希玉的话，还对姜来远做了很肯定的评论，竟然说："侯先生此言差矣！俗话说'两国相争，各为其主'，姜先生的儿子与我皇军作战牺牲，是条汉子，我们大日本皇军佩服这样的人。再说，这是姜先生他儿子的事情，和他无关，不能算作姜先生对大日本皇军不忠的凭据。"

听了三井的话，侯希玉很是失望，没想到日本人这么想问题。看来，这清酒，怕是白喝了。无奈之下，侯希玉只好满脸堆笑，喏喏地说道：“那个证据吗，早晚会有的。”

话说到这个份上，三井清楚地明白了侯希玉的所思所想，便把那一丝残存的笑容也收敛了回去，脸色变得相当严肃，一本正经地说：“侯先生，我这可是有言在先。眼下的烟台是大日本皇军的治下，目前需要的是安定、安全，知道不？我们不想在大日本皇军治下的烟台，发生不可控的突发事件。姜先生作为烟台的知名人士，他的安全，代表了我们大日本皇军有能力管理好烟台；若他们都感觉不安全了，皇军在烟台的信誉就会下降。看来，侯先生与姜先生过节不浅。不过，我还是要再提醒侯先生：在眼下的烟台，不要做任何对姜先生有伤害之事，若他受到什么伤害，就是皇军受到了伤害，知道不？”三井那叽里哇啦的汉语，听得侯希玉心里暗自叫苦。

“是、是、是……三井先生所言极是。”侯希玉一边连声应允，一边用眼睛瞟着父亲，心里那个气。想着这真是活见鬼了，不找还好，一找找出麻烦，自己成嫌疑犯了。

4

在这非常时期，每个人本来就怀着深深的戒备，特别是又肩负着各自的使命，自然把自己都隐藏得很深。虽是如此，来远却看出了各自的不同，女儿介绍的留守人员有钱，进出坐车，花钱如流水，毫不吝啬；而共产党这边的人虽不至于衣不蔽体，却是节俭得多。看到两边人如此不同，姜来远纳闷之际，也颇感有趣，正深入思考各自的不同时，闫成弘找到他，有些难为情的样子，迟疑地说：“董事长，和您商量个事，行不？”

“什么事情？”

“是这样的，这个月的经费没汇来，我这边揭不开锅了，能否从您这边借点？”闫成弘很有些不好意思，无论怎么说，借钱都是一件很没有脸面的事儿。

“借多少？”来远本不想理他，心想你平日花钱如流水，这时候来借钱了。但一个大男人开了口，没有个回话也不合适，毕竟天天抬头不见低头见的。

“不多，二百就行。”

好一个不多，一开口就是二百。听他这么说，姜来远倒有些后悔问他借多少了。但他是闺女介绍来的，眼下国难当头，能够留下来从事秘密工作，本身就是不容易的事，将就他一次吧！便说道：“仅此一次，下不为例。”便开了条子叫了掌柜开钱。

“董事长为国为民，当属不易，我必将上报国民政府，您这行为当属大奖特奖的。”说完便跟着掌柜取钱去了。

见闫成弘走了，来远思忖着他执行任务的不易，反而对自己刚才说的下不为例有些自责：一是自己小气了；二是这样的事自己该多资助，多多益善才是。眼下，虽说银行已快不叫银行了，但挪出二三百，还是行的。

“东家，您在忙呢？”

一个声音打断了姜来远的思绪。听到有人和自己说话，来远抬头看，见是蔡非尘。就见他满头大汗气喘吁吁地从外面进来，手里拎着一个包裹。

姜来远知他爱喝茶，便招呼道：“回来了。坐坐，喝点茶。”

“那多谢了。”蔡非尘一边应着，顺手将包裹放在一边，来到桌边的椅子上坐下，端起茶杯喝着。

“非尘，最近手头上紧不紧？如缺钱，可要吱一声。”姜来远知其一无经费，二无积蓄，就行里发的那点工资，远不够他出去跑事的花销，既然闫成弘都那么缺钱，他没有不缺的理由。

“还行。东家，能过得去。刚忘了说，这是乡下朋友送的土鸡，都宰干净了的，给你带来，一会儿送厨房去。”蔡非尘满脸笑意地应答着。

听他这么说，姜来远更是有些纳闷，便问：“也不见你上边给汇经费，你这常跑外，那些花费咋办？”

“经费？哪有活动经费？”倒轮着蔡非尘吃惊了。

“你们真无活动经费？那怎么开展活动？”姜来远不仅仅是纳闷和吃惊，简直是不理解了。

“实不相瞒，我们无甚经济来源，除非特别重大之事，做一般事务并不拨付活动经费，自己想办法就是了。”蔡非尘的态度是认真的，看不出是说假话，应无说假话之必要。

“那，那你这样辛苦，到底是为什么？”来远更是好奇，深入追问道。

见来远这么问，那蔡非尘便有些郑重地说：“我们的宗旨是为人民的自由解放而奋斗，推翻封建、帝国、官僚资本主义对中国人的压迫，为了实现这个理想，我们这代人受些苦和难，下一代人会好起来的。”

相类似的话，来远听过多次，最早应该追溯到十几年前。那一年烟台时局动荡，张宗昌、刘珍年在烟台横征暴敛，不少有理想之人丢掉了性命，被埋葬在蔷薇树下；自己的儿子，有的也加入了这个队伍。朋友对自己有过暗示，自己也同情他们，但对所谓的革命已受伤至深，便将其拒之门外，朋友们也没勉强自己。自己的二儿子应是加入了他们的队伍，但自己还是抱着敬而远之的态度。每当听到这些，姜来远更多的是报之一笑。不过，经过他观察，越来越深地感受到这个队伍中的绝大多数能够保持言行一致，在身体力行地坚持自己的理想。特别是与他们密切接触这一年来，其一言一行、所作所为，倒让他想起了“君子讷于言而敏于行”的古语。嗯，看来这些人言行一致，值得相信。不过对这蔡非尘，姜来远心里有些疑虑，因为经过了解方知，十七年前相处过的蔡世荣，就是这蔡非尘的爹。怪不得自己一见面，就觉得面熟，好像在哪里见过。蔡非尘是否真的能够不计个人得失？是不是真的如同杨小全一样，是一个纯粹的革命者，还是和他爹一样，首鼠两端，心地不纯？

姓蔡的以后会不会变呢？姜来远心存疑虑。

他这正想着，忽听外面有人吵，来远隔着门，往外瞅着，见下人正在阻拦一女人。那女人花枝招展地正往里猛扑，嘴里还大声嚷嚷着什么。

姜来远见不认识这女人，想必有什么要紧之事，便看了看蔡非尘，道：“你坐着，我出去看看。”

他推开厅门迈步来到院内，正推推搡搡的两人停下手。下人说：“东家，找您的。”

“什么事推推搡搡的。”姜来远见在自家院内男女推推搡搡，乱糟糟一片，不成体统，声音便有些严厉。

那女人上下打量了一番来远，张开大嘴，声如洪钟般说：“原来您就是姜家老爷？以这个方式相见，我也是迫不得已，您那宝贝儿子躲哪儿去了？害得我们等了半上午。”

这没头没脑之语来得突然，让姜来远如坠入雾里般难辨东西南北是是非非。他皱了皱眉头，有些气愤地说：“儿子？我的儿子？我的儿子一个去年打日本鬼子死了，埋在烟台山上；二儿子不知去向，我都好久没见他了；三儿子在云南读书，不知你是在等我哪个儿子？”

听了这话，这女人骇得如同大白天见了鬼般，瞪大了眼睛，直瞅着来远，高声说：“哼、哼？怎，怎么可能？那什么姜，姜，不是你儿子？”

姜来远估摸着是误会，便说：“如是，我倒想快见一下，我都一年没见儿子了。”

没想到，这女的脸色一变，嘿嘿地笑了起来道：“姜老板真会开玩笑。前两个月，我和女儿还亲自坐车把他送了回来，亲眼见他进了这个门口，还和您院门口的人打了招呼，怎会一年未见人影呢？”

看这女人说话的神态和语气，不像有假，姜来远倒更有些摸不着头脑，问道：“那人长什么模样？你找他何事？”

“问我你儿子什么模样？笑话。中上个、不胖，脸白净、单眼皮，昨日里他还穿着白西装白皮鞋，是不是？找他何事？本来，我们该等着你们托媒人上门提亲，但到这份上，不说不行了。实说吧，前些年孩子他爹没了，留了个茶馆，就是南大街西头那个，我和闺女靠个茶馆吃饭。周边的街坊们喝个茶，打个牌，才能保我们母女活命。你那宝贝儿子整夜里去组局喝茶、打牌，一开始还好，可最近几个月欠了我们几百块，还搞大了俺闺女的肚子，现在俺那闺女正在毓璜顶医院躺着，等着钱做手术。他躲了，不见人，我没办法才找上门来。亲家，您可要为俺做主啊！”说着，便放开嗓门，哭中带喊，嚷中带叫，号了起来。

嘚嘚嘚，这女的竟把姜来远当亲家了。

其实，这妇女没把话说完，姜来远已猜了个七七八八，便说道：“如是我儿子这样，我杀了他。”

姜来远话刚落地，咚咚咚的脚步声，从门口传来。众人扭过头去一看，见闫成弘迈大步从外面进来。看到大伙儿在看着自己，闫成弘一脸错愕，皱着眉头问：“赵，赵七姨，你怎么来这儿了？”

“跑了和尚跑不了庙。在医院里等不着你，只好来找你爹了。”这女人见逮着人了，有些得意地说着，过去一把将其衣服前襟抓住，拽到姜来远眼前。

“嗯，别，不是，不是，走，走，咱出去说。”闫成弘那脸憋得如同酱爆的猪肝，话都说不顺溜了。

“出去说？姜家的门槛高？不好进？这么久了，都不和你家里人提你的亲事，今儿个既然来了，一块儿把事说清楚倒好。那死妮子在医院里，反正有医生看着，死不了。”这女的是个厉害茬，对自己的亲闺女，嘴下毫不留情。

姜来远只是站在那儿，冷冷地看着他们，一动没动。他倒要看看，国军安排的人什么德行？如何收场？怪不得平日里那钱老不够花，前几天刚借了二百块，说是为党国借的，敢情是赌钱输了本被人追债，还搞大了人家闺女的肚子，被追打胎费来了。自己的事情做得如此拖泥带水，党国安排的事情做得如何，就可想而知了。

这女的见姜来远不说话，便有些得寸进尺，满脸得意地问："怎么样？姜老板，您儿子回来了，下得了杀手吗？"

"赵，赵姨，他，他是姜老板，是东家，不是俺爹。"闫成弘见穿帮了，知道掩饰不下去，索性自己承认了。

"你，你个骗子。我，我不信。"这女人松开一只手，向闫成弘脸上挠着，号叫得声嘶力竭。

闫成弘躲避不及，脸上被挠了两把，血流下来了。

"你不信什么？"来远故意逗她。

"我不信他不是你儿子。"这女的嘴里虽这么说，那声音却低了下来。

5

今年，烟台的冬天格外冷。

刚入冬，这大街上便飘起了雪花；小雪节气刚过，已是大雪飘飘。一夜之间，街面上竟然雪厚盈尺，又现"雪窝子"之景象。比这天更冷的，是姜来远的心。本来，他就对国民政府失望透顶，闫成弘冒充自己儿子之事，让他对党国的信任雪上加霜，荡然无存了。若不是因日本人占领烟台，那闫成弘还有潜伏任务的名分，姜来远真想对其扫地出门，忍了忍，还是放下了。经过这一遭，料其以后再也不会冒充自己的儿子，出去干吃喝嫖赌之事了。姜来远虽失望，但还是左支右绌，小心翼翼地维持着银行的运转。但局势不让其平静下来，伪政府的人又找他去市长那里开会，给安排任务了。

"姜先生，别来无恙呀！"伪副市长艾高轩一脸奸笑地与来远打着招呼，一边自说自笑地坐了下来，随从站在他身后，护卫环绕，其一举一动，颇有日本宪兵司令的气势。

"生意难以维持。"来远知道这人的德行，自己被叫到市政府，肯定没啥好事，只好叹气应着。

“姜先生什么样的大风大浪不曾见过？假以时日，一切都会过去的，如同这风雪，一切都会过去的。”艾高轩不知是真乐观，还是假乐观，一副哲学家的口吻道。

“但愿如此，但愿如此。”来远不知艾高轩有什么目的，小心地应对着。

“前段时间劝你加入新的临时政府，你不愿意。要是加入了，政府就有理由给你派卫兵了。其实，皇军很看重你，相信你的办事能力。这不，天这么冷，新招的这些军人还没过冬的棉衣。国军跑时把库房里的棉衣全带走了，弟兄们没棉衣怎么过冬，是不是？没棉衣怎么护国卫家？得给他们准备棉衣，是不是？烟台地面上没棉花了，统一花色的棉布更是难寻，政府决定了，急需三千件棉衣，我负责一千件。想来想去，这事还得你出面。想想辙，你账户上的钱可凭此动用，给皇军打个报告就行！”艾高轩嘴里轻描淡写地说着一千套棉衣的事情，好像姜来远就是那孙悟空，吆喝一声，就能变出来似的。

其实，当艾高轩把话说到一半时，姜来远心里就骂开了。但听完后，知其命令不可违，心里盘算着解决之道：如能借此机会把钱挪出来，倒不失为一件好事。但棉衣从哪弄？如何配合转出钱？倒要好好合计一番。还有，把棉衣给这帮杂碎穿，可是很不应该。怎么办呢？自己去置办棉衣，就会知道这棉衣的情况，前几天蔡非尘还为抗日武装棉衣发愁，昆嵛山的邱首领也缺棉衣，何不利用此机会呢？嗯，应下来，倒不一定是坏事。想到这，他爽快地应道：“艾市长安排的事，姜某当万死不辞。不过，在下只负责筹集货源，至于运输，在下无能为力啊。”

“运输不用你管。现在是日本人的军管时期，让你运输岂不是难为你了。赶明儿我让人把特别通行证给送来，打算去哪儿？几个人？需要多少钱打电话告诉我就行。”艾高轩见姜来远答应得痛快，心中有些得意，觉得自己这次完成任务，肯定比那侯希玉更好。

6

袁丰羽也是伪副市长，比这艾高轩还大一岁，自然是想做出一番成绩，好在日本皇军面前露一手，他接了一千套棉衣的任务，思忖再三，便坐车来到侯公馆，直接找侯长贵。

“侯老板，身体一向可好？袁老弟看你来了。”袁丰羽皮笑肉不笑地吆喝着，话语中倒有些亲切的意味。

“我这把老骨头，还不知熬得过熬不过这冬天呢！”侯长贵不摸这袁丰羽的路数，知这小子不是善茬，惹不起，最好的办法就是躲，才第一句话就开始躲，不应招。

“老爷子言重了，令公子在新政府蒸蒸日上，尚未到大展宏图之时，您老保重好身体，才能见到令公子建大功、立大业呢！”这袁丰羽不愧为副市长，大话说起来连眼皮都不眨。

“建什么大功、立什么大业？都四十岁的人了，才干个什么局长。”侯长贵的话语里，明显嫌自个儿子的官小了。

“老爷子说得极是，希玉运气不算好，差一点、仅差一点啊！不过咱关上门可是自己人，说实话，那个财政局长可是个好位子，权势不比副市长差。不过，眼下倒是有个机会，看能否给希玉争取一下，今天我就是为这事来的。”袁丰羽终于把侯长贵给绕了进来。

侯长贵为了儿子前程，生怕错过机会，明知是对方设的套，也要顺杆爬一爬。他迫不及待地问：“还是老兄弟们不忘本。什么事儿？快给说道说道。”

“机不可失，时不再来啊！现在有个建功立业的好机会，若抓住了，希玉保准获提拔。”袁丰羽故意卖着关子说道。

侯长贵算了算，没有作声，故意很忙的样子给袁丰羽倒茶水。

“现在天冷了，这士兵身无棉衣，引起哗变可不得了。这不是，政府下了三千套棉衣的任务，兄弟认领了一千套，谁先完成这任务谁就立功了，在皇军、在市长面前，说话就更有分量了。若侯老兄想办法尽快完成，那希玉就有提拔的资本了。”袁丰羽刚说完，侯长贵心中大骂：这样的好事，你怎不留着自己完成？但他怎敢当面直言，只好推辞道：“一千套棉衣？现哪里去寻？还有，就是寻着了也没钱买，总不能让我去抢吧？”

“怎么会？皇军同意了，给你账户上的资金解冻，拿钱去买便是。”袁丰羽说着，那口气好像就是那钱是他给侯长贵的一样。

“若成了，犬子之事，还烦劳您给说话！”侯长贵虽然知道，就是办好棉衣这事，儿子提拔副市长的事他们不一定使上劲，但是如果推辞不办，他们会给自己儿子使坏。况且，还是不想错过这机会，觉得听个许诺比听不到好，最起码心里能安慰一下。

"您就瞧好吧！这事办成了，我和你一块去找市长说。"袁丰羽的话在侯长贵听来，如同把一个屁放在了北海边，被风一吹，都稀得没影了。

"不用。袁市长，咱要想把事情做好，得找人把姓姜的一举一动盯紧了才是。俗话说，知己知彼，百战不殆。"侯长贵和姜来远掐了三十多年了，时时刻刻忘不了这个老对头。

"好，听你的。为了保证咱做得比他好，我派几个人盯紧了他。放心就是。"袁副市长对侯长贵的缜密心思和充沛精力感到很是惊异，想着姓侯的真不简单，都这个年龄了，升官发财的欲望还如此强烈。

7

董传基可是寿光有名的富户，在稻田一带有良田千亩，家中染坊、油坊、磨坊不说，单就那五层的望海楼，可是东到潍县、西到博山，南到昌乐、北到海边，方圆几百里内最高的建筑。这还不算，只是那丹河上的董家渡码头，每年就为他们家带来数不尽的银子。

见到老朋友，董传基欣喜异常，也很是吃惊。虽说两人十多年前在济南就认识，没想到临此大难，竟有老友来访，把酒言欢之后已是深夜，屋内只剩下两人，董传基低声问："此乃非常时刻。老兄前来，怕不会仅仅为这一千套棉衣，必然有更要紧之事吧？"

"知我者，董兄也。"来远笑道，"身在局中不自由，但还要做事，有了这一千套棉衣，我也顺势把里面钱取了出来，这儿不远不近正好。"

"此地距烟台几百里，加之天寒地冻，怎说不远？"董传基知道来远话里有话，便十分不解地问道。

"这棉衣，不想落他们手里。若在烟台周边做，我们的人不好得手；若到济南周边去做，太远了，势必用火车运输，也不好得手；来寿光，势必组织小车帮往烟台运，得用四五天时间，往来信息正好。"来远毫不隐瞒地说出了来这儿的目的。

董传基点头道："这么说，这棉衣要做厚，可别伤了自己人。"

"对，做得质量要好些，也要尽快。"来远期盼地说着。

"今天就布置下去，这周围几个大村，人口上万，利落闺女、巧媳妇遍地是，能工巧匠甚多。明儿是大集，发动一下，争取三天齐活，如何？好不容易来一次，好好逛逛。”董传基非常自信地说道。

“嗯，三天后，让他们来取货？”来远问。

“可以。”

“他们的人跟着来了，我们这边的动静他们会随时知道，见机行事。”来远见事情顺利，非常高兴，把后面的事情也一并告诉了董传基。

“这样就好，我们的兵也穿上棉衣了。这次，钱不能收，你留着做他用。算是我支持抗日。”董传基说到激动处，眼里含满了泪水。

“这怎么成，这么多钱。最近这边的生意如何？”姜来远关切地问。

“不怎么样。三十年前德国鬼子修了潍县到博山的柏油路，日本人来后，第一件事是修了昌乐到大洼的柏油路；本来想霸占我这望海楼，但这木楼没法架枪炮；他们又在村东头修建炮楼，可能明年麦收就能建好。这稻田往南三十里路是昌乐火车站、北面七十里路是大洼，现在那边的盐一车一车地从大洼拉到昌乐，通过铁路运到济南、青岛，咱的生意没法做了。”

“能维持多久？”

“这码头原来主要靠往济南运海鲜、从济南往下运面粉的船只吃饭。现在国民政府一撤退，留下济南城的灾民，这运货的船没了生意，码头生意自然难为，也就仅仅维持。”

“你下一步怎么办？”

“舍弃这些家业没什么，生带不来、死带不走。关键是这些书，没处放。还有，眼下日本鬼子虽待在这里，怕也待不久。我们稻田，就那三五个鬼子，成不了大气候。这公路南边就是国民党，村北就是共产党的天下，我这西稻田村，可是国军、共军、汉奸、日本鬼子杂陈之处。我不能走。”

“明白。”

两人在灯光下大笑。

8

俗话说：董家渡，望海楼，寿光有它就不愁。

这寿光望海楼实际上是个藏书楼，与黄县属于寺庙性质的望海楼完全不同。这是一座位于董家私人宅院后的木结构高楼，一层是大客厅，只接待极为要好的亲朋，平日里是空着的；二层是董传基自己的书房，看书写字作画的事情基本在这里；三层四层是藏书的地方，古时典籍皆藏于此；五层是登临远望层，是董家人用于远望观景的楼层。吃罢早饭，姜来远由董传基陪着穿过宽大的院落进入望海楼，一层一层转着，径直上了第五层。外面虽冷，但楼内丝毫不觉有风，这工匠是下了功夫的。透过玻璃窗西望，不远处就是丹河，码头上有十几条船正在装卸货物，那河蜿蜒从西南来、往东北去，帆船、小火轮在河里若隐若现；远处往西偏北就是寿光县城，灰色的城墙、城内的几座楼房，在阳光下清晰可辨；城北不远处，一座不大的山兀立着。

“看那座山了吗？那就是静山。”董传基见来远看着那山，介绍道。

“从济南坐火车到青岛多次，我一直认为寿光没山呢！”姜来远笑道。

“这山并不高，比咱这楼高不了多少。它又在县城正北面，离南面的铁路怕是有四十里吧，应该是不容易看见的。不过这山好，在县城正北面。”

“是寿光的靠山呢！”

“对，县城的人都这么说。”

两个人说着就转到了正南边，远处是连绵不断的灰色山岭，如锯齿般地由东向西一字排开了去，一列吐着白烟的火车如同一条长爬虫般向东开着，一团团小房子簇拥着的，是昌乐县城；往东看去太阳已是老高，潍县城隐在光下，并不清晰；往北望去，远远的一片光亮的水面，来远问：“那边可是北海了？”

“那片水吗？不是北海，那是巨淀湖。这儿距离北海还有五六十里路呢！”董传基说道。

“忘记了，这离海还是很远的。巨淀湖可是传说中当年汉武帝亲自扶犁农耕之地？”来远问。

“对，正是那个地方。那湖距离这儿不足四十里，要不去看看？”

“去倒是想去，只是这天寒地冻，去了有啥可看的？”

“呵呵，老弟不知道，你烟台大雪飘飘，寿光可没下雪；外面虽是天寒地冻，你可知这时节巨淀湖的温泉正是热气腾腾，去感受一下，也不枉此行。”

“温泉？这非大山大河之地，怎会有温泉？”

“这老弟就不知道了。那平地起这么一个大湖，自然是很不一般。要想去，还是亲自去看看。”

“和我卖关子了？”

"我说的不算，要别人说的才行。"

"那很费时间不？"

"不费时间，骑马不到两个小时。若可以，今下午去、明下午回，后天回也可。"看来远不作声，董传基知道他怕麻烦，说，"这个简单得很，那边有个王家，就在湖边，一应俱全的。"

"好，要不就去趟，在这边闲着也是闲着。"

9

稻田往西偏北三十里，就是寿光县城，而巨淀湖在寿光城北四十多里。吃过午饭，董传基招呼了两个下人带上礼品，一行四人骑了马顺着丹河坝往北走着，过了寒桥径直奔往巨淀湖方向。寒风如刀一般，只一个小时，几个人便冻得不行，看看到了北洛镇，便找了一处避风的地方歇息一下。

"看，西南面不远处就是静山。"董传基一边哈着气，一边指着远处。

来远顺着他指的方向看过去，就见这山和在董家望海楼上看的大不一样了，离这儿有十多里路的样子，整个山开阔起来，笔直地立着，很有济南华山的味道，便说："和济南的华山很相似。"

"对，兄弟所言极是，此山又有别名'三华山'。"

董传基的话音刚落，来远就问："三华山之名，何来？"

董传基一边点着头，一边看着那山，说："一为陕西的西岳华山，二为济南东北的华山，第三个就是寿光县城北的三华山。那山脚北侧就有温泉水，顺着河沟流往巨淀湖。"

说到这里，来远有些感叹，真的没想到，寿光还有这番景致。看都休息得差不多了，几个人便戴好帽子、围好围巾，翻身上马，快马加鞭向巨淀湖方向奔去。路程不远，但搁不住冬日里天短，太阳落下时，他们便赶到了王树仁家。

在寿光，王树仁与董传基齐名，是当地首屈一指的大户，一门十王的生意远布北京、天津、济南等地，现在日本人来了，他们不愿为虎作伥，生意一落千丈，算是败落了，只好守着这老宅子度日。老友见过，寒暄一番，王树仁便让下人准备饭食，饭后一起去泡温泉。

泡温泉之地在一片宅院内，他们选择了一个专门的屋子，陈设算是考究。在这寒冬时节能泡上天然的温泉，其妙自然不可言说。来远便问王树仁：“这平地里，怎会有如此神奇之温泉？”

“据传，当年汉武帝在北海扶犁劝农后，便住在湖边的行宫里。其夜间浑身酸痛但不知何故，召御医看过之后，却无病无因。众人束手无策之际，门外忽传来吵闹声。汉武帝问何故？下人报说有一老乞丐讨要食物。汉武帝让人给予食物，这老人非要当面感谢主人，武帝不顾身体疼痛召见该人。此老人说你从‘天尽头’来，犯了大忌。汉武帝信天命，闻之大惊，问何解？此人说沐浴更衣洗心革面就可，然后就不见了。忽然，外面发出天崩地裂般声响，下人报说有一地陷涌出热泉。汉武帝顿时明白遇到仙人了，便让人搀扶去热水中泡，不多久便神清目爽、身轻如燕了。”王树仁的话语声情并茂、惟妙惟肖，如同亲眼所见。

“如此神话，方能解释此温泉之妙。”来远赞叹着。

“当然这仅仅是传说。不过，此温泉能强身健体，确是事实。我村里八十岁以上老人十多位，是很少见的，不能不说他们是从小泡温泉的结果。冬天热水泡澡，从中医学上讲，就很有道理。”王树仁一本正经地解释着。

“不过，你这周围的房子，还真不一般，有些年头了。”来远四处张望着。

“不瞒您说。这温泉说开了去就远了，当年袁世凯、张宗昌、韩复榘去胶东、潍县、青州视察，不是顺路也绕弯来此泡温泉过夜。这些雕梁画栋的房子，一直是用于接待他们。”

“怪不得。”

“可惜了韩复榘一枪未放就跑了。那些富户跑的跑、破产的破产，也很少有人有闲心来泡温泉了。”

“别老说这温泉了。想想如何让来远脱身，不用押运棉衣。”董传基说着来远的处境。

听了来远的处境，王树仁思忖着，说：“这边已安排妥当，明天再去看看巨淀湖，晚上再来泡澡，可以装病，去寿光县城医治，就不用干那事儿了。”

10

吃罢早饭，已是艳阳高照，几个人步行不久，便来到巨淀湖岸边。今年的冬天来得早，夜里的小雪将冰封的湖面盖了白白的一层，岸边冻在冰中的芦苇在风雪中摇曳着，向远处望去，一望无际的白色分不清冰面的边际，好像这湖面无比大似的。看到湖岸上往两侧延伸的树木，依稀能辨别出湖的大体形状。

“你看，远处那塔。”王树仁指着西面的远处给来远看。

“是不错，还是那塔，和你那楼差不多。”来远对董传基说道。

“这是王高塔，七层，是砖塔，不比董老弟那楼高，只是层数多，看起来就格外秀丽。”

“这就是‘王高银刹’，今天来正好是名副其实。”董传基说。

“这是寿光八景之一，也算是古老的景色；董老弟那望海楼也是闻名，在寿光八景中排名也是不落后的。”

“哪里，哪里。我那才多久。”

“董老弟就别客气了。这寿光分‘老八景’‘新八景’之分，这‘王高银刹’既属于老八景、也位列新八景。这冬日有冬日的神韵、夏天有夏天的好处；若不是冰封时节，这‘湖光塔影’也是一绝，赶明年天暖了再来看那湖里的景色，会是更美。”王树仁有些遗憾地说着。

董传基接话道：“这‘王高银刹’位列‘寿光八景’之首，是当之无愧的。”话刚落地，就见不远处有几人鬼鬼祟祟、探头探脑。他接着说：“远处有人很挂念咱们。”

“看都是生面孔，怕是挂记你们两个的。特别是姜老兄。”王树仁皱了皱眉头，笑了笑说。

来远知道来者不善、善者不来，既然老这么盯着自己，想必对方是很有来头的，他略一思忖，看到这冰足够厚，便跟大家使了个眼色，几个人一块儿下到湖面上走着。忽然，伴随着“啊呀”一声大叫，姜来远跌倒在地，其他人赶紧围上来，手忙脚乱地将其扶起，抬了回去。

11

“太君、太君，不好了，棉、棉衣，棉衣在路上，被、被人劫了。”艾高轩语无伦次地向日军驻烟台司令官东野次郎汇报着。

“怎么？怎么可能？在哪儿劫的？饭桶，一帮饭桶！是谁走漏了消息？”东野次郎暴跳如雷，言语中尽是责骂。

“在栖霞，谁走漏消息？谁能走漏消息。这好几个大车、小车队，前后七八辆，十几个人，怎么能隐瞒得住？”艾高轩解释着。

“又有谁这么大胆，敢劫皇军的东西？那袁副市长呢？人家怎么没事？”东野次郎的话音刚落，就听外面有噔噔急促的脚步声，两人回头一看，就见袁丰羽和侯长贵两人急匆匆跑进来。袁丰羽一边跑一边喊：“太君，不、不、不，不好了，大事不好了！”

“如此慌张的，何事？”东野次郎大为震惊。

袁丰羽那话已说不成溜，侯长贵连忙把话补上：“棉衣，棉衣在招远被劫了。”

“不是在莱阳做的吗？怎么在招远被劫了？不会是监守自盗吧？”

东野次郎此话一出，侯长贵“扑通”一声跪了下来，如丧考妣般老泪纵横，哭道：“天皇在上，我侯家父子对大日本天皇忠心耿耿，从无二心，我们全家对皇军的忠心无以复加。家里的牌位都将天皇摆在最上头，都不再朝南改为朝东供奉，我们全家晨昏三叩首，早晚一炷香，祝愿天皇长命百岁。还有，我家侄儿为护送此棉衣身上中枪，目前躺在医院，性命堪忧。若怀疑我侯家监守自盗，我、我、我不如死了。”

东野次郎第一次去侯家，见其家中供奉的是天皇牌位，当时心里就很震惊，特别是朝东供奉的牌位，确实是发自内心，这个假是装不出来的。当时，东野虽是没说什么，却有些感动，今天见侯长贵那么说，相信他说的是真话，也觉得自己刚才说得有些过火了。虽说战局顺利，但日本人要想在中国立足，离不开这些人的支持，想到这儿，东野换了笑脸，语气变得缓和，安慰道：“哪里，哪里。侯老先生言重了，开个玩笑。”

“真他妈怪了。这信息他们怎么知道得这么准确，火候拿捏得这么好？”袁丰羽在一旁低着头，自言自语道，“那个姜来远怎么没作声？”

“对，太君，同样是棉衣被劫，我家人伤了，怎么没听说姜家伤人？”侯长贵仿佛刚回过味来。

东野正一筹莫展中，见别人提起姜来远，自己也顺势说道：“嗯，这个姜来远，值得注意。他早不病、晚不病，怎么这时候病了？”

“不过，东家，那姜来远还真在冰上跌了一下，回住宿的地方都是抬回去的，听说伤得很重。”东野次郎的参谋悄声说道。

“直接抓来，严刑拷打，我就不信问不出来。”侯长贵气急败坏，凶相毕露。

“唉，你们啊！哪能这样呢？没有确凿证据之前，对皇军友好人士还要以宽容为上，不可妄动。”东野不容分辩地说，他知道侯长贵和姜来远关系不睦，他要两头下注，不能过分依靠一方。

侯长贵见东野次郎不听取自己建议，知道刚才的话说得过头了。他自言自语颤颤巍巍地问：“那，那怎么办才好？”

“中国不是有句古话，‘路遥知马力，日久见人心’吗？从现在起，要派专人把他们家一言一行给盯好，一举一动都要及时汇报。年后有个大事，可试探出他是否对皇军真的忠心。”东野次郎信心一足地说着自己的计划。三个人一边听一边点头，侯长贵那哭丧着的脸慢慢舒展开来，点着头说道：“那姓姜的是妖是魔，太君一计便知。太君真乃诸葛再生、孔明再世，一般人想不出。妙，真妙。”

第四十章

肩负重任离烟台　激情满怀赴延安

1

日子虽然难，这腊八节还要过。

早上，姜来远喝了两碗腊八粥，肚子里算是暖和了一些。当他顶着黄乎乎的太阳来到办公室，坐定没多久，李圣经像跟屁虫一般尾随而至。还隔着老远，李圣经便有些着急地说："来远，前两天那个'艳电'，知道不？"

一听这事儿，来远心里"咯噔"一下子。这李圣经葫芦里卖的什么药？是不是有什么惊人消息？还是来探听我想法？摸不清他的底细之前，不能透露自己的想法。想到这儿，姜来远便假装不关心似的问："报纸上登了，知道一点。"

李圣经见来远对此事漠不关心，心中感到纳闷，便有些夸张地说："别看只是一封电报，里面包含的信息不少，要有大事发生！"

"还有啥大事？我这银行越开越小，吃饭都成问题了。眼下最大的事是吃饭。"来远知道他跑过来就为了说这事儿，更是有意地岔开这个话题。

"得、得、得。老同学说这话就不实在了。换谁坐了天下，也要先把你我给管饱不是？管饱还不行，得管好才行。说实话，只要你肯出马，锦衣玉食、荣华富贵还不是把里攥吗？”李圣经这是来做说客了。

“呵呵。老同学，我哪有那本事？我看，你行！”来远知道李圣经说这话意味着什么，便把高帽子送给了他。

“怎么不可能？人啊！不能放不下架子。你看，汪主席都和日本人合作了，咱们怎么不成！汪主席哪点儿比咱差呢？”李圣经张口一个汪主席，闭口一个汪主席，仿佛汪主席是他的老朋友一般。

听完这话，姜来远心中禁不住泛起一阵阵寒意，感觉这李圣经不仅迂腐，简直是患了失心疯走火入魔，没有了底线，便正话反说道：“李兄，咱们认识三十多年了，从在北京见面，一起筹划这烟台铁路，也有二十余年，我那两下子你还不知道？汪主席青年时‘引刀成一快，不负少年头’，那样的大事儿，我做不来。但投靠日本人的本事，恕我才疏学浅，更是学不来。”

“你哪不能跟汪主席比？你们相似点太多了：其一，你们都是才子。汪主席十五岁那年，广州府乡试秀才第三名；兄弟是咱黄县第一名，也是十五岁。不瞒你说，兄自幼认为聪明，可也没考过你不是？其二，汪主席刺杀摄政王载沣，当属万难；你不也是参加了辛亥起事，均为义举，实属难能可贵。你若是一直从政，凭文采、为人，谋个厅长、副部长，未必是什么难事儿。当然，你这银行开得也风生水起，比当官也不差。所以，别谦虚，你跟汪主席，还真有得一比。”李圣经对汪主席颇有研究，说起话来眉飞色舞滔滔不绝，伴随着手势的摆动，脸色红涨，唾沫星子如雨水般飞向姜来远。

“停、停、停。我说老兄，咱说点正事儿。大冬天的，你若是来喝茶，我欢迎；若是来做说客，那就请便了。还有，千万莫拿我跟什么汪主席比较，他有资格签订卖国协议，我没有。”姜来远连忙摆手，阻止了李圣经的胡言乱语。

“兄弟，五十而知天命，我们的时间不多了。说实话，在烟台地面上，我最佩服的就是你，这么多年来，兄弟经过那么多波折，可以说是猝然临之不惊，无故加之不怒，身临险境不慌，能淡然看待一切，无论世事如何变化，都改变不了你做人的底线，乃真豪杰也。兄弟齐心，其利断金，只要你能与我联手，说不定能干一番惊天动地的事业。”李圣经读过圣贤书，留过洋，虽具体做事不行，但眼光奇高，佩服的人不多，今天这么评价姜来远，倒是发自内心。

“多谢老兄抬举。不过，头可断，血可流，汉奸不能做。烟台，容不下汉奸，更容不下卖国之人。”大是大非面前，姜来远没有半点犹豫，把他给驳了回去。

李圣经又不是傻子，听得出姜来远很不喜欢自己说的话。他因窘迫脸色变得有些潮红，但又不甘心白跑一趟，便又把话题引到具体的事务上："兄弟，这事儿不能瞒着你。前两天，已有人给我传来消息：汪主席很快就会组织新的国民政府，可能任命我做全国铁路副总办。假以时日，我上任后的第一件事儿，就是把咱们烟台到潍县的铁路修起来。我和日本驻烟台最高长官商量此事，他毫不迟疑地承诺，将来由我全面负责修建这烟潍铁路。若那时，建设铁路的钱，全放在你久裕银行，会助你一臂之力；铁路修成后，烟台通过铁路与青岛、济南、北京、南京、上海融为一体，必将有利于烟台的经济，你我将会被世世代代烟台人民记住。"

听了李圣经的话，来远眼泪差点没下来，不是高兴得流眼泪，而是为他难受：一个留学美国名校的毕业生，一辈子只想着修铁路，还只想着修家门口的铁路，一门子想着名垂青史的事情，可怜的是顶了十多年铁路总办的名号，年年领着几千块钱的俸禄、花着成千上万的经办费用，去北京、上海、南京沟通铁路的事，如同赶集般平常，却一寸铁路也没修成。没修成铁路倒也罢了，如做着市区修修补补的市政工作也算没吃白饭；可这日本人来了，竟然要想着依靠日本人来修铁路，真乃荒唐至极。到底是世道害了他？还是世上太多像他李圣经这样的人的原因？还真难以分辨。虽如此，但来远想这非常时期，隔墙有耳的可能性极大，少说为佳，没必要给自己找麻烦；人心叵测，李圣经既然想走这条路，可能会没有底线，便说："李兄，这修铁路的事情呢，说它是个事儿，它就是个事儿；说它不是事儿，那就不是个事儿。主要是分和什么事儿比。"

话如此饶舌，李圣经有些吃惊，问："怎么说？"

"若是和平年代，都过着正常日子，我们按规矩、争取条件修铁路是未尝不可；这大敌当前，日本人的治下怎可能修铁路？诚然，这修铁路本是大事，和这日本人来占领中国来比，这铁路就不是事了，万不可本末倒置才是！"来远话说到这里，意思表达得已很明白。

李圣经熟悉姜来远，他虽没读大学，也不曾留洋，但看事情看得远。自己能想今天明天的事儿，人家能想明年后年的事儿；自己能看清明年后年的事儿，同样的事儿人家来远能看五年、十年。来远不但事情看得准，还能把事情来龙去脉分析得透彻入理。饶是如此，他对自己所说丝毫不感兴趣，可咋办？但是，成名立业的那根筋已不可改变，深入李圣经的脑髓，特别是觉得自己五十多岁了，再不搏一把，怕是这辈子真的白混了。做大事者不拘小节，过了这个村，没有这个店，不惜一切代价和手段，抓住眼下这千载难逢的机会，才会名传千古，实属英雄所为。李圣经装作满不在乎地说：“我说兄弟，日本人来中国和修铁路本是两回事儿，不能混为一谈。若说修铁路，我比你懂。想想看，这烟台的铁路筹划了多少年了？你也说过，那盛部长的什么瓜蔓子亲戚去北京，花了商会几千大洋，连个声响都没有；咱两个像驴一样，深入西南的穷乡僻壤考察铁路线路，就是为了引起铁路总办重视，能启动咱们烟台的铁路。没承想，啥屁动静没有，还被人怀疑成了跟随孙中山的革命党，差点被袁世凯给查办了。后来，老乡孙宝琦干了国务总理，烟台人认为有了大靠山，几千现大洋的经费花完了，连个批文都没见着；当然，这事你也未必知道。后来，张宗昌口口声声修铁路，倒也拨了些款项，那方总管买小轿车、包戏子、买股票，把启动资金花了个精光，实际上还是便宜了他自己家里人；那铁路修得更荒唐的是韩复榘，就不说了。快三十年了，我从满头没有一根白头发，熬到这没有一根黑头发，方得出一个经验：在中国，像修铁路这等大事，除非中央政府要员特别关注才可；靠地方来管此类事，成之可能万无之一。你就看胶济铁路，在德国人的治理下很快就修建成了；试想若没有德国人，那铁路恐怕也没啥动静。故，这修铁路，要依靠日本人。”

来远听了这话，心中哭笑，这书呆子理说得很明白，可是事儿看不清楚，便说：“嗯，你不说我还明白。你这一说，我倒不明白了。你说这铁路咱中国人修不成？那怎将詹天佑和京张铁路挂在嘴上？三十年前都能办成的事，今天怎么办不成了？”

“怎么说起铁路的事来了。不谈它。还有个事儿，兄弟还真不想全意全意为新政府干事？前两天铃木和侯长贵他们合作了。其间还提起你，铃木说你可不要‘身在曹营心在汉’，怕是说给我听的。”李圣经一脸狡黠地说着，用那双神情飘忽的眼睛紧盯着来远，似乎是想透过他的脸，看清其内心深处隐藏的东西。

闻听此言，来远心中怦然一动。看来，这个老同学已经彻底倒向那边了。但他装作无所谓的样子，面色如水般平静，缓缓地问：“我一个开银行挣钱吃饭的，哪有什么曹汉？”

“哈哈，哈哈哈哈。他们那么说，我也没办法。”吃了姜来远的闭门羹，李圣经只好哈哈大笑，含含糊糊地掩饰过去。

2

胶东人对小年看得特别重。

若在正常年景，这小年差不多都当大年过。再穷的人家，也想办法在小年前把账还了，哪怕过了年初一再借；离家再远的人，哪怕过完年就离开家，也会在小年赶回来与家人团聚。佳怡坐在卧室的窗前，听着外面呼啸的北风，心中禁不住回想着过去：孩子们小的时候，这时候都放假了，做的新衣服也齐备了，年货也置办得差不多了，家中的热闹劲就不用提了。去年虽大儿子没了，但还有个病婆婆在，自己一日三餐、倒汤熬药地伺候着；虽说累，但那时心里忙着，并不觉得孤单。如今婆婆也不在了，虽省却了伺疾的忙碌，但见自个儿男人整日里忙、看样子心情也不好，自己一个女人家也帮不上他什么忙，孤单感便裹紧了她。这日子怎么就越过越差呢？想着想着，佳怡的心情如同这腊月的天气，也越发地悲凉。她抬头用蒙眬的双眼看着窗外飘落的雪花，见地上已是白白的一层，正孤寂寥落胡思乱想的时候，就见外面一个披着斗篷、戴着草帽的人进了院子。按说，没特别事情，外人一般来不到这边。是谁呢？她这正在思忖是何人的时候，就听这人在客厅门口与李婶说话，佳怡便敞开卧室的门往外走，当见到正在脱斗篷的人时，顿时呆住了：“你，你怎么回来了？”

“娘，我刚回来。”民生一边说着，一边将斗篷交给下人，快速跑进屋里，与母亲紧紧抱在一起。

“儿呀！你可回来了。”佳怡一边说着，那眼泪如同大雨时屋檐上流下来的水一般，停不下来了。

民生的脸虽被冻成了灰白色，但依旧掩饰不住内心的兴奋。

“太太，东家回来了。”下人张望着院子，一边说着，一边往外走。

“老爷，二少爷回来了。”下人在门口接过来远的大衣，一边说着。

“爸，我回来了。”民生忙回过头来，攥住了爸爸的手。

父子相见，自然是激动异常。姜来远示意下人离开，回身把客厅的门也关了，在椅子上坐了下来，盯着民生问：“啥时候回来的？”

“爸，刚进城。路上查得严。”民生一边说着，端起茶杯喝了口热茶水，在父亲身边坐了下来。

“最近家周围多了几个暗哨。你前几天捎来的口信，也收到了，还走不？”

姜来远说着眼下的困难，问着儿子下一步的打算。

“爸，去年在上海处理好大哥的事后，因时间紧急我也没回，和朋友去了西北。我回来发展武装抗日力量，最近不走了。”民生用最简短的语言，快速交代着一年来的行踪。

“最近烟台的情况也很不好，以后有事，我们在外面碰头，尽量别来家里，不安全。”来远怕引起佳怡的担心，并不想说得太严重。

“最近就住家里？”佳怡听到自己男人那么说，真担心儿子待在外面而不住家里，自己见不到。

“不了，住家里给你们惹麻烦。北海银行那边刚成立，他们要我去帮忙。若家里有钱，我带点过去救救急。”民生说着此次回来的主要目的。

姜来远夫妻俩面面相觑。

丁佳怡看了看自己男人，又看了看儿子，摇了摇头，儿子和自个儿的男人三十年前的样子，简直是一个模子刻出来的。儿大不由娘，但也不能任由着他的性子，这世道太乱了，但儿子提出来了，可能他是对的，只好替来远说：“钱不多，还有几根金条。本来，想等着给你娶亲用，你若急，先拿着。”

“娶媳妇的事他自己张罗，他要用，就给他吧。这钱，怕是咱也带不出去。”来远的话，算是赞同了媳妇的做法。

“爹，你也要小心，小心周围的人，现在情形太复杂。”民生向门外看着、嘱咐着。

“没事，家里有枪。外出我也小心，眼下有日伪军保护着，倒还安全。”来远的话听起来轻松，好像没事儿人一样，其实，他早就感受到危机四伏，自己的处境已大不如从前，但在家人面前，自己作为一家之主，只好如此应对。

“若不行，过完年你和娘就离开，常队长说了。”民生把常书记的意思，跟来远说了一遍。

“不用急，还没到最紧要关头。要走，也要弄票大的再走。最近，他们在计划一件大事，不过，还没名目。”来远那锐利的眼光看着门外，用坚毅的口气说道。

3

天有阴晴、日有升落；月有圆缺，花有开谢；潮有涨退，人有起伏。

春暖花开日，人生得意时。多日不见的李圣经，突然神采奕奕地出现在来远面前，其头发锃明光亮，估摸着打上了有半斤发油，如这时节有苍蝇在头发上，都会打劈叉，站不住。他夸耀般地说着："我刚从上海回来，你猜猜我见着哪一位了？"其故作神秘又满脸得意的神情，令人感到异常可笑。

姜来远本不想顺着他的话，但又想着是不是见到老同学、老朋友了，或者有什么新消息，便顺着他问："见着谁了？"

"这次吗！可见着大人物了。兄弟还记着年前发布'艳电'的那位吗？"李圣经又故弄玄虚地问。

一听这个，来远知道说的是汪精卫，心中自然是一震，惊讶地问："艳电？可是大汉奸汪精卫？"

"嗐，哪能那么说！称呼！兄弟，一定要注意称呼，该称汪先生才是。"李圣经纠正着姜来远方才说的话。

"哼，汪先生？叫了他三十多年汪先生，如去年此时，我还称其为汪先生，但眼下其已赤裸裸成为日本人的走狗，再称其为汪先生，自己岂不是与其同流合污、成为汉奸了？马到悬崖收缰晚，船到江心补漏迟，望老同学不要在大是大非面前失去判断能力。"姜来远很少发怒说难听的话，说出这粗话，脸涨得通红。

"天象自有规律、无可更改，而人却是活的。俗话说'识时务者为俊杰'。现如今，日本人来了，东北、华北、华东皆为中国富庶之地，国民政府已偏居一隅，当下之形势，与三百年前满人入主中原又有何区别？弟乃饱读诗书之人，满人来时尚有'嘉定屠城三日''扬州屠城七日'之说。较之满人，日本人占领烟台时不能说秋毫无犯，没有满人入关时的野蛮却是事实；济南也是如此，未放一枪一炮，较之满人是何等的仁义之师？我知道，兄弟是怕担汉奸之名，那样想可真是多虑了。想当年，吴三桂打开山海关引满人入关，做先锋一路杀到云南。可如今，还有几个说吴三桂是汉奸、叛徒的？如今汪精卫先生即将担任新政府之主席，为沦陷区的人们做主，岂不是比日本人直接统治更好一些？中国和日本合为一体，保不准三百年后，怕是天下无人再骂汪先生了呢！"李圣经从满人聊到吴三桂，又聊到汪精卫，总之是一句话：日本人是仁义之师，别人都在两面三刀，为争夺权力不择手段，我们为什么不可以？李圣经引经据典滔滔不绝，说了中华上下几千年。

姜来远知道，老同学成话痨了，这么聊下去不是办法，会让他误以为自己动心了，便趁他喝水的空当，摆摆手说道：“真是‘三日不见，当刮目相看’。你去了趟上海，这理论水平提升得可不慢。以你的口才和学识，干点什么不好？为何非要投靠这汉奸的队伍？要知道，人可以不做一番大事，也可以不青史留名，但总不能留恶名吧！何况，满人入关属于以下犯上，夺得正统；日本人举国入侵，属于两国相争。这完全是两个事儿，不可混为一谈。”

“听兄弟这么说，我倒有点不明白了。以你的家底，为何不去香港或者美国躲避一下？最不济去重庆等内地也可？为何还待在烟台？是为了生存？干一番事业？还是另有所图？总不可能就这么僵着不左不右不站队吧？这么下去会吃亏的！”李圣经自有他的道理，也把憋了好久的话说了出来。

姜来远对李圣经的话感到很是无奈，质问道：“吃亏？在这方面吃亏赚便宜的标准如何看？”

“兄弟，你我已相识三十多年。回头想想，这三十年来，我们活得委屈不？你的银行还好些，我这修铁路的竟然没修成一寸铁路。大丈夫当干一番顶天立地的大事业，方能名垂青史，也不枉来世上走一遭。难道你就真甘心这么碌碌无为终其一生？”李圣经像是劝告来远，又像是自言自语。

“说起铁路，在中国人治下都没修成，在日本人治下就可以？还有，若那样，倒不如不修铁路。”来远有些气愤地说道。

“好、好、好，先不说铁路。我问你，你觉得能把日本鬼子打走吗？”李圣经反问姜来远。

“听你话音儿里，中国没救了吗？不知你看没看过《论持久战》？那里面驳斥了‘中国必亡论’和‘中国速胜论’，他们采取游击战术，相信中国这么大，这么多人，只要行持久战，一定能获胜。”姜来远把前段时间看的文章详细说给李圣经，希望他能抓紧回头，不要误入歧途，越陷越深。

“听说过，没看过。现在奇谈怪论甚多，实力，关键是要实力，我们凭啥打过日本人？就凭人多吗？”李圣经丝毫听不进姜来远的话。

“时间会证明一切。”姜来远失去了对他解释的兴趣。

“对，时间会证明一切。当今时代，尚无人才智超过汪主席，他的判断，没错。”李圣经算是铁了心，跟汪主席走。

4

“是到关键时候了。最近说他深居简出，接触人也很少，更多的是去寺庙，就连妈祖庙都是三天五日地去上一回香。难道这个姜来远也信佛了不成？”袁丰羽对侯希玉说着姜来远的近况。

“去年冬天，棉衣丢得蹊跷。到现在，我还是怀疑姓姜的与共匪暗通款曲。将其长期留在身边，怕是不得安生啊！说不定哪天还吃亏。”侯希玉对姜来远可是上了眼，自己花钱暗布的眼线，每个月吃吃喝喝就是几十块，这钱花得心疼，连做梦都是除掉他。

“兄弟也别太疑神疑鬼了，你对他不满意，皇军是知道的，心急吃不了热豆腐，若操之过急，反而会坏事，懂不？”袁丰羽提醒着侯希玉，让他不要太着急。

那侯希玉可是鬼精猴精的，怎听不出袁丰羽的弦外之音？他将双手扣在脖子后，顺势往沙发上一靠，装作无所谓的样子道：“我无所谓，他与我老爷子斗了三十年，他还能与我再斗三十年？我耗都能耗死他。我是为大东亚共荣着想。”

一听大东亚共荣，袁丰羽的心气儿便矮了半截，这大东亚共荣可是日本人的大旗，是日本人出师的口号，侯希玉拿大东亚共荣说事，傻子都知道是在扯虎皮做大旗，可明面上是冠冕堂皇、无可指责的。袁副市长让侯希玉捏着了痛处，便只得顺了他，说：“兄弟所言极是，这事儿还用您出面吗？有个大事，可让他原形毕露。”

“什么办法？”一听这个，侯希玉猛然从沙发上弹了回来，瞪大眼睛高声问道。

“最近，有批黄金要从招远运回烟台，皇军在犯愁如何押运，可让那姜来远去干这事。到时，可有他好看的。”袁丰羽那本来铁青色的脸，浮上了一层薄霜般，充满了杀气。

“这事年前藤井好像说过。运黄金有啥犯愁的？日本人派个中队，架上机关枪，不就运来了。”侯希玉有些纳闷地问。

“嘿嘿，若是那样，可小瞧日本人了。一来，这金矿不是日本人的，日本人若去运黄金可是名不正、言不顺；二来，现在讲大东亚共荣，日本人带着兵去替政府押运黄金，则有违大东亚共荣的精神；三来，从招远到烟台二百里路，且山路为多，一旦有闪失，就是黄金丢不了，也难免有人员伤亡。日本人不愿出面，里面的事多着呢！不过，让姜来远去？是不是有些……”侯希玉把话说到一半，又咽回去了。

“有些什么？”袁丰羽颇有疑问。

“有些不靠谱。若是他真通共匪，那怎么办？”侯希玉担忧地问。

“呵呵，那你多虑了。派这姓姜的去，若是安全运回来，倒也罢了。若他有外心，岂不可以借此除掉他？兄弟也少了眼中钉、肉中刺。万一失手？咱多派人马机关枪，在烟台地面上，有我姓袁的，那样的万一不存在。”袁丰羽很为自己的计谋得意。

“那若没失手，他可不是首功一件？”侯希玉顿时像悟过来一样地问。

“那又怎样呢？他再有功在皇军面前也没侯局长你面子大。”袁丰羽安慰着侯希玉。

“可别偷鸡不成蚀把米。”侯希玉又失望地将手放在脖子后。

“嗯，这怎么办？要不，你去监视？”袁丰羽突然想出了个妙计。

“监视？如何监视？”侯希玉非常不解。

“他做主押运官。若出了事故，他负责；若安全运回，你也有一份功劳。这样，岂不是一举两得？”袁丰羽说着，长舒了一口气，对自己的计谋颇感满意。

那侯希玉转了转眼珠，觉得此方案不错，如这样，在路上倒有机会将其做了。想到这，他恭维道：“那还要袁兄在皇军面前，多多美言几句。”

“好，明早，咱就去和皇军说去。”袁丰羽见把侯希玉打发满意了，也松了一口气。

5

日军驻烟台宪兵司令部内，司令藤井见袁丰羽带着侯希玉一块儿前来拜访，知有要事相商，便迎上去握手，口中说着：“欢迎，欢迎。”招呼两人坐下，问了最基本情况后，袁丰羽问：“太君，您命令去招远押运黄金的事我已安排好了，让侯希玉先生压阵，保证万无一失。”

那藤井转了转眼珠，紧盯着侯希玉道："令尊与姜先生的过节，已很多年了。眼下，大东亚共荣是最为紧要之事，不要公报私仇，你们均是我左膀右臂，要好好合作才是。"

侯希玉听藤井说了公报私仇的话，知道那可是很严重的警告，便承诺："那是，那是。一切以皇军的指示为上、以大东亚共荣为上。"

"太君，侯先生对皇军大大地忠心，是大东亚共荣的坚定维护者，其忠心可嘉，苍天可鉴。"关键时候，袁丰羽一点也不含糊，竭力地为侯希玉辩护。

"你说的建议也好。不过，最近有人从上海带来好消息与姜来远先生，想必他会更动心，不到关键时刻，万不可伤害于他才是。"藤井很自信自己的全盘掌控能力。

"那是，那是。"袁丰羽与侯希玉嘴上答应得痛快，心里却大骂着：死鬼。

6

清明时节，万物复苏。

日本人来烟台已满一年了，当地人似乎已适应了这个变化，来远并未表现出很倾向于什么。日伪方面还是在竭力争取着他，期望他能全心全意地加入到伪政府中来，并把这个任务交给了李圣经。李圣经便利用各种机会与姜来远见面，以期用言行和实际利益来感化他。

本来，姜来远不想参加李圣经攒的酒局，但见其兴致满满，又说是圣维从上海回来了，也很想见自己，便觉得推辞过火反而会引起他的疑心。况且，若能从圣维那里听到什么有用的信息，倒也不错。想到这些，他便假装有些高兴地应了下来。

日式的小饭馆精致可人，包间内温馨之至，小酒桌榻榻米一应俱全。来远也按照日本人的习惯，盘腿坐在正对门口的位置，圣经、圣维分坐在饭几的两头，殷勤地为来远夹菜、倒酒。见酒菜上齐，几杯酒下肚后也热乎了，李圣经便示意服务人员出去。见房间内没有旁人，李圣经端起酒杯道："来远兄弟，圣维刚从上海回来，最想见的就是你，你该让他说道说道才是。"

姜来远从他这西装革履、油头粉面的打扮，知其混得春风得意，便捧他道："也是，从那年北京一别，竟已二十年。倒是从报纸上见过兄弟的文章。呵呵、呵呵呵呵，兄弟这些年在外面，是见过大场面的。”

听了这话，李圣维便知道该说正事儿。但还是先客气了一番，道：“承蒙两位兄长抬爱，那年‘火烧赵家楼’虽有些鲁莽，但却是积累了些资本，认识了一些同龄人中的佼佼者。大学毕业后我去了南方，主要从事教学工作，偶尔也写写文章，虽异地谋生不易，但也因缘际会，接触了些当今精英。目前，世界局势变化剧烈，中国也处于千年未有之变局中，机会稍纵即逝。我们该好好把握，不要错过才是。来，我敬两位兄长一杯。”说着，他双手举起酒杯高过眉头，来远和李圣经也端起酒杯，碰后一饮而尽。

听着李圣维那些不痛不痒的套话，来远还没摸清他到底要说什么。三十年前，就有人天天吆喝千年未有之大变局，这小子又拿出来贩卖，怕是没什么新名堂。不过，还是要听听他说什么才是，想到这，姜来远便吹捧他道：“上海是信息中心，有什么稍纵即逝的机会，兄弟不要独享才是。”

“怎么可能！有福同享、有难同当；独享就不是弟兄们了。长话短说，兄弟在外面闯荡了这些年，认识的人成千上万，可惜能给自己说上话的人，少之又少。眼下倒有个天大的机会，本家兄弟圣五和梅思平为莫逆之交，两人都非常得汪先生的赏识，他们很快就会飞黄腾达了。到时候，有给咱兄弟说话的了。”李圣维借着酒劲，话语中眉飞色舞了起来，好像很快就能得到最高层的任命似的。

姜来远很早就听说过，梅思平学生时代就是风云人物，写得一手好文章，在同龄人中不乏仰慕者，眼下在民国高层中也有一定声望，不知其与李家兄弟是何关系？姜来远便故意拿话套他：“听圣五哥说过，你与他们处得如同兄弟。不过，那个梅思平，咱和人家水平远了吧？”

“不远、不远，一点也不远。这个梅思平可是北京大学政治系毕业的，那年‘火烧赵家楼’也有他的一份功劳，前些日子，我在香港和圣五兄弟碰面了，他和梅思平电报往来频繁，汪先生要组建新政府了，让我做好准备，搜罗有志之士加入到新政府中来。不过，眼下尚处于秘密阶段，不能让外人知道。”李圣维说到这儿，停了下来。

背人无好事，好事不背人。

姜来远明白了，李圣维请自己吃饭的目的，敢情是要拉自己入伙当汉奸，还是要当大汉奸，便故作惊异地问：“成立政府是全体国民之事，怎么能秘密筹备？”

李圣维听得出这不是好话，喝了酒的脸本就发红，掩饰了内心的尴尬。但他还是有些不好意思，只得大言不惭道："局势使然、局势使然。无论是汉高祖斩白蛇起义、汉献帝衣带诏，还是玄武门、陈桥兵变，等等，自古以来，此等大事，哪个不是秘密行事？保密做得好的，成了；保密做得不好的，败了。不过，汪先生当年不顾个人安危刺杀摄政王之义举，甚是振奋国人，就连摄政王本人，亦对其异常佩服，后为中山先生之左膀右臂。无奈姓蒋的妒其英才，净耍些流氓手段，对汪先生处处掣肘，是可忍孰不可忍，令汪先生不得不逃离其迫害。眼下，要救民众于水火之中者，非汪先生莫属也。由汪先生组阁成立新政府，确属顺应民意，想必会应者云集。"

"如此好事，怎能轮得着我们？"姜来远装作极为诧异地说道。

听来远这么说，李圣维避开争论，直入主题，说："北洋政府之事，去日已久，咱不提他了。国民政府对来远兄如何？找土匪绑过您的票、摊派国库券，敲诈勒索之事，可不是一次两次。用不仁不义之词来形容，一点也不过分吧？这样的政府，您还对其抱有希望？自古以来，我们有先贤尧舜，也有周厉商纣，天下是人人之天下，非一人一姓之天下，有德者据之，无德者失之。汪先生乃人间奇才，其组建新政府，必然以崭新的面貌面对国人；可要组建民主高效的政府，必然需要你这样的人才参加才是。怎么样？咱兄弟齐心一块干吧！机不可失，时不再来。"来远听得出来，李圣维对自己还是做足了功课。

姜来远知道，此时虽不可能答应他什么，但也不能回得太绝，只好虚与委蛇道："真是'三十年河东，三十年河西'。当年'火烧赵家楼'是为了反对日本占领山东，今儿个您从香港、上海回来，是为了与日本人合作占领全中国。若成立新政府，圣维能弄个什么职位呢？"

经过这么多年历练，李圣维内心里已无"羞耻"二字，更无"祖宗"的说法。他认为，姜来远说的前半截话不好听，但升官发财之事，就不相信他不动心，问什么职位，还不是想问自个儿能弄个什么职位？李圣维的心慢慢松弛了下来。对啊！哪个人对官位不动心？汪先生冒着生命危险从重庆逃出来，还不是想号令天下？若他在重庆不委身于人，能够跑出来和日本人合作？汪精卫久负盛名，且已万人之上，都如此贪恋官位。你姜来远凭啥不动心？既然他问起官位，说明动了心思，有了活口。想到这，李圣维大言不惭地说道："只要汪先生组建新政府，若圣五兄弟和梅先生都能干上部长，有两位双保险保驾护航，我干个司长没啥问题，弄好了，说不定能干个副部长。来远兄若去中央，由两位部长举荐，干个副部长，未必是难事。若在烟台任职，市长、副市长，都是极有可能的。”

“我干副市长，你哥圣经干什么？”来远示意了一旁的李圣经。那意思，这可是你亲哥哥。

“我哥说过，他干不了副市长、更干不了市长。他还是想修铁路，若烟潍铁路动工，他先修烟潍铁路；若新政府中央铁路总公司运作起来，他去那边任职也可。”李圣维信心满满地说着，听那口气，好像自个儿是新政府的行政院长，最不济也是个副院长。

7

这次赴招远押运黄金之行，多股力量暗流涌动。这乱世之时这么多钱，被人盯上实属正常。就连艾高轩都千叮咛万嘱咐，所有人要瞪起眼提高警惕，务必不能有任何闪失。姜来远身边的人，把各种渠道得来的消息告知他：“董事长，你处境已极为危险。此次去招远押运的黄金，据说有上千两，是否可以借此脱身了？”

“组织上什么意见？我个人安危暂且不顾。”来远虽深知自己处境，却不肯就此离去。

“若无此次押运之事，暂时可维持一段时间，连艾高轩都嘱咐你小心，怕是那袁丰羽与那姓侯的设了啥圈套。若此次脱身，倒是一个好时机。”诸葛世是胶东地下党委与姜来远的联络员，他的话就代表着组织的意见。

“后天一早去招远，计划是三辆车，估计是我在中间押车，前后都有护卫，怎么保证黄金能安全带出来，要小心合计。还有，他们肯定会盯紧家里人。”来远不是没仔细考虑这脱离牢笼之计。

“大嫂及家人的安全，尽管放心好了。大后天是清明‘天母宫庙会’，最近几个月大嫂去拜妈祖庙已成定例，相信那些盯梢的也习以为常，到时候我们会帮他们安全脱身。银行的事你就不用管了，我来接手便是。”

押送如此贵重的东西，前期路线设定很重要。到底是走蓬莱大路，还是走山区近路？袁丰羽伤透了脑筋。他把姜来远、侯希玉等人叫到一起商量。袁丰羽指着地图说，如果走蓬莱，就要调动几百人在重要关卡护卫，知道的人多、路远，容易出事；如果走栖霞，路近，只是要路过摩天岭，这段路比较难走。

姜来远知道，袁丰羽把这个路线提出来让大家讨论，是自己不想担责任。那摩天岭又名“摸天岭”，一听名字就知道山高路险，当地人说“摩天岭摩天岭，上山神仙怕，下山鬼门关”。众所周知，这条路难走，但是走这里比走蓬莱近五十里路，路上费的时间少。姜来远心中早拿定主意，不作声，不表态，一副置身事外的态度。侯希玉也是猴精，环顾左右不表态，等着袁丰羽说话。

无声的空间里，空气凝滞了一般。

袁丰羽斜着眼瞧了瞧眼前这两位，心里那个气不打一处来，很不高兴地说：“姜老板，都说你有主意，万事难不倒。怎么一言不发哪？”

姜来远见袁丰羽说这话的目的，是逼着自己表态，看来不说不行。不过，不能说得太直接，别让他们起疑心，便只说了四个字：“兵贵神速。”

“三十六计，兵贵神速。”袁丰羽点了点头，回过头问侯希玉：“侯局长，你呢？”

侯希玉才不傻，打起了太极：“您觉得哪里合适，我们走哪里！”

“这是哪里话？我们在讨论，我听从大家的意见。”袁丰羽道行不浅，不想从自己嘴里说出意见。

“那边我还真没去过，不太熟悉。”姜来远自甘降低身价，说自己不懂，这你们可没办法了吧！

“你呢？侯局长？”袁副市长的质问变了声调，看来是生气了。

侯希玉见躲不过，寻思着袁丰羽认可姜来远的兵贵神速，那就是想走近道啊！看来，都倾向于走摩天岭，便顺着杆儿往上爬：“对、对，夜长梦多。我看还是走近路，走摩天岭合适。”

8

招远金珑金矿内戒备森严，荷枪实弹的伪军占据各个门口，就连仓库顶上都有持枪的士兵在警戒，三辆军用卡车排在仓库前边等候装车。姜来远带人与看管金库之人清点箱子内的金条，核对完毕便封箱上锁贴上封条，有人在本子上做好登记。在侯希玉的注视下，士兵把贴好封条的铁箱子抬出，放到中间这车的驾驶室后座上。交接装车完毕，全副武装的三辆车驶出了玲珑镇，一路小心翼翼地往烟台赶。

姜来远仔细察看了一下，见每辆车上十个护卫，前边的是开道的，有两个在驾驶室，其余八个在后面车厢内持枪而立。姜来远上车，在后排挨着箱子坐下，一个护卫在另一侧，一个护卫在前边坐着，车厢上也是八个持枪的士兵；后面车上侯希玉坐自己同样的位置，自己的一举一动想必在其视线范围之内。关键，关键是自己车上这两个兄弟是否得力？路上的同志能否把握好时机。

这摩天岭四周的山虽不高，路却不好走，路面不是坑坑洼洼，却是左拐右弯，上下颠簸。坐在驾驶室里的人还好，站在车厢内的人手里有枪，又没有很合适的东西依靠，照在头顶的太阳虽不是很毒辣，却也晒得各位头晕眼花，不到两个小时，不少人便腿肚发软，开始走神了。

听到后面鸣笛声，前面两辆车便停下来，侯希玉招呼人做好警戒，各人分别解手方便。侯希玉嘱咐道："各位弟兄小心了，前面就是摩天岭，要瞪起眼来，只要安全到达烟台，每人五块大洋。"

车继续往前走，来远前边那姓刘的讨好似的说道："这个姓侯的，装起二大爷来了。"

姜来远见这士兵这么说，只好回道："弟兄们少说话，前边路不好走，还是小心为好。"

"才五块钱，这一趟，姓侯的不知要赚多少。"刘姓士兵继续说着。

这路不好走，不是上下坡就是拐弯，车开得异常缓慢，比行人走路也快不了多少，不仅如此，还很难做到三辆车都在视线之内。侯希玉一直紧盯着前面的车，但见那车时隐时现，心中却暗暗着急起来，自己揽这差事干啥？他姜来远爱咋样咋样，和自己啥干系呢？以后不和他淘这气力了。他这正走神的时候，突然那车扑哧扑通响了几下，司机猛然刹车，不动了。

见此情景，侯希玉心中咯噔一下，忙问："怎么回事？"

"好像车胎坏了。"司机忙熄了火，一边回过头来对侯希玉说。

"做好警戒，你们两个别下车。"侯希玉对驾驶室里两个士兵说着，自己拔出手枪，打开车门跳了下来，见司机正低头察看轮胎。"怪了，怎么两个轮胎同时坏了？"司机嘟囔着，猛然大声道："侯局长，中计了。"

"中，中计了？"侯希玉刚说完，那司机说道："你看，铁蒺藜。"就在这时，就听前面有“噼里啪啦”的枪声，侯希玉脸色苍白道：“伙计们，中计了。快，快下来，往前冲，保护金子，保护好金子。”

这些人连忙从车上跳下来往前跑，没跑几步，就听前面不远处传来“稀里呼隆”的声响。待到他们转过山坡，但见有两具尸体横陈于悬崖边上，满是卡车翻滚下山的痕迹，可那车早已没于河涧之中，不见踪影。

这时，前边第一辆车上的士兵也折返回来，大家围着侯希玉问：“侯队，怎么办？”侯希玉猛然醒悟道：“快！围住山，搜山！”

“侯队长，这山高树密，听说石小开那帮土匪都有炮，咱们可别中计。”一带队头目战战兢兢地说道。

“可是，这，这样回去怎么交代？”侯希玉见大家都不愿行动，担心自己回去没法交差。

“车出了故障，谁有办法？”士兵像是表达另一层意思。

“这一车黄金和人都不见了踪影，我回去怎么说？”侯希玉冷汗直流，话语中带着颤音。

“侯局长，若是搜山再搜不到，如何交代？”队长疑问的潜台词是搜山说明人跑了，东西丢了人跑了，这责任就大了。

“这，这个吗？你说怎么办？”侯希玉没有了以往的嚣张和脾气。

“刚才那个兄弟说了吗，车故障。”队长朝大家说道。

“回去说车故障可以？那枪声？”侯希玉还是有些不踏实，喘着粗气，心有余悸地说着。

“兄弟们，刚才这车下了山涧，是不是故障？”队长大声问。

这些老兵油子顿时明白，纷纷高喊：“是车故障，不是故障怎么下了沟？”

“大家听到枪声了吗？”队长又问。

“没听见。”这些人口调更为一致。

“姜来远呢？”队长问。

大家面面相觑。对啊！那姜来远呢？大家看着侯希玉。

只见侯希玉颓废地站在那里，脸色铁青，一言不发，看着比吃了苦瓜还难受。东西丢了，人也不见了。回去如何交代？是人家把东西给抢走了？还是自己借此机会把人给弄没了呢？和谁解释？怎么能解释得清楚？看大家伙瞅着自己，他禁不住怒火中烧，破口大骂道：“姓姜的去哪里了？你们都是干什么的？”

无人应答，四周死一般寂静。

好一会儿，一个士兵嘀咕："刚才那辆车下了山涧，应该摔死了。"

真是一句话点醒梦中人！是啊！掉山涧里摔死了，死无对证，特别是死不见尸。这理由可是天衣无缝。那队长刚才如丧考妣的脸又活泛过来，问："是连人带车全下了山涧？大家都看见了吗？"

"看见了。"众人异口同声。

这队长示意两个人过来，用下巴指了指边上俩死尸，说道："这两个该和车一块儿下去才是，弄干净。"

这两位抬起一具死尸，晃两下抛入深涧，又把另一具也扔了下去。队长说道："大家可是都看见整车的人都下了河，侯局长，听你安排。"

侯希玉心中既气又想笑，也为这些人的表演能力折服，做事不行，掩盖事情的能力超强。但事已至此，只好通过这个保全大家，便无可奈何地说："兄弟们，换好轮胎，去山下河里找车，捞不上来没事，做好记号，好与皇军交代。"

路上，队长和侯希玉悄声嘀咕："要是那姓姜的哪一天再回来，咋办？"

闻听此言，侯希玉差点气笑了，又气又恨，低声呵斥："他还回来？你认为他和你一样傻啊！"

9

姜来远没有死。

摩天岭的路难行，卡车爬坡时"突、突、突"冒着黑烟，憋足劲往上拱。姜来远紧盯着前面的路，突然，那车一偏，"嘎"的一声停在了路边，驾驶室内的人都猛地往前一冲，坐立不住；那站在车厢上面的人可想而知，自然是晃得厉害。就听上面"嗒、嗒、嗒"的枪声响起来，身边的那姓张的伙计拿起枪对着前面士兵就是一枪，那人应声倒下。路边树上的几个人向卡车奔过来，姓张的伙计打开门，和来远往外搬着箱子。眨眼工夫，八个箱子卸下了车，旋即被人提走，风一般进了树林。有人捡了枪械，司机老刘见自己人都下了车，拿块石头往油门上一扔，那车便往前一冲、下了山涧。

一群人迅速隐入山林。

当大家肩扛背驮盛着黄金的箱子出现在抗日游击队指挥部时，胶东支委的常书记紧紧握着姜来远的手，无比激动地说："姜来远同志，您辛苦了！"

"还好，和预计的一样。关键是司机老刘同志，他把车子位置停得好。"来远说着，看了看满头大汗的老刘。

"哪里，关键是车厢里的小王，他及时将那几个人撂倒，才能安全将这些箱子转出来。那一枪，可真响。"老刘笑呵呵地说道。

"你们几个先休息几天，暂时不要露面。这下子，可够那侯希玉喝一壶的。"常书记一边安排，一边说着。

"不知丁嫂子安全脱身了吗？"司机老刘有些忧虑地问。

"应该没问题，他们几个办事，很利落。"常书记信心十足。

10

一大早，丁佳怡和往常一样围上黑色围巾，穿上青灰色大衣、布棉鞋，由李婶陪着坐人事车来到妈祖庙天后宫门口。两人带了香火下了车进了庙内，盯梢的两个便衣远远站着，看李婶挎着盛有香火的篮子在茅房门口等着，不大一会儿围着围巾、穿着青灰色大衣、布棉鞋的人出来，两个人照例是叩头、上香，前前后后用了一个多小时的时间，两人便又坐了那三轮车回了家。

两个便衣紧跟着她们，累得直喘气，头上都冒了汗。见她们进了院子，这两个人倚着墙角嘀咕："我说兄弟，我们两个天天这么盯着，那眼珠子都要盯出毛病来了，也没看出个啥玩意儿；一个女人家，有啥好盯的。"

"谁说不是，又盯不出钱来，若是盯个当官的，还有机会，一个家庭妇女，唉。"另一个说道。

"哎、哎，看好了，那个老妈子出来了。"这人提醒着，就见李婶挎着篮子出了院门，径直往西走去。

"这个婆娘，吃得倒白白胖胖的，看来又要去市场买鱼、买肉去了。"

"谁说不是，咱两个在这边都几个月了，还没进这姓姜的家里面瞧瞧，该找个机会进去看看才是。"

两个人一直挨到中午轮班吃饭，昏昏欲睡中又到了下午。正在想着一天快结束了的时候，袁丰羽与侯希玉带着几个人来了，见两人没精打采，袁丰羽很是生气，问："这边情况怎么样？"

“回市长，一切正常。”

“这倒怪了。侯局长，看来那边还就是真的了。”袁丰羽回过头来问侯希玉。

侯希玉这时候，也没了主张，只好说：“这，要不您进去看看，姓姜的去公干，如今失踪不见人影，虽尚未公开，但纸里包不住火。”

“嗯，也好。先去看看垫上句话，让他家里有个准备。你先在外面等着，我带两个人就可。”袁丰羽说着带两个手下，推开虚掩着的大门，便进了院子。

院子内静悄悄的，没有响声。“有人吗？”袁丰羽一边说着，一边四处张望着往里走，没看见有人迎接，更是纳闷。他站在房间门口，有些无所适从，忽然，从偏房内出来两个人问他：“请问阁下是？”

“我是政府的，前来拜访姜家的当家人。”袁丰羽直接干脆地亮明了自己的目的。

“东家昨天就走了，公干去了好像是。”

“女东家呢？”

“女东家，哦？没见呢！我们也是刚回来不久。”

“女东家没在？”这时，一丝不妙的念头划过袁丰羽的脑海，是不是要坏事？看来今天这事儿邪门儿。想着，便示意两个卫兵进去查看。这两人持枪进了里面，又进了后院，不一会儿回来答复：“袁市长，没有女人。”

“没有女人，给我看好了。让他们都进来。”袁丰羽的话刚落地，这卫兵便出去将命令传达了下去。不一会儿，那吓得变了脸色的侯希玉带人猛冲进来，嘴里的呼叫声都有些颤抖了：“袁市长，你可要为我做主啊！”

“别乱吵吵，这里的人都不见了，你们几个人，吃屎啊！”这难听的话从袁大市长的嘴里说出来，几个盯梢的脸色顿时大变，满脸冒汗，想着不对啊？从早上就盯着她们，一刻也没离开，怎么回事？

这时，袁丰羽把侯希玉叫到一边，低声道：“今天铃木说你可能公报私仇，甚至会偷梁换柱。你别介意。现在姓姜的家人一个都不见了，这里面水深，大事化小、小事化了，打死啥也不知道。若追究起来，可没你好果子吃。”侯希玉听罢，连连点头，口中念念道：“袁市长可要给我做主，袁市长可要给我多说话。”

“这事儿，若捅出去，可吃不了兜着走。”袁丰羽知道其中的厉害，对侯希玉说。

侯希玉很少如此害怕慌张没主意，问道：“那，日本人那边怎么交代？姓姜的这边，怎么处理？”

“刚才不是说过了，都顺其自然，啥也不知道！”袁丰羽强调着，那变声的腔调听得出，恨这些人办事不力，但也无奈。

其实，那两个盯梢的不知道，就在他们看着丁佳怡进了妈祖庙的茅厕，出来的那位是换了丁佳怡的衣服的替身，替身与李婶叩头上香的时候，丁佳怡换了土布衣服离开了妈祖庙，由人接应着出了城南，直奔南部山区。

11

袁丰羽嘴上虽那么说，但对下午的一幕还是心存余悸。当他见侯希玉和那押运护卫队长跌跌撞撞跑进来，脸色苍白的样子，就知道坏事儿了。没等他开口，那侯希玉就说：“袁市长，坏事了，押运黄金的车掉山涧里了。”

袁丰羽像被狗咬了一样，“腾”的一下子从椅子上站了起来，脸色顿时变得煞白，颤抖着吼道：“怎……怎……怎么？那、那、那车掉山涧里了？”

“对，掉山涧里了。”护卫队长与侯希玉脸色一样，用变了声调的口音回道。

“车掉下去了？你们、你们怎么没掉下去？”袁丰羽看来是真急了，这话一半是不信、一半是埋怨。

“这、这，袁市长，我们？我们怎么就没掉下去呢？”能言善辩的侯希玉顿时语塞，像是在自言自语。

“回市长，那边的路确实不好走。”护卫队长回着，虽然这护卫队长读的书和心眼不如侯希玉多，但见过的死人比他多，虽见了那场面，却早已调整了过来。侯希玉还沉浸在那枪声和横在悬崖边的死尸中，话语中便有些障碍。

“你们亲眼看见的？”袁丰羽可不是傻子，这事哪怕是假的，也要问个明白，要不然没法和日本人交代。

“对，亲眼看见的。他在前面，我在后面，亲眼看见的。”侯希玉看了看护卫队长，很肯定地说道。

“是，袁市长，我在前面车上往后看，侯局长在后面车上往前面看，眼睁睁看着那车冲出悬崖，跌入深涧，那个惨啊！一个人都没跑出来。不过，我们还是下了河沟，做了记号的。”护卫队长在绘声绘色地描述着当时的场景，听那话，比看见了还真。

“姓姜的呢？”

“也没了！”

“当真？”

“这还有假？大家都看见了。”

“日本人不相信怎么办？”

对啊！日本人不相信怎么办？得让日本人相信才是。可是日本人能那么轻易相信吗？但日本人不相信又有啥办法？嗯！没办法，这戏不但要演下去，还要演得逼真。只有演得让自己相信，别人才不好意思不相信。

“可以给他申报烈士，容不得日本人不相信。”侯希玉做事远胜他爹，可以说是滴水不漏。

“假作真时真亦假。”袁丰羽在机关里待久了，天天琢磨人。

“市长英明。”侯希玉拍马屁的功夫高人一筹，令袁丰羽舒服至极。

“好，咱们一块去找铃木汇报。不过，万万不可再变。”袁丰羽话里有话。这侯希玉和护卫队长自然听得出其中的意思，连连点头道：“一定、一定，没得改、没得改。”

12

闻听黄金丢失，铃木如同当头挨了一棒槌，呆如木鸡。待其回过神来，便抡起胳膊甩出几个巴掌，可怜侯希玉和护卫队长不敢躲避，结实有力的巴掌拍在脸上，如同戒尺打桌子一般，发出“啪、啪、啪”的响声，嘴里歇斯底里叫嚷着：“黄金，丢了？车下了山沟。怎么那么巧？”

对啊！那车下了山沟，黄金丢了，怎么那么巧？铃木一着急，那顺溜的中国话说得磕磕绊绊。这些黄金是等了好久才准备好，运回日本作为自己的成绩邀功，这下好了，东西丢了，怎么交代？那袁丰羽见铃木如此暴怒，好歹那巴掌没落到自己身上，看来他还是给自己面子的，自己若不给侯希玉解围，他们不好脱身，想到这，袁丰羽便点头低声说道：“铃木先生，黄金丢失实属不幸，但侯先生他们的忠心是不容置疑的，希望能让他们放下包袱努力工作，争取把损失给挽回来。”

铃木那小眼珠滴溜溜直转，最后，用杀人般的眼神紧盯着侯希玉，恶狠狠地问："嗯。那车下了山涧，你们都看见了？"

"真的亲眼所见，护卫队长也亲眼所见。"侯希玉急忙答道。

"姜先生就这么没有了？"铃木对侯希玉产生了严重怀疑。

"是下了山涧，那车直冲下去的。"护卫队长重复着。

"这么说，姜先生应该嘉奖了。"铃木的话语和眼神一样，依旧冷漠无比。

"这事也不好落实。不过，侯先生，不要在意我刚才的冲动。黄金丢了再弄。应该是刹车失灵。哪天若是查明是你陷害的姜先生，可知道其中厉害？"铃木的话中留了空间，但透着无比的严厉。

"不会，肯定不是。方才铃木先生说得对，姜先生为大东亚共荣牺牲，应当嘉奖、应当嘉奖。"侯希玉努力辩白着，装出一副十分惋惜的样子。

"但愿如此。袁市长，这事是你负责的，那黄金丢了，抓紧想办法凑齐。要不，我没法和国内交代。"铃木最关心的还是黄金，那可是他升迁的资本。

"铃木先生放心，咱胶东就是不缺金子。给我三个月的时间，我找人加大马力，一定凑齐。"侯希玉咬牙说道。

"可皇军眼下就要，如何交差？"

"那，太君，金子丢了是事实，我们正想办法不是？"

"想办法？金子不等人哪！若是这么报上去，应该有人掉脑袋的。姜先生的后事，你们去看看。"铃木太君气急败坏又无可奈何。

几个人告别了铃木。

袁丰羽越想越不对头，对侯希玉说道："去姜来远家看看，这人没了，怎么也得和他们说声。"

"我还去吗？"侯希玉一听姜来远三个字就头痛，真不想掺和与他有关的事情了。

"去，不去还行？都这么多年了，还差这一回。"袁丰羽给侯希玉打气。

"唉，唉。我可怎么说呢！他那银行怎么办？"侯希玉吞吞吐吐，欲言又止，经此大难，仍对久裕银行垂涎三尺。

"这个时候，谁愿意去？人在屋檐下，不能不低头，日本人说了，我们能不去？"袁丰羽话语中透露着深深的无奈。

看袁丰羽不说怎么处理姜家的银行，心里有些着急，又问："姓姜的手下还有那么多人呢！"

“越是这个时候，越要做得到位。就说是市政府安排的。如可能，让那个什么蔡非尘接手他家的业务，有人问起来，就说上头有人打招呼了。”袁丰羽何尝不知道侯希玉的那个小九九,三下五除二就断绝了他的念头。

这个结果很是出乎侯希玉的意料，只好含含糊糊打哈哈：“这，这样啊！”

袁丰羽知道事关重大，一旦侯希玉被怪罪，自己也脱不了干系，便竭力从中斡旋，使主意让侯希玉将郑板桥的竹子图送给了铃木太君，又反复承诺三个月内凑齐黄金。

铃木方压住火气，暂时放过他们。

13

清明过后，百花争艳。

“姜先生在外面观察了我党十几年，该看透彻了吧？”胶东党委常书记笑着问姜来远。

“我思想慢了，跟不上时代的发展了。现在要多干些工作，快步赶上才是。”来远那神情，仿佛年轻了十几岁。

“哪里，哪里。革命不分先后，革命晚不是问题。其实，十多年前姜来远同志就为党开始工作了，特别是近几年，在外围为党做了很多工作，单就这一批黄金就解决了经费上的大问题；去年底的那两千套棉衣，可是救了大急的，同志们都很感谢您。”常书记虽接任不久，对整个情况还是了如指掌。

直到现在，姜来远才感受到共产党员热情如火的工作方式。市区里，伪政府在给自己大张旗鼓地开追悼会，那一大摊子事，留下的人不知能否处理好。想到这儿，他问：“后续事情如何处理？”

常书记沉思了一会儿，看了看四周，见四下无人，低声说：“目前，最了解情况的是蔡非尘。有人推荐他。”

是他？这可出乎姜来远的意料，便禁不住问：“蔡非尘？”

“怎么？不可以吗？”常书记警惕地问。

“嗯。可以，到目前为止还可以。”姜来远一边回着，一边思忖着：原来手底下的人都暴露了，无人可用，既然自己以身许党，就该听党的安排。经过这一段时间察看，蔡非尘表现得还可以。至于他爹的所作所为，人是会变的，不用说父子了。何况，都过去这么多年了，不该再提。

“如果感觉蔡非尘有问题，尽管提。”常书记很尊重姜来远，觉得还是很有必要倾听他的意见。

这么多年来，姜来远接触的共产党员，绝大多数一身正气，无骄娇之气，能够无私地忘我工作，是值得信赖的。虽然常书记那么说，但他毫不怀疑党的安排，觉得既然自己已经放手，就不该再纠结这个问题，想到这儿，他笑了笑说：“没什么。”

“这个你放心好了，前段时间我们做了安排，市面上知道蔡的人不多，他想办法和那个姓艾的已经建立了联系。相信我党的能力。”常书记胸有成竹地和姜来远说着。

常书记既然已安排强有力的人接手，是最好不过的事情。姜来远不想再深究这个问题，便问：“其他的同志呢？管莫全怎么安排？”

常书记笑笑：“你培养得好，我们的人和他接触过，他已经加入抗日武装革命队伍，去了威海卫，马长水明天就过来，他们家里人也都到了乡下。你放心好了。”

闻听此言，姜来远长舒了一口气。管莫全虽没有读多少书，但这些年凭自己吃苦耐劳扎实能干，娶亲生子安居乐业了，也能和识文断字的人打成一片，令老管很是感激，见了来远面嘴里就念叨阿弥陀佛。姜来远也异常感慨，今天管莫全走上这样的道路，也是冥冥之中民族兴旺的天意吧！他心中升腾起一股自豪感，点了点头，问：“看能给我安排些什么工作？”

“‘北海银行’刚成立，很需要人手，你先到那边帮帮忙？”常书记觉得姜来远为革命牺牲太大，应该到更大的地方去发挥他的作用，便征求他的意见。

“咱们也有银行？”姜来远听常书记那么说，禁不住高兴地问。

“对，咱们共产党、游击队也有自己的银行了。实话说，咱现在是找个领兵打仗的不难，找个干好银行的可不容易。咱这是刚刚开始，银行规模小，业务范围也受限制，等哪一天打走日本人，中国解放了，咱也会开大银行的。别看现在这银行小，却是未来大银行的种子和希望。”常书记目光深邃地看着远方，意气风发地畅想着未来。

“那太好了，去哪边干？”姜来远知道自己一不能带兵打仗、二不会造枪造炮，最怕来到根据地吃闲饭了，但见有银行老本行干着，心里自然是放松了好多。

“别太急，先歇两天。我们那边提前沟通一下，过两天就去上任。”常书记嘱咐来远好好休息，将会到更艰苦的地方去工作。忽然，外面有人匆匆进来，低首附耳对常书记说了几句，那常书记听罢腾的一下子从凳子上站了起来，看了看来远，仿佛想说，又不想说，最后还是说道：“来远同志，您家老二受伤了，出去看看。”

来远一听，心中顿时一震，昨日听说他去掖县取钱，若受伤，怕是不轻。想着，便跟着常书记往外走。刚出门口，就见两人扶着民生，一瘸一拐地往里走着。

常书记着急地问：“民生同志，是咋回事？”

“没大事，小伤。”民生紧蹙着眉头，笑道。

14

原来，前几天民生奉命取款，便带了枪支与一个士兵乔装改扮为商人，赶到了位于掖县城南的北海银行，取了款项绕卡哨时被人发现，两个人跑进山区走散。山虽不高，但路却崎岖，行走颇为不易，民生背着钱小心行走着，就要走到山顶时，已近傍晚，晚霞开始消退。

突然，一个人影从树后闪出，没等姜民生回过神来，一片亮光直奔自己脖颈。

一个男子低声说：“这位兄弟，得罪了。”

待民生回过神，见一把明晃晃大刀摁在脖子上。坏了，遇到土匪了。姜民生心中一凛。但见对方孤身一人，并未有夺自己性命的样子，便稳下心神，收住慌张，镇定地说：“敢问好汉何事？”

“废话少说，把枪拿过来。这荒山野岭的还要什么？我要的是钱。”听这人口音，不像是本地人。

“钱在这里，你带走。不过有一句话，对我而言，比钱还重要。”姜民生拖延时间，不想就范。

“这世上还有比钱还重要的话？我倒要听听。不过，别耍什么花枪，若是耍滑头，我这大刀可不答应。把枪拿过来。”土匪说着，用手摸民生的口袋，脖子上的刀力道明显加大，那刀刃割破了衣服，划破了皮肤，黏糊糊的血液从脖颈上流了下来。

“轻一点，出血了。”民生一边说着，一边从口袋里掏枪。

枪掏出一半，土匪一把抢过去，端详着，说：“好几年了，终于见到真家伙了。”

说着，伸手拿过枪，有些得意地看了看。

“小心走火。”民生提醒着。

“枪栓都打开了，警惕性还挺高。”土匪的话听起来识文断字，看来不是一般打家劫舍杀人图财的亡命之徒。

感觉土匪在把玩手枪，民生觉得机会稍纵即逝，便说：“壮士要什么，现在给你。”

“把钱都掏出来，我放你一条生路。”土匪说着，用枪指着民生，将大刀拿起来提在手上。

民生解开褡裢，递给土匪。

土匪颠了颠褡裢，说：“另一个呢！”

“钱归了兄弟无所谓，我回去可怎么交差？”民生的话恳切又真诚。

“交差？这个还用交差？”土匪说着，笑了起来。

“兄弟你知道，这钱不是我的。回去说钱被人劫持了，别人怎么相信？肯定认为我贪污了？那不还是要毙了我？同样是死，还背上个贪污的罪名，不如直接杀了我算了。”民生说着，有些痛不欲生的样子。

“说得倒也是。不过我的规矩是不杀人。”土匪的话很坚决。看来，每个行有每个行的门道，每个人有每个人的路数。有人认为，抢钱不打紧，若是出了人命，就与人结死仇了，自个儿日子也就不安稳了。

“那你朝我脚上打两枪，我回去也好有个交代。”民生此话一出，让土匪感到极为惊讶。他看了看手枪，皱了皱眉头，说道：“本想着你会背着钱跑，或者怎么也要斗一会儿。没想到你如此稀松，还这么要面子。若真如此，我倒要成全你。”

土匪说完，便抬起胳膊，手腕往下一沉，“啪”的一声响，民生顿时觉得脚下一阵麻木，不一会儿鞋里便黏黏糊糊，血出来了。

民生皱了皱眉头，看了看这土匪，说道：“兄弟，这伤有些少了，再来一枪。”

“咦，没想到是条汉子，还有嫌枪眼少的。”说着，这土匪又举起枪，“啪”的一声响，但是没有子弹。土匪迟疑之时，说时迟，那时快，民生几步后退，躲开刀能砍到的地方，以迅雷不及掩耳之势弯腰从裹腿里拔出手枪，左手打开枪栓朝天就是一枪，嘴里大声喊："别动。把刀扔了。"

民生的这一招出乎土匪意料，明白中了计谋，顿时呆若木鸡般，立在那里不敢动弹。土匪后悔莫及，想着对方已束手就擒，手里肯定没有手枪之类的东西，没想到枪里只有一颗子弹，等子弹消耗完了，这小子才又掏出一把枪来。啊呀呀！这子弹比黄金都贵，想着夺了枪，有了吃饭的家伙，以后就可以无所畏惧了，没想到还是被人给拿住了。见土匪呆立着，民生用枪指着他说："兄弟，对不住了。我不怪你，你是为了吃饭，我是为了国家。把东西背上，送我到郭家店去。"

"这、这，你可别杀我？"

"放心，我是不会滥杀无辜的，帮我背回去，把事情都说明白，我会放过你的。"

"要不，我背着你？"土匪的话让民生觉得好笑，你背着我，把我扔到沟里怎么办？学我？还早着呢！

姜民生看了看即将黑下来的天，将刀一脚踢到山谷之中，说："弄根木棍来，背着钱在前面，我自己走就行。"

15

见儿子无甚大碍，姜来远放下心来。

常书记非常郑重地说："延安那边银行需要人才，希望你能过去。"

姜来远看了看常书记，有些不解地问："我从辛亥革命到反对袁氏称帝，后又一心从事实业，可北洋政府从不给人踏踏实实干事业的心思，国民政府也是将大银行收归国有，变着法子剥夺老百姓财富，人活着逆来顺受。但现在，老百姓连逆来顺受的机会都没有了，日本人直接来抢占我们的领土了。让我去延安享福？"

常书记理解他的想法，一个人在烟台待了大半辈子，突然要离开故土，难免有些不舍，便说："姜来远同志，你刚才说的大部分都对，但是有一点不对。"

"哪一点不对？请讲！"姜来远用凝重的眼神看着常书记。

"您刚才讲的去延安是享清福，是不对的。延安是咱们共产党的根据地、是抗战的堡垒，是心脏，那个地方更需要有经验、有才华的人来指导，来领导全国的抗战。也别认为离开战斗的一线就是享清福，延安搞好了，就是对全国抗战的最大贡献。”

姜来远沉默了一会儿，问：“什么时候动身？”

常书记长舒了一口气，说：“又来电报了，越快越好。嫂夫人已经到了西安，由我党的人照顾，你放心好了。不过，离开生活了五十年的地方，对您来说，确实、确实有些残忍……”常书记的话没说完，有些哽咽了。

姜来远淡然一笑，语气坚定地说：“既有前程奔赴，何恋岁月回头。看来，革命是我们这代人的宿命。既然我们目标是光明的，方向是正确的，只要以坚韧不拔的态度持之以恒，不畏风雨砥砺前行，就会实现我们的理想，给子孙后代留下一个安定的生活空间。”

三十年来，姜来远经历的风浪不可胜数，遇到的困难何其多也！从之乎者也八股文到传播革命思想，转变何其大。从学会文武艺，货与帝王家，书中自有黄金屋颜如玉，转变为三民主义的信徒，对其思想的冲击，何其大也！从为民国共和的建立兴奋高呼，到后来的极度失望，专心实业，闭口不谈革命，其内心失望可想而知！在他自认为再也不可能从事政治，而官府无能致外敌入侵，国破家碎无以存身之际，拒绝日伪高官厚禄的拉拢，获得自己内心的认可难。放弃现有的一切，转变成一名为全民族解放而奋斗的共产主义者，是姜来远以前万万没想到的。过去的每一步，都有不同的岔口和选择，每前进一步，都面临着极大的诱惑和抉择。回头看，来时的路上尸首纵横，被遗弃者有之，自我放纵者有之，同行的故人越来越少，新人越来越多；而过往道路上，自己留下的汗水和鲜血，成为不可消除的印记。

16

姜来远和马长水扮作商人模样结伴而行，在交通员的带领下，从山里蜿蜒的小径一路向西，经过一天一夜的跋涉，赶到了胶莱河边。趁着天亮之前，天色最黑之时过了河。见天色昏暗，山路难行，三人便在河岸的树下坐了，马长水问：“东家，咱们多久才能到延安？还能回来吗？”

来远看着那波浪翻滚的胶莱河，缓缓说道：“具体多久我也说不上，可能三月、也可能五个月才能到。”

天亮了，能看清路了，两人顺着曲折蜿蜒的山中小路，一口气爬到山顶。来远站在山上回头望去，辽阔的胶东大地一片苍茫，从海浪滔天的天尽头起，山东半岛如苍龙巨蟒般一直往西延伸，脚下的山顶是招远地儿，西侧就是潍县地界。自此往西，便进入沂山地界，蒙山、泰山连绵不绝。过了鲁西平原，就进入太行山脉。连绵不绝的青山，如同中华民族永不间断的历史；眼前波涛汹涌的胶莱河，如同中华民族的血脉连绵不息。姜来远看着眼前的高山河流，想着自己从十六岁到了烟台，一眨眼已三十四年，其间历史风云波诡云谲，历经困苦难以计数；而在这天命之年，又要远离故土，到异土他乡从事一项全新的事业，想及此，心中顿时升腾起一股莫名的感慨。又想着自己的三个儿子和一个女儿，先后早于自己离开烟台。草蛇灰线，伏脉千里，自己的人生之路，冥冥之中是否早已注定？

看着陷入沉思的姜来远，马长水关切地问："东家，走了整晚的夜路，累坏了吧？"

"不要再叫东家，我们是同志了。"姜来远纠正着。

"是，我们是同志了。"马长水有些腼腆地说着。

"我不是走了一晚上的夜路，是走了大半辈子的夜路。"来远若有所思地说，凝视着远方。

"大半辈子？"马长水对姜来远的话有些不解。

"是。我从黄县北马镇出来时，才十六岁。多少年无尽头的漫漫黑夜，连一丝亮光也看不到，今年都五十整了，该能算大半辈子了。现看到亮光，不能停，哪怕那亮光很远、很弱。"姜来远感叹的言语中，透露出一丝丝伤感。他站在山顶上，又回过头向东望着，见一轮红日喷薄而出，东边的天空一片光亮，但山的背影处青灰幽暗；看着生养自己的胶东大地，心中感慨万千。回想起小时候在黄县耕作的土地、要塞威海卫、咽喉长岛、海浪滔天的天尽头、烟台山的灯塔和炮台，南山的桃花，虽无江南的婉约，但那大山、大河、大海，气势磅礴景色壮丽，如同激流般奔腾在心底。山，还是那座山；海，还是那片海；人，却不是原来的人了。自己的后代，会比自己过得好吗？应该会。自己的后代，能避免受累遭罪吗？应该能。直到好久，姜来远方才收回思绪，缓缓转过身子，放眼向西北望去，淡青色的天空中飘浮着几朵白云，但见：

长天明净，

大地芬芳。

后　记

十五年来，因工作缘故，我时常到烟台。

在多年的接触中，我既对烟台的山水有所了解，也对烟台的人文有了些许深刻的认识；我常震撼于烟台那山的壮美、海的辽阔，赞叹于烟台人豁达开朗、做事执着的性格；深思之中，该是那山海兼具的地形，造就了烟台人性格中既有山的敦厚，又有水的灵性，心胸中有着做大事业的格局。

近些年来，我多数时间是在成都、北京等地工作，空余时看些有关当地风土人情、掌故趣事的书籍，不少章节有介绍外来人口的故事，每每均有山东人出现于其中，有几本书不约而同地提到了《烟台条约》对重庆、成都的影响，使我对烟台这片土地，有了更加深刻的印象。从不少近代史料来看，烟台为近代北方重要的交通要道、军事咽喉，其距离日本、朝鲜较近，为船只进出渤海湾的必经之地，《烟台条约》的签订，特别是甲午海战，对普通民众的切身影响更大，使此地民众较早地接触了新文化、新思潮，对后世产生了非常深远的影响。因此，心中就有了将烟台的山、烟台的海、烟台的人写出来的冲动，但久久未能动笔。无法动笔之余，只好多看书；书看多了，就慢慢有了新的认识：人生是非一甲子，世事沧桑六十年。一甲子的喜怒哀乐，六十年的生命轮回，前事不忘，后事之师。写下这些，是为了纪念在漫漫黑夜中不计较个人名利得失，为中华民族披荆斩棘，不停寻找前进方向的人。

书中人物：

与人为善者，化险为夷，人生处处是黄金；

与人为恶者，才高运蹇，人生之路步步坑；

为民请命者，内心光明，千沟万壑从容渡。

故名“金坑渡”。

2019年元旦于北京